小说卷
中国当代著名女作家大系

子在川上

阿 袁 作品

陕西新华出版传媒集团
太白文艺出版社

图书在版编目（CIP）数据

子在川上 / 阿袁著. — 西安：太白文艺出版社，2018.1

（中国当代著名女作家大系 / 何向阳，张莉主编. 小说卷）

ISBN 978-7-5513-1321-6

Ⅰ．①子… Ⅱ．①阿… Ⅲ．①小说集—中国—当代 Ⅳ．①I247

中国版本图书馆CIP数据核字（2017）第276074号

子在川上
ZI ZAI CHUAN SHANG

作　　者	阿　袁
责任编辑	卢虹竹
装帧设计	焚香图文
内文设计	前程设计
出版发行	陕西新华出版传媒集团
	太白文艺出版社（西安北大街147号 710003）
	太白文艺出版社发行：029-87277748
经　　销	新华书店
印　　刷	西安市建明工贸有限责任公司
开　　本	787mm×1092mm　1/16
字　　数	309千字
印　　张	19.5
插　　页	4
版　　次	2018年1月第1版 第1次印刷
书　　号	ISBN 978-7-5513-1321-6
定　　价	43.80元

版权所有 翻印必究
如有印装质量问题，可寄出版社印制部调换
联系电话：029-87250869

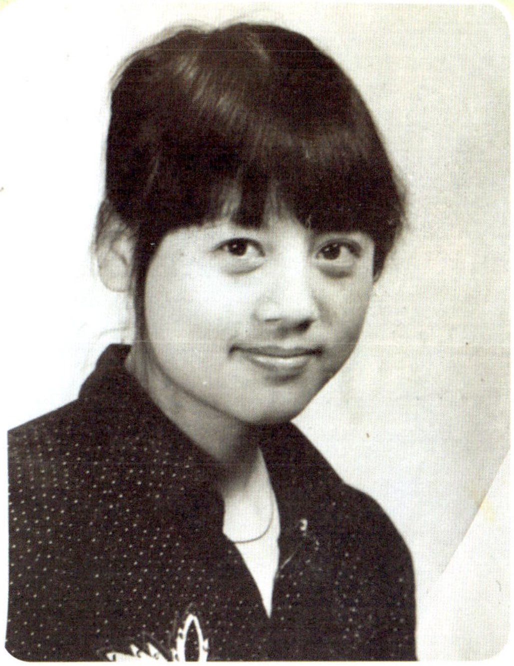

2007年，在威尼斯

2016年，和女儿在法国南部阿维尼翁老城

2013年，在马六甲一家叫宋河客栈的民居阳台上

2017年，在江西临川抚河边

2015年，在马德里机场

1990年，于南开大学西门口八里台某照相馆

2016年夏，在挪威奥斯陆

阿袁,南昌大学中文系教授。主要作品有《郑袖的梨园》《鱼肠剑》《子在川上》《打金枝》《师母》《上邪》等。作品被多种刊物转载,入选多种年度精选,连续四年入选中国小说学会排行榜,获多种文学奖项。

2007年,在南昌万寿宫。从左至右:阿袁、姐姐、母亲、妹妹

2005年,与先生在家中

2009年,在云南腾冲

2011年,在腾格尔沙漠,参加"探索人生"中美作家交流活动

序言

社会变革中的女性声音

何向阳

进入 21 世纪以来，中国社会发生了巨大变化，作为目睹社会进步的中国作家，未曾缺席于社会变革的记录，而在中国社会前进历程的忠实的录记者中，当代中国女作家已成为一种不容忽视的力量。于新时期蹒跚起步、于新世纪日臻成熟的当代女作家，无论其社会观察的视野，人性探索的深度，还是对人类文化的传承与借鉴，对艺术风格与艺术手法的积淀和历练，就整体风貌而言，都较 20 世纪初、中期女作家写作有极大的进步。文学史将会对这一代，甚或几代女作家的写作成就做出高分值的评估。作为中国改革开放受益者的当代女作家，正以她们敏锐的洞察和细腻的书写，投入中国突飞猛进的现代化进程中，并为后人提供着观照和研究这一时代变化的精神档案。

20 世纪末，我曾以《夏娃备案：1999》为题，对 1999 年的由女作家写作、以女性作为主人公的十二部小说加以梳理。20 世纪、21 世纪的世纪更替之年，中国女作家经由写作提出的一些与自身、与人类相关的问题，给出了寻勘身心发展的道路，其对于性别心理与社会发展的深入思考，不仅丰富了文学的承载量，更提供了人类认知自我的新经验，比如铁凝《永远有多远》传递给我们母性教育的传统乃至本能；王安忆《剃度》展示了特立独行的时代女性的决绝个性；而方方《在我的开始是我的结束》让我们看到的是女性在亲密关系中寻求自我的渴望或是在他者身上印证自我的失败。分歧的，共生的，冲突的，裂变的，未成型的，已板结的，需解冻的，身体的，心灵的，灵魂的，我们从她们的文学中得到的东西根植于一个国度一个时代却终将超越对一个国度一个时代的了解。

哲人曾言,"女性的进步是社会进步的一面镜子",足见女性在社会中的重要地位。文化亦然。女性的文化进步是社会文化进步的投影,其实两者更是深层互动的,女性对于文化、身份、性别、社会的思考,已成为推动整体社会向前运动的力量。

这种力量的成因源于中国女性在20世纪经历的三次解放。1919年,新文化运动,使中国妇女从封建性的三从四德中解放出来。这次的解放,思想解放意义大于经济独立意义,男女平等平权的思想深入人心,于此,如丁玲、冰心、林徽因、萧红等女作家写出了她们年轻时期的代表作。其中,《莎菲女士的日记》《生死场》影响深远。1949年,新中国成立,宪法规定男女平等,中国妇女的地位与作用发生了巨大变化,经济上的独立使其摆脱了对男性的依附,而在各领域取得进步与成就。女作家得益于这一社会风气之先,丁玲、杨沫、茹志鹃等均有佳作推出,中国女作家的写作开始受到国外研究者的重视。1978年,中国实行改革开放,思想上的解放使作家焕发出极大的创造力,女作家作为思想活跃、敏感的一个群体,在思考社会问题的同时,更注重对性别文化的勘探。张洁《爱,是不能忘记的》、宗璞《三生石》等作品代表了这一时期的探索。三次思想文化上的洗礼和社会发展的互动,使得中国文学在1978年之后迎来了迅速发展的黄金时代。

中国自20世纪70年代末改革开放以来,这一时期的文学被称为新时期文学,新时期文学近四十年来,女作家写作发展迅速,可以说,就是从这个新时期开始,中国女作家集体发声,并以其强劲的写作,呈现出时代女性对于社会发展的文化"干预"。巾帼不让须眉,这种独有的文化现象引人瞩目,以致在新世纪成熟壮大,被一些文化研究者们称为她世纪。20世纪80年代,女作家的性别觉醒与文化自觉开始较早,她们在关注外部世界变革的同时,开始关注内心,关注精神。张洁《爱,是不能忘记的》、张抗抗《隐形伴侣》写社会问题,但却是女性立场上对于情感的深度审视与叩问。张辛欣《在同一地平线上》,关注精神上的两性平等与女性自我价值的实现,以及知识分子女性在爱情与自我之间试图寻找到一个两全存在空间的努力。刘索拉《你别无选择》,反思男性文化传统,也对传统女性化写作提出了颠覆性的质疑。刘西鸿《你不可改变我》《花儿为什么这样红,为什么这样红》的女性书写,将"我"与"你"即女性与男性的一系列性别问题提出来,并均做出了来自女性个人的答案——你别无选择！你不可改变我！其勇敢的姿态更是对历史框定的女性顺从与懦弱的文化性格的诘问与反叛。

20世纪八九十年代，叶文玲、池莉、赵玫、范小青、裘山山等佳作频仍，其在多个文体间的跨越更打磨了小说的锋芒；90年代始，林白、陈染、海男等期望通过身体而将视点拉回到性别关注上来。这种写作在历史、个人、身体、社会、情感间跳跃，呈现出女性写作的犹豫和艰难的自我调整。而从20世纪80年代《对一个精神病患者的调查》、90年代《羽蛇》，到21世纪《炼狱之花》《天鹅》，三十年跨度始终坚守女性精神自我深度写作的徐小斌引人瞩目。新一代女作家，注重隐藏在身体性后面的社会文化，不那么尖锐，更倾向温暖、幽默、智性的表达，但她们心底仍然保留着一个完整的女性空间，如徐坤《厨房》、迟子建《世界上所有的夜晚》、潘向黎《白水青菜》、魏微《大老郑的女人》、盛可以《手术》、叶弥《小男人》等，都体现了以女性文化视角介入历史现实的丰富性追求。

新世纪伊始，女作家写作成果斐然，杨绛等老一代作家也有新作推出。张抗抗《把灯光调亮》在坚守其新时期开端之作《北极光》的浪漫主义理想底色的同时，强化了传统知性写作的典雅；叶广芩《梦也何曾到谢桥》《黄金台》为代表的我称之为"后视镜"式的写作，在对传统文化与现代化的可持续性发展的探索方面可谓独树一帜；方方的《水随天去》等探讨经济不平衡发展对于纯真爱情的挤压；蒋韵《心爱的树》《完美的旅行》《行走的年代》试图在对"已逝"岁月的追踪中确立传统价值的独立性；林白《长江为何如此远》和《妇女闲聊录》提供给了我们回溯历史与观察现实的与众不同的角度；孙惠芬《歇马山庄的两个女人》等系列作品将观察点定位于出走与还乡两大母题，使其作品在现实性的叙事之上平添了哲学的意蕴；葛水平《喊山》《地气》承续了中华山川地气中深藏的诗意之美，其利落的行文中苍凉的味道耐人寻味；邵丽《明惠的圣诞》聚焦纷繁复杂的社会环境中日常生活的个人体验与情感微澜；金仁顺《云雀》《桃花》等根植饮食男女，其心思缜密又声色不动的叙事兼具温润与冷凛两种魅力；乔叶《走到开封去》等承续了她个人创作中对"慢"的探求，审视的目光于小事情间不经意扫过，却如探照灯一般揭示出最深处的幽怨和最原始的黑暗；鲁敏的写作确如"取景器"，隐秘的、细微的、节制的，带有缠绕感甚或是残缺的生活，成就了她小说的"气象与光泽"，《思无邪》《饥饿的怀抱》均写日常生活的不如意处，却在极简主义式的写作中透出干净与温暖；付秀莹《爱情到处流传》《六月半》篇篇出手不凡，以感伤与坚忍并存的从容气度体认着中华美学的精髓，并使诗化小说通过个人的写作向前推进了一步；滕肖澜《美丽的日子》等笔触在沪上弄堂里小人物的日常生活间腾挪有致，有柴米油盐的实在，也有细碎世俗中的温情；阿袁《长门赋》《鱼肠剑》等让我们看到了人性的丰富驳杂，其小说的精神分析与反讽意味承接了现代写作的传统。

以上列举的只是活跃于文坛的当代女作家群体的一小部分。无论是社会发展还是写作环境，当代女作家们都身处一个创造力得以充分发挥的时代。1977年以来，作为中国文学长篇小说最高奖的茅盾文学奖，评出九届，有四十余部长篇小说正式获奖，女作家占八部，所占比例五分之一。1995年以来，作为除长篇小说以外的其他门类文学作品的最高奖鲁迅文学奖，已评六届，共有二百多人获奖，女作家超过四十人次，所占比例五分之一。1980年以来，全国优秀儿童文学奖，评出十届，获奖者中，女作家在小说、童话、幼儿文学（绘本）等均有收获。20世纪70年代始评的全国少数民族文学创作骏马奖，获奖者中多次见到女作家的身影。而由中国当代文学研究会下属的中国女性文学研究会设立的中国女性文学奖，有效推动了女性文学的创作与理论探索。获奖只是专业荣誉，更广泛的社会承认，还包括作家文学作品的读者拥有度、文学作品的文化艺术衍生品以及国外研究与译介，在此不一一列举。总之，女作家无论创作还是思想，都表现出不让须眉的强劲实力，她们通过文学所表达的对于社会人生诸多问题的思考，在整体上已然超越了文学史上她们前辈的书写。

这就是我们今天编选《中国当代著名女作家大系》的原因。当今世界正发生着日新月异的变化，置身于这样一个时代是作家们的幸运，作为中国社会变革的见证者，同时也是人类社会发展的一个重要组成部分的女作家，她们的录记、思考与贡献，我们不能忘记。

2017年10月12日　北京

（何向阳，女，中国作家协会创作研究部主任，研究员。出版诗文集《思远道》《自巴颜喀拉》、理论集《夏娃备案》、专著《人格论》等，获鲁迅文学奖，作品译成英、俄、西班牙文）

目录

1/长门赋

15/郑袖的梨园

40/鱼肠剑

100/子在川上

130/米青

175/顾博士的婚姻经济学

210/守身如玉

231/汤梨的革命

268/镜花

295/评论　前世流传的因果

303/阿袁创作年表

长 门 赋

我怎么会这么无聊呢？和沈安僵持到第九天的时候，小米想。

不过是沈安接了一个女人的电话。要说小米也没有真吃醋，吃什么醋呢？那个女人是沈安的弟媳阿媚。惹小米生气的其实不是沈安，是阿媚，阿媚有事没事便要打电话问好，虽说这不是男女授受不亲的年代了，可一个做弟媳的用得着常常向大伯子问好吗？真想问好的话，想必也应该问大嫂吧？按小米的家教，至多她只应该捎带着问候一声大哥，才合礼节。可阿媚却不，电话哪怕是小米接的，她也会说，是大嫂呀，大哥在家吗？这种时候小米常常二话不说，把电话摔给沈安，心里恶狠狠地骂一句，什么东西！不管小米什么脸色，沈安对电话那头的阿媚依旧会保持当大哥的温和。看着满面春光的丈夫，小米猜想，他或许真的很受用吧。

哥哥最近还好吗？哥哥什么时候回家呀？无论如何，这是来自妻子以外的女人的关怀。逾越礼节的寒暄不再是寒暄，小米想，关怀只是表面，骨子里是一个轻佻的年轻女人对自己丈夫明目张胆的挑逗。

碰到这种事情，小米就迁怒于沈安，苍蝇不叮无缝的蛋，癞狗不钻扎实的篱，总是你沈安有意无意地流露了些什么。这么一想的话，小米就生气了。生气中的小米不发一言，安静地做饭，洗衣服，心平气和地检查女儿桃子的作业，表现得和平日截然不同。平时的小米是很多话的，也喜欢沈安沈安地叫，沈安，把衣服拿到阳台上去晾；沈安，替桃子拿双袜子来。可一生气起来，眼角也不扫沈安一下，到了晚上就抱个枕头到沙发上去睡。沈安呢，虽然是寡言的书生，可哄老婆的习惯也是由年轻时就保留下来的，所以小米一生气，后半夜沈安就会到沙发边去哄。本来也就是小事，不十分顶真的，并且小米又是个拐弯快的女人，当时是因为情绪来了，过后一想，也知道自己是无理取闹，所以一有台阶就下了。于是，每次都像游戏似的，结婚十年了，两人一直都是这样生气，可这一次，情况却有些变了。

问题出在沈安身上，都第九天了，沈安也不去把沙发上的小米抱到床上来，这在他们的婚姻史上是空前的。夜里卧室和客厅之间的门是开的，沈安总是这样，从来不做一件过头的事情。沈安的作息依然和平常一样，在电脑前坐到 12 点左右，上床后再看半小时的书。在沈安的鼾声没有传出来之前，沙发上的小米屏声静气，虽然全身酸痛，也不愿意辗转一下，小米不想让沈安觉察到她还没有睡着，失眠就意味着示弱。这时的小米非常后悔，为什么自己跑出来睡呢？倘若真生气的话，不会让沈安睡沙发吗？身边的女友好像都是那样做的，吕小易还把丈夫赶到过门外呢。原来大家说笑的时候，小米不以为然，觉得还是自己的做法比较有女人味，既表达了态度，又不会伤了男人的自尊。可现在才知道自己蠢，这种方法原来是有致命缺陷的——它太被动了，如果沈安一年都不缴械呢，你小米岂不要睡一年的沙发？看沈安这次的架势，似乎是真不想理小米了。

小米一时悲从中来。天蝎座的人本来就喜欢上纲上线，现象暗示本质。小米想，沈安是不爱我了，为了一个女人的电话竟让我睡九天的沙发，以前什么时候他舍得这样呢？记得恋爱的时候，有一次沈安和一个漂亮的女生多说了几句话，小米就小题大做地要分手。虽说是赌气，但如果沈安不低声下气地挽留的话，那时的小米也是能说到做到的。爱情是什么时候走的呢？蛛丝马迹似乎也有，比如原来小米去买菜，沈安喜欢跟着去；小米动不动回娘家呢，沈安也喜欢跟着；结婚好多年了，小米的指甲还是沈安剪的。可后来呢，沈安就总是说忙。忙什么呢？忙着上课，忙着写论文，忙着做课题，即使是假期也得忙着看书。小米和沈安虽然一样都是师大的老师，但小米是没有什么想法的，得过且过地教教书。可三十多岁的沈安，扛着个博士的学历，在教研组是有很大压力的。这些小米原是理解的，正因为理解，小米就忽略了一些细节背后所隐藏的变化。小米想，我真是个粗心的女人，竟然不知道那些都是借口，不知道这个男人对自己的爱情早就没有了。爱情没有了，那还怎么活？小米是个爱情至上的女人，黑暗中躺在沙发上，不禁泪如雨下，万念俱灰。

　　这时的小米便真的恨起沈安来了。咬人的狗不叫，看来是真的，自己吃了暗亏，却说不出理来，小米和沈安的关系总是这样。小米是花拳绣腿，又在明处，是连沈安的毫发都伤不到的，而沈安的功夫呢，却是绵里藏针，一出手招招着人要害的。表面看来是小米兴风作浪，可实质呢，却是由沈安在幕后操控，收收放放，长长短短，都是沈安说了算的，其中的微妙外人不知，可沈安和小米却是心照不宣的。但小米表面也不是能咽下气的人，兵来将挡，刀来剑去，你用阿媚来伤我，难道我就只能哑子吃黄连吗？要不珍惜大家就都不珍惜，小米恨恨地想。那时，小米也有一件事瞒着沈安：有个叫杨杲的广西学生，爱上了小米。年轻的时候碰到这类事，小米都是会对沈安如实以告的。不都是因为磊落，也是带有夸耀的意思，想让沈安好好珍惜她。谁谁谁的语言不检点啦，谁谁总爱来串门啦，尤其是沈安在外地读博的时候。别以为自己是博士就了不起，小米说，假如你敢在外面拈花惹草，我一样红杏出墙。小米喜欢在电话里和沈安做这样调侃似的要挟，沈安表现出来真真假假的不安，让小米觉得很甜蜜。可杨杲这个人，小米一直没对沈安说过，也不是有意的，只是不知如何说起。小米是中文系的老师，在系里主讲唐宋文学，虽然个子小，上课的时候却充满激情，每次讲到李商隐之类的大家时，差不多都是手舞足蹈的，学生都喜欢听她的课。小米呢，心态又年轻，不喜欢端架子，所以课间课后总有些学生会来找她聊天。一开始，也不过就是借借书。杨杲是个很爱读书的学生，也读了不少书，只要是时下畅销的小说，杨杲都会来向小米借，像阿来的《尘埃落定》、王安忆的《长恨歌》。杨杲要借的书，小米每每都有，小米是个爱看小说的人。小米如果没有，杨杲就去买，看完后又借给老师，两人常常会就小说里的人物争论开来，比如《长恨歌》里的王琦瑶，小米觉得自古都是红颜薄命，在劫难逃的，可杨杲却说这是她性格决定的人生悲剧。小米觉得杨杲是更像朋友不像学生的。

　　有一次，课后两人一起走。师大新建的教工楼都在西门外，杨杲说要到校门口吃冷面，每周三杨杲都有理由陪小米走到西门口，一路上两人闲谈着。杨杲问，老师有《洛丽塔》吗？小米说，我没有这本书，不过我在网上看过。也看过根据这本书改编的电影，中文译名挺诗意的，叫《一树梨花压海棠》。

杨昊是个高个，走在身边的小米必须侧仰着头，才能和他交谈，小米的感觉便和平时在讲台上有些不一样，仿佛自己不是杨昊的老师而只是朋友。这样一来，小米的语言就有些兴之所至。小米一向口才很好，遇到谈得来的对手和话题，那简直是妙语连珠，无所不言的。当年的沈安就是被小米神采飞扬的清谈所吸引和俘获的。两人走到校门口的时候，杨昊问，老师觉得爱情和年龄地位有关吗？这仍是《洛丽塔》的话题，与现实无关的，所以小米想也没想冲口就说，理论上来说，真的爱情是超越一切的。也超越婚姻吗？杨昊追问时的语气和眼神，异常严肃和专注，让小米吓了一跳。小米猛然从语言的快感中回过神来，想，天哪！这小子该不是爱上我了吧？小米原是个敏感的女人，因为敏感，还常常犯下捕风捉影的毛病，有时寂寞的时候，也会有一些和沈安无关的风花雪月的幻想，小米多少是有些文艺气质的。这样的念头一生起，小米的脸噌的一下就红了，这时正好走到了师大的教工宿舍小区，小米便说声再见，逃也似的离开了杨昊。

　　小米再浪漫，也知道一个三十二岁的女老师和一个二十岁的男学生之间的距离有多远。下周上课的时候，小米便刻意不看杨昊，也不叫他回答问题。小米想，或许是自己太随便了，不经意间的语言或举止引起了他的误解。年轻人容易想入非非，这很正常，没什么可大惊小怪的，自己当学生的时候不也暗恋过体育老师？以后对他冷淡些就是了，他自然会知难而退的。但小米低估了杨昊的勇气，那天一下课，杨昊就送上了他新买的村上春树《挪威的森林》，随书送上的还有一封长达十几页的情书。我爱你，小米，不是一个学生爱上了老师，而是一个男人爱上了一个女人，请不要以我的年龄来判断我的感情成熟与否，也请看在爱情的分上，原谅我的胆大妄为。情书里除了这种炽热的表白外，还叙述了他的情怀：如何被小米打动的过程，他日夜的思念，他对克制这种感情所做的努力以及最终的不能自已。小米是躲在洗手间看完这封信的，一时间小米恍恍惚惚，心醉神迷，有多久了？没有看过情书；有多久了？沈安没有用过这么深情的语言。如酒的爱情早已远去，寻常的日子纷至沓来，寡淡得像白开水，以致小米都忘了那种微醺的感觉。杨昊的情书让时光倒流，小米又回到了十多年前。想着年轻的男孩在夜深人静的时候对自己的思念，看着镜子里自己渐老的容颜，小米百感交集。

　　感动归感动，迷惑也只是瞬间的事情，出了洗手间，小米便又十分清醒了。女儿桃子是小学二年级的学生了，出落得如花似玉，站在个子不高的小米身边，已有些像个小女人的样子，小米如何能够还去接受一个学生的恋情？杨果或许以为自己的老师是个脱俗的人，小米平日的我行我素给许多人这个印象，但这只是错觉，小米骨子里却是随世俯仰的，何况，师大的气候小米也是知道的，看似开放其实保守，校园里不是没有师生恋，比比皆是，但那都是男老师和女学生。美术系的秦教授，六十岁了，还恋着一个外号叫小白的女生，弄得教授夫人颜面丢尽，可女老师呢，全校也就只有一个虞绢了。

　　虞绢的事件曾经在师大传得沸沸扬扬。虞绢是外文系的老师，以前就住在小米对面的那幢楼里，她丈夫在银行工作，进进出出的时候，小米也见过，是个很英俊也很冷漠的男人。虞绢的儿子似乎比桃子还要大一些。出事之前，这个家庭和校园其他家庭一样，表面上风平浪静——也是很美满的样子。谁也没想到虞绢会有那么大的胆，做出那种惊世骇俗的事——挺温柔的一个女人，一张白皙的脸，头发一丝不乱，平日里给人的印象是不言不语、弱不禁风的，结果却和自己的学生在床上一丝不挂让丈夫撞见。丈夫工作的银行在市里，离师大很远，中午本来都不回家的，儿子的午饭也在学校吃，大学老师又不坐班，漫长的白天都是虞绢独自在家的，可那天虞绢的丈夫偏偏中途就杀回了家。愤怒中的丈夫没有考虑事情的后果，或许根本就是有意，想借刀杀人，男人的心思谁知道呢？当下就把这事捅到了外文系的领导那儿，要求系里开除那个色胆包天的学生。学生的父母来了，都是厉害的角色，无论如何也不答应校方的处理，把责任都推到了虞绢的身上，说是虞绢引诱了他们的儿子，时间、地点，连细节都是有的，还公开了虞绢写给那个学生的信。为求自保，他们简直不顾体面了，肮脏难听的话铺天盖地，句句都能让虞绢羞愧而死。那位英俊的丈夫带着儿子搬回了他父母家，离婚是一定的，郎心似铁，没有斡旋的余地，唯有这样才能洗刷一个丈夫蒙受的耻辱。虞绢就这样被毁了，在世俗的流言里，根本没有爱情，有的只是男女之间赤裸裸的情欲，况且这还不是一般的桃色事件，其中蕴含的色情意味远比《花花公子》或者克林顿的绯闻让人兴奋，因为这是身边人的故事，所有的想象都是有根有据、活色生香的。没有人理会虞绢的想法，也没有人想知道事情的本来面目，师大的老师个个健谈，每个人的话都是从同情虞老师开始，但没有一个人真的会同情虞绢，感叹只是故事的叙述与倾听的开始。从头到尾，虞绢没有为自己辩解一声，课是不能再去上了，哪怕系里没有停虞绢的课，虞绢也没有脸去面对全校的师生。闭门不出一个月后，虞绢选择去了南方。

辞职手续是陈青替她办的，陈青是虞绢的同事，也是那一个月陪虞绢走过来的人。小米后来从陈青那儿知道，若不是陈青日日夜夜地守着，虞绢或许就轻生了，遇上这样的事情，哪个女人能想得开？陈青说，没看出来，虞绢的丈夫会那么阴毒，自己有了外遇却不说离婚的事，怕丢了儿子，只是冷着虞绢。虞绢呢，隐约也知道丈夫外面有人了，哪个妻子在这件事上会真的迷糊呢？却不愿挑明了吵，怕双方撕破了脸，以后的日子过不下去。从一开始，虞绢就没想要离婚的，不说儿子，单想起两人以前的恩爱，就不忍心，可变了心的男人却是想恩断义绝的，出手的时候，半点也没有心软。虞绢就这样被毁了，毁在了自己丈夫的手里，像一个用久了的旧茶杯，丈夫摔碎它的时候毫不怜惜。

穿破三个花棉袄，不知丈夫好不好。因为日日被人家捧在手里，就以为自己永远会是夜光杯，却不知人家早就心生厌弃，没有了珍爱，丢或是留本是一样。女人的命哪，原来不过是旧茶杯的命。陈青和小米一聊起虞绢，就有一种兔死狐悲的伤感，惺惺相惜是难免的，女人之间没有什么不能理解。爱情没有了，为谁守身如玉？有没有事实上的外遇能说明什么？做与没做罢了，相似的境遇女人都有过，朝秦暮楚是男人的本色，能打动丈夫的，永远是妻子以外的女人。被丈夫冷落是难言之隐，女人引以为羞，可哪个妻子没有遭遇过这种难堪？

陈青是小米的朋友，就住小米的楼下，她丈夫欧阳皓和沈安是同一教研室的，有时周末没事，两家会在一起打打拖拉机。拖拉机是风靡师大的一种扑克游戏，人人都会的。除了下围棋，沈安最喜欢的也就是这个游戏了。小米总要和陈青搭对，不为别的，就是想赢沈安，结果却总是输，每次开局前小米和陈青都摩拳擦掌发誓一雪前耻的，可最后不但前耻雪不成又添新耻。这种时候陈青一定要抱怨小米的，因为小米会泄露牌情，一有好牌就眉飞色舞的，可对家呢，却能声色不动，出其不意地置人于死地，尤其是沈安，牌桌上简直是冷面杀手，小米常常恨得咬牙切齿。之后两人便感叹，说到底都是男人厉害，女人永远不是他们的对手。小米和陈青是臭味相投、无话不谈的，两人一清谈起来，从没有时间概念的，书本、服饰、各自的心情、别人的是非,但聊得最多的还是各自的丈夫和孩子。陈青年轻的时候也是有几分姿色的,可生了儿子后,却胖得没了形,欧阳老师是个爱开玩笑的人,便常常嚷着要休妻。陈青对小米说,旁人都以为那是玩笑,是有口无心,他自己也这么认为,所以常常挂在嘴边,可天知道他是真是假呢?你瞧他在别的女人面前那色眯眯的样子。陈青喜欢在小米面前这样形容自己的老公,置之死地而后生,这是陈青的过人之处,丈夫那些花花草草的事,陈青是从不在女友面前遮遮掩掩的,迟早都是别人的闲言,不如自己说出来。揶揄的口气虽说难免会带有一点无奈的意味,但因为有意保持的局外者的姿态,所以能伤的只是皮肉,不关筋骨的。再说,这也不是陈青想遮掩就能遮掩的,欧阳老师对美人确实心向往之,这一点周围的人都是见识过的。有一次,小米带一个朋友去陈青家借几本外文书,朋友是漂亮的女孩子,那天,欧阳老师正好也在家,那个热情,又是饮料,又是水果,过分殷勤的样子连小米的颜面都挂不住。但陈青呢却一直谈笑风生,脸上连薄愠都没有。陈青说,我不像你,我早就修炼到家啦,现在是刀枪不入的。小米常常吃醋的事情,陈青是知道的,包括阿媚这个人物,两个人围绕她有过许多议论。小米说,女人格调的堕落那完全是男人低级的品位造成的,男人不管到了什么年龄什么境界,喜欢的永远是年轻漂亮、轻浮低俗的女人,至于思想,那是无关紧要的。阿媚一有电话来,小米就会跑到陈青家发表类似的言论。这一次,小米已睡了九天沙发的事,陈青从一开始就知道。两人深谈起来的时候,那是什么话都说的。天下乌鸦一般黑,你也别指望你们家沈安是一只白乌鸦,陈青说。陈青从不说"沈安不是这样的男人"之类的安抚话,但交往多年之后,小米已能领略陈青话里藏话的体贴,既然天下的男人都是这样,你小米又有什么好难过的?

　　陈青也知道杨杲的事。为了撇清自己,小米在叙述这事的过程当中不自觉地用了戏谑的语气,因为两人平时也会就这个主题开开玩笑,都是从年轻过来的,都有过被自己的学生暗恋的经历。不同的是,年轻的时候喜欢的是持重的年纪大的男人,男人的经验,男人的沧桑,男人的智慧,男人由岁月累积的一切在女孩眼里都光芒四射,于是年轻的女孩就像一只只趋光的蛾,谁还知道年轻本身的魅力呢?自己就是花骨朵。可华年一过,却对岁月恐慌起来,开始心折青春本身,丈夫日趋中年的身体和心态让人绝望,也唤起女人对年轻的向往和爱恋。两个人无聊的时候也会谈起某部外国片里的年轻男

影星，就对男人的品位而言，两个人都有些崇洋媚外的。小米问陈青，假如你在一个完全陌生的地方被李奥纳多诱惑，老实说，你还能守身如玉吗？陈青说，别色啦！你以为李奥纳多疯了。类似的玩笑总能让两人开怀大笑，小米正是在这种玩笑的前提下，向陈青说起杨杲的情书。尽管小米知道这样的氛围这样的语气有些对不起杨杲，但也迫不得已，对小米而言，倾诉这件事是一定的，因为小米是藏不住心事的人，可如何倾诉却非常微妙。小米看上去心无城府，可内里也是能分清轻重的。陈青说，这不正好吗？你把情书就放到沈安的书桌上，威胁威胁他，让他看看——虽然米娘已是半老，可风韵是犹存的。

  但小米还是犹豫了很久，不是对杨杲这份感情还存了什么念头，小米既然把这件事说出来，就没打算开始什么，怎么会有开始呢？即使单纯的生活使小米没有经历真的世事沧桑，但小说是读多了的，包法利夫人的命运如何，安娜的命运又如何，外遇对女人而言注定是悲剧的结局，也注定是短命的。在世人眼里，它是女人的堕落和沉沦，是水性杨花不守妇道，绝对是不容于世的。小米不是虞绢，小米骨子里是既清醒又世故的，再说，虞绢或许要的也不是爱情，或许当时她只是要一把利剑或者一根稻草，绝望中女人的心思谁知道呢？但知道自己心意后的小米，却对杨杲生出一种类似温情的东西。小米想，我真是无耻，竟然把这种事告诉别人，竟然还用那样轻佻的语气谈论杨杲，倘若杨杲知道了，他一定会瞧不起我。虽然小米不会爱上杨杲，也真的没有可能和杨杲有什么感情纠葛，但内心深处也还是有几分被打动了的，被人爱上总是美好的事，一个三十二岁的女人除了吃醋，还有多少机会体验如此火热的爱情表白？就凭这一点，小米也不想让沈安看到杨杲的情书。

  可杨杲的信却接二连三地来，都放在中文系小米的信箱里。小米没有给杨杲任何答复，回信是绝对不行的，因为有虞绢的前车之鉴，小米也不想把这些信交给杨杲的班主任，那会把杨杲毁了，小米太知道那些班主任是如何对待这些学生的，再说，这也不是小米为人处世的风格。小米想，还是低调处理吧，无为而待，二十岁的激情能持续多久呢？自己当年暗恋体育老师不也就是一个学期的事。时间会让一切事如春梦，了无痕迹。但小米忘记了男孩和女孩的差别，也不知道男孩子面临自以为是的爱情时有多胆大妄为。因为没有接到小米的回信，也因为小米突然间变得冷冰冰的态度，失魂落魄的杨杲有一天在西门外的拐角处堵住了正要去买菜的小米。杨杲说，老师难道真是冷漠的人吗？看着杨杲热烈而又伤心的眼神，小米一时心慌意乱，但慌乱之后，小米有些恼羞成怒，好歹你杨杲还是个学生，怎么敢对老师如此无礼呢？难道是我有什么不检点的举止纵容的？这样一想，小米吓出一身冷汗，便冷着脸说，本来以为你是聪明人，有些重话老师不想说，既然你不明白我的心意，那还是说清楚吧。

　　如此的交谈总不能站在路边进行。师大西门外有许多咖啡馆和茶屋，但小米不想和一个正爱恋自己的学生坐在那样有情调的地方，那会让杨杲产生错觉的，小米对自己说。但小米真实的心思其实是怕被别人看见，西门外是师生云集的地方，保不准会碰到小米的朋友，和一个学生待在咖啡馆那样的地方，总是不太好说清楚，再说有些事情原本又是不能解释的，当事人只要一开口，味道就会变了，本来是清清楚楚的紫菜汤，别人却能喝出五味俱全；就是给杨杲的朋友看见也不好，学生的嘴更没有轻重，流言总长了色彩斑斓的翅膀，小米深谙世道人心。所以，为避嫌疑，小米选择了王太太绿豆汤小店和杨杲谈话，店是露天的，且就在菜市场边上，周围都是喧嚣的市声。小米知道大隐隐于市的道理，也想用这种选择来打击一下杨杲的自作多情，小米是喜欢在细节上用心思的女人。小店的太阳伞下摆着铺了格子桌布的小方桌，小米和杨杲相对而坐，小米要了一碗莲子银耳羹，替杨杲也要了一碗，这样一买，两人很像是偶遇的样子，绝对的光明磊落。小米一找到感觉，居高临下的状态就出来了，谈话的自始至终，小米都是直视杨杲的，作为一个老师，小米知道如何保持心理上的优势。我不能输在一个学生手里，难道多出来的十二年光阴是白过的吗？小米想。暗恋也就罢了，还敢写信？写信也就罢了，还敢在路上截住老师？这真是一个胆大包天的学生，假如不及时阻止他的话，接下来不定会做出什么事来。因为心软而听之任之，在别人看来，或许那是欲擒故纵，到时真是跳进黄河也洗不清了，别人不知道，小米可知道沈安在这事上是如何小气的一个人。这样一想，小米是真的生杨杲的气了，生气中小米的语言势如破竹，都是劈面而来，无从躲闪，声音不高，但语气却是冷若冰霜，又句句伤到杨杲的短处痛处，既凌厉又无情，简直刀刀见血！杨杲哪见过这种阵势，在杨杲的印象里，小米老师是有些小女孩气的，又会脸红，书读得多，话也有趣，所以才会心生爱慕之情，没想到，却也是一个又世俗又冷酷的女人，真是知人知面不知心哪！杨杲的爱情霎时间跑得无影无踪，昨天还以为坚如磐石生生世世的爱，结果只是在小米铺天盖地的语言面前，就土崩瓦解脆弱得不堪一击，世上有多少能坚持始终的东西？杨杲怀着无限伤感的心情落荒而逃。

但伤感的何止是杨杲，小米的情绪也糟糕到无以复加的地步。时近中午，太阳热热地斜照到小米的脸上，小米甚至能感觉到自己额上鼻上细密汗珠的动静，仿佛刚刚发过内功一样，小米四肢无力，一动也不想动。王太太进进出出地招呼着前来喝绿豆汤的客人，时不时瞅一眼小米一动没动的莲子银耳羹，客人多了，王太太想小米早点空出位子来，可这时的小米哪有心情去察言观色，身边是人来人往，有谁知道桌边年轻的女人刚刚经历了什么。无情哪里是自己真实的面目，可为了避免流言蜚语，却依然在学生面前扮演了如此的角色。男人的风流韵事满天飞舞，追究起来，都是逢场作戏，可有几个女人胆敢在这事上逢场作戏呢？再厉害的女人其实不过都是装腔作势，像小米一样，纸老虎一个，要么就得像虞绢，拼他个鱼死网破，玉石俱焚。小米此时真有些佩服起虞绢来，怎么说，也给了那个男人一顶绿帽子，出了一口恶气，不然白白地被欺负了，小米现在很能体会虞绢的心情。睡了十多天的沙发了，沈安那边却若无其事，丝毫不为所动，吃定了小米似的。尽管也把沈安恨得咬牙切齿，恨他明知她会不高兴，依然不管不顾地接受阿媚的挑逗，简直是成心和外人联手来气自己；恨他对身边年轻女人的温柔关注，尽管多数时候是稍纵即逝，可身边的小米还是能够捕捉到；恨他得理不饶人，明知她在等什么，却装聋作哑。可小米终归只是小米，恨归恨，到底做不出什么出格的事来。

账留到以后慢慢清算，日子还长，不愁找不到报复的机会，小米想。只是眼前如何才能找到一个台阶，小米绞尽脑汁，也想不出一个头绪，如此不死不活的状态小米实在受不了，小米不是一个沉得住气的人，也知道在定力方面，她是远远不能和沈安比的。万般无奈，小米还是想法把杨杲的信给沈安看了，自然不是像陈青说的那样——把信直接扔在沈安的书桌上，那简直不像下战书而像举白旗了，怎么说，小米也是一个聪明而又喜欢花心思的女人。小米家的书桌有三层抽屉，第一第二层各属于沈安和小米，下面一层是两人公用的，放些明信片工作证装订机之类的杂物，两人平时不见了什么东西，都会到那个抽屉去翻找的。杨杲的情书原来是放在第二个抽屉的底层，但因为存心想让沈安看见，就被小米转移到了第三层抽屉，很零乱地和其他物什混在一起，仿佛是漫不经心的，可实际上小米却费尽心机地在信里都做了记号，每封信纸中间都藏了一根小米又细又软又短的头发，只要沈安一展开信，头发就会掉下来，为此，小米甚至还做了几次试验，小米知道沈安一定会看这些信，正如小米也会偷看沈安的信一样。

长门赋

小米没有等多久，沈安第二天就看了抽屉里的信。那天一上午小米都有课，中午回家的时候就觉得沈安的脸色有些和往日不一样，阴阴的，一副山雨欲来的样子。沈安近些年很少这样，脸上总是风和日丽，但年轻的时候，沈安一吃醋，就会摆这种脸。小米还记得，有一次不过因为小米看一个男同学信的样子有些激动，沈安就摆了几天阴脸。小米喜欢沈安不高兴的样子，冷战十多天了，沈安一直心平气和，仿佛没事人一般，实在伤足了小米的心，也让小米上火，小米的唇都急起了血泡。今非昔比呀，若在早年，小米哪会沦落到这种境地，一言不合，立马就拂袖而去，连开口理论都懒得，可如今，别说拂袖而去，就是短暂消失几天都不可能，工作上的牵绊不说，光女儿桃子，那是小米千丝万丝筑就的茧。就算小米把万般都放下，要走也无处容身，八十岁的婆婆无家乡，女人活到三十岁，才能体会这句话的真实和悲凉。丈夫是女人的家，孩子是女人的家，女人如寄的命千年不变，读尽万卷诗书也是枉然，容颜绝世倾国倾城也是枉然。赵明诚死了，李清照流寓江南，身如飞蓬；项羽亡命垓下，虞姬血溅鱼肠，大王意气尽，贱妾何聊生，这是女人的千古绝唱。杨杲的情书，在大学老师小米这里，说到底也不过是司马相如为陈阿娇写的一曲《长门赋》，女人如水水如愁，千般迂回，万般曲折，不过都是无奈，几时真由得女人自己？

沈安呀，沈安，既然你不给我台阶，那我这次就给你好了，小米想。当晚便表现得比平日更贤良十分，所有的家事都安顿好了，女儿桃子做完作业，不到9点就睡了，小米躺在沙发上捧卷而读——心思却全不在书上，只是一心感觉着卧室里沈安的动静。养马三年知马性，和沈安结婚十年了，小米多少也知道沈安的一些行事风格，10点之前，沈安是不会到沙发边来的，怕女儿没有睡深，但10点后呢？小米忐忑不安，夫妻吵架不过夜，脚儿勾勾又说话，生气和质问都是引子，只要开口，不管过程是如何刀光剑影，不过就是欲迎还拒、欲就还推的幌子，到头来都是抱头而眠，婚姻中的爱情只有在硝烟弥漫的时候才能感觉到一些热度，小米极迷恋这种大病初愈般的感觉，就像过去一个得了美人痨的人迷恋大烟一样，多少次了，小米欲罢不能。但沈安却不知小米的心意，或许故意装作不知，二十天了，整整二十天，沙发上的小米焦躁得就像热锅里被翻炒的一颗栗子，积蓄的怨气也已能翻江倒海。冤有头，债有主，你就等着吧，沈安，这次不把你的肩膀咬得伤痕累累决不罢休，小米似乎都能听见自己牙齿嘎嘎作响的声音。10点，11点，12点，1点……等待的过程天长地久，每一分每一秒都像一根能随意拉长的皮筋，小米的神经简直要崩溃了。其间沈安出来两次，一次上客厅倒开水，一次上厕所，沈安有意放轻的脚步声，差点让小米的心停止了跳动，除了初恋的日子，小米再也没有如此惊心动魄地等待过了，但脚步声到底没有停在沙发边上。笙歌远去，柔肠寸断，深夜的等待再次成空。没有表面声色俱厉的质问，没有亦退亦进亦真亦假的生气，哪怕只是形式上的屈膝，他沈安都不为了，杨果的情书甚至掀不起一场游戏般的战争，他沈安真像拥有三宫六院的汉武帝，不声不响之间就把小米打入了冷宫。绝望中的小米几乎想要冲进卧室掀掉被子找沈安理论，我小米知书达理，我小米守身如玉，我小米安贫体恤，凭什么受你沈安如此冷落？但黑暗中的小米什么也没有做，也做不了。山已裂，海已干，六月飞雪，鸟兽灭绝，天地已经坍塌，曾经的爱意灰飞烟灭，心碎的小米全身冰凉，气若游丝。

　　一夜无眠，小米花容失色。所有的锋芒所有的光彩所有的自信顷刻间消失殆尽，此时的小米，像一只褪光了艳丽羽毛的病鸟，恹恹地栖在陈青家宽大的沙发上。从初恋到新婚，又从新婚到初恋，小米断断续续又反反复复地诉说她曾经的爱情。陈青不言，只是低头喝着她的菊花茶，一朵朵干枯的菊花像一张张老女人的脸，经水之后，仿佛妆后重生，可有谁能珍惜它们这种对美的苦苦眷恋之心？往事不堪回首，要说从前，陈青黛眉朱唇，身轻如燕，宿舍那是五楼哇，可年轻的欧阳不在乎，夜里出去或者回来，总喜欢将陈青背上背下，哪怕累得满头大汗，气喘吁吁，哪怕在楼道碰到邻居，他也不让陈青下来，他说，他要一辈子就这样背着陈青，他要让全世界的人都知道他背上的美丽女人是他欧阳皓的女人。男人的诺言是女人永远的翅膀，女人一下子脱胎换骨，得道成仙，从此步下生云，鞋不沾尘，衣袂飘飘，翩若惊鸿。

可结果呢，不过是飞入了月宫，做了虽长生不老却夜夜独守空房的嫦娥，空欢喜的。婚姻是杯雄黄酒，没喝之前，女人是如花似玉的白娘子，喝下之后，绫罗帐里一条蛇而已，青峰脚下修炼千年，也没有破了男人的法眼。雷峰塔也好，天上的月亮也好，不过都是汉武帝用来囚禁陈阿娇的长门宫。

可陈青体贴，不说从前，也三言两语将沈安绕开了去，只闲闲地和小米聊起姜绯玉的事。

在师大，哲学系的姜绯玉是个传奇人物，无人不知的，当年那个绰约妩媚呀，真是一笑倾人城，再笑倾人国，眼儿一转，波光潋滟，男人的心即风生水起，欲静不能。那时师大的单身汉，怕有一半都是姜绯玉的裙下之臣，嫁谁呢？姜绯玉挑挑拣拣，拣拣挑挑，宁不知倾城与倾国，佳人难再得。怎么挑算过分呢？就这样花了眼，一挑就挑到了四十岁。大学里四十岁的男人是黄金，是钻石，只要愿意，找个十八岁的学生结婚都可以；四十岁的女人呢，是残花，是败草，想嫁也不能了。不是嫁不出去，只是再没有相当的男人嫁，年纪合适又事业有成的，都是别人的丈夫，哪怕人家未婚，谁又想娶一个人老珠黄像件旧绣衣一样的女人？可再饥不择食，也不能嫁给一个一无所有的年轻男人，就算那个男人愿意吃软饭，姜绯玉也愿意养他，依然不行，自己好歹也是个教授，身份和颜面还是要的。已许久没有人要为绯玉做媒了——总是不成的，何必白操心？可前些日子，总务处的蒋科长又旧话重提，替绯玉介绍了一个男人，是个丧妻不久的鳏夫。蒋科长说，条件是相当的，人家是检察院的检察长，五十来岁，长得高高大大的。可姜绯玉一口就回绝了，如锦似缎的人生还没开始（其实也无法开始），却要陪一个死了妻子有儿有女的糟老头子，哪里会甘心？绯玉不嫁，可总有人想嫁，不过半年，那个检察长再婚了，娶的也是个漂亮女人，三十出头，刚和下岗不久的丈夫离婚。蒋科长见人就说，多可惜呀，那个男的本来我是要介绍给姜绯玉的。

小米比陈青更清楚姜绯玉的事情，哲学系和中文系都属人文学院，两个系的办公室就在同一幢大楼里，周二开会的时候，偶尔会在大门口或过道上遇见姜绯玉，昔日的美人如今依然是浓妆艳抹，锦衣华服，擦肩而过的时刻，暗香袭人，因为早就知道了姜绯玉其人其事，所以每次这样的相遇都让小米忍不住黯然神伤。什么胭脂能挽留逝去的岁月，能遮掩憔悴的容颜？什么香水涂在一个四十岁的女人身上，能勾住男人的魂，让男人想入非非？香者自然香，去者不能留，四十岁的女人哪，早该洞悉一切，铅华去尽，素面朝天，怎还能长袖翩翩，强颜欢笑？艳妆出行的半老女人呀，是最寂寞最凄凉最无依无靠的女人，是人群里的孤魂野鬼。

男人三十是烟花三月，是春风得意马蹄疾，是一日看尽长安花，可女人三十却是背面秋风下，这是陈青借姜绯玉的故事要表达的，小米懂得好友的心意。陈青说，知道为什么故事都要大团圆结局吗？不是女人都贞节，都要从一而终，而是因为女人无处可去。去哪儿呀？在古代回娘家，可娘家有哥嫂，不容小姑的，《孔雀东南飞》里焦仲卿妻被逼得上了吊，《倾城之恋》里的白流苏带了一大笔钱回娘家，也还是待不住，所以用尽心思要嫁范柳原，还得谢一场旷世的战争，成就了她的姻缘。可今天的女人到哪儿去遇这种倾城之恋呢？自然可以独居，反正有自己的薪水，不用丈夫养的，可一个人住着，形单影只，不是太孤寒吗？

是在半夜时分，小米轻手轻脚地回到了床上，沈安或许没睡安稳，或许本来就是醒着的，转身就抱住了小米。两人都无言，只是静静地相拥着，沈安的手掌一遍又一遍地摩挲着小米脑后又细又软的头发，只是二十天，却像隔了一生一世。妥协后的小米有些伤感，但沈安的怀抱依然温暖，男人的爱情哪，原来是女人的鸦片，一旦染上，想戒掉也难，所以千次万次回头的都是女人。钱锺书说，婚姻是座围城，外面的人想进去，里面的人想出来。可钱先生不知道，那些想出来的其实都是男人，女人却是守城者——守住里面的男人，也守住外面的女人。

男人哪里知道女人的心思。

不想从前，不想那桃花四月天，当男人的爱更行更远，女人却醍醐灌顶，从此冰雪聪明。

发表于《上海文学》2002年第6期
转载于《小说月报》2002年第7期
入选《2002年中国最佳短篇小说》
《中国文学最佳排行榜》第六
获第八届《上海文学》优秀作品奖和谷雨文学奖

郑袖的梨园

郑袖第一次勾引沈俞是在课堂上。

严格地说，也算不得什么勾引，不过斜了身子过去手把手地帮沈俞纠正了一个错字。沈俞把"雎"字写成了"睢"。当时她正给沈杲讲《关雎》。关关雎鸠，在河之洲；窈窕淑女，君子好逑。这种古典爱情诗歌郑袖一向偏爱，加之边上还有个沈俞，郑袖更是讲得眉飞色舞风生水起。几千年前的《诗经》，在郑袖这儿，都有蹁跹的意思了，都有潋滟的意思了。但十三岁的沈杲依然不明白。沈杲说，明明是写雎鸠，怎么又去写淑女，这个诗人是不是跑题了？郑袖说，这就是比兴了，看见鸟的双宿双栖，想到自己的形单影只，很自然的联想，怎么会跑题呢？沈杲说，如果看见两只猪呢？看见两只狗呢？是不是题目就应该叫作《关猪》或者《关狗》？

这是乱弹琴。郑袖不理他。郑袖反正是项庄舞剑，意在沛公。只要沈俞听得如痴如醉，郑袖的课就没白讲。沈俞是沈杲的父亲。当初朋友要她收沈杲做私塾学生时，她一口回绝了的，就因为沈俞说要旁听。郑袖的课向来随兴，常常有跑野马的时候，有时撒开了蹄子，跑到了水草丰茂鸟语花香的地方，就迷失了，找不到回去的路。本来是讲《诗经》的，结果却讲了半天《楚辞》，本来是讲李白的，结果又讲了半天杜甫。总是因为某个细节的迷惑，她拐了弯，然后不依不饶地往前走，直至误了方向。郑袖的这种风格让学校的督导很伤脑筋，甚至忧心忡忡，担心郑袖会误人子弟。德高望重的督导们都是严谨惯了的，实在不习惯郑袖的这种野渡无人舟自横的教学方式——这是系主任陈季子的评语，虽有批评的意思，总体还是厚道的。更刻薄的是另一句没有具体出处的评语，说郑袖的课过于散漫了，散漫得近乎水性杨花。

这十分恶毒了。但说这话的人也点到了郑袖的命门。郑袖也承认，自己上课确实没有方向感。她本来就是个有些迷糊的人，东西南北偶尔都分不清的，别人这么说，如果没有言外之意，单就表面来理解，倒也没有冤枉她。所以，郑袖从来不喜欢学生之外的人听自己的课，督导也罢，同事也罢，沈俞也罢。督导和同事来听课，她没办法，人为刀俎，我为鱼肉。但沈俞呢？他凭什么？

但郑袖还是收了沈杲这个学生。一半是因为朋友的再三游说，一半是因为沈俞开出的课时费诱惑了郑袖。陶渊明能不为五斗米折腰，可郑袖不能。郑袖是个又要菊花又要五斗米的女人，既耽溺于菊的清香，又耽溺于锦衣玉食。这也不怪郑袖的，读过书的女人多是这样，都喜欢过把酒东篱的生活。

对沈俞生出勾引的心思是后来的事情。有大半年，他们之间其实都是规规矩矩的师生关系。不仅规规矩矩，甚至还相敬如宾。沈杲一开始是十分叛逆的少年，最喜欢在课间和郑袖唱对台戏。郑袖上课天马行空，而沈杲听课更是天马行空，常常一个跟头就翻到十万八千里外去，把郑袖都弄得云里雾里的。好在还有沈俞。最初郑袖以为沈俞是来做监工的。做家长的不都这样吗？一旦请了老师，就把老师当长工来防，怕老师偷奸耍滑，怕老师短斤少两。白花花的银子花出去，不能打了水漂。但后来郑袖才知道，沈俞其实是来管束沈杲的。沈杲是匹野马，而沈俞是马绳。野马跑到天边，马绳把它拽回来；野马跑到地角，马绳也把它拽回来。这让郑袖心生感动。如今的男人，有几个能这样陪孩子读书呢？一个装修公司的老总，正值三十几岁的华年，世界应怎样地流光溢彩？而他却每个周末都在郑袖的古文里消磨。有责任心的男人于郑袖来说，总是威严的。郑袖因此一改以前的自由作风，变得庄重起来。

但朋友却笑得极其诡异。朋友是沈俞的大学同学，对沈俞知根知底。郑袖好奇，忍不住问起了沈俞的隐私。朋友开始还欲言又止，毕竟是读书人，知道流言是墨，泼出去了，就会在自己的道德底布上留下痕迹。可女人的人生怎么能没有流言呢？没有流言的人生就如7月的天空没有星星，就如4月的桃树上没有花朵,就如 10 月的芦苇间没有艳丽的蝴蝶,天地将如何为之黯然失色?所以,半推半就之间,犹抱琵琶之间,还是把沈俞的过去说个一干二净。

刹那间,郑袖对沈俞的敬重不翼而飞。没想到这个沉默寡言的男人竟然是个陈世美,只不过陈世美是为了富贵,而他是为了美色。为了美色他不顾泪眼婆娑的前妻,为了美色他不顾一个十岁少年的情绪。沈杲的叛逆是因为这个,沈俞的旁听也是为了这个。责任其实不是责任,而是内疚,而是赎罪。可每个周末的两个小时能弥补一个十岁少年成长中的伤痛么?每个周末的两个小时能弥补一个年华老去的三十多岁女人的凄惶心情么?

那个女人郑袖后来见过,挽着沈俞的胳膊笑吟吟地站在郑袖的门口。她开车送沈俞父子来,顺便上楼与郑老师打个招呼。果然是个妖娆的美人,且神情安静,且言语温柔。得了天下的女人都这样。或者说,这样的女人都会得天下。她们都是老子的门徒。上善若水,至柔者得天下,她们是以温柔为鱼肠剑的。阴到至处,便是阳。所以,安静是傲慢,温柔亦是傲慢。这一点,男人不懂,男人以为这样的女人弱不禁风,却不晓得,这是能在黑暗中单骑夜走的女人。而呐喊中的女人才惊恐,才寂寞。因为惊恐,所以要虚张声势;因为寂寞,所以要用自己的声音来陪伴自己。失魂落魄的声音比不得男人,甚至比不得李白和苏东坡月光下的影子。但绝望女人的夜晚哪里有男人和月亮呢?能依靠的,只有自己的声音了。

女人总是更懂女人。九尾狐的尾巴掩在长裙里,男人看不见,但郑袖却看得清清楚楚。郑袖这方面练的是童子功。十二岁那年,就知道温柔的女人信不过,妩媚的笑容背后,是阴险的算计和不动声色的掠夺。鸠占鹊巢之后的恩爱,是横生的荆棘,落在郑袖的眼里,隔了二十年,还能让郑袖隐隐作痛。

郑袖又一次摇身一变。郑袖总这样,能冷若冰霜,也能艳若桃李;能蛰伏茧中,也能破蛹成斑斓之蝶。勾引男人对三十二岁的郑袖来说容易,不比讲一首乐府诗难,也不比讲一篇庄子的《逍遥游》难。沈俞是个寡言的男人,这不怕,反对了郑袖的路数。郑袖向来迷恋不声不响却心照不宣的男女过招。

一上来就挑白了的关系，味同嚼蜡，所以，郑袖厌恶言语机智的男人。一切都要在暗中，樱桃的红，栀子的白，只合在月光下看，若在艳阳下，便风韵全无。暗夜中女人衣裙的窸窣声，男人欲迎还拒且退且行的软弱挣扎，如蝴蝶在风中的舞蹈，又惊惶又旖旎。也知道这如巫如蛊一样邪恶，但越邪恶越诱惑，越邪恶越快乐。

　　正是那种略带痛楚的隐秘快乐让郑袖身不由己。郑袖的手再次变成了花朵，开放在沈俞的面前。每次都这样，郑袖对哪个男人动了心思，最先出动的，总是那双美轮美奂的手。这和其他女人不同——女人一般都是用眉目传情的，或者用风流袅娜的细腰，或者用春风荡漾的胸。郑袖却不。同样都是勾引，但郑袖以为，那些方式下作了，而手更含蓄更具有形而上的意味。郑袖在骨子里，依然认为自己是端庄的女人。再说，郑袖的美，也是美在那双手上，首先是白，白得几乎有些雪青了，又修长，十指如葱，在指间，微微地还有美人靥。这多少有些奇怪的，郑袖本是一个瘦子，偏偏长了一双丰腴富贵的手，这是矛盾。然而郑袖还有意加剧了这矛盾。她从来是素面朝天的，可以说，铅华不施，却偏爱在手上下功夫。她几乎每星期都要做一次手部护理的，用蜂蜜、珍珠粉、维他命 E 和玫瑰精油做成护手膏，敷在手上，然后用蜡油封手，再裹上一层保鲜膜。要说，郑袖是一个懒散的女人，但在对待手的态度上，她真是一反常态的。秋冬季节天气干燥，晚上她会细心地用绵羊油和尿素涂手，再戴上厚厚的棉手套过夜。早晨醒来后，她的手真是娇嫩呀！仿佛初开的玉兰花瓣一样。她手的姿态总是参差的，也不是参差成京剧里的那种兰花指，那种样子太造作了，像戏子了，她不喜欢。她的手是更生动的、更自然的，尤其是她上课的时候，她的手真如流风回雪。学生们无不为之倾倒。尽管在学生面前，她总是尽量韬光养晦的，但也有得意忘形的时候。一忘形，她的手就风情万种起来。

　　她有一个奁盒，里面全是戒指和手镯，有钻石的、白金的，也有玉的、藏银的。这方面，她真是有一掷千金的气魄。有时一个戒指，简直要让她倾家荡产了。她也不管不顾，完全是那种败家子的作风。有一次在威尼斯，她在一家小店里看中了一个戒指，指甲花状的，材料也不知是什么，看上去像银的，却不是，总之绝不是什么了不起的东西，但价格却昂贵到不可理喻，要三百多欧元。她反复和那个意大利女人讨价还价，但那个浓妆艳抹的女人就是分毫不让，也不知是看出了她必买的决心，还是那东西真值那个价，不管郑袖说什么，她一直只是说，this is art，this is art（这是艺术，这是艺术）。可不是艺术么？在意大利，甚至路边的一块石头也是艺术。同行的老师都劝她别买。花三百多欧元买那破玩意，疯了。然而郑袖就是疯了，在准备上船离开威尼斯之前，她的心突然有种莫名的疼痛，她固执地认为是那戒指作弄的，咬咬牙，还是转身冲进店去把它买下来了。没办法，那个戒指在她手上戴过之后，仿佛有了生命，有了一种邪恶的力量，她简直为之神魂颠倒了。

记忆里也有这么一只银戒指的，是陈乔玲那破货的。陈乔玲最初只是郑袖的语文老师。每次郑袖写了作文，她都会笑眯眯地，带了郑袖去找校长。校长是郑袖的父亲，在学校的最西边有间单独的办公室。陈乔玲说，郑校长，袖儿真是得了你的真传呢，文章写得那么好，你看这一段，这一句。陈乔玲的手像一只白蝴蝶，在郑校长面前飞舞，舞得一边的郑袖都眼花缭乱起来。那时她真是着迷呀，着迷于陈乔玲手上那样漂亮的指甲花状的戒指，着迷于陈乔玲白净的手指，也着迷于陈老师在父亲面前对自己的夸奖。但郑校长却是严肃的。说起来，郑校长平日就是个严肃的人，但平日的严肃是十分，而对了陈乔玲老师，那严肃倒成了十二分了。这让郑袖有些懊恼，觉得父亲真是没有礼貌。父亲为什么不对陈老师热情一些呢？为什么要那样板着脸呢？对女儿板着脸自然是可以的，他也一向这样。可对了外人，对了女儿的老师，他不应该笑一笑么？不应该说一些客套话么？

十二岁的郑袖对风月之事，到底还是不懂的。

但沈俞显然懂。当郑袖花朵一般的手在他面前绽放了几个星期之后，她看见沈俞越来越不安了。不安是内心，面上却是更加纹丝不动的。这无妨，三十二岁的郑袖如今洞若观火明察秋毫，男人和男人原也是不一样的。有些男人，一被女人撩拨，就有些花枝乱颤的，变得轻浮，变得饶舌。而有些男人，却正相反。本来还是个温和的人，言语态度间，不热情，亦不冷淡，不殷勤，亦不傲慢。但被女人撩拨之后，反而更严肃了，更矜持了，简直变成了一棵卷心菜，愈卷愈紧，最后把自己裹个严严实实。这种过犹不及的反应往往会骗了那些年轻的女孩子，却骗不了郑袖——怕的是不变。只要变了，往左或者往右，其实都是一样的。女人只需耐心等，最后他总要缴械投降的。且这种男人的投降还不是一般的投降，是绝对丢盔弃甲落花流水的投降——弦绷得愈紧，愈容易断；花闭合久了，一旦开放，就更加灿烂。忽如一夜春风来，千树万树梨花开。刚刚还是寒冬腊月，转眼间，就春暖花香了。

郑袖有这方面的经验。要说严肃，谁能比她读研究生时的导师苏渔樵严肃呢？那真是一个冰冻三尺的男人。即使是对了系里最漂亮的美眉，他也能摆出一张西伯利亚的冷脸来。美眉们选他的课，考了五十八分就是五十八分，考了五十九分就是五十九分，绝对没有网开一面的时候，这种铁面无私的作风，让美眉们大受打击。她们哪受过这种委屈？她们在系里的男老师那儿向来都是所向披靡的，莫说考了五十八分五十九分，即便是考了四十几分，只消向男老师玩点暧昧，笑得妩媚一点，莺声燕语一点，老师们都会心肠一软放她们一马的。读过书的男人，尤其是上了一点年纪的读过书的男人，谁没有怜香惜玉的情怀？谁没有想入非非的习惯？尽管私下里，没有哪个美眉真会为了成绩好一点和男老师闹什么校园绯闻。用不着如此小题大做，如今的校园美眉们，都冰雪聪明，个个精刮得一如《红楼梦》里的王熙凤，杀鸡用牛刀那样吃亏不上算的事情绝不会做。但意念也不妨给老师，毕竟总是人在低处，求人家，也不好一毛不拔。但拔得太干净，莫说她们不肯，即便肯，老师们也未必敢要，别看那些人面上蠢蠢欲动，真要事到临头，其实都是些有色心没色胆的主。但意念那东西就不一样，来无影去无踪，缥缈得很，不触犯法律也不触犯道德，即使有目光炯炯的师母在一边，也抓不着他们的任何把柄，只能干生气，由了那些狐狸精一样的女弟子们和她们的导师在意念里风花雪月颠鸾倒凤。

偏偏苏渔樵铁石心肠不解风情。美眉们背后都咬牙切齿骂他变态，躲他就如躲鬼一样。郑袖一开始也这样的。她本质上是个懒散之人，之所以十几年要寒窗苦读，完全是被迫无奈。既然现如今美人们在老师面前略微卖弄风情就可以轻松过关，她又何必日日青灯黄卷耽误锦绣年华。二十几岁的美人的时间，正是一寸光阴一寸金。更何况她其时正和余越恋爱，时间更如丫头衣袋里的钱，怎么省都是不够。两人没课时，总窝在余越租的小小房子里缱绻。余越是杂志社的编辑，清闲得很。除了一个月看几篇稿子之外，其余的时间，大多用来看女友如花似玉的身子。年轻男女的爱情，不都是从身体的迷恋开始的么？虽然郑袖并不知道这算不算地老天荒的爱情，但她确实迷恋于余越对她的迷恋。一个男人对女人的好，真是没边的。身材高大的余越系个花围裙在他小小的出租屋里，择菜，做饭，替郑袖洗裤衩洗胸罩，一点也不觉羞辱，反而哼着小调，幸福得如一朵花一样。这让一直袖手旁观的郑袖又好笑又感动。

如果不是后来认识了苏渔樵的夫人朱红果，郑袖应该就顺理成章地和余越结婚了。两人都去看了房子，周末逛街的时候，郑袖甚至去看了家居店，看好了一个摇椅和几个靠垫，她准备把它们放在阳台上。那房子虽然不大，却有一个不小的阳台，郑袖想在那儿种几盆花花草草，然后躺在花花草草边的摇椅上，享受寻常巷陌中市井男女的美好生活。可有一天，郑袖为了毕业论文开题的事，不得已去了苏渔樵家。见到了朱红果，事情就不可避免地发生了变化。她没想到一向刻板冷血的苏渔樵有一个那样温馨的家，也没想到苏渔樵有一个那样妩媚的老婆。中文系教授家的那些师母们，她们几乎都是见识过的。用舍友三儿的话说，就是老师当年有眼无珠；用四儿的话说，就是他们统统都瞎了狗眼。所以她们在老师面前向来有些有恃无恐的。因了师母们的不上台面，她们有理由看不起老师了，也有理由看不起师母了。

谁想到那群鱼眼睛里面还暗藏了这么一粒珍珠呢？谁想到苏渔樵那只老牛，在家里啃的原来是4月的芳草呢？难怪他对系里的女生们能视若无睹。郑袖大惊失色，一回到宿舍，就开始喋喋不休地对舍友们形容朱红果的国色天香。弱水三千，我只取一瓢而饮。原来苏渔樵是这个意思！郑袖感叹道。但三儿撇了嘴，说，什么一瓢而饮？那朱红果，本来就是第二瓢了。

三儿说，别看苏渔樵如今土木形骸，想当年也是朱红果眼里的锦绣山河。她是用尽了手段，才把他从第一瓢那儿夺过来的。也是，她一个小护士，如果不是苏渔樵生了场大病，她如何有机会嫁了师大的名教授呢？

又一个江山易主的故事。郑袖恍然大悟。难怪朱红果身上有一种似曾相识的东西。那说话的声气，那微笑的方式，甚至她往后掠头发的手势，都像极了一个人当年的样子。那样子是郑袖的伤痛，不能碰的。所以，郑袖这么多年飘荡在外面，从不往回看一眼的。二十多岁快三十岁的女人，已经很爱伤感地追忆似水年华了，但郑袖从不谈她的过去，她像喝了孟婆汤一样，只是往前赶，急匆匆地，状如飞鸟，飞在别人的前面。别人二十岁做的事，她十八岁就做了；别人三十岁做的事，她二十出头就做了；别人读书时她恋爱，别人恋爱时她同居。她以为这样就可以甩掉过去，没想到，过去原来一直如影随形。猛一抬头，前面端然坐着的，不就是从前么？

　　一时间郑袖被吓得魂飞魄散。经过了这么多年，她差点以为她好了的，她和其他女孩子一样说说笑笑，和其他女孩子一样吃喝玩乐，也爱胭脂朱粉，也爱无事生非。她扑腾起来的样子，比谁都欢的。没想到，这些全然没用，原来她还是泥坯。即使外面穿红着绿，打扮得真人一样的，里面她依然是个泥人，泥捏的，水和的，风干的。瞅着还硬实，可真一碰上什么东西，就稀里哗啦地碎了一地，再也拼不成原来的样子。

　　郑袖伤心欲绝。有些东西看来是绕不过去了，只能白刃相见，郑袖想。俘获苏渔樵的过程有些坎坷，但郑袖为之如痴如醉。苏渔樵披坚执锐的样子让她觉得好笑，好像一只顶着壳爬行的老蟑螂。余越的宿舍是有蟑螂的，郑袖一开始怕得要命，也恶心得要命。但买了粘粘板之后，她对蟑螂的态度却为之一变。她简直有些盼着见蟑螂了。每次看到蟑螂被粘住之后，她都兴奋莫名。宿舍里的蟑螂灭绝之后，她又把粘粘板放到了走廊上，她有些耽迷于和蟑螂之间的这种游戏了。

　　有一段时间，苏渔樵和朱红果在郑袖面前变得更恩爱了。郑袖冷笑，她知道苏渔樵快扛不住了，要举白旗了。胜利是必然的，一方面因为郑袖破釜沉舟的决绝，另一方面也因为朱红果美人已老——尽管和苏渔樵相比，朱红果依然是青枝绿叶，但和郑袖比起来，她却是明日黄花。女人和女人的战争，其实是时间的战争。长江后浪推前浪，前浪死在沙滩上。朱红果即使使出浑身解数，如今也敌不过郑袖手指的嫣然一笑。

　　苏渔樵的变节十分戏剧。前一分钟他还在声色俱厉地批评郑袖，说郑袖的开题报告写得过于潦草，说郑袖的态度不是做学问的态度。这是当然，郑袖的心思本来也不在那个上面，所以无话可说，只能低头拨弄着自己的手指。郑袖的手指那天是涂了蔻丹的，浅紫色，中间还有一两片粉色的小花瓣。蔻丹本来是三儿的，但那东西涂在三儿手上，也没见得有什么特别。但郑袖一涂上，却让三儿啧啧惊叹，说，难怪余越对你如此痴情。袖儿你这双手，真是倾国倾城哪！果然就倾倒了苏渔樵。苏渔樵前一分钟骂声还未绝呢，后一分钟却突然抓住了郑袖的手。郑袖吓了一跳，尽管是成心而去，但事情真劈面而来，她依然有些惊慌失措。本能地，她想抽出手来。但苏渔樵捉她的手，犹如捉泥鳅，她根本动弹不了，再说，她也不真想动弹。所以，挣扎就变成了纠缠。两人一言不发，用十指在书桌下玩着猫捉老鼠的游戏。书桌上面是郑袖的开题报告，苏渔樵的眼睛盯着那儿，脸上的表情依然是导师的表情——严肃，还皱着眉头，这让郑袖觉得好笑。想苏渔樵，真是色胆包天，也龌龊，朱红果还在隔壁呢，他竟然可以就这样攥着女弟子的手。书房的门还是半开着的，如果朱红果直闯进来，桌下的春光，就会乍泄的。

但朱红果不会闯进来，对于郑袖，她是放心的。她不放心的是那个长着一双吊梢眼的女生。长着吊梢眼的是三儿。三儿花容月貌，且笑声狐媚，让所有师母为之色变。但郑袖却不是这样。素面朝天的郑袖，在师母们的眼里，如系里资料室的那些平装书一样朴素。这是郑袖的本事，也是郑袖的世故。三儿的美，如廊上的风铃，人一走过，就会叮当作响，而郑袖的美，却如一把折扇，能收放自如，打开时，无边风月；合上时，云遮月掩。看上去年轻的郑袖，其实在十二岁那年就老了。

苏渔樵却不老。五十多岁的苏渔樵一如少年，陷在郑袖的风月之中不能自拔。朱红果眼皮底下的纠缠，于他是杯水车薪。年轻女弟子桌下的手，再也不能安抚他澎湃的激情。他要另找一个地方，和郑袖演绎一场既热烈又秘密的师生恋情。但郑袖却不肯。郑袖如何会肯呢？本来就是她和朱红果的恩怨，和苏渔樵不相关的，离了朱红果，这戏还有什么意思呢？难不成她真想和苏渔樵有什么白发红颜的爱情？当然不是。

所以只能约在苏渔樵的家里。苏渔樵的家也就是朱红果的家。郑袖就是要在朱红果的地盘上舞枪弄棒，郑袖就是要把朱红果的江山打得落花流水。鸠占鹊巢的甜蜜，是隐藏在郑袖肉里的刺。郑袖想方设法，要让它不得安生。

于是就有了朱红果的书房捉奸。她那天本来上白班，一上午都应该不回来的，偏偏接了一个陌生女人的电话，要她回家看看。她满腹狐疑地回家来看看，一看就看到了书房沙发上的那对男女。郑袖的上衣半开着，而苏渔樵则单腿跪在女弟子的面前。那一刻她真情愿是瞎了的。

然而没瞎，所有的风景都历历在目，她只能披挂上阵。恍惚间她记起从前，苏渔樵搂着她，闯进来的是苏渔樵的前妻。高大愤怒的前妻上来就给了她一耳光,她桃花一样的脸于是更加红艳艳的。苏渔樵当着前妻的面,轻轻地抚摸她被打的地方,心疼万分。她蜷在苏渔樵的怀里,哭得梨花带雨。但那哪是哭呢?分明是唱给另一个女人听的战歌。也不过几年的时间,竟然李代桃僵了!竟然就李代桃僵了!

本能地,她要上前撕打郑袖的脸。然而她的手,在半空中到底停住了。她看见了郑袖的笑脸,半明半暗的书房里,郑袖披头散发,那唇边的一丝笑容,苍白,且吊诡。

但更吊诡的事还在后面。本来朱红果要偃旗息鼓的——她是过来人,又是学医的,男男女女那档子事,她看得轻。只要苏渔樵能痛改前非,她姑且就忍气吞声了。只是便宜了郑袖那小婊子,真要闹出来,她是要身败名裂的。然而郑袖似乎不怕身败名裂,反是一种不依不饶的姿态。事情颠倒了过来,该闹的不闹,不该闹的却在那儿闹得铿铿锵锵锣鼓喧天。苏渔樵一开始倒是有些畏惧的,但年轻女弟子那豁出去的真情感动了他。说到底,苏教授虽然骨子里是个风流之人,然而不苟且,身上也还是有几分书生意气的,于是他果断倒戈,旗帜鲜明地站到了郑袖这一边。

朱红果被逼得没了退路,满城风雨,她再也不能装聋作哑。总以为以自己三十多岁的如花年纪,守一个五十多岁的老男人总是安稳。没想到,还有二十多岁的女人觊觎她手中的安稳。男人的爱情没有永远,锦衣玉食的生活也没有永远。胜者王,败者寇,即使不甘,也只能掩面而退了。

但败下来的不仅是朱红果,还有9月返青的苏渔樵。要破碎的已经破碎,郑袖再也没有心力建设什么——本来也不打算建设的,要的就是破碎,破碎朱红果和苏渔樵,也破碎自己。珠圆玉润的样子硌得她生疼,她早已习惯于粉身碎骨。

凄然转身,她折了回去,即使余越,也拽不住仓皇前行的郑袖。

有两次课沈俟没有来。开车送沈俟来的是那个妖娆美人。美人姓叶,叫叶青。叶青摸着沈俟的头,站在门口轻声细语地对郑袖说,郑老师,俟俟让您费心了。郑袖冷笑,真是厚脸皮,俟俟是你叫的么?从前陈乔玲也这样,当了郑袖母亲的面,也是袖儿袖儿地叫。有一次,郑袖答应了。也不怪郑袖的，陈乔玲是她的语文老师，做后娘之前，在学校也是叫她袖儿的。然而母亲听不得，一个耳光啪地打在郑袖的脸上，说，你亲娘还没死呢，还轮不上别人叫你袖儿。

母亲是个卖豆芽的，长年的体力劳动使她力气很大。那一巴掌下来，几乎是铁砂掌了，郑袖的脸立时如一朵鸡冠花。母亲不看她的脸，扭身而去。父亲也不看，父亲沉着脸，兀自抽他的烟。只有陈乔玲，在边上唏嘘不已。她煮了鸡蛋，要给郑袖热敷。郑袖本来想一把夺了鸡蛋，丢到鸡食盆里去的。但她不敢，父亲在边上，她如果这样做，说不定父亲的巴掌会让她的脸再开一朵鸡冠花。姐姐郑裳这样过的，郑裳有一次生病——她胃又痛了，郑裳的胃向来不太好的。她太爱吃辣，总是拿干辣椒当零嘴吃。陈乔玲给她熬了稀粥，陈乔玲说，胃痛只能用粥养的。可郑裳抬手就把粥碗打翻在地上。父亲飞起一脚，踢在郑裳的腿上，郑裳的腿乌青了半个月。郑裳从此不怎么回家了。郑裳其实之前就总躲在外面的。自从父母的婚姻里有了陈乔玲，家里就再也没有太平过。母亲为捍卫自己的婚姻，做过近两年艰苦卓绝的斗争。有时半夜里，郑袖也会被母亲的尖叫声惊醒。母亲说，你有本事就真掐死我，掐死我。郑裳用被子捂住头，继续睡。但郑袖做不到，郑袖会赤了脚，哭着去叫隔壁的三婶来劝架。郑袖担心，父亲真会掐死母亲的。陈乔玲那时已离了婚，父亲完全没了退路，只能从母亲这儿杀开一条血路。家里的气氛时而是寒冬腊月，时而是火焰山。郑裳在这样的家里待不住。郑裳那年十七岁，竟然开始恋爱了。对方是镇上的木匠，二十七了，大郑裳整整十岁，而且身材矮小。这样的男人，无论如何是配不起郑校长家的千金的。但郑裳铁了心要嫁。母亲特地赶过来劝她，说，龙配龙，凤配凤，九月配金菊。你要嫁人，总也要挑个相当的，哪能挑个三寸灯台一样的男人？郑裳挑了眉，说，你嫁的人倒是相当，可结果不是守不住么？三寸灯台怎么样？三寸灯台安稳！偷不着人，踢不着人！郑裳伶牙俐齿，把母亲气得半死。父亲的反对却轻描淡写。陈乔玲轻声轻气地对父亲说，年轻人相爱了，自然要结婚的，这可是新社会，难道婚姻还没有自由么？于是郑裳自由了，父亲由着她，嫁给了和她自己个子差不多的木匠。

家里只剩下郑袖了。有大半年的时间，郑袖几乎不开腔，不理父亲，也不理陈乔玲。其实陈乔玲开始对她倒蛮好的，尤其当着父亲的面，她的态度更是十分婉约。她自己没有孩子——想必是不能生,因为她在前夫那儿,就没有生育的——这使她的身段十分窈窕。周末的时候,她总端坐在缝纫机前,缝东缝西。缝纫机是郑袖母亲的陪嫁,母亲过去偶尔也会用它来补补破衣裳的,但母亲从来没有用它给郑袖两姊妹做过新衣衫,母亲不会。而陈乔玲的手却巧得很。那如白蝴蝶一样的手总在裁衣板上翻飞,有时给郑袖做连衣裙,有时给父亲做新衬衣。边上的父亲一如既往的严肃,但郑袖知道,父亲的严肃现在是假的。父亲看陈乔玲的手时,眼里有柔软的东西。而他从前看母亲,眼神从来都是生硬的。其实,父亲几乎不看母亲的。母亲也没时间闲坐在那儿让他看,母亲总是埋头做自己的事。家里有一溜大木桶,里面蓄满了绿豆芽黄豆芽。母亲一天要到镇东面的水井挑三次水,给豆芽冲凉。即使这样,到了七八月时,豆芽也总是烂,家里因此总弥漫着一种腐败豆芽的气味。饭桌上也不离豆芽菜的,母亲每天总有卖不完的豆芽,黄豆芽炒腌菜,绿豆芽炒小虾米,轮着吃。豆芽菜总是摆放在郑袖和母亲的面前。父亲的筷子是从来不伸向豆芽菜的——母亲会为他做青椒炒蛋。家里养了几只芦花母鸡,那些母鸡们努力下的蛋,基本上是父亲一人吃了的。郑裳也不吃豆芽,她情愿就着干辣椒下饭,也不去碰豆芽菜。郑裳说,豆芽是豆子浸肿身子后长出来的毛,有一种腐烂的尸体味。这让郑袖恶心,但郑袖还是逃不了豆芽菜。她即使自己不去搛,母亲也会帮她搛到碗里。这是母亲的风格。母亲永远有些欺软怕硬的。

母亲怕父亲,郑袖看得出来。在风流倜傥的校长面前,母亲有些自卑。母亲其实长得不丑,丹凤眼,柳叶眉,那样子,就如戏台上的穆桂英。但父亲似乎不喜欢穆桂英那样的女人,父亲喜欢的是《西厢记》里崔莺莺那样娇滴滴的小姐,不仅能眉目传情,而且能诗书往来。看上去严肃的父亲,骨子里依然是向往才子佳人和风花雪月的。而母亲没有文化,莫要说父亲写的那种"隔墙花影动,疑是玉人来"的诗句,即使贴在院门口的通俗对联,她也是看不懂的。所以无论如何,她当不了崔莺莺。但陈乔玲却能,陈乔玲弱不禁风,陈乔玲雪肤花颜。改朝换代之后的郑家院子,种了美人蕉,种了指甲花。傍晚的时候,陈乔玲有时会拿本书坐在美人蕉下,这样的风景,父亲是百看不厌的。尽管父亲在郑袖面前假装出目不斜视的样子,但郑袖知道他们在眉来眼去。陈乔玲是个戏子,两只长袖在郑家舞得风生水起。屋子里再没有豆芽的气息，满屋子如今都是陈乔玲的花露水味。家里呈现出从来没有的清洁和明媚。蚊帐是雪白的，玫瑰红的被褥也是簇新的。没有生育过的女人本来就更爱干净，而陈乔玲，为了表现出她和郑校长前妻的差别，在这方面做得更为彻底。

郑校长果然就耽溺于这种生活了。

即使郑袖，那时也有些半推半就地享受着陈乔玲带来的全新生活。饭桌上至少不再有豆芽菜了。陈乔玲喜欢把饭桌上弄得红红绿绿：西红柿炒鸡蛋，红椒丝爆炒冬瓜皮，胭脂菇炖鸡汤。陈乔玲的手艺，迥异于郑袖母亲那朴素粗糙的风格，而具有一种美学上的效果。这效果不仅迷倒了郑校长，也几乎迷倒了沉默不言的郑袖。之后郑袖想起来，依然佩服陈乔玲的手段。原来女人蛊惑男人，不仅要靠如花的容颜，还要在许多方面下功夫。母亲真的不是陈乔玲的对手。不仅母亲，镇上的其他女人也一样。镇中学的女老师来来往往，也有姿色不错的，但再也没有哪个女人打动过郑校长。郑校长对陈乔玲的爱，海枯石烂，地老天荒。

这让郑袖失望。郑袖本来希望别的女人来打败陈乔玲的。母亲没有这个本事，她自己也没有。从前父亲倒是最疼她的，她长相随父亲，清秀、白净，玉兰花一样的。她安静爱读书的性情也随了父亲。而郑裳完全不一样，郑裳是朵栀子花，形容健硕，花香浓郁，有强烈的乡野风格。这是母亲的气质。所以，父亲是偏爱郑袖的，尽管他是个不爱用言语表达偏爱的人，但这偏爱人人都知道。都知道郑校长更喜欢二女儿，包括陈乔玲，所以陈乔玲一开始也是巴结郑袖的。她对郑袖的殷勤样子，即使郑袖的母亲，也没有的。郑袖那时年轻，看不破这是陈乔玲对她不怀好意的笼络，总半推半就地受着这份好。少年的心性，原也是自私的。她明知道母亲恨陈乔玲，知道母亲希望自己和她站在一起，来对付那个狐狸精。母亲指不上郑裳——郑裳虽然偶尔会骂几句陈乔玲，然而她天生心肠硬，不管父亲，也不顾母亲，一天到晚只想挣脱这个水深火热的家。母亲只能靠郑袖。然而郑袖更靠不上，郑袖倒是心肠软的，可这软，不光对母亲，对了父亲和陈乔玲，也一样的。

只是郑袖没想到，陈乔玲对她的好，竟然也是戏子的好。在舞台上咿咿哦哦地热闹了一阵之后，她们原来也还是后母和继女的关系。这让郑袖非常愤怒。飞鸟尽，良弓藏；狡兔死，走狗烹。君臣关系是这样，女人之间的关系也这样。父亲后来眼里只有陈乔玲了,所以陈乔玲对郑袖的态度,便有些敷衍。虽然她对郑袖说话的语气,也还是温柔的,但那温柔是绵里藏针的温柔。这针刺得她满身暗伤,然而父亲看不见,父亲看见的是陈乔玲的万种风情,是陈乔玲的十分贤惠。郑袖生病了,陈乔玲依然会端茶送水,只是那话音,不好听。陈乔玲说,我们家袖儿,真是金枝玉叶的身子,要是生在富贵人家,原是要有使唤丫头的,你看人家宝哥哥,有晴雯有袭人,林妹妹也有紫鹃有雪雁。只可惜了袖儿,生在我们这样的市井人家。这话的挖苦意思,十几岁的郑袖都听得分明。而郑校长,却把它当缠绵的昆曲听了。变了心的男人是头驴,耳里眼里塞的都是驴毛,三婶说。从前郑袖听了这样的话,还有些不高兴的。父亲再不好,也还是自己的父亲,她听不得别人把他骂成一头驴。然而父亲果然是一头驴了。郑袖的成绩因此一落千丈。这也是郑袖最后的一招。既然沉默没用,既然生病没用,那变成一个差生怎么样?这对郑袖来说,相当于日本人的剖腹自杀了,也是死谏的意思。然而父亲还是没有从他的爱情里转过身来。而陈乔玲似乎看破了郑袖的花招,因此笑得意味深长。陈乔玲说,老郑,你看看这本书。书是《射雕英雄传》,是郑袖的枕下书。郑袖的那些日子,是有意沉湎于金庸和梁羽生的浩渺江湖了。然而陈乔玲的解释不怀好意,陈乔玲说,老郑,我们袖儿如今是黄蓉了,知道想靖哥哥了。

听陈乔玲的意思,郑袖是因为动了春心,才没心思学习的。郑袖气得七窍生烟,恨不得自己真是黄蓉,会打狗棒法,把那舌生莲花的白骨精打回原形。然而她怎么能是黄蓉呢?而朝三暮四的父亲更不能是黄药师。即使郑袖有本事把陈乔玲变成一堆白骨,在父亲看来,也是千娇百媚。十五岁的郑袖黔驴技穷,只能仓皇败阵。

郑袖在课间给沈昊讲了《芦花记》。这是明代的传奇,讲一个继母,表面对继子也是疼爱,暗地里却给继子的棉袄里絮芦花。天寒地冻的日子,儿子瑟瑟发抖,而不明就里的父亲竟然鞭打儿子。要不是棉袄里飞舞出漫天的芦花,女人的阴险,或许就永远绕过了男人。故事到这儿戛然而止,郑袖掐去了那虚情假意的结尾,沈昊看上去有些迷惑。之前郑老师还在给他讲曹操的《短歌行》,青青子衿,悠悠我心,但为君故,沉吟至今。沈昊没想到,《三国演义》里那个杀人不眨眼的英雄曹操,竟然也有这样的深情,这让十三岁的沈杲，几乎有些惆怅了。这堂课沈杲也表现出少有的认真。然而老师的话锋却陡然一转，又讲起了什么芦花飞舞，这让沈杲有些丈二和尚摸不着头脑。

郑袖也有些讪讪的。她本来以为沈杲会有一种兔死狐悲的悲伤，然而沈杲没有，沈杲甚至不明白老师在说什么，他的情绪依然还在曹操那儿。沈杲说，曹操那样的一代枭雄，感情怎么和贾宝玉一样？"但为君故"里面的"君"，到底是什么人哪？竟然让我们叱咤风云的魏武帝念念不忘。

郑袖哑然，她芦花的故事算是白讲了。男孩和女孩到底不一样，当年三婶给她讲这个故事，才讲到一半，她就明白了三婶的弦外之音。但那时的郑袖认为三婶是多管闲事，是杞人忧天。陈乔玲还在那儿对她摇头摆尾呢，她无论如何也不相信这个后娘能在她的棉袄里絮芦花。所以，她冷了脸，不理三婶。

而沈杲却压根没听懂。她只能怏怏地折回到曹操这儿来。不然又如何呢？她没有理由总纠缠那个明代传奇的，万一沈俞或者叶青过问起来，她怎么解释？分明在挑拨离间别人的关系。恼怒之下，肯定是要炒她鱿鱼的。而她现在不想做一只被炒的鱿鱼。五斗米的俸禄倒在其次，最关键的，是叶青的良田千顷。来日方长，只要她长剑在手，不信叶青那偷来的产业，能千秋万代。

暑假的时候，郑袖要装修，是沈俞提出来的。之前郑袖在沈俞面前暗示过，说她的卫生间不好用，没有装整体浴室，淋浴起来不方便。还有书房里的书橱太小，搁不下几本书。她想靠墙打一溜书橱，那样就能由着自己的性子买书，过瘾。沈俞笑笑，大学里的女人到底有点不一样，别的女人总是嫌衣柜不够用，而郑袖，郁闷的却是她的书橱。也是，她家的书扔得到处都是，沈俞看了，也觉得乱。沈俞也是个爱读书的人，一下子就理解了郑袖的郁闷。沈俞于是就想给郑袖装修了。这事沈俞瞒了叶青。要说起来，他给郑袖装修，理由也是充分的，人家是儿子的老师，作为家长，他自然要拍拍马屁。时下的风气不都这样？再说，人家也是要给钱的，好歹是生意，管他是西瓜还是芝麻。但他就是有些心虚，张不了口。

正好叶青出远门。叶青是外省人，她父亲打电话来说，母亲买菜时突然摔了一跤，骨折了，那意思，是要叶青回去，照顾他们一阵。叶青在沈俞面前的态度有些犹豫，叶青说，不是有弟弟弟媳么？平日两个老人也是鞍前马后地服侍他们，怎么一出了事，就要我回去？但沈俞怂恿她去。沈俞说，你和弟弟弟媳较什么劲？老人想你去，你就去呗。沈杲我把他送到夏令营去，你只管在那儿待。

叶青把这个当成了沈俞对她的体恤。一直以来，他们的关系就是这样，表面看来是沈俞左右她，其实呢，却是她在左右沈俞。这是叶青的本事，叶青总能让男人替她说出她想说的话，而男人还以为这是他自己的意思呢。但这一次叶青是自作多情了，沈俞的怂恿其实是调虎离山。所以，叶青前脚走，沈俞后脚就到了郑袖这儿。他是公司的老总，本来是没必要事必躬亲的，但他现在就想事必躬亲。他十分严肃地和郑袖讨论房子的装修细节。房子才六十几平方米，可做的文章其实有限，但沈俞要在这有限的空间里为郑袖创造出一个锦绣世界来。郑袖自己倒是有些马虎的——不是对结果马虎，而是对装修的过程。在所有的麻烦面前，郑袖只想做鸵鸟，她希望在她把脑袋藏在沙子里的工夫，麻烦能自己骑着扫帚，从耳边呼啸而过。几年前装修时她就这样，她由了那些木工泥工电工们在她屋子里折腾，结果，眼睛一眨，老母鸡变鸭。只是鸡也罢，鸭也罢，都不是她要的。沈俞说，房子的气质要和主人的气质吻合，就好比用碗碟盛菜，菜粗，碗儿碟儿也要粗，菜细，碗儿碟儿也要细，所谓玉盘珍馐，就是这意思。你弄盘白菜萝卜，却用越窑的青瓷盏儿去装，就矫情了，既糟践了盏儿，也糟践了萝卜。

郑袖忍不住笑出声来，她没想到，一向沉默寡言的沈俞原来也是这么能说的，只是不知道她在沈俞的眼里，到底是珍馐还是萝卜？她本想问问沈俞，可话到唇边，又打住了。这样的问话，有点像调情，于她与沈俞，有些轻佻了。她不能让沈俞把她看成是一个轻佻的女人。把手变成开放的花朵，那多少是有些写意的，是不着一字，自得风流，但言语，就着痕迹了，郑袖不屑。

况且沈俞在她面前，一直是庄重的，尽管她知道他内心，一定已经春心荡漾了。但既然还没道破，那就还要做出没有关系的样子来，这是最有意思的事情，郑袖喜欢。沈俞的图纸十分详细，哪里安灯具，安什么样子的灯具，哪里放坐具，放什么样子的坐具，他都画得清清楚楚，可再清楚，郑袖也看不懂。郑袖本来就是个看不懂图纸的人，中学的地理成绩因此差得一塌糊涂。再说，她现在也没心思看什么图纸，她的心思全在她自己的手上，她的手在图纸上游走，好像很认真的样子，但其实那是马二先生游西湖，虽然也在西湖边上转了一圈，但西湖到底长什么样，他完全是不知道的。她之所以总要把手指搁在图纸上，那是把沈俞的图纸当舞台了，图纸上那些零零碎碎的东西只是背景，真正的主角是她那溜光水滑的十个手指。十个手指就如十个小旦，每一个小旦都闭月羞花，每一个小旦都风情万种。她用沈俞的眼看那舞台，看得如痴如醉，看得神魂颠倒。

沈俞果然就颠倒了。叶青不在，他把郑袖这儿当梨园了。晚妆初了明肌雪，春殿嫔娥鱼贯列。郑袖就由他当一回醉生梦死的李后主，看她的小旦们在台上演一折又一折的好戏。唱完《贵妃醉酒》，又唱《游园惊梦》，唱完《晴雯撕扇》，又唱《霸王别姬》，直唱得荡气回肠，直唱得天昏地暗，两人依然意犹未尽，也尽不了，隔了一层纸的男女，离戏的高潮还远着呢。

郑袖不急，三寸金莲慢慢往前走。沈俞依然不苟言笑，但不苟言笑的同时，却在为郑袖忙前忙后，推敲装修的每一个环节，大到木料的颜色和质地，小到玄关的挂饰，沈俞都持一种异常谨慎的态度。这态度让郑袖十分受用，郑袖知道沈俞真把她当珍馐了，想要给她切磋出一个玉盘来。这让郑袖又有些不安。她从前在苏渔樵那儿，是带着荆轲刺秦的决绝的，风萧萧兮易水寒，壮士一去兮不复还。但如今，她似乎成了刘禅，有几分乐不思蜀了。

然而想到叶青那个妖娆的女人，郑袖还是不由得心花怒放。

郑袖现在住外面，借住在一位朋友家。朋友去了法国，房子空在那里，正好解决了郑袖眼前的困难。但朋友家离师大有些远，坐公车要七站地。每次郑袖要来这边，都是沈俞接送的。这其实有些过分了，但郑袖不客气，安然受着沈俞的这种过分的好。两人是你知我知，偏又做出你不知我不知，这就更有镜花水月的意味了。知道一个男人在对你好而不说出来，知道一个男人的心思全在你身上而装作不知道，这感觉于女人，真是好。尤其这男人还是妖娆的叶青的男人，这感觉便加倍好。郑袖有时觉得自己都快美成了一只江南4月的蝴蝶，只想在沈俞面前蹁跹。有两次，沈俞晚上送她回来时，郑袖都差点请他进屋了。如果是个一般意义上的男人，倒好办了，说不定郑袖就请他进去了，长夜漫漫，她的睡眠又不好，有个男人陪着坐会，喝杯茶，聊聊天，总比孤身一人待着好。但郑袖成心要和沈俞甩水袖，反不请了。也请不得,他们两人的关系虽然看上去还是道貌岸然的君子关系,但郑袖明白,其实那君子关系是几近摇摇欲坠的,稍一个趔趄,就颓然倒塌了。到时别说沈俞端不住,即使郑袖自己,也难说。单身的女人,表面看上去刀枪不入,其实是极其脆弱的。所以,郑袖万分小心,她在沈俞那儿,要的不是一夜两夜的安抚和苟且,不是一个月两个月的短命爱情。他们的关系要瞒着叶青开始,但绝不能瞒着叶青结束的。怎么能瞒着叶青呢?事情的起因是叶青,事情的结果也是叶青,叶青才是台上真正的主角。宛转蛾眉马前死,《长恨歌》那一折压台戏,郑袖是要留给叶青的。

所以郑袖不能请沈俞进去,至少目前还不能。百转千回之后的情意,在男人那儿,才能化成那马嵬坡的丈二白绫。

之后就没有了这样绝好的机会。因为房子装修好了,而叶青和沈杲也各自从娘家和夏令营回来了,两人的关系只好又折回到从前。沈俞看上去有些怅然,郑袖也一样——郑袖的怅然有几分是做给沈俞看的,是安抚他,也是鼓励他。男人对女人的好,是需要安抚的,否则容易心灰意懒。而郑袖,却想沈俞再接再厉的。

只是一时没有了再接再厉的合适借口。沈杲的父亲和沈杲的老师现在只能围着沈杲做文章。但沈杲现在其实不那么桀骜和乖戾了——这当然是叶青的功劳,叶青的媚功看来对男人是老少通吃的。沈杲现在在郑袖面前说到叶青时会叫叶青为叶阿姨了,之前他是说那个人或者那个女人的。郑袖说,沈杲,你这双鞋不错呀,是阿迪达斯的吧?沈杲说,是叶阿姨买的。神情之间,竟有几分得意了。这让郑袖有些生气,叶阿姨买的?叶阿姨拿什么买呢?叶阿姨自己锦衣玉食的生活都是别人给的。这样的意气话,郑袖自然不能说,十几岁的少年,到底嫩,看不破这是后娘在用借花献佛的手段笼络他。

郑袖也笼络沈杲,这是以毒攻毒。郑袖的笼络当然不是给沈杲买阿迪达斯,或者周杰伦的《双截棍》和《菊花台》,而是给沈杲讲李白和苏东坡辛弃疾了,上次讲了曹操之后,郑袖知道沈杲喜欢听什么样的诗词了,都是要有英雄气质的,要铿锵激越,要豪迈奔放。郑袖只好放弃那些缠绵的爱情诗了,李煜不能讲,那种亡国之君的诗歌,沈杲一听,就萎靡了。而李商隐李清照更不能讲——有一次她试探着讲了李商隐的那首著名的《无题》,隔座送钩春酒暖,分曹射覆蜡灯红。诗中男女那种隐约暧昧的感情,隔了千年,仍让她十分迷恋,她实在忍不住又跑了野马。她看见沈俞隐藏在镜片后面的双眼灼灼发光。沈俞起兴了,他一定由李商隐想到了自己,李商隐和美丽的宫女在宴席上隔了众宾客,所以,再情难自已,也只能暗递秋波;而他和郑袖更曲折,既隔了课堂,又隔了沈杲,连秋波亦暗递不成。

何况郑袖也不想送什么秋波。诗歌是一回事,秋波又是另一回事。这一点,郑袖分得清清楚楚。所以跑野马的郑袖又拐了回来,开始讲杜牧的《题乌江亭》,讲西楚霸王,讲四面楚歌。萎靡的沈杲立刻又抖擞了起来。

因为李白和苏东坡他们的关系,沈杲现在开始无限热爱郑袖的课。因为热爱郑袖的课,也跟着热爱郑袖了。这便让沈俞的存在显得有些多余,他本是来督促沈杲的,可现在人家沈杲在课堂上一点也不撒野了,他这根缰绳也就失去了意义。但他依然想来——他现在也只有这个机会能够冠冕堂皇地来见郑袖了。然而沈杲却嫌他。多数时候沈俞是不理儿子的,但偶尔为了顾及沈杲的情绪,沈俞也会克制住自己的欲望,不旁听了。沈杲这个时候就很活泼,天马行空,乱说一气。沈杲说,郑袖,总有一天我要和李白一样,仗剑去国,辞家远游的——背了沈俞,沈杲总是这样直呼郑袖的。这是少年表达友谊的独特方式。他以为他和郑袖之间已经建立起了一种非同一般的关系,他们志同道合,意气相投。郑袖也由了他这么想。郑袖说,辞家干什么?你后妈不是对你挺好么?这是郑袖的恶毒了。郑袖其实知道后妈两个字是沈杲的伤痛,但她依然故意去戳它。叶青不是要粉饰太平吗?不是要沈杲"直把杭州当汴州"吗?郑袖偏不让她得逞!她就是要让沈杲知道,杭州再繁花似锦,再纸醉金迷,也还是杭州,不是汴州。

为了达到这个目的,郑袖甚至会帮助沈杲温习和缅怀汴州。当然一开始,那个汴州总是郑袖的汴州。汴州也是郑袖的伤痛,一碰,原也肝肠寸断的。然而,郑袖后来还是会反复想起多年前的那个深夜。那个夜里,她和郑裳早已睡了,母亲轻轻地把她摇醒。灯光昏暗,她依稀看见母亲青白的脸和凌乱的头发,如女鬼一样。郑袖有些怕,然而母亲一言不发,拽起她的手往外走。9月的夜,天已经很凉,穿着单薄的郑袖,一走到外面,风一吹,忍不住打寒战。母亲似乎也冷,她的手冰凉冰凉,死人一般的,身子在风中也瑟瑟发抖。

郑袖听见她的牙齿咯咯作响。天很黑，没有月亮，也没有星星。镇上的灯几乎都灭了，只有镇西袁雪雪家的豆腐坊里有暗黄的灯光，如一只疲倦的萤火虫，把夜衬得愈加黑了。沉默的母亲踉跄着往前走，郑袖不敢开口，她知道母亲是带她去学校找父亲。父亲深夜还没有回家，这么晚了，他待在办公室干什么呢？改作业吗？父亲是语文老师，总有许多作文要修改的。然而父亲的办公室里没有灯光。母亲的脚步更踉跄了，也更缓慢了，仿佛脚下有只手拽住了她的脚一样。郑袖更怕了，她想起奶奶讲的故事。从前她夜里想出去玩，奶奶总是讲鬼故事吓她，奶奶说，那些想投胎的鬼，总是在深夜从地下伸出手来，拽人的脚。那故事郑袖大白天当然不信的，然而一到夜里想起来，就汗毛顿竖。

学校本来就有些偏，在镇的最北面。学校的围墙后面，是坟地。镇上新死的剃头匠，就埋在离学校不远的地方。白天上课的时候，郑袖从窗户里能看见坟上的花圈。母亲或许也怕了，所以在校门口停住了脚，母亲轻声说，袖儿，你去，你去敲他的门。

然而郑袖不肯去，怕鬼，也怕父亲。父亲那些日子脾气非常暴躁，鸡从他面前走过，他会踢一脚，猫从他面前走过，他也会踢一脚，即使对着安安静静的板凳，他有时也会发神经，突然飞起一脚，把板凳踢得老远。她和郑裳如今都和家里的鸡、猫一样，绕着他走，哪还敢半夜里去敲他办公室的门？他的脚会饶过她？

郑袖不动身，母亲只好犹豫着自己上前了。郑袖看不见母亲的脸，但母亲的声音在风中有些哆嗦，有些低声下气。母亲说，袖儿，等下你爹出来，你就假装肚子疼，好不好？郑袖的胃打小就有毛病，天气乍寒乍暖，就容易痉挛。郑袖不作声。母亲慢慢地走到父亲的门前。然而郑袖并没有听到敲门声。黑暗中，母亲就那样安静地站在父亲的办公室门前，足有一节数学课那么久。郑袖愈加怕了起来，母亲难道被魇住了吗？她上前去拉，母亲果然被惊醒了一般，突然转身，北风一样地往家奔跑。

母亲那夜的凄凉心情，郑袖是多年之后才懂得的。那个夜晚的母亲，应该是去捉奸的。半夜不回家的丈夫躲在办公室里做什么，母亲心里明镜一样。但母亲不敢自己去，母亲向来是怕父亲的。母亲也不能叫三婶她们——母亲爱面子，爱自己的面子，也爱父亲的面子，虽然父亲对她无情无义了，她还是不想让父亲成为一个名声扫地的人。只好叫郑袖了，虽然是小孩，可多一个人，总能壮壮胆。那个时候的母亲，真是无依无靠胆小如鼠的，哪怕一根麦秆，也想拽在手里当棍棒用。何况丈夫一向疼袖儿，不看僧面看佛面，有了袖儿在场，总归要好些吧？总归要好些吧？

然而母亲还是没有勇气去敲父亲的门。

暗夜中站在父亲门外的母亲，应该是怎样绝望的心情呢？郑袖后来想。她为什么不敢敲父亲的门呢？总不是怕陈乔玲？虽然母亲那段日子骨瘦如柴，但陈乔玲在体力上依然不是母亲的对手。那母亲是怕父亲了？怕父亲什么呢？怕父亲帮了陈乔玲打她，还是怕父亲破罐子破摔？尽管关于父亲和陈乔玲的流言如蛾子一样，绕着镇子飞舞，或许母亲还是不想把他们的关系挑到明处。母亲即使在那样的绝望中，也还是希望他们的婚姻能够起死回生。

懂了母亲之后的郑袖，每次想起那个夜晚，都会泪落如雨。

和沈俞上床是两个月后的事情，在郑袖搬进新家的第一个周末。沈俞过来吃晚饭，是郑袖邀请的。郑袖说，这个周末你过来吃晚饭吧。沈俞嗯了一声，就挂了电话。郑袖那天从下午就开始准备了，学校门口的菜市场有点小，卖的也是最普通的瓜果蔬菜。所以郑袖打车去了很远的墩子塘，那里有市里最大的菜市场，什么稀奇古怪的东西都有。果然，郑袖买到了胭脂菇、马兰蕨和菊花菜。沈俞十分惊讶，他怎么也没想到如此一双美丽的手能侍弄出如此一桌美丽的菜，尤其是那道胭脂羹，简直让沈俞惊艳了。

沈俞再也把不住，胭脂羹还没喝到一半，就绕过方案去把郑袖抱住了。两人本来在榻榻米上盘腿相向而坐，这一抱，竟是半躺的姿势。郑袖的腰是半侧着的，她往后仰，想挣开沈俞的抱，然而这一挣，沈俞的身子更加倾斜了下来，这让郑袖有些不胜负荷了。她个子小，腰细，实在不能以这样的姿势支撑住身材高大的沈俞，身子一软，就倒在了榻榻米上。

事后沈俞久久无语，只是反复摩挲着郑袖指间那只花朵状的戒指。郑袖突然伤心起来，沈俞的这个动作让她想起余越了。余越也这样，每次做爱之后，总爱把她的手指一个一个摸过来，像从前镇上的瞎子摸胡琴的弦一样，把每一个手指都仔细摸了个遍之后，再停在戒指上，反复摩挲。几乎每次都这样。她向三儿描述这个的时候，三儿嘻嘻地笑。三儿说，每个男人的癖好不同吧，我男朋友最喜欢摸的，是我的胸，开始是胸，中间是胸，结尾是胸，如《诗经》的句式一样，一唱三叹，回旋往复。

三儿的胸，郑袖她们宿舍的女生都看过，绽放的白莲花一样，丰硕，饱满。莫说男人爱不释手，即使女人看了，也有些垂涎的。郑袖的不能和她比，还是似开未开的状态。郑袖那时都二十六了，可她的胸还是十六岁的状态。三儿说，这要怪余越。女人其实是男人种的植物，男人在女人的哪个部位最殷勤，哪儿长势就最好。这道理最朴素，和农民种庄稼的道理是一样的。然而三儿的这种理论郑袖不信，郑袖认为女人的身体是女人意志的结果。女人最珍爱哪儿，哪儿就丰茂妖娆，也不全然是因为平日照顾周全的关系，而是感应。这是一种神秘的力量。女人的意志一旦凝集到了一个部位，那个部位就会散发出一种耀眼的光芒，而这光芒，让人身不由己。所以，三儿的理论完全是颠倒因果了。

她和余越缠绵时说起过这事，虽然不信，也还是觉得三儿的话有意思。余越听了，促狭地笑，之后手就放肆地向郑袖的胸伸来。余越说，那我就做一个勤劳的农民吧，一辈子侍弄你这庄稼，看看它能不能茁壮成长。然而哪里能种一辈子呢？她遇见了朱红果，就注定了她要往岔路上走。她做不了余越的庄稼了，再没有希望长成那茁壮的样子。她变成了女巫胯下的扫帚，虽然有邪恶的力量，却从此丧失了郁郁葱葱葳蕤芬芳的生命。

枯萎是瞬间的事。刚刚还是绽放的姿态，突然间，花瓣就落了一地。颜色依然是鲜艳的，但鲜艳的死亡更让人伤心和怜惜。沈俞俯身，再一次覆盖住郑袖。忧伤隔得远，远到千山万水，远到沈俞的语言根本够不着。又如何够得着呢？忧伤本来与他无关，这是余越的事。她后来还偷偷地去看过余越的家。余越的家就在杂志社附近，二楼，南面有个小阳台。郑袖戴个大草帽和墨镜，躲在对面的小书店里，觑了那个阳台整整一下午。阳台外面的铁架子上种了两盆花草，其中一盆是芦荟，另一盆似乎是月季，开了几朵粉色的花。这花草不是郑袖的风格，郑袖从来不喜欢月季之类的没有花味的花，郑袖喜欢栀子、茉莉和八月的桂花，那些花如陈年的酒和诗歌，能暗香袭人。郑袖在花草方面的偏好余越是知道的，然而他家的阳台种的还是月季，一朝天子一朝臣，别人的天下，自然由了别人性子。晾衣架上晒了几件衣物，有镶了蕾丝的大红胸罩和内裤，看那尺寸，余越后来的庄稼真是粗枝大叶的。这是余越打理的功劳，还是那庄稼本来就粗枝大叶？想起从前的调笑，郑袖的眼圈忍不住红了。这本来是她的生活，现在却成了另一个女人的，一个完全和她郑袖南辕北辙的女人，却在生活着她的生活。那她呢？她又在生活着谁的生活？

她自己也迷惑，或许是叶青的生活。沈俞现在隔三岔五地来，不是沈杲上课的时候。沈杲现在单独来上课了，这是郑袖坚持的。既然和这个男人有了肌肤之亲，再在沈杲面前做出那清白无关的样子，郑袖觉得很无耻。虽然她和沈俞现在的关系，也是不道德的，也是无耻的，但无耻和无耻之间，还有差别。郑袖的勾引也一样，同样都是勾引，可勾引和勾引之间，也有差别，虽然看上去是形式上的差别，是五十步和一百步的差别，但郑袖认为，形式不一样，本质就不一样。

这是郑袖最有意思的地方。这有意思的形式就把沈俞绕了进去。这个女人真是特别，亦正，亦邪，亦远，亦近，亦端庄，亦妩媚。她上课的时候，真是风生水起，美丽的词语像一只只蝴蝶一样，从她唇间飞出来，飞出来；而一下课，她又像一棵树一样安静，她安静下来的手指，如暮春零落的花瓣一样忧伤。她整个人真是矛盾，苍白的容颜，总是素净的，素净到她皮肤下面的蓝色血管，他都能隐约看见，而她的手，却十分华丽。那宝蓝色或者朱红色的蔻丹，那各式各样的戒指，有一种妖冶气。那华丽和朴素，那端庄和妖冶，简直触目惊心，使她特别不真实，仿佛是从纸上走下来的女人。他是搞美术出身的，从前画过无数个如郑袖这样气质的女人，也痴迷这样气质的女人。这样的女人，生活里其实没有的。生活中的女人，都没有这样的反差和对比，这样的复杂和暧昧。她们都是更单纯的，旗帜鲜明地站在各自的阵营里。朴素的，就朴素成白菜萝卜那样；艳丽的，就艳丽成10月的牡丹一样。不管哪一种女人，反正都会从头到脚地，毫不含糊地，表现一种审美。而郑袖却有些混乱：身是一个女人，手又是另一个女人；这一刻是这个女人，另一刻又是另一个女人。迷魂阵一样，让沈俞出不来。

出不来的沈俞又一次想到了离婚。不是郑袖说了什么，而是他自己想离。别的男人能三妻四妾，能海纳百川，他不能。这是他的习惯，也是他的操守。虽然他现在是个生意人，然而本质上，也还是从前那个画画的年轻人，迷恋艺术，也迷恋爱情。所以，人家的世界再天大地大，他也没办法学习。他的世界从来很小，小得如一把伞，伞下只能站一对男女，多一个，都挤了。从前因为叶青，他多了前妻；现在因为郑袖，他又多了叶青。

但他还没来得及和叶青摊牌，叶青就出事了。叶青的红色甲壳虫和一辆帕萨特在西郊的一条道上相撞了，当场气绝。也奇怪，对方的车子里也是一个年轻的女人，车子几乎撞烂了，人却毫发未损。交警说，这路段是从来不出事的。路直，又宽，那样空荡荡的地方，就两辆车，随便一避，也逃过了。怎么能撞上呢？也没下雨，路也不滑，怎么能撞上呢？

那个上午，沈俞在郑袖那儿。郑袖那天没课，沈俞在电话里问，你在干什么呢？郑袖说，没干什么，躺在榻榻米上看闲书呢。沈俞在办公室就有些坐不住，眼前总晃动着着绛色睡袍的郑袖的样子，她凌乱的黑发，黑发下米色的棉麻垫子，以及榻榻米边上褐色圆坛和满满一坛子的芦苇。沈俞的身子突然就热了起来，欲念如热锅里的芝麻一样，噼噼啪啪地开了花。他匆忙放下手里的设计图，风一样地赶到了郑袖家里。

两人立即纠缠成激流中摇摆的水草那样。楼道里有走动的声音，隔壁家的女人在阳台上洗衣服的声音——那女人总是在上午洗衣服，只要不下雨，她家阳台外的晾衣竿上就会晾满了五颜六色的衣物，旗帜一样，在风中飘舞。而郑袖却是个喜欢在上午做爱的女人。从前和余越就这样，晚上余越想做，她总是拒绝，而一到上午，她就主动了。她的这个习惯曾经让余越觉得奇怪，女人不是在暗夜里开放的花朵吗？可郑袖不是。一到黑暗中，尤其是半夜，她就成了枯枝败叶。上午她精力充沛，颜色鲜艳，肌肤如绸缎一样光滑。而且外面还有各种各样的声音，收破烂的老头把他的铝锅敲得叮当响，送报纸和牛奶的女人在楼梯上鞋子的橐橐声。她喜欢听那些声音，也喜欢看屋子里那些半明半暗的光线。虽然有窗帘，但上午的光线依然能够穿透进来，尤其是阳光灿烂的日子，那屋子里简直会明晃晃的。她就喜欢在这明晃晃的光影里绽放。

沈俞也喜欢，不是喜欢上午做爱，而是喜欢郑袖这样黑白颠倒的风格。这个女人，这个事事有反差的女人，他是离不开了，那只能离开叶青了。沈俞一边做，一边暗暗就下了决心。

然而,还没等他离开叶青,叶青倒先离开他了。

郑袖被惊得魂飞魄散。怎么能这样呢?怎么能这样呢?所谓曲终人散,可曲还未终呢!叶青还在用珠圆玉润的嗓子,唱她的三千宠爱于一身呢,还没有唱到渔阳鼙鼓动地来,惊破霓裳羽衣曲,怎么能说不唱就不唱了?她是主角,还要接过玄宗亲手赐的丈二白绫,还要唱宛转蛾眉马前死,哪能戛然而止呢?

任她郑袖一个人,孤零零地,站在这灯火阑珊的戏台上。

发表于《小说月报·原创版》2008 年第 5 期

转载于《小说月报》2010 年

《北京文学·中篇小说月报》2008 年第 10 期

《小说选刊》2008 年第 10 期

《中华文学选刊》2009 年第 1 期

入选中国小说学会排行榜第三

《中国小说排行榜榜上榜》

《2008 年中国中篇小说精选》

《小说月报 2008 年原创精品集》

《小说月报·原创版》伦理小说精品丛书

获 2009 年中华文学奖短篇小说奖

鱼肠剑

一

孟繁最初对吕蓓卡生出嫌隙，是因为一件和自己不相干的事情。

三间房，A、B、C，都是一样的大小，只是房 A 朝南，有一个小阳台，而房 B 和房 C 在北面，没有阳台的，这个区别她们三个人——孟繁、吕蓓卡和齐鲁，事先在物管那儿并不知道，所以都是随便签的字，齐鲁签了 A，孟繁和吕蓓卡签了 B 和 C。三把房间的钥匙，三把套间的钥匙，都圈在一个小铁环上，由吕蓓卡拿了，三个女人说说笑笑地，一起去博士公寓三〇五。

然而，吕蓓卡竟然把她的拉杆箱包放进了 A 房，仿佛不经意地，把 C 房的钥匙给了齐鲁。孟繁当然注意到了，她是一个心细如发的人，一进三〇五就发现了房 A 和房 B 房 C 的区别，也发现了吕蓓卡这个有意无意的小动作，然而齐鲁似乎没发现，或者发现了，不好意思说。因为孟繁看到齐鲁的表情一刹那间有一点点惊讶，然而也只是一点点，稍纵即逝了，之后便不声不响地接了 C 房的钥匙，进去打扫了。房间里有许多灰尘，以及前任博士们留下的一些乱七八糟的杂物。她们足足打扫了一个多时辰，门口的垃圾堆成了一座小山，三〇五才有了一些女性化的清洁气质。

那天的晚饭是吕蓓卡请的。本来孟繁不肯去，她和孙东坡约好了，要去他那儿吃饭的。孙东坡在电话里说，他买了鲈鱼、四季豆角、西兰花，还有里脊肉，都是孟繁偏爱吃的，尤其是孙东坡做的清蒸鲈鱼和糖醋里脊，每次都能让孟繁吃出今夕何夕的幸福感来。而且还有一瓶张裕干红,他说,房间里的哥们今天出去了,我们俩可以放开来,喝几杯。

后面那句话,孙东坡是放低了声音说的,孟繁的心不禁一阵荡漾。

然而吕蓓卡不让孟繁走。吕蓓卡说,不就是老孙么?已经在一起吃了十几年饭了,还要在一起吃上几十年,你烦不烦呀?如果是别的男人,我们还考虑考虑,但老孙绝对不行,你说是不是?齐鲁。

齐鲁笑笑。

孟繁其实知道那顿饭吕蓓卡是想请齐鲁。那样阴了人家,不找个由头弥补弥补,怎么好意思呢?但单请齐鲁,到底有些着痕迹了,所以需要孟繁在一边做个幌子。这层意思,孟繁看得一清二楚,虽然看清楚了,也不说破吕蓓卡,这是孟繁的性格。孟繁最不喜欢塌别人台的,何况吕蓓卡的台,也难塌。孟繁在电话里刚说一句,我可能过不去了,吕蓓卡就一把抢过了手机,说,不是可能过不去,是一定不过去了。姐夫,今儿晚上你就自斟自饮吧,学学人家李白,举杯邀明月,对影成三人。孟姐呢,您就别惦记了,属于我和齐鲁了。

二

孙东坡在另一个学校读博士,和孟繁一样,也是古典文学专业的,不过,他搞古典文学批评,主攻理论的,而孟繁研究作品,重点是晚唐诗人李商隐的作品。

他比孟繁早一年读博。这是他们家一贯的前进模式,总是他冲锋在前,然后孟繁亦步亦趋。当年他们在中学教书,小城市的普通中学,那么一个小地方,人生自然和理想无关,但生活也是平静安逸的。她其实很耽溺那样的日子,和孙东坡恋爱,结婚,然后生儿育女——生儿育女他说是夸张了,因为没有儿,只有一个女。女儿叫桃子,长得和他一样眉清目秀,他很喜欢,这是自然的,哪个做父亲的不喜欢自己如花似玉的女儿呢?然而他的喜欢却是有保留的有遗憾的喜欢,他是农村出来的,对儿子有一种根深蒂固欲罢不能的深情。所以,即使和桃子玩得昏天黑地的时候,他也会突然摇摇头,说,我们的桃子如果是个儿子多好哇。这是什么话呢?孟繁不爱听,更不爱听的还有孙东坡父亲的话,孙东坡的父亲说,要不,你们偷偷地再生个儿子,放我们那儿带?

小城里的女人表达情绪时,一般都是很直接很激烈的,即使是受过高等教育的中学女老师,在小城生活几年之后,也入乡随俗地,变成铿锵激昂的豪放派。但孟繁从来不这样,孟繁一开始就表现出了大城市女人的潜质,也表现出了研究李商隐诗歌的婉约潜质。

孟繁笑眯眯地对孙东坡说,我倒是想成全你父亲,假如我是个乡下女人,也不妨学一回宋丹丹,做个南征北战的超生游击队,可惜我不是。或者学《浮生六记》里的芸娘,给你纳个妾,不过,孙东坡,你生不逢时呀,你如果和沈三白一样,是乾隆时候的人,这办法才可以的。要不,你休了我?

可孙东坡怎么会休了孟繁呢?他们是恩爱夫妻,当初他追她时就发过誓,这辈子要在天愿作比翼鸟,在地愿为连理枝。而且,孙东坡从来不是一个半途而废的人。

他们一直是比翼双飞的。说比翼,或者有些不准确,但至少是参差而飞。他教高三,她教高二,他是教研组组长,她是副组长。他考研去了外地——这下总该劳燕分飞了吧,然而只分飞了一年,她第二年就考上了他的学校,两人接着在省城比翼双飞。省城的天空更加广阔,而且又摆脱了孙东坡家人的纠缠,她更耽溺了,可孙东坡不耽溺,孙东坡是有野心的人。野心是孟繁的说法,孙东坡自己认为那是青云之志。有青云之志的孙东坡,在省城也待不住,三十五岁那年又考了博,是上海的一所高校。孟繁这次有些飞不动了。鸟和鸟的飞行能力原是不一样的,孙东坡是鲲,是鹏,喜欢南冥北冥,喜欢扶摇直上,而她是蜩,是学鸠,只喜欢榆树和枋树的高度,她这样对孙东坡说。孙东坡笑了,孙东坡说,你放心我一个人在外单飞三四年?上海那可是一个繁华世界,最容易让男人声色犬马的。我的几个师姐师妹,个个可是闭月羞花的。

孟繁才不相信孙东坡会声色犬马,也不相信他的师姐师妹闭月羞花,然而她最后还是考了博。三年的离别,对正当盛年的他们,确实是个很大的身心考验。她本来聪明,而所有的参考书孙东坡都替她准备好了,导师那儿也联系过了。闭关修行十二个月后,她和孙东坡又在上海比翼双飞了。

三

在住进博士楼三〇五之前,孟繁和吕蓓卡的关系,严格一点说,还只能算是陌生人。不过见过几次面,在学校招待所的食堂和上上下下的电梯里。来考博的学生,几乎都住在学校招待所里。两人却从来没有过交往,点头之交都没有。

可吕蓓卡却把孟繁叫作孟姐,把孙东坡叫作姐夫。

孟繁第一次被叫出了一身鸡皮疙瘩。首先不说她们之间的关系到没到这程度,单就那称呼,孟繁也不习惯。也不是茶楼酒馆的,也不是引车卖浆的,叫什么姐姐姐夫呢?简单地叫孟老师和孙老师不就好了,高校里的人逮谁不是叫老师呀?关系生分的叫老师,关系亲密的也叫老师,敬重的叫老师,讨厌的也叫老师。老师的意蕴最丰富多义,几乎和李商隐的诗歌一样丰富多义,言简而意丰,多合适的一个称呼!

可吕蓓卡偏要姐姐姐夫地叫。孟繁觉得吕蓓卡的做派简直不是学院风格的。学院里的女人哪个不懂远近不懂分寸呢,吕蓓卡竟然不懂。明明还是山远水远的关系,竟然一下子被她扯成了亲戚,还不是远亲,是半直系。

真是蛮有意思的一个女人。

第二天孟繁和孙东坡吃饭时,这样说起吕蓓卡。孙东坡和孟繁已做了多年的夫妻了,自然知道孟繁的"有意思"其实是骂人的话,是说吕蓓卡是二百五,也就是上海人嘴里的十三点。但饭桌上的另一个人却不知道,他就是孙东坡同宿舍的哥们老季,老季是北方人,长得也很北方,一米八几的个子,又黑又粗糙的皮肤,和孙东坡对比了来看,简直一个是枯藤老树昏鸦,一个是小桥流水人家。可这棵老树竟然是研究花间词的,孟繁有些忍俊不禁。孙东坡说,老季不仅研究花间词,老季的审美对象是世间一切妩媚风流的东西,妩媚的风月,妩媚的文字,妩媚的女人。

所以老季一听说吕蓓卡,就有些激动了,赶紧问孙东坡小姨子的形象如何。孙东坡虽然当了姐夫,却也没见过小姨子的。两个男人都转了脸,看孟繁。

孟繁沉吟半天,然后说,是个美女。

老季对这个答案很不满意,美女?现在哪个女人不是美女呢?系资料室的老冯还被学生们叫作美女呢,可老冯不仅快五十岁了,而且满脸雀斑,而且有一个很俄罗斯的腰,学生们都担心沈老师抱不过来——沈老师是老冯的老公,也是中文系的教授,有名的红学家。学生们有事没事常常拿他的形象打趣，说他研究《红楼梦》研究得走火入魔了，生生把自己研究成了一个男林黛玉，娴静时如娇花照水，行动处似弱柳扶风。在高校，弱柳扶风的男教授倒也不少，关键是他和老冯的形象太反差了，老冯倒也是很古典文学的，只是那古典是《水浒传》的古典，或者是苏轼的朋友陈季常家的河东狮吼式的古典，总之和本来意义上的美女是风马牛不相及的，然而也被叫作美女了。可见美女，是被用俗用滥了的一个概念。所以老季说，哪能这么敷衍我们呢？你是搞文学的，要用修辞。

修辞就修辞呗！孟繁笑笑，说，是个闭月羞花的美女。

这哪行呀，老季摇摇头说，闭月羞花在后现代语境下已经有了新的诠释，木子美还闭月羞花呢，芙蓉姐姐还闭月羞花呢。

老季显然多喝了两口酒，孙东坡被逗得乐不可支。孙东坡说，你别和老季绕了，老季研究词，你干脆就用词来比，她是北宋词，还是南宋词？是豪放词，还是婉约词？

孟繁放下筷子，斟酌半天，说，或许，她是五代花间词。

老季大喜过望，说，原来在我研究范畴之内，那我一定要认识认识。

行呀，孟繁说。

四

三个人的关系，是最具张力的关系。

如果三个人当中有两种性别，那张力就会达到无以复加的程度，有明争有暗斗，有爱情有阴谋，有背叛有嫉妒，绝对精彩跌宕如马丁·斯科西斯的《纯真年代》，或者周迅赵薇陈坤的《画皮》。

如果是一种性别，且是阴性，那依然会是紧张的戏剧性的关系，只是这戏剧性，不是好莱坞的路线，而是更曲折，更隐秘，外弛内张，外静内动。机关都藏在暗里，在姹紫嫣红的戏装下，在甩来甩去的水袖里，这意思，又有些是昆曲了。

孟繁觉得，吕蓓卡唱昆曲绝对是个旦角，刀马旦。

因为不动声色中算计了人家齐鲁，也因为谈笑风生中把孙东坡叫作了姐夫，孟繁以管窥豹见微知著。

所以她有些远着吕蓓卡，是心理意义的远，面上大家的关系还是一样的，或者说，她和吕蓓卡的关系看上去更亲密些。这亲密完全是吕蓓卡单方面造成的。吕蓓卡最喜欢有事没事到孟繁的房间里来串门，或者晚饭后约孟繁去散步——所谓散步，其实是出去拈花惹草，吕蓓卡对校园里所有的植物，都抱有空前的占有热情。她沙发边上的那个巨大无比的深褐色圆坛子，里面也因此总是插满了各种各样的花草。她甚至会让孟繁掩护她，拿个玻璃瓶去偷博士楼前的桂花，回来用蜂蜜腌了，做桂花糖吃。

应该说，如果没有齐鲁那件事，和吕蓓卡这个女人交往其实还是非常有意思的。她不仅喜欢搞点女人的小情趣，而且还无比热爱飞短流长。不过个把月，整个楼里的男博女博和整个文学院里的博导们，吕蓓卡几乎都认识了，虽然他们未必认识吕蓓卡，但吕蓓卡却对他们有了提纲挈领的了解，谁是书痴，谁是花痴，谁是论文痴——"痴"是吕蓓卡的口头禅，但凡谁在哪方面有点过了，在吕蓓卡这儿就成了某某痴。有时她和孟繁走在路上，会突然捅捅孟繁的胳膊，黑眼珠一时亦变得十分流转。孟繁知道，她们一定又遇到某痴了。果然，等那人过去，吕蓓卡会说，她就是某某某耶。可某某某孟繁不认识。吕蓓卡说，花痴呀，二〇一的花痴。

博士楼里，花痴有好几个，为避免混淆，吕蓓卡给每个花痴都加了定冠词，定冠词一般是房间号，也有的是地域，比如隔壁的女博，就被吕蓓卡叫作洛阳花痴。每个花痴的背后当然有许多典故，这些典故吕蓓卡能如数家珍。吕蓓卡的口才很好，而一旦说到与风月相关的话题，那更是眉飞色舞妙语连珠。孟繁其实也爱听这样的流言，哪个女人不爱流言呢？流言是暗夜里的璀璨烟火，是连天衰草中的斑斓蝴蝶，那缤纷秀色岂是枯燥的学问枯燥的论文能比的？

可孟繁偏做出不爱听的样子。这是故意怠慢了，借怠慢流言，来怠慢吕蓓卡。

当然也不是很明显的怠慢，而是有些含蓄的，有些消极的。女人之间飞短流长原是要相互激励的，要你来我往的，要同舟共济，要相濡以沫。高尚的行为不需要同志，千里走单骑，才能成就孤胆英雄。但堕落不一样——背后说人是非，这差不多就算堕落了，她们受儒家教育多年，对这一点心知肚明，但明知也要故犯，因为堕落是更快乐更容易的事情。往上总是更吃力，而往下轻而易举，这是力学规律，大多数人不能逃脱于规律之外，女人更不能，因为体力不支，体力不支也会造成精神不支。而不支的结果就是需要堕落的共犯，一个人堕落让人不安，而两个人，或者更多，那不安的意味就会减弱甚至化为乌有。

但孟繁却不成人之美，无论吕蓓卡说什么，孟繁从来不插嘴，只是笑吟吟地听，间或嗯嗯哦哦几声。那嗯哦，只是礼貌上的，既不是推波助澜，也不是添枝加叶。这样一来，吕蓓卡的流言，就有些表演的意味了，且是自编自演自吟自唱的表演。

这是孟繁的刻薄处。

只是，孟繁的刻薄，是李商隐的《锦瑟》诗，很朦胧的。吕蓓卡或者没有看懂这《锦瑟》，或者对流言过于沉迷欲罢不能，每次一有新的八卦，仍然会急不可耐地往孟繁的房间跑。

偶尔也会让孟繁到她房间去。这一般是她买了新衣服，要孟繁帮忙赏析赏析。当然主要是赏，析其实无关紧要，因为吕蓓卡在服饰方面的理论，远比孟繁更为丰富。然而他山之石，可以攻玉，兴头上的吕蓓卡会这样说。这是客气话，孟繁不上当，吕蓓卡不是需要他山之石的人。然而孤芳自赏毕竟寂寞，所以还是需要孟繁，虽然孟繁和她不是一条道上跑的车。

孟繁这个时候通常不作声，但偶尔也会美言几句。这是礼貌，也是特定语境下的本然反应。因为吕蓓卡这个女人，穿衣服确实很好看的。她个子虽然不算高，却极玲珑窈窕，什么衣服往她身上一穿，都是横看成岭侧成峰。也因为这样，吕蓓卡在周末最热爱的娱乐和运动便是逛时代广场，或襄阳路和七浦路的服装店，一个人逛。因为孟繁不太爱逛街，孟繁最喜欢逛的是书店和宜家家居，或者学校门口的小菜市场。孟繁有个小电磁炉，有时孙东坡周末过来，他们会煎几块牛排，或者蒸上一些基围虾或大闸蟹，打牙祭。他们平日在食堂，基本上还是以素食为主，倒不是因为经济困难，而是他们觉得不合算。学校里的大荤，不仅价贵，而且看上去身世和品质十分可疑，所以孟繁更愿意自己去菜市场，亲自验证那些虾们蟹们的来历及新鲜活泼程度。吕蓓卡对此十分鄙夷，认为孟繁已经是标准的女博加家庭妇女。

女博在吕蓓卡那儿，基本是贬义词，经常用来嘲弄人的。她虽然也是女博，可她是个看上去不像女博的女博，这很关键，做女博可以，但不能做成齐鲁那样从形式到内容高度统一的女博。

吕蓓卡最看不上齐鲁，并且在孟繁那儿，从不掩饰这种看不上。她在背后总是把齐鲁叫作书痴的，后来干脆叫书蠹了。吕蓓卡说，一个女人，把学问做到了昆虫那样纯粹执着的境界，简直太恐怖了。

关于这一点，孟繁也有同感。她也不是很爱学问的人，之所以读博士，是身不由己。谁叫她有一个孙东坡那样的老公呢？只好嫁鸡随鸡了。吕蓓卡呢，读博的原因倒不是嫁鸡随鸡——她的鸡不在上海，在美国，而且还没嫁呢。她沦落为博士，完全是学校"逼良为娼"，吕蓓卡说，她那个学校，超变态的，竟然明文规定，1969年以后出生的老师，没有博士学位，取消评教授的资格。此文件一出，简直是平地惊雷，那些四十岁以下的老师们，一时间抱头鼠窜，纷纷往各个学校钻。不出去混个博士学位回来，怎么对自己的人生做交代呢？总不能一辈子当副教授吧？好说不好听呀，而且工资还差那么一大截呢。即便吕蓓卡这种平日以不求上进自诩的老师，也扛不住，挣扎了半年，最后也还是鼠窜上海了。有什么法子呢，人在屋檐下，不能不低头。

但齐鲁不一样，齐鲁看上去对学问，显然是甘之如饴的。

五

三个女人当中，齐鲁是最年轻的。她比吕蓓卡小三岁，比孟繁小两个三岁。她们年龄的数字关系，正好是一个等差数列。

这只是实际的年龄关系，如果按视觉年龄来排，齐鲁和吕蓓卡，要颠倒过来。

所以吕蓓卡一有机会就会让男人做猜谜游戏。谜面是：猜一猜我们的年龄关系？谜底应该答出谁是老大，谁是老二，谁是老小。猜中了有奖，奖品有时是吕蓓卡手里的一个话梅，有时是一个法式拥抱。

男人们很踊跃，吕蓓卡的法式拥抱，确实是很激动人心的奖品。

然而没有谁得到过这种奖品。因为百分之百的男人，都把老二和老三搞颠倒了。还有一些眼神不好的男人，甚至把老大看成了老二，而老三成了老大。

这个时候吕蓓卡总是笑得花枝乱颤。

一边的孟繁都有些看不过去，可齐鲁，却是没事人一样的。

偶尔吕蓓卡不在宿舍的时候，孟繁会挑几句，说吕蓓卡那个房间的阳台，阳台外夜晚的上海灯火,以及飘浮在阳台上的隐约的桂花香,还有男人对女人年龄的鲁钝。孟繁的言语,完全是李商隐的风格,意在言外,曲折幽微,而且还蜻蜓点水,也不知道齐鲁听不听得懂。

也可能听不懂吧,因为齐鲁从来没有接过茬,总是很安静地听孟繁讲,那姿态仿佛在课堂上听课一样。这也是齐鲁的本事,齐鲁总能把任何一种关系变成师生关系,把任何形式的言谈变成上课与听课。有时孟繁觉得齐鲁这个女人真是个当学生当出了瘾的,吕蓓卡与其叫她书蠹,不如叫她学生蠹。可学生也不能当一辈子呀,博士毕业之后,怎么办呢?又去读另一专业方向的博士学位?这种情况也有的。孟繁听说,在国外,有一些留学生就这样,博士毕业之后,找不到工作,只好又去读另一个博士,最后把学校所有的博士学位都读了个遍。反正国外的奖学金高,干脆把读博职业化了。

或者齐鲁应该去国外,既可以把学位无休无止地读下去,又可以摆脱类似于吕蓓卡这样的女人的欺负。外国人又不讲阴阳,又不讲太极,总归没有中国人复杂和厉害的。吕蓓卡的男朋友就让吕蓓卡毕业后赶快去美国,他说,美国人都像幼儿园的小朋友,超单纯,超好对付。

这当然是玩笑,却也是有几分当真的玩笑。如果那样,吕蓓卡去美国岂不是英雄无用武之地了吗?对付美国人,让吕蓓卡这样高段位的人去,不是杀鸡用牛刀?

而齐鲁,估计和美国人是旗鼓相当的。

研究了那么多年的先秦文学,一天到晚琢磨几千年前的人,还能不把自己琢磨得更朴素和更单纯?不把自己琢磨成美国人那样子?

孟繁觉得挺有意思,或许一个人的研究真会影响到她的性格和思维,不然,她研究李商隐,就有李商隐的缜密和曲折;吕蓓卡研究明清戏剧,就有戏剧中小旦的长袖善舞;而齐鲁,整日读"关关雎鸠,在河之洲""上邪,我欲与君相知"这样的古朴诗文,不知不觉亦变得古朴了?

不是没有这种可能,然而也可能是另一种结论,那就是一个人的性格与思维决定了她的研究对象。或者她本来身体里就有李商隐,所以研究李商隐,吕蓓卡本来就是个小旦,所以研究戏剧,而齐鲁本来就是简单朴素的,所以她干脆返璞归真,回到几千年前的先秦文学里面去。

孟繁突然间有了一种灵感,她或许可以就这个问题写一篇论文的,论文的题目就叫作《略论文学研究者的性格和思维与研究对象的关系》。

六

齐鲁其实懂，懂吕蓓卡的偷梁换柱和反衬，也懂孟繁言此意彼的挑拨离间。

然而齐鲁不在意。房间朝南朝北有什么关系呢？比起南面明晃晃的房间，她更喜欢北面的阴暗。她向来忌惮明亮的东西，白天、太阳、玻璃以及别人尖锐的注视，她都不喜欢，那些东西让人没有遮挡无处藏身。她喜欢更暗的感觉，至少要半明半暗，像鱼一样，有水的遮蔽；像藕一样，有荷和泥的遮蔽。小时候，她的那些小朋友们都渴望成为一只鸟，在天空飞，或者成为祖国美丽的花朵，在阳光下灿烂开放。可她想做的，却是一只蚯蚓，同学几乎不能理解她。为什么做蚯蚓呢？那种滑不溜秋的东西，过那种暗无天日的生活。老师可能也是疑惑的，也问她为什么，她不说——她那时也确实说不清楚的。老师后来替她说了，老师说，齐鲁同学之所以想做一只蚯蚓，是因为蚯蚓能松土，让花儿茁壮成长。同学们恍然大悟，都热烈地为她鼓掌。她面红耳赤，十分羞愧。如果只是因为花儿的话，她为什么不做蜜蜂呢？不做蝴蝶呢？她想这样反问老师，然而没有。她打小就是个不喜欢反驳别人的人，不，应该说，她打小就是个不喜欢用言语反驳别人的人，她的反驳都在暗中完成，也就是在她的意念中完成。她面上对谁都百依百顺，暗里呢，却也是有自己的想法的。

所以，对齐鲁来说，和南相比，她更喜欢北，和东相比，她更喜欢西，总之和飞蛾相反，飞蛾趋光，她趋暗。她是飞蛾的史前，是居蛹者。

至于阳台，她亦无所谓。阳台到底有什么好？也值得孟繁用那么诗意那么垂涎的语言来描述它？说白了，不过是半个戏台而已。卞之琳不是说过，你站在桥上看风景，看风景的人在楼上看你。明月装饰了你的窗子，你装饰了别人的梦。齐鲁可从来不想成为别人的风景，吕蓓卡看上去却是很风景的女人，既如此，换个房间，不是各得其所么？虽然吕蓓卡换房间的手段，有些不太磊落。

她也知道孟繁是好意，是好意的挑拨离间，是为她打抱不平。可她能做什么呢？莫说她本来喜欢北面的房间，即便不喜欢，她其实也没能力进行实际的反抗的。所有的反抗都只能是她的一篇意识流小说,在虚构的小说里,她像泼妇一样骂过街,也像鲁提辖一样一拳把人的脸打成了颜料铺,她甚至还杀过人,不是用砒霜,而是用鱼肠剑,欧冶子铸的名剑,专诸杀王僚的那把,杀了一个十分英俊的男人,男人叫北,沈北,是齐鲁高一届的师兄。她在研二那年无可救药地爱上了沈北,但沈北却没有爱上她,不仅没有爱上她,而且还十分残忍地在她眼皮底下爱上了另一个女人,外语系的一个女生。她十分痛苦,然而还心存指望,指望那个外语系的女生会水性杨花,或者沈北水性杨花——男人不都容易朝三暮四移情别恋么?可沈北对那个外语系的女生却死心塌地,研究生一毕业,他就生生地把自己变成了一个有妇之夫。她简直绝望,他怎么可以一点机会都不留给她呢?她本来是个在道德上极自律的人,为了他,已经有些破戒了,难不成还要她越走越远,和一个有妇之夫干那苟且之事?挣扎了许久,她终于起了杀心,在一个花好月圆之夜,她用那把削铁如泥的鱼肠剑,结果了那个男人。

那以后,再看到那个男人和那个女人在学校里把袂而行,她就只当见了鬼。

但她不会杀吕蓓卡的,虽然她的反衬手法有些恶劣。可吕蓓卡的恶劣,不是主观故意的恶劣,而是客观后果的恶劣。也就是说,吕蓓卡的真正目的,不在贬低齐鲁,而在抬高自己。她无非随手借来齐鲁这面镜子,在男人面前,搔首弄姿一番。拉康不是说过,人和人的关系,其实是人和镜子的关系。这镜子理论,齐鲁以为,完全是为吕蓓卡这个女人而量身打造的,吕蓓卡根本就是个镜痴。只是齐鲁不明白,那位 1901 年在巴黎出生的男人,怎么知道 1975 年才出生的东方吕蓓卡的呢?

这有些荒诞了,齐鲁几乎笑出了声。齐鲁常常这样自娱自乐的。这一点她和吕蓓卡截然不同,吕蓓卡是个事事依赖别人的女人,大事小事都一样,早点总是让齐鲁捎,作业总是让她的师兄师弟帮着做,窗户插销坏了,只要动动小指头就能张罗好的事,她会煞有介事地打电话找物管。甚至于她的快乐,也是寄生的,寄生于男人或者齐鲁这样的女人那里。男人谄媚几句,或挑逗几句,她立马激动得面若桃花眼若秋水身若飞燕口若悬河。真是身若飞燕口若悬河,即使男人走了,她还会在三○五飞来飞去飞半天,且喋喋不休半天,不,不止半天,应该是余音绕梁三日不绝。

但齐鲁却不是这样的女人，齐鲁极自立，尤其是精神层面，她基本处于自给自足的小农经济。想吃鱼了就养鱼，想穿绫罗绸缎了就种桑养蚕，偶尔想抽几口鸦片了，就种罂粟。

当然，也有些东西是种不了养不了的，比如男人。

如果和《山海经》里的类或绢鱼一样就好了，因为能自为牝牡。

或者干脆做南瓜、玉米、小麦，也行。

这是齐鲁在调侃自己了。偶尔齐鲁的思想或情感陷入困境时，会用这一招，给自己解围。

七

然而这一次的困境，齐鲁亦无可奈何了。

三十岁应该是女人的分水岭，至少齐鲁的父母这么认为。齐鲁的父母说，在博士毕业前，齐鲁无论如何也要给他们弄个女婿回去了，当然也要是博士，而且还是英俊的博士，齐鲁的母亲补充，不然，没法在左邻右舍和同事面前言语呀。人家的话音里，现在已经有些绵里藏针了。可不是绵里藏针么？这么些年，齐鲁给人家带来了多少沉重的打击呀，又是考重点大学，又是考研究生，又是考博士，没完没了，简直连环腿一样，踢得他们晕头转向一身乌青。

人家能不恼么？能不恨么？能不专找齐鲁的死穴点？

齐鲁的父母十分理解别人的情感，他们都是人民教师，虽然只是中学人民教师，可依然具备教师善解人意的基本素质。

所以，当别人不怀好意地问起齐鲁的个人问题时，他们总谦虚地说，不急，不急，这孩子，一门心思还在学业上呢。

可暗地里，他们可急，都急成热锅上的蚂蚁了。

早在齐鲁读研究生时，他们的教育方针其实就有些改变了。但那个时候的改变还在改良阶段，有些优柔寡断左右为难的，有些犹抱琵琶欲说还休的。一面要齐鲁在学业方面再上一层楼，一面又暗示齐鲁可以开始恋爱了，前提当然是和十分优秀的男生。前面的意思是由父亲慷慨表达的，后面的意思是由母亲婉转表达的，合起来解读，就是要齐鲁双管齐下，鱼与熊掌都不耽误。这对齐鲁来说，当然是很有难度的要求。中文系的男生倒是热衷恋爱的，却不是热衷和齐鲁这样姿色平平的女生恋爱,而是和那些长相十分风花雪月的女生,也不管自己风流倜傥还是歪瓜裂枣,都胸怀大志,且矢志不移。可学中文的女研究生尽管内心个个风花雪月,但长相呢,多数和齐鲁一样,正好是风花雪月的反义词。男生们于是不惜舍近求远,纷纷到外系去发展,或者发展那些刚入校门的本科生美眉。有些骁勇的男生,甚至会纡尊降贵地去发展学校美发店的女孩子。

齐鲁父母鱼与熊掌兼得的愿望落了空。父亲要的鱼她是抓住了,但母亲要的熊掌她连一个手指头也没碰着。

父母着急了,齐鲁已经三十岁了,事情变得迫在眉睫,从前改良的方式对书呆子女儿看来过于温和含蓄了,非要通过激烈的革命才能拿下熊掌。老两口重新整理了教育齐鲁的格言,从前是书山有路勤为径,学海无涯苦作舟;路漫漫其修远兮,吾将上下而求索。现在他们不要齐鲁上下求索了,改走老庄路线了,吾生也有涯,而知也无涯,以有涯随无涯,殆已。简直有劝齐鲁放弃学业的意思。

他们以为,齐鲁之所以如今还形单影只,不是因为找不到,而是因为她不找,她的心思还在学业那儿呢,只要一百八十度转身之后,不,哪怕是六十度转身,找个理想的女婿,那不是易如拾豆捡芥?

门口书报亭里老顾家的小铃子,高中还没读完呢,还给老顾找了个在图书馆上班的大学生,人也长得十分精神,何况他们家博士齐鲁呢?

后面那句反问,是齐鲁加上去的,齐鲁知道父母的逻辑,以此类推嘛。齐鲁的父母都是中学语文老师,最习惯演绎思维的。

可齐鲁最怕父母以此类推。

八

老季第一次来三〇五的时候,见的是齐鲁。

是孟繁的有意安排。那天是周末,吕蓓卡正好外面有饭局,她师兄宋朝做东,宴请导师,由吕蓓卡作陪。这是明清文学博士点的固定宴席模式,总是铁打的营盘流水的兵,师兄师弟们轮着来,而导师和吕蓓卡却是固定不变的。请导师当然要请吕蓓卡,不然,那顿饭不白瞎了?没有吕蓓卡在场的饭局,谁有本事把它撑下来?导师的冷脸飕飕的如腊月的冰雪,生生能把几个衣衫单薄的弟子冻死。而吕蓓卡一旦在，那季节就完全不一样了，那是人间四月芳菲天，有时导师喝高了，兴起了，就到了七八月。老头会用筷子敲着碗碟，哼起明代的小曲：向晚来，雨过南轩，见池面红妆零乱。听轻雷隐隐，雨收云散。但闻荷香十里，新月一钩，此佳景无限。兰汤初浴罢，晚妆残。深院黄昏懒去眠。

导师唱曲的时候，其实从来不看吕蓓卡，不单唱曲时不看，喝酒时也不看，上课时也不看，然而他的弟子们，不管是男弟子还是女弟子，全知道导师喜欢吕蓓卡。

孟繁也知道。吕蓓卡知道了的事情，孟繁还能不知道？尤其这事情还和风月相关，尤其这风月还和吕蓓卡自己相关——吕蓓卡最喜欢在孟繁面前谈的，就是男人对她明里暗里的迷恋。对吕蓓卡来说，男人的迷恋是一种幸福，而在其他女人面前，展示出这种迷恋，是另一种意义上的幸福。不然，那是锦衣夜行了。可吕蓓卡的锦衣，从来都要在明艳艳的灯光下的，要在笙管悠扬的戏台上的，什么时候甘心夜行呢？

孟繁不仅知道了导师喜欢吕蓓卡，而且还知道吕蓓卡那天的饭局不到夜里11点散不了。

所以，孙东坡打电话来的时候，孟繁说，要不，你把老季带过来吧——老季之前已经好几次和孟繁强烈要求来她们这边做客。

自然是想见吕蓓卡，可孟繁偏给他安排齐鲁——这是杀富济贫，孟繁偷偷对孙东坡说，老季可能发生的爱情，于吕蓓卡的全部意义，不过是锦上添花，可于齐鲁，却是雪中送炭。

孟繁不喜欢锦上添花，尤其不喜欢为吕蓓卡锦上添花。

老季却不知情，还以为齐鲁就是吕蓓卡。趁孟繁到厨房去洗葡萄的时候，尾随过去，轻声问，她就是你说的花间词？孟繁知道他的意思，却不置可否，反问，她不像花间词？老季笑而不言，孟繁忍不住了，说，你笑什么？花间词原也有很多种的，有温庭筠那样香艳绮丽的，也有韦庄那样单纯朴素的，她是后者，属于春日游杏花吹满头那种。老季瞪圆了眼，说，文人之言，尤其是女文人之言，看来还真不能信。别说花间词了，她和词干脆都不沾边。词有长短，有韵味，她哪有？分明是格律诗，整整齐齐的格律诗。孟繁扑哧一下，笑出了声，却是半声，还有半声在中途夭折了，因为孟繁又把它生生憋了回去，倒不是怕齐鲁听见，而是有些不忍。若是笑吕蓓卡，她也就放肆笑了，可和一个男人在背后笑齐鲁，孟繁觉得太不厚道了，也实在有违自己的初衷——她是打算为他们牵线搭桥的，不能一开始，就由老季牵了鼻子，往错误的方向走。这么一想，孟繁的脸一下子变得有些严肃了，语气里亦有薄愠。孟繁说，大家不过做个朋友，你也不要这么说。

气氛陡然转了。老季一时也觉得自己饶舌和轻薄了，本来是自己上赶来的，来了又这么损人家的朋友，难怪孟繁不高兴了。老季的神态亦有些讪讪的了。

孟繁见老季这样，又打圆场了，说，形式和内容往往相左的。有些女人看上去是五代词，但细品其精神，却是格律诗；有些女人正相反，看上去是格律诗，其实却是五代词。你要花时间，才能发现真相。

老季想想，也对。

九

通常情况下，三零五只有两个人。白天是孟繁和吕蓓卡，晚上是孟繁和齐鲁。

孟繁只要没课，总是待在宿舍的。待在宿舍多数时候也是伏案备课，从前做老师，倒不必这么辛苦的，反正讲什么，怎么讲，都由自己的。中文系的课，本来随兴。一句李商隐的一弦一柱思华年，就能消磨好几节课，思完了李商隐的华年，还可以思思自己的，思完了自己的，又可以思哲学意义上的华年，这又扯到曹操的《短歌行》了，或者辛弃疾的《摸鱼儿》，这野马不知跑到哪儿去了。可学生们不在乎，学生最喜欢老师跑野马的。别说跑到曹操那儿去，就是跑到曹操的父亲那儿去，跑到曹操的爷爷那儿去，也没关系。

但现在情况却不同。孟繁的导师是个惜言如金的人，多数时候，他喜欢让学生自己讲，他听。每次课的最后几分钟，他会把下一次课的主题定了，然后让学生去准备。学生只有三个，想做鸵鸟都不可能。而且导师上课时特别热衷于偷袭，有时明明是别的同学主讲，孟繁负责旁听的，导师亦会突然转脸，目光炯炯地向孟繁提问。这时孟繁的一张素脸，便涨得绯红。自然是答不上来的，即便能支吾几句，也被导师四两拨千斤地挡了回来。

所以只能老老实实地备课。老鸟先飞，孟繁在吕蓓卡和齐鲁面前自嘲道。她是三〇五的老大，也几乎是中文系女博士的老大——说几乎，是因为文艺批评博点应该还有一个年纪更大的女人，可能已经四十了，也可能四十多了；还可能是三十几。版本极混乱，因为那女人在不同的场合下关于自己年龄的说法都不同。甚至她的婚姻情况，在坊间也有好几种版本，有人说离异，有人说分居，也有人说人家一直还是待字闺中的一朵黄花——这一朵黄花的说法，因为形神俱备，最受女博们青睐。

女博男博都在私下里说，一朵黄花是中文系最扑朔迷离最具神秘色彩的女人。

但孟繁不喜欢玩这一套。她从不忌讳自己的年龄和婚姻状况，不仅不忌讳，而且还大张旗鼓地把自己称作老大。这在吕蓓卡看来，胸怀委实有些博大了。女人的年龄，那是一寸光阴一寸金，寸金难买寸光阴呀，别说一年，即便是一个月、一天，都要锱铢必较的，哪能如此妄自称大呢？她那个点的陈燕子，就只比她大半个月，但她毫不含糊地把她叫作师姐，尤其有男人在的场合，她师姐师姐叫得格外亲热。陈燕子极恼火，却不好发作，只能笑靥如花，说，我们一般大，叫燕子就行了，叫什么师姐。那哪行呀？吕蓓卡更是笑靥如花，说，姐是姐，妹是妹，这是伦理，叫你燕子不是乱伦了么？

莫说陈燕子，即使孟繁，这个时候也恨不得扇吕蓓卡一个大嘴巴子。倘若直呼其名也叫乱伦，那她和她的师弟们，还不知乱了几回伦呢！

背了人，孟繁有时会用后面那句话和吕蓓卡开开玩笑，但一旦有人时，孟繁从不说让吕蓓卡下不了台的话。这是吕蓓卡喜欢孟繁的地方，有分寸的女人总是让人尊敬的，吕蓓卡就很尊敬孟繁。

尊敬的方式是请孟繁喝咖啡。吕蓓卡的咖啡在博士公寓，是很有名气的，因为不是速溶，而是现煮。咖啡豆是男朋友从美国寄过来的，每次煮前，都要用十分漂亮的咖啡磨手工研磨。这活多数时候吕蓓卡都让男人干，偶尔兴致来了，或者要请的对象还有些生分，吕蓓卡就自己干了。活其实不重，之所以让男人磨，有撒娇的意思。比如吕蓓卡请师兄宋朝，吕蓓卡基本就袖了手，在边上看的。可请导师呢——导师当然不能常常来三〇五，但偶尔有事，或者到别处有事，也会过来打个招呼，吕蓓卡这时就要亲力亲为了。从磨到煮到斟，吕蓓卡修长白皙的手指，都是盛开的玉兰花形状，极具观赏价值。

所以，吕蓓卡的咖啡是一种待遇，不仅于男人，于女人，即使于孟繁这样的女人，都是一种诱惑。在八月桂花飘香的夜晚，坐在吕蓓卡的阳台上，手握一杯醇香的咖啡，听极缠绵的《游园惊梦》，看对面闪烁迷离的城市灯火，孟繁也恍兮惚兮。

然而，孟繁恍惚的机会其实不多，一方面因为吕蓓卡对她的美国咖啡十分吝啬；另一方面，也因为吕蓓卡昼伏夜出的作息习惯。吕蓓卡是博士楼的楼花，夜生活向来十分丰富的，自然没有多少时间，陪孟繁坐在阳台恍惚。而大白天，两个女人点起酒精灯煮咖啡，到底又有些没意思了，不光吕蓓卡觉得没意思，就是孟繁，也一样。

有些事情，原是要夜里做的。

夜里却是齐鲁待在三〇五。

白天的齐鲁是从不待在宿舍的。齐鲁的生活习惯几乎还是农耕时代的，日出而作，日落而息。整个大白天，她都会泡在系资料室或者图书馆里，为毕业论文做准备。她们的专业课到二年级时都不多了，导师要求学生开始撰写论文了。导师的话，在吕蓓卡那儿是耳旁风，吹过了就吹过了，但到齐鲁那儿，却是要风吹草动的，这是齐鲁一贯的学业态度，和孟繁基本也是异曲同工。孟繁说自己是老鸟先飞，齐鲁呢，说自己是笨鸟先飞。

吕蓓卡于是常常拿这两只鸟的事打趣，说她们是两只鸟人，说她们从事的事业是两只鸟的事业，都是当了孟繁的面，不是齐鲁。因为齐鲁不是个喜欢开玩笑的人，齐鲁有些严肃——严肃是孟繁的评价，吕蓓卡的评价却是古板，以及乏味。

应该说，吕蓓卡的评价还是很客观的。有些夜晚，孟繁学习累了，会泡杯茶，主动去敲齐鲁的门，齐鲁的门总是关着的，她从来不和吕蓓卡一样，有事没事到孟繁这边来聊天，也不会带了朋友来，在客厅里喧哗。齐鲁在三〇五的姿态，基本是一只蚌的姿态。孟繁本来也是爱安静的人，可齐鲁未免也太安静了，安静到安静的孟繁，忍不住也想过去生出些波澜和动静。可波澜总是孟繁的波澜，动静也总是孟繁的动静，齐鲁那儿，依然还是人闲桂花落，或者说，是鸟鸣山更幽。

即便这样,孟繁还是反感吕蓓卡用贬义词来描述齐鲁——她向来喜欢锄强扶弱,而在三〇五,吕蓓卡就是强,齐鲁就是弱。所以,只要有机会,她总是会向吕蓓卡撂一撂她的鱼肠剑的,当然极轻盈,极隐秘,完全是若有若无的样子,吕蓓卡或者看出来了,或者没看出来,她对孟繁,倒是始终如一地笼络。

齐鲁肯定是没看出来的,因为她的态度也是始终如一,无论是对吕蓓卡还是对孟繁,都是不偏不倚,都是不即不离。

十

孟繁有些恼。

恼齐鲁,也恼吕蓓卡。两个女人,简直是两个极端,精明的精明成王熙凤,老实的老实成傻大姐。明明在背后刚糟践过人家,一转脸,又是笑眯眯的,鲁,帮我还本书;鲁,帮我带个芝麻面包。吕蓓卡对齐鲁的称呼,那是变化多端的,当了孟繁面而背了齐鲁时,叫书痴或书蠹,有男人在场时,就半真半假地叫齐姐,而要让齐鲁帮她忙时,就十分亲热地叫鲁了。

但吕蓓卡从来不敢叫孟繁做事——其实一开始也叫过的,孟繁立刻礼尚往来,而且变本加厉。吕蓓卡去外面的时候更多,而孟繁,基本过着深居简出的生活。所以,几次之后,吕蓓卡就不惹孟繁了。但用齐鲁,却一直用得得心应手。齐鲁从不借故推诿,也从不反用吕蓓卡。这种姑息养奸的态度,让一边的孟繁都生气了。然而生气也是白生气,因为毕竟和自己不相关了,人家周瑜打黄盖,一个愿打,一个愿挨,她又能做什么呢?只能袖手旁观。

然而还是恼。

凭直觉,孟繁知道齐鲁一定没有谈过恋爱。

经历过男人的女人,不会木讷成这个样子,会更生动,更风情,更懂得那些眉里眼里的微妙意思。

像吕蓓卡,蛾眉宛转,一如行云流水,一如流风回雪。

但齐鲁却还是一棵榆树,生硬,紧致。

所以孟繁对老季说,你最好要有鲁班的本事,能在榆树上雕花刻朵。

在上次见面之后,孟繁又安排了老季和齐鲁的第二次约会,当然,又是趁吕蓓卡出去赴宴的时候。反正吕蓓卡,几乎夜夜笙歌。

老季现在知道了齐鲁不是吕蓓卡,也从孟繁和孙东坡的弦外之音里,明白了吕蓓卡是个什么样的女人。

孙东坡语重心长地说,丑妻薄地家中宝。这话老季信,因为是酒后之言,也因为孙东坡自己身体力行——孙东坡和孟繁的长相差距,按他师妹的形容,那是天上人间。孙东坡凤眼剑眉,修长俊美,是中文系有名的大帅哥,而孟繁,却有唐代之风,面如满月,丰腰腴背,以时下的审美,不说丑妻,也接近丑妻了。

然而人家举案齐眉,伉俪情深。

榜样的力量无穷。而且老季现在手边一本书也没有,闲着也是闲着,读读格律诗,聊胜于无。

孟繁不是说,有些格律诗,骨子里其实是五代词,要多读,要专心地读,才能读出其中词的旖旎韵味吗?

于是老季把格律诗带到学校附近的茶楼,是孟繁的建议。开始其实还是四个人,但茶喝到一半,孙东坡和孟繁就先撤了。孙东坡朝老季眨眨眼,然后对齐鲁说,我和孟繁还有点事,你们且喝着。老季起身送,孟繁悄声说,你别送了,回去慢慢读你的格律诗吧。老季转脸就对着齐鲁笑,开始还是意味深长的浅笑,几秒钟之后,竟然大笑了起来。齐鲁莫名其妙,问,笑什么?老季说,这两口子,狡狯着呢,明明是调虎离山,偏偏还装作做好人好事的样子。齐鲁不懂,问,什么调虎离山?老季愈加乐了,说,你是虎,我也是虎,把我们都调走之后,他们不就可以胡作非为了?

齐鲁这下终于明白了,明白了的齐鲁,刹那间面若冰霜。

##

齐鲁其实那时候已经开始恋爱了,不是和老季,而是和一个叫墨的男人。

墨是那个男人的网名。齐鲁和他是在网上认识的,齐鲁的网名是白天不懂夜的黑。

墨说,我懂。

墨也是夜,所以懂夜的黑,不仅懂夜的黑,还懂《诗经》,懂《楚辞》。

最初的言语也是矜持和节制的,他们谈文学,谈电影,谈哲学及一切形而上的东西,墨知识渊博,又彬彬有礼,完全是齐鲁习惯的学院男人风格。

后来就有些放纵了——齐鲁本来不是放纵的人，但墨循循善诱，由形而上，开始犹抱琵琶地形而下了。

墨说，夜，今天我有些忧伤。

墨在网上把齐鲁叫作夜。

齐鲁说，因为冬天吗？冬天我也常常忧伤的。

墨说，和冬天没有关系，是电影。今天我看了杨德昌的《一一》。你看了吗？

齐鲁说，原来看过的。

墨说，还记得 NJ 和他恋人说的话吗？NJ 说，本来以为，我再活一次的话，也许会有什么不一样，结果……真的没什么不同，突然觉得，再活一次的话，好像真的没什么必要。

齐鲁说，NJ 说这样的话，他恋人要伤心的。

墨说，你呢？倘若我说这样的话，你会不会伤心？

齐鲁怦然心动。这是第一次，男人对齐鲁说这样暧昧的话——尽管是虚拟世界中的男人，但相对于从前意念中的虚拟，这一次的虚拟，却有一半真实了。从前意念里的情爱，男人虽然是真实存在的男人，比如她的师兄，那个被她暗杀了的英俊男人，他的一言一行，他的一颦一笑，都近在咫尺，然而却咫尺天涯，因为情爱是虚构的，他对她所有的风花雪月，所有的海誓山盟，都是她一个人黑暗中的作品，他完全不知情，她一厢情愿地创造了她和他的爱情。然而这爱情是私生子，见不得人。每次看到他和他的恋人在校园里恩恩爱爱如胶似漆，她都觉得十分羞辱，恨不得自己是只兔子，能一头撞死在路边的树上，或者是只蚯蚓，干脆躲在地底下生活。

但现在却颠倒过来，男人虚化了，情爱却是真的。他字里行间的爱意，让齐鲁感到前所未有的幸福和真实。他似乎就在她耳边私语，用狎昵的语气、狎昵的眼神，齐鲁目眩神迷，水波潋滟。

以前是咫尺天涯，现在是天涯咫尺。

墨说，夜，我能抱抱你吗？

齐鲁不语。然而在这清冷的冬夜里，孤独的齐鲁如何能拒绝男人的拥抱？如何能拒绝一个男人的绵绵情意？隔壁孟繁的房间无声无息，孙东坡来过了，又走了。而吕蓓卡的房间里又隐约传来了杜丽娘的后花园之歌：原来姹紫嫣红开遍,似这般都付与断井颓垣。良辰美景奈何天,赏心乐事谁家院。朝飞暮卷,云霞翠轩,雨丝风片,烟波画船,锦屏人忒看的这韶光贱。

每次夜宴归来,吕蓓卡都喜欢一边洗漱,一边放上一曲《游园》。三十三岁的吕蓓卡,对爱情总有一种来日无多时不我待的紧迫。男友远在天边,电话虽然隔三岔五,但那种电话里的爱情,对吕蓓卡而言,即使不是形同虚设,也是画饼充饥望梅止渴。吕蓓卡的姹紫嫣红,怎能付与断井颓垣呢?所以有夜宴,有宋朝和导师。

可齐鲁有谁呢?

一无所有,三十年来,齐鲁一直单骑夜走。

那么,让墨抱抱又如何呢?

齐鲁终于半推半就,投入了那个亦真亦幻的墨的怀抱。

十二

宋朝现在是三〇五的常客。

每次来了之后,就猫进吕蓓卡的房间。一猫,就是大半天。

孟繁有些不明白,吕蓓卡怎么突然就专宠宋朝了。吕蓓卡对男人的态度,向来是阳光普照大地的那种——对哪个男人都好,但对哪个男人也不会特别好,好到能三千宠爱于一身。那不太可能,尤其是对宋朝这样的男人,绝对不可能。

吕蓓卡说过,女人找男人,即使只是地下男人,也要有所图的。或者图钱,能让她肥马轻裘锦衣玉食;或者图权,能让她颐指气使张牙舞爪;或者图色,能让她承欢侍宴无闲暇,春从春游夜专夜。

而宋朝,这三样都没有,没钱,没权,没色,而且还肤白脸圆。吕蓓卡最忌惮圆脸男人了,因为像太监。和一个太监样的男人,怎么有兴趣上床呢?她也没有断袖之癖。从前她和孟繁坐在阳台上,聊男人的时候,她这样损过宋朝的。

这也是吕蓓卡的一贯风格,吕蓓卡对男人,基本上都是阳奉阴违的。在私底下,她对哪个男人,都是莺声燕语眼波流转的,所以男人窃喜,以为吕蓓卡对自己是情有独钟了,纷纷做飞蛾扑火状。但其实呢,吕蓓卡哪个也没有钟的,至少在孟繁这儿,所有的男人都只是作料,仅供吕美人在阳台上,和女友餍口舌之欲。

所以，吕蓓卡和宋朝，应该不会有什么燕婉之事。

难道真饥渴了？可吕蓓卡的美貌，正是如日中天之时，即便饥渴了，也轮不上宋朝的。

那宋朝总来吕蓓卡这儿，为哪端呢？

事情颇有些蹊跷了，孟繁对蹊跷神秘之事，一向喜欢考据。可这事也不比李商隐的无题诗，可以放在案头，随手考据。人家房门紧闭，她就是想考据，也无从下手，只能拿张报纸，坐在客厅里，支了耳朵听。可吕蓓卡的房间里，除了永远的咿咿呀呀的昆曲外，什么声音也没有。

更吊诡的是，有时吕蓓卡自己都外出了，却把宋朝留在房间里。

孟繁泡了菊花茶，拿碟椒盐瓜子，去敲宋朝的门。孟繁说，吕蓓卡金屋藏娇，我过来看看，不搅扰吧？

宋朝正坐在电脑前忙着，听孟繁这样说，赶紧起身，哪能呢？孟姐光临，蓬荜生辉。

孟繁大笑，说，宋朝，蓬荜可是第一人称哦，是拙荆的意思。难道吕蓓卡已经成了你的拙荆吗？

宋朝也笑，说，我倒是想，可人家吕蓓卡不早就是别人的拙荆了么？

那怕什么？孟繁说，近水楼台先得月，何况得一拙荆呢？

两人一边嗑着瓜子喝着茶，一边斗着嘴。孟繁一眼觑见桌上的几本书，一本《汤显祖研究资料汇编》，一本《汤显祖与晚明戏剧的嬗变》，还有一本书是半卷的，孟繁随手翻转了过来，是《也说汤显祖戏曲研究与昆腔的关系》。

你不是研究李渔的吗？怎么又研究起汤显祖来了呢？孟繁闲闲地问。

我研究什么汤显祖？是吕蓓卡的毕业论文，让我帮忙……看看。

孟繁恍然大悟，原来宋朝是吕蓓卡的床头捉刀人。

孟繁冷笑，看来吕蓓卡真是在利用自己的钻石和石油了——以前吕蓓卡曾说过，女人的身体是天然资源，和伊拉克的石油、南非的钻石一样，一定要开采利用，否则就暴殄天物了。

可一篇十几万字的博士论文，要开采多少石油和钻石来交换呢？

隔壁的陈燕子曾经暗示过，吕蓓卡之所以能来读博士，是因为在一次学术会议上搞定了导师。那时孟繁还是半信半疑。毕竟导师太老了，和吕蓓卡在一起，几乎是一树梨花压海棠的风景，而陈燕子，和吕蓓卡又是同门师姐妹，出于嫉妒，完全有诋毁吕蓓卡的可能。所以她们之间的流言斗争，说不定是狗咬狗的性质。

然而现在，孟繁倒是相信陈燕子的那个说法了。

十三

孙东坡在周末，很少到孟繁这边来过夜。

因为不方便。三个女人在一个屋檐下，且共用一个卫生间，突然杂进一个男人，总有些尴尬的。不说有在客厅里遇到穿睡衣室友的可能，就是孙东坡自己，也觉得极麻烦，本来在床上时，他只穿一件短裤，或者什么都不穿。可每次出房门，孟繁都要求他穿戴整齐了。有时后半夜了，他想偷偷懒，几乎光着身子就想往卫生间冲。卫生间就在房间的对面，孙东坡冲过去，也就是一秒钟的时间，可孟繁坚决不允许，因为不怕一万，就怕万一。万一孙东坡半裸着被室友撞见了，或者孙东坡撞见了半裸的室友，那场面，于孟繁而言，不仅是尴尬，简直是灾难了。

撞见齐鲁也就罢了，撞见吕蓓卡，那和撞见聊斋里的狐狸也差不多。

吕蓓卡的睡衣，孟繁可是见识过了的，统统都是花间词派的风格，极浓艳，极妖冶，让人一见之下，就有暖风熏得游人醉，直把杭州作汴州的耽溺冲动。

而且，吕蓓卡有时还会不穿睡衣，直接穿件小背心小裤衩就出来了。吕蓓卡的小裤衩，那更不得了，简直是花间词里的花间词。

虽说孙东坡在这儿的时候，吕蓓卡不太可能穿着花间词里的花间词出来，可也不排除她夜里会睡迷糊，或者假装睡迷糊——吕蓓卡这样的女人，什么花腔不会唱呢？

所以孟繁要防微杜渐要未雨绸缪。

即使不戒备吕蓓卡，孟繁也觉得孙东坡在这边过夜不合适。毕竟隔壁房间里住了两个年过三十的单身女人，而公寓的墙隔音效果又不好，单人床又不结实，无论他们如何压抑，也还是会有一些十分暧昧的声音传出去——就算什么声音都没有，那也是此地无银三百两，此时无声胜有声。

那实在有些不人道。孟繁从来都是个善解人意的女人。

而且他们也还是能找机会过他们的夫妻生活的。有时老季出去了，或者吕蓓卡和齐鲁都不在，他们便会见缝插针。多是孙东坡打电话过来，说，老季出去了，你有时间过来吗？一般情况下，孟繁是有时间的。鲁迅先生不是说过吗？时间是海绵里的水，只要愿挤，总是有的。孟繁当然愿意为了孙东坡，挤一挤她的时间海绵。

有时隔得时间久了，十天半月孙东坡那边都没动静，孟繁也会主动给孙东坡打电话。孙东坡是个事业心很重的男人，有时忙起来，就忘了这档子事了。但孟繁不会忘，有时是身体没忘，有时是心理没忘。这时就会提醒他，当然也不会直接提醒，而是绕着圈地在电话里和孙东坡闲聊。孙东坡便明白了，知道孟繁想他了，也知道吕蓓卡和齐鲁一定不在宿舍。这时孙东坡便也会挤一挤他的时间海绵。两所学校一东一西，又要乘地铁，又要倒公交车，最后留给他们缠绵的时间其实不多，好在他们结婚十多年了，是老夫老妻，对夫妻生活的态度，早已是繁花落尽，去芜存菁。

之后孟繁和孙东坡总会去学校西门口的大娘水饺店，孙东坡喜欢那里的荠菜虾仁饺子和牛肉粉丝汤。孟繁也喜欢——即便不喜欢，她也会让自己逐渐变得喜欢的，这是她婚姻如此美好的秘诀。她愿意在一些生活细节上，让孙东坡有如沐春风的感觉。生活是由细节组成的，尤其是婚姻生活，女人要懂得集腋成裘、聚沙成塔的道理。

偶尔他们也会奢侈一把，去更远一些的张生记，点上一钵老鸭煲，或酸菜芙蓉鱼，再配上一盘白灼芥蓝。这一般是过节的日子，或者孙东坡发了论文，申报到了课题经费，他们便偷着乐一乐。他们做人一向是很低调的，不像吕蓓卡，在校报上发篇论文，也要大宴宾客，那实在太张扬了——也不划算，一顿饭下来，怎么省，不要几百块甚至上千块呢？但吕蓓卡不在乎，吕蓓卡喜欢一掷千金，或者让男人为她一掷千金。

但孟繁不喜欢，不喜欢一掷千金，更不喜欢自己的男人为吕蓓卡一掷千金——虽然这可能性很小，因为孙东坡和孟繁一样，也是精打细算的人。而且孙东坡也不喜欢吕蓓卡这个女人，至少在孟繁面前，他对吕蓓卡的批评，从来是毫不留情的，说她不学无术，说她的行为简直像交际花。这其实是孟繁的意思，只不过孟繁提供论据，而孙东坡归纳论点。他们两个人，表面看起来是夫唱妇随，其实呢，却是妇唱夫随。因为孟繁的妇唱十分婉约，而孙东坡的夫随却直白尖锐，所以让孙东坡错误地以为，他是他们家的领唱者，而孟繁是唱和声的。

孟繁也鼓励孙东坡这么想。男人都有公鸡的理想，她不妨——至少在姿态上，成全孙东坡的理想。

比如孙东坡每次在三〇五待的时间，表面是孙东坡做的决定，其实呢，却是在孟繁的控制之内，且这控制暗地里还和吕蓓卡相关——要在吕蓓卡走了之后来，在吕蓓卡回来之前走。

这也是孟繁每次和孙东坡鹊桥相会之后，总建议出去吃饭的原因——最初也是在孟繁房间里吃的，但吕蓓卡回来之后，总会找个由头过来串门，而且来了也不见外，兰花指一跷，孟繁二十几块钱一斤的基围虾五十几块钱一斤的螃蟹就在吕蓓卡的手上宽衣解带丢盔弃甲了。当然，倘若吕蓓卡只对基围虾螃蟹不见外也就罢了，关键是，她对孙东坡也不见外——虽然这种不见外，还不至于让孙东坡宽衣解带，可一个三十几岁的女人，逮着别人的老公，总姐夫姐夫地叫，孟繁不爱听。没奈何，惹不起只好躲了。

然而有些事情却躲不脱。有一次孟繁从外面回宿舍的时候，竟然发现孙东坡在吕蓓卡的房间里谈笑风生。

十四

应该说，是孙东坡和老季一起，在吕蓓卡的房间里谈笑风生。

事后孙东坡做了解释。那天是老季坚持要来，老季论文的开题报告出了点状况，所以有些郁闷，想到这边来散散心。正好孙东坡那天也没什么要紧事，就陪他来了。之前他给孟繁打过两个电话，但两次都关机。他本来要等打通了电话再说的，可老季等不及，老季说，路上还要花上个把小时呢，再等，就赶不上晚饭了。孙东坡想想也是。老季又说，反正你家孟繁是只蜘蛛精，一天到晚都守在自己的盘丝洞里的。即使我们不请自去，估计也不会扑空的。

偏偏那天孟繁就出洞了——她导师要去北京开一个学术研讨会，要走一个多星期，走之前，想给自己的弟子安排一些事情，孟繁便和师弟们应召去了导师家。师母那天心情好，竟然站在阳台上和他们聊了半天她的粉掌和龟背竹，之后又破天荒地留他们吃了一小碗酒酿汤圆，还加了桂花，加了枸杞。这让他们三个觉得受宠若惊。师母为人一向冷淡的，他们以前来这儿，别说酒酿汤圆，就是茶水，也难得喝到一口。这一次怎么变得如此热情呢？热情得十分反常。二师弟出门之后分析说，导师一定刚刚和师母敦伦过了，论据不仅是师母的热情，还有师母的温柔。二师弟说，女人在两种情况下，会由百炼钢变成绕指柔。一是男人给她买了钻戒，或许诺了要给她买钻戒；二是男人和她巫山云雨了。对导师来说，给师母买钻戒绝对不可能，人家在中文系是有名的铁公鸡，对外面红颜绿色的女人尚且能做到一毛不拔，何况对自家菡萏香销翠叶残的老妻。所以只剩下后一种情况，那就是和师母巫山云雨过了。快六十岁的老家伙了，平日对学问又是殚精竭虑的，能剩多少力气花费在师母那儿呢？不是说二十更更，三十夜夜，四十旬旬，五十月月，六十年年吗？一年才一次，也算是久旱逢甘霖了。你们说，逢了甘霖的师母能不温柔？能不赏我们一碗酒酿汤圆吃？

二师弟甚至把这种理论进一步推而广之到孟繁身上来了，说孟繁之所以能如此温柔，绝对和孙博的高超武功有关。因为男人如果武功不好，女人就会变得无比暴躁，甚至变成尖叫的蝴蝶。卫慧不是有篇小说叫《蝴蝶的尖叫》吗？蝴蝶一尖叫，就会扇动翅膀，就会产生蝴蝶效应，带来气候以及世界局势的动荡。一次世界大战二次世界大战发生的原因，表面看来是萨拉热窝事件，是波兰事件，其实呢，都是因为女人的性生活出了状况。所以他打算写篇论文，论文的题目就叫作《论性在人类和平史上的意义》。

如此的信口胡诌让孟繁又好气又好笑。然而论口才，她无论如何也不是二师弟的对手——人家在读大学时，就是校园辩论赛的辩手，还是主辩。不管多么南辕北辙风马牛不相及的事，到他那儿，都能发生丝丝入扣的联系。所以，孟繁从来不指望能在口舌上占这个师弟的上风，只好置"君子动口不动手"于不顾，直接把手上的一本杂志朝二师弟身上砸去，然而二师弟不仅脑子好用，身体的反应也异常敏捷，一闪，杂志像暗器一样，朝大师弟的脸上飞过去。大师弟一时没防备，眼镜应声而落，落入了路边的灌木丛里。大师弟是高度近视，八百多度，眼镜一掉，那样子就是盲人摸象，十分喜剧，孟繁赶紧弯腰帮他把眼镜找了出来，竟然还没摔破。三个人一时笑岔了气。

所以说，孟繁那天在回到三〇五之前，心情是极快乐的。

然而乐极生悲，孙东坡竟然会在吕蓓卡的房间。

那天晚上的饭局就变成了五个人的饭局。本来孟繁没打算叫上吕蓓卡的，她一直在自己的房间里收拾，临出门，才闲闲地问一句吕蓓卡，要不，你和我们一起去？这当然不是邀请，吕蓓卡其实明白。可明白了的吕蓓卡却装作不明白，只似笑非笑地拿眼去睃老季，老季果然就挺身而出了，很热情地说，走走走，一起走，完全不看孟繁逐渐暗淡下来的脸色，也不看齐鲁。事实上，老季打一进了吕蓓卡的房门，就没出来过。即使孟繁回来了孙东坡离开了，即使齐鲁回来了，过去和他打招呼了，他也不管，只是陷在吕蓓卡的玫瑰色懒人沙发里。

这让孟繁委实恼火，看来，这一次她是无论如何也撇不开吕蓓卡了。既然撇不开，那只好敷衍了，于是建议去学校小食堂——孟繁企图用食堂那个乱糟糟的环境，干脆把那个夜晚破坏了糟蹋了。然而老季不肯，老季的心思和孟繁正好相反，孟繁想破坏，老季想建设；孟繁想糟蹋，老季想珍惜。所以老季反客为主了，提出去水中花。老季十分抒情地说，如此良宵，如此佳人，怎么能在食堂那种地方蹉跎呢？还是水中花吧，我做东了。

孟繁觉得肉麻。因为吕蓓卡，一个普通的夜晚竟然升华成良宵了，因为吕蓓卡，在学校小食堂吃饭就成了蹉跎了。之前他们也不是没有一起出去吃过，老季从来不挑地方的，学校小食堂也罢，大排档小饭馆也罢，老季都乐得屁颠屁颠。尤其在老季自己请客的时候，更无比热爱那种地方，因为那种地方更有市井风情，更有人间烟火。真诗在民间，而真正的美食呢，也在民间，老季说。

而现在呢，老季不要市井风情了，也不要人间烟火了。原来那些是鬼话，单用来糊弄孟繁和齐鲁的。

依孟繁的心气，她是要拂袖而去的。然而终归没有拂袖——说到底，孟繁不是个耍小性子的女人，莫说在外人老季的面前，即使孙东坡那儿，她也从来都是有礼有节的。再说，这委屈真要论起来，也不是孟繁的委屈，而是齐鲁的，毕竟齐鲁，才是他那种意义上的朋友。虽然还只是在意向中，但如果没有横生出的枝节，说不定，他们的关系就真有可能发展成男女关系。所以，老季的这种行为，严格一点说，也属于变节了，齐鲁完全有理由生气的。然而齐鲁没有生气，齐鲁的脸上，一如既往地保持着那种置身事外的表情。这倒让孟繁觉得,自己有些越俎代庖了。

　　菜是吕蓓卡点的,虽然老季一开始也虚让了一回孟繁,可孟繁笑一笑,就推给了对面的吕蓓卡——这是识趣,更是借刀杀人,因为饭桌上宰男人,没有谁会比吕蓓卡更狠的。果然,吕蓓卡快刀如雪,点了冰糖木瓜炖雪蛤、七里香鲑鱼、鹅肝酱片、小笼牛肉,还有一瓶1992年的张裕解百纳。吕蓓卡每刀之后,还会看一眼老季,似有征询或不忍之意——这是吕蓓卡在舞水袖了。老季不懂,老季还傻乎乎地让吕蓓卡再接再厉,然而表情,却是风云变幻的,一会是李白的"五花马,千金裘,呼儿将出换美酒"的豪情,一会是"风萧萧兮易水寒,壮士一去兮不复还"的壮烈。一边的孟繁看得幸灾乐祸,活该呀,不是要献殷勤吗?男人向吕蓓卡献殷勤的下场都是这样的。

　　好不容易吕蓓卡放下了菜谱,孟繁又落井下石——石头是齐鲁递给她的。吕蓓卡点完了菜之后,老季又把菜谱给了另一边的齐鲁,这是做姿态了,因为齐鲁从来不点菜的,然而齐鲁也没把菜谱放回服务员的手上,而是顺手给了身边的孟繁。若是平常,孟繁一定会十分体恤老季的心情,但这一次,却成心使坏了,又加点了个冰糖茼蒿和胭脂羹,菜虽是素菜,价却不素。老季的脸刹那间变成红艳艳的胭脂脸了——之前在吕蓓卡那儿,还是"痛并快乐着",这下子,全剩下痛了。孟繁却不管,兀自笑着对吕蓓卡说,茼蒿这种菜,防记忆力衰退的,最适合我们这些三十多岁还在读书的老女人吃了。

　　这话听起来是调侃,其实呢,却又是在剑挑吕蓓卡,且是心怀叵测同归于尽的暗挑。吕蓓卡没有反唇相讥,或者因为心情好,或者因为看明白了孟繁的恼羞成怒,再或者,她的心思现在全在男人那儿,对孟繁的言语偷袭,一下子没有反应过来——这也有可能的,因为一旦有男人在场,吕蓓卡对女人的反应总是慢半拍的,笑容也罢,言语也罢,明显有心不在焉的敷衍性质。但对男人,却是风生水起的流转,那眉眼之间的生动,以及言辞里明亮的机锋,如戏台上的灯火一般绚烂。

　　老季在台下,果然被这绚烂迷得七荤八素。

　　吕蓓卡的这种绚烂,表面看是因为老季,其实呢,却也是和老季无关的——换成另一个男人,吕蓓卡依然要绚烂的,说不定会更绚烂。绚烂只是吕蓓卡的一种癖好。女人都是有癖好的,齐鲁的癖好是读书,隔壁陈燕子的癖好是诋毁,而吕蓓卡呢,癖好是在男人面前绚烂。这几乎是条件反射,是生理意义上的不由自主，和春风中花开蝶舞是一回事。

但老季不明白，老季以为，吕蓓卡的绚烂，单为他了。

这样的认识让老季无比亢奋了。饭桌上五个人，几乎是冰火两重天，一边是急鼓繁弦，来不及似的热闹，一边是冷冷清清，意兴索然。孟繁倒还好的，她边上有孙东坡。孙东坡平时，一般都由孟繁照顾的，但那个晚上，竟然一反常态地照顾起孟繁来了，斟茶，倒酒，搛菜，态度十分温婉细腻，不仅没落在老季的下风，反比老季更周全。

孟繁十分受用。她知道这是孙东坡在帮她了——孙东坡一定看出了孟繁的恼，他是搞理论的男人，最擅长阐释文本的深层意思。而孟繁这个文本，还是搁在他案头十几年的文本，他早就抽丝剥茧由表及里熟读过了的，所有的言外之言象外之象他都了然于心。所以，孟繁的轻声细语以及笑吟吟的脸，在孙东坡那儿，都不过是女人的绣金屏风。那屏风背后所掩饰的凌乱和窘境，别人看不见，孙东坡一定是看见了的。于是他就帮她了。这也是他们两口子的一贯作风——外侮当前，他们的枪口从来都是一致对外的。

这样一来，剩下的，只有齐鲁了。饭桌上的清冷，是齐鲁一个人的清冷；饭桌上的难堪，也是齐鲁一个人的难堪。这让孟繁愈加同情齐鲁了。

但齐鲁看上去却一点也不需要同情。齐鲁脸上的表情有些奇怪，不是故作矜持，亦不是强颜欢笑，而是呈现出一种沉迷的喜悦。对老季的冷落以及吕蓓卡的风头，齐鲁似乎视而不见。齐鲁的状态，完全是刀枪不入的闭关者的状态，安静是心不在焉的安静，微笑亦是魂不守舍的微笑。

十五

那时候的齐鲁，正耽溺于自己的秘密之中。

确切地说，是和墨的秘密。博士公寓的人，没有谁知道，书痴齐鲁正过着黑白迥异的双重生活。白天她是一本正经的女博齐鲁，上课，写论文，形单影只地行走在繁华又凄凉的校园。晚上她摇身一变，成了白天不懂夜的黑，和墨缱缱绻绻双宿双栖。

他们的约会，总是在晚上12点之后。这时整个博士楼都安静下来了，孟繁房间的灯熄了，吕蓓卡那边的杜丽娘也出了她的后花园，不再咿咿哦哦。齐鲁这才开始她的绮靡声色之夜——真是绮靡声色，因为"一见面"，墨就说,来,抱一个。

自那次半推半就的拥抱之后,墨的言语,就是这样轻薄和放纵的。

齐鲁从来不喜欢轻薄,轻薄是事物最坏的品质。东西一轻薄,就容易破碎;文章一轻薄,就容易低俗;男女一轻薄,就容易堕落。

齐鲁也不喜欢放纵,放纵亦是事物最坏的品质。花朵一放纵,就凋零了;果实一放纵,就腐朽了;女人一放纵,就成破鞋了。

放纵是可耻的,可是比放纵更可耻的,是孤独。这是歌手张楚说的。有段时间,吕蓓卡不知发什么神经,突然不听杜丽娘了,转而迷恋上了张楚。三〇五房间便终日回旋着张楚的声音,孤独是可耻的,生命像鲜花一样绽开,我们不能让自己枯萎,没有选择我们都必须恋爱。

恋爱是耻辱的救赎,没有选择我们都必须恋爱。用不着吕蓓卡含沙射影,齐鲁也知道。可和谁恋爱呢?这是齐鲁最隐秘的疼。三十年来,没有哪个男人,哪怕是系里最声名狼藉的男人,女人们最不齿的男人,对她表示过异性的好感,男人们对她的态度,就如对学术书一样,总是很认真很严肃。再轻佻的男人,一面对她,就变端庄了;再暧昧的男人,一面对她,就变磊落了。即使在最孟浪的5月,整个校园都弥漫着一种雄性的气息,同宿舍的室友个个被追逐得面若桃花眼若流波,她也一直无人问津。她十分羞愧,且不明所以。按说,她不丑,至少不是最丑的。大学时同宿舍的老三,是八号女生楼公认的丑女,一只眼睛大一只眼睛小不说,双唇还因为地包天,像一条坏了的拉链一样,总合不上。可人家竟然也闹过绯闻,虽然男的长相也有些狰狞有些悲惨,在系里有加西莫多的绰号,可管他是人是鬼,她也恋爱过。读研究生时,隔壁房间的阿婵也丑。可丑女阿婵却是研究生楼里最桃花的人物,她的桃花不仅盛开在校园里,还盛开到了校园外。一到周末,传达室的大妈就会在楼下大喊大叫,阿婵,阿婵,有人找。女生们从窗口探出头去,总会看到有小车停在研究生楼前,也总会看到花枝招展的阿婵从楼上袅袅娜娜地下来,钻进男人的小车,然后迤逦而去。

齐鲁十分迷惑,但室友汤毛却一点也不迷惑。女人丑怕什么?怕就怕不风骚。尤其是读书女人,一风骚,那几乎是所向披靡的,物以稀为贵呀。满桌鸡鸭鱼肉,单有一盘青菜,那青菜自然抢手;满桌萝卜青菜,单有一盘辣子鸡丁,那辣子鸡丁自然抢手。古龙老先生不也说过,良家妇女一风尘,或风尘女人—良家,都难得。意思是一样的。学校里萝卜青菜不少,鸡少,所以,阿婵当红,不奇怪。

汤毛这一套关于青菜和鸡的理论,在研究生楼很流行。女生们经常学赵传,扯着嗓子在走廊里唱,我很丑,可是我很风骚。有时又篡改林心如的歌,把"你是风儿我是沙"唱成"你是青菜我是鸡"或干脆唱成"我是青菜你是鸡"。阿婵不知背后的典,还以为是她们装疯,恶搞流行音乐。她们常常这样恶搞当下文化的,中文系的女研究生,最擅长也最热衷于玩这种偷梁换柱移花接木的文字游戏,总是一字之变,意思就大变了。大雅被糟蹋成了大俗,风花雪月被糟蹋成了下三烂。所以阿婵压根没领会那歌里"鸡"的讽刺意味,还跟着别人哼。女生们一转身,个个笑得风摆杨柳。

可齐鲁从不起这样的哄,因为觉得无聊,也因为那玩笑过于轻佻过于邪恶了。齐鲁的本质,按汤毛的说法,是有些似苏东坡的。苏东坡在《咏桧树》里对宋神宗说,他是根到九泉无曲处,齐鲁也是,甚至比苏东坡还彻底,因为齐鲁不仅本质上"无曲处",齐鲁的身体,也是"无曲处",完全是中通外直,不蔓不枝。或者这才是原因所在。阿婵的身体一波三折,且波折还不是一般的波折,是乱石崩云、惊涛拍岸的波折,是卷起千堆雪的波折。但齐鲁呢,莫说千堆雪了,一堆也没有,半堆也没有。

所以齐鲁的感情生活只能波澜不惊,这也是汤毛的理论。汤毛除了青菜和鸡的理论之外,还有"千堆雪"的理论。汤毛说,女人要先有身体的千堆雪,然后才有感情的千堆雪。物质决定意识,经济基础决定上层建筑。

这两个理论让齐鲁几乎悲观了。风骚于齐鲁,已是蜀道难,难于上青天;而千堆雪,那更是脱胎换骨的事,简直带有超现实主义的色彩。

只有虚构了。几千年前的庄周能把自己虚构成一只斑斓的蝴蝶,几千年后的齐鲁还不能把自己虚构成一个有千堆雪的女人?

当然能,齐鲁轻而易举地就把自己虚构成了阿婵。正如汤毛的理论所言,男人都是身体至上的,尽管迂回曲折,尽管犹抱琵琶,但墨还是会反复问到她的身体,尤其是一些关键部位,他几乎是一唱三叹式地问,老婆,你前面的玉兰花绽放了吗?不管他们是正谈着文学还是电影,他都会百川归海地绕回到那儿,老婆,你前面的玉兰花绽放了吗?自从他们有了"肌肤之亲"以后,他就不叫齐鲁为夜了,而是改叫老婆了,并且总把齐鲁想象成一株盛开的玉兰花。墨说,他的窗外,有一株玉兰树,每次看到绽放的雪白的玉兰花,都让他不由自主地想到她,并因为这种联想,而让他的身体变得热血沸腾。你知道吗?墨说,昨天我站在窗前看玉兰花的时候,那含苞欲放的花朵,竟然让我到达高潮了。齐鲁无地自容,有一种难言的羞耻,不仅因为他言语的情色和猥亵,也因为墨对她的狎昵的称呼,他竟然把她叫作老婆了。博士楼里的男男女女们,很风行老公老婆瞎叫的,但没有哪个男人这样瞎叫过齐鲁,齐鲁永远只是齐鲁。然而现在,由于在虚构的世界,由于她虚构了自己的身体,她竟然第一次成了某个男人的老婆了,成了某个男人雪白的玉兰花了。

这让齐鲁对阿婵的身体欲罢不能。墨迷恋上了她的身体,而她迷恋上了他的迷恋。这感觉是毛尖的电影笔记——《非常罪,非常美》。墨的指尖如一只艳丽的七星瓢虫,在她的身体间上下游走,她千娇百媚,落花流水。然而她身不由己了,她现在是阿婵,阿婵附身于她了,或者说,是她附身阿婵,总之齐鲁自己都有些分不清了,像几千年前的庄子一样,分不清自己是蘧蘧然的庄周,还是栩栩然的蝴蝶。齐鲁也分不清自己是风情万种的阿婵,还是书呆子齐鲁。前一秒钟她还是齐鲁,和墨谈论一些玄之又玄的问题,后一秒钟她就成了阿婵,在墨的指尖下花枝乱颤。只要墨一说,美人,我的玉兰花绽放了吗?齐鲁就摇身一变,开始用阿婵的声气说话,用阿婵的身体反应。玉兰花简直成了阿里巴巴的芝麻开门。

或许她的身体里本来就有一个阿婵的,齐鲁偶尔有些羞愧地想。以前汤毛说过,身体上有暗痣的女人,一般有淫荡的天性。而她,腹部的下端就有一颗痣,深红色,米粒般大小。

十六

自从水中花夜宴之后,孙东坡和老季就常常到这边来。

孟繁不高兴,因为老季明修栈道暗度陈仓的用心——表面是他陪孙东坡来看孟繁,其实是孙东坡陪老季来看吕蓓卡。可孟繁凭什么要做吕蓓卡的栈道呢?

但孙东坡却做得不亦乐乎,真的是不亦乐乎。孙东坡本来是个极其节俭的人,节俭金钱,也节俭时间,从来不会为了无谓的事情,靡费这两样东西——靡费这个词,是孙东坡从他父亲那儿继承来的。孙东坡父亲最痛恨的品质是靡费，平日最爱用的批评话语也是靡费。他痛恨和批评的对象其实只是一个人，那就是孙东坡的母亲。孙东坡的母亲是个天真又爱繁华的乡下妇人，经常会被外面来的年轻货郎的甜言蜜语所迷。所迷的结果，就是买下一些家里用不着的花里胡哨的器皿。这种行为，在孙东坡的父亲看来，是十分靡费了。不仅如此，孙东坡的母亲还极好客，家里只要一来人，哪怕来的是八竿子打不着的一个远亲，她也会激动地往菜市场冲，总是又买鱼，又买肉。这也让孙东坡的父亲痛心疾首，依他的意思，买了鱼就不必买肉，买了肉就不必买鱼，又不是过年节，又不是祭祖宗，那么铺张干什么？可客人还在呢，他不好把这话说出来，只能低声地嘀咕，又靡费，又靡费。

现在的孙东坡亦在靡费了。周末本来是孙东坡写论文的日子，或者上图书馆看书。可现在为了老季——至少孙东坡自己是这么诠释的，孙东坡说，老季死缠他，他没奈何，只好舍命陪君子了。然而孟繁有些不信，且不说孙东坡的表情，不是舍命陪君子的表情，即使是，孟繁也怀疑他是否有这种舍命陪君子的美德。和孙东坡结婚也是十几年了，他是什么人她孟繁能不清楚？就算他会为了朋友牺牲自己的时间，他也不会为了朋友牺牲自己腰包里的银子——在外面吃饭喝茶，都是老季和孙东坡轮着做东的。老季做东自然是应该的，他过来泡女人，且是泡吕蓓卡这样的女人，他不花钱谁花钱呢？可孙东坡为什么要做东呢？

孟繁有些不明白，不明白孟繁却也不问，每次都笑吟吟地，看着孙东坡埋单。

只是那笑，有几分李商隐《锦瑟》的风格，颇意味深长的。

孙东坡自然懂。搞理论的孙东坡最擅长的，是曲径通幽，所以，孟繁意味深长的笑，在别人那儿，或许是李商隐的《锦瑟》，可一到孙东坡这儿，不过就是"鹅、鹅、鹅，曲项向天歌"了。

直白的解释在孙东坡和孟繁夫妇之间原是没有必要的，因为两人都太聪明，也因为他们一向的研究习惯——他们都习惯了意在言外的表达。然而这一次，孙东坡却为他的反常行为，向孟繁做了意在言里的诠释。

之所以做东请吕蓓卡，表面是为了帮老季，其实呢，却是孙东坡有求于吕蓓卡。孙东坡打算博士毕业后去吕蓓卡的学校。与他们夫妇现在待的三流学校相比，吕蓓卡的学校，显然能算二流大学了。二流大学不仅名气更大，关键的是，它能为孙东坡建构更好的学术平台。

对一个野心勃勃的青年学者来说，这样的诱惑几乎是难以抵挡的。但吕蓓卡学校的门槛有些高，以孙东坡现在的条件，还很难迈进，除非利用吕蓓卡的关系。吕蓓卡说，她和主管人事的副校长很熟，和中文系的系主任关系也不错，活动活动，把博士孙东坡弄进去，应该没有什么大问题。

这就合乎逻辑了，合乎孙东坡靡费的逻辑。孟繁知道，对她的丈夫孙东坡而言，前程总是第一位的，比金钱重要，比时间重要，甚至比女人与操守重要。在锦绣前程面前，孙东坡会逢山开路，遇水搭桥，会披荆斩棘勇往直前。

十七

所以，孟繁一点也不嫉妒吕蓓卡，不仅不嫉妒，简直还有些幸灾乐祸了。

也不过是颗棋子罢了，她以为自己倾国倾城，她以为自己颠倒众生，却原来，也不过是男人手中玩弄的一颗棋子。

不光男人，甚至孟繁自己，也参与了这种玩弄。孙东坡现在，一有机会就谄媚吕蓓卡的，虽然那谄媚的方式有些隐秘，有些暧昧，和老季青天白日大张旗鼓的谄媚不同。自然不同，人家老季是主角，而孙东坡，说起来，只是一个跑龙套的。至少在老季那儿，他只是一个帮朋友扛旗的龙套。

所以只能是暧昧的，且那暧昧，还不单单是地下的意思，是不光明的意思，它还有一种不清楚，是男人和女人之间的那种不清楚。孟繁知道，这是孙东坡在用美人计了，或者说，是孙东坡在反用美人计。吕蓓卡一旦避了孟繁的眼，对孙东坡，总会有意无意耍点小花招的，从前，孟繁提防着她，总在背后把她的那些小花招一招一式拆解了给孙东坡听，然而现在，她假装没看见，孙东坡不过是将计就计罢了，是顺水推舟罢了。这一点，他们两口子，都是心照不宣的。他们才是同志，是战友，是一起在十字坡开店的张青和孙二娘，吕蓓卡再妖娆再风情，到头来，也只是那人肉包子馅。这么想，孟繁心平气和了，心平气和之后的孟繁，对吕蓓卡也好，对孙东坡也好，态度间言语间，没有一丝拈酸吃醋，而是一如既往的温柔。不，是更温柔，她从前对吕蓓卡也是温柔的，但那温柔有时还是绵里藏针的温柔，可现在，绵里针不见了，完全是柔若无骨的姿态，至少在面上。这骗过了吕蓓卡，吕蓓卡以为孙东坡对她眉里眼里的好,是天知地知的事了,是你知我知的事了,所以愈加把自己轻浮成一只蝴蝶。世上还有什么事情比这个更让一个女人快活呢?在一个女人的眼皮底下,和她丈夫调情,那种强烈的刺激,实在比罂粟和性更让人迷乱。

这让孟繁觉得好笑。一个女人把自己退化成一只蝴蝶,竟然还沾沾自喜,还扬扬自得。她以为她自己是黑暗中的长袖舞者,其实呢,不过是一只在玻璃瓶里蹦跶的昆虫,纤毫毕现,丑态百出。

在枕上和孙东坡亲密的时候,孟繁这样说吕蓓卡。孟繁这样说的时候,孙东坡总是不开腔,只是身体的语言会有些变化,有时是更温存,有时却是更激烈。不管是温存还是激烈,孟繁知道,孙东坡都是在安慰她,怎么说,当着自己老婆的面,和另一个女人玩那眉来眼去的把戏,到底有些过了。孟繁虽然知书达理,虽然深明大义,可再知书达理再深明大义,也还是妇人,妇人的心性变不了,该委屈还是会委屈,该受伤还是会受伤。

伤不着的是老季,因为在四个人当中,老季其实是局外人。老季兴致勃勃,忙里忙外地张罗着,却不知道,自己一直是在为别人做嫁衣。

当然,最局外的,其实是齐鲁。

老季的局外是内容上的局外,形式上,人家也还是局里的。孙东坡和孟繁,怎么说,也还是为老季牵线;吕蓓卡呢,虽然暗地里在和孙东坡玩着猫腻,但面上,也和老季周旋得花枝招展。所以,老季倒是杵在戏台中心的一个人物——至少看上去是,虽然自己没有什么戏,但到底一直是端坐在中间的,而且周遭还灯火辉煌,还锣鼓喧天。

齐鲁却不同。齐鲁的局外是从形式到内容的局外,是最彻头彻尾的局外。说彻头,或许有些不准确,因为开头时,齐鲁也还是参加过一两次他们的聚会的,虽然是心不在焉的参加,是大隐隐于市的参加。但后来就退出了——齐鲁虽然是书呆子,一般看不太出别人的眉高眼低,但一个人的眉高眼低如果越过了正常的分寸的话,齐鲁也还是会注意到的。何况还不止一个人的眉高眼底,是几个人的。老季显然是不欢迎她的,这个男人和她的交往打一开始就是骑驴找马的姿态,只是她这只驴他还没开始骑呢,吕蓓卡那只骏母马就出现了,他当然要转身。齐鲁知道,从他那个下午赖在吕蓓卡的房间里不出来她就知道了，从水中花夜宴之后她就知道了。但这个男人唯恐她不知道似的，总要找机会表达他对她的冷淡。这又何必呢？男女之间只有热过才需要冷，可他们什么时候热过呢？或者他是做给吕蓓卡看，把她牺牲为祭品，献给吕蓓卡了。这更是多余，因为吕蓓卡不会领这个情，倘若齐鲁是个美人，那这样的献祭还有意义，可齐鲁和美人有什么关系？完全风马牛不相及的。

所以，对吕蓓卡而言，齐鲁这个女人，几乎是形同虚设的，在也罢，不在也罢，都不相干。

真正嫌弃她的，其实是孙东坡。别看孙东坡的态度一直是客客气气的，但那客气明显是敷衍，尤其在他埋单的时候。毕竟多一个人，就多出一份花销，这一点，齐鲁理解。小地方出来的人，都务实，讲究一分耕耘一分收获，耕耘土地，能收获庄稼，耕耘吕蓓卡，能收获美色，可耕耘齐鲁能收获什么呢？什么也没有。

只有孟繁，总是笑吟吟地，前前后后地招呼她。可那笑，那招呼，仔细寻思，完全也是温柔版的嗟来之食的意味。

所以齐鲁干脆把自己从那个群体里放逐了出来。她本来也不喜欢群体生活，更别说那种寄人篱下式的食客生活。她骨子里热爱的，是那种自由自在的黑暗生活。虽然黑暗的生活是寂寞和孤独的生活，但也是更有尊严的生活。何况现在齐鲁黑暗的生活也不寂寞了，因为有了墨的无休无止的纠缠。

这纠缠让齐鲁无比烦恼，也让齐鲁无比甜蜜。

墨说，我厌倦纸上谈兵了，老婆，我想要真正的爱情生活，以及性生活。

近一个月来，每一次耳鬓厮磨之后，墨都要这样说。

齐鲁也想。三十岁的齐鲁其实有些经不起男人这样撩拨的。但他们的关系一开始就是黑暗中的关系，如何能见光呢？所有的事物都有自己的宿命，光明的属于光明，黑暗的属于黑暗。鸟在天上飞，鸡在地上走，蚌安分守己地躲在深水里，躲在自己的蚌壳内。能开出鲜艳花朵的，是牡丹和芙蓉，不是榆不是樟；能散发芬芳香气的，是茉莉是桂花，不是桃不是李。什么东西能颠倒黑白呢？月亮到了白天，就不是月亮，而是太阳；飞蛾从蛹里出来，就不再是飞蛾，而是蝴蝶。但世上能美丽蝶变的怕只有飞蛾吧？倘若蚌从它黑暗的世界里爬出来，会有什么结果呢？不会变成一只死蚌？

即使齐鲁有不顾死活的勇气，她仍然不能出来，因为在墨那儿，她不是齐鲁，至少有一半不是齐鲁，而是阿婵。她和墨形而上的时候是齐鲁，在和墨形而下的时候是阿婵。她有阿婵丰满的身子，有阿婵的玉兰花，有阿婵的风情和淫荡。墨爱上的是她的哪一半呢？是形而上的那部分，还是形而下的那部分？墨说，他想要真实的爱情生活和性生活。这句话的重点应该是在后面吧？也就是说，墨爱的，其实是阿婵那部分。汤毛不是说过，男人在女人这个问题上，绝对是个马克思主义者，信仰物质基础决定上层建筑。而她和阿婵，正是物质基础和上层建筑的关系，阿婵是物质基础，而她是上层建筑。没有物质基础的上层建筑，是沙上的建筑，再堂皇再华美，最后都要土崩瓦解灰飞烟灭的吧？

可在土崩瓦解灰飞烟灭之前，齐鲁还想多醉生梦死一回。

十八

4月的时候，吕蓓卡先后出了两趟远门。

一次是去成都，为了吃陈麻婆豆腐和宋嫂鱼羹面。学校门口有家四川风味小吃店，吕蓓卡爱死了那里的麻婆豆腐，以及宋嫂面里的芽菜和香菌。周末倘若没有宴席，吕蓓卡必邀了师姐陈燕子去那儿过把瘾。陈燕子是成都人，对那些红艳艳的麻辣食物几乎有间歇性的需要。两个女人的关系平日其实是不太好的，但因了感官上的共同爱好，这时候却也能不计前嫌，把酒言欢。陈燕子的酒量很好，一个人能喝下两瓶啤酒，或者半斤白酒。白酒总要文君酒，陈燕子说，四川女人里面，自古至今，她最折服的，就是卓文君了。又浪漫又骁勇，竟然为了一曲琴声，就和男人私奔了。私奔呀，多麻辣！陈燕子一喝白酒，言语就带四川腔，就带风月气。因为这个，同门的师兄弟们，一逮着机会就灌陈燕子白酒。吕蓓卡一向看不上陈燕子的酒后乱性，然而现在她也喝了酒，又没有旁人在边上，很容易地，两个女人就肝胆相照了。她们说卓文君，说崔莺莺，说杜丽娘，甚至还说起了《世说新语》里那个和韩寿偷情的贾午，直说得两颊云蒸霞蔚，双眼扑朔迷离，恨不得立刻就能学卓文君，私奔了去，或者学崔莺莺和贾午，教唆了男人来后花园爬围墙。当然，上海男人一般不会爬围墙的，在上海读书的男博更不会，没有爬围墙的技术，也没有爬围墙的胆子。要找爬围墙的男人，还是要上四川去。吃陈麻婆豆腐也要上四川，青阳宫对面的陈麻婆豆腐，春熙路口的龙抄手，吃起来才最安逸，陈燕子说。

另一次是去景德镇，为了买陶瓷器皿。博士楼二〇二的廖小红和朱朱，3月份去婺源看油菜花的时候，绕道半日景德镇，买回来好几个古色古香的青花碗盏和一套灰蓝色与烟红色细条纹相间的咖啡杯，把吕蓓卡迷得神魂颠倒。之后吕蓓卡就总往二〇二跑，企图游说朱朱把那套咖啡杯转卖给她，可朱朱死活不卖。吕蓓卡用双倍甚至三倍的价格来引诱她，朱朱还不卖。一向爱财如命的朱朱，这一次偏偏表现得十分清高。朱朱说，那可不是普通的咖啡杯，那简直是一次艳遇——她很偶然地逛进了一条小巷，很偶然地看见了一家私人作坊，很偶然地探头到一座屏风后面，然后很偶然地，觑见了这个美人，然后千里迢迢把她带到这儿。你说说，我如何能为了几两银子让这个美人卖身呢？吕蓓卡被朱朱气得要命，你朱朱又从不喝咖啡，要那么漂亮的咖啡杯干什么呢？就算是个倾国倾城的美人，在你那儿，不也华年虚度了？朱朱说，我现在不喝咖啡，并不见得将来我不喝咖啡。我先把她当童养媳养着行不行？吕蓓卡完全没辙，总不成要偷要抢？只能自己去景德镇了。她才不信朱朱的鬼话，什么小巷？什么私人作坊？说不定就是地摊货，只不过见她痴迷那些东西，故意编了故事来戏弄她的。搞现当代文学的女人，本来就无比热衷于虚构的。吕蓓卡说。

吕蓓卡从成都回来的那天晚上，请孟繁在她的阳台上喝了一回咖啡；从景德镇回来的那个晚上，又请孟繁喝了一回咖啡。一边喝一边聊，聊的就是上面那些话，那些话本来有些绕有些不着调，但孟繁还是听明白了，吕蓓卡无非想告诉孟繁，她之所以要去成都，是因为受了陈燕子的蛊惑，要去吃青阳宫对面的陈麻婆豆腐；之所以要去景德镇，是因为愤怒朱朱，要买套灰蓝色和烟红色条纹相间的咖啡杯回来报仇雪恨。青阳宫对面的陈麻婆豆腐味道怎么样呢？孟繁问。就那样，吕蓓卡说，至少在我吃来，和校门口的陈麻婆豆腐也差不多。什么东西原来都是经不起近距离审美的，在传说中越美好的，越让人失望。那让你神魂颠倒的咖啡杯呢？地摊上没有吗？孟繁十分关切地问。没有，或者，是我没遇到。吕蓓卡起身，到房间倒磁带去了。

杜丽娘的声音，又如水般，弥漫而来。

袅晴丝吹来闲庭院，摇漾春如线。停半晌整花钿，没揣菱花偷人半面，迤逗的彩云偏。我步香闺怎便把全身现。

孟繁没动,一个人端坐在黑暗中。4月的空气里,有各种植物的气息氤氲。木棉的气味,苦楝的气味,还有吕宋荚蒾的——孟繁最不喜欢的,是吕宋荚蒾的气味,因为那气味太浓郁,有一种黏滞的、不洁的感觉。陈燕子曾经开玩笑地,把吕蓓卡叫作吕宋荚蒾,因为那花也姓吕,且芬芳,且魅惑。或者潜意识里,是因为这个原因才讨厌吕宋荚蒾的吧?以前那个学校的围墙边上,也种了一排吕宋荚蒾,却一点也没觉得它讨厌。果真这样的话,那吕宋荚蒾不是遭了一回池鱼之殃?

也是活该!谁叫它散发出那么强烈的体味呢?身为植物,难道不应该有植物的操守吗?不应该守身如玉散发出植物的清新气息吗?过于强烈的表现总是为了掩饰,掩饰某种缺陷,或者某种秘密。可一株植物有什么秘密呢?

吕蓓卡是有秘密的。所以吕蓓卡关于陈燕子和朱朱的故事就枝叶扶苏,就藤蔓缠绕,可再枝叶再藤蔓,又如何能绕过孟繁呢?孟繁早就知道了她既没去成都,也没去景德镇,她去的其实是另外一个城市,和孙东坡一起。

这事是孙东坡告诉她的,孙东坡说,因为调动的事,他们一起去了吕蓓卡的学校,第一次是去找副校长,第二次是去找中文系主任和试讲。吕蓓卡没有吹牛,她在那个学校真是很有能量的,和系主任能谈笑风生,和副校长也能谈笑风生,所以,他调动的事情估计没有什么问题了,就等博士学位一拿到,那边就可以拍板要人了。副校长甚至还说了,一年后,夫人孟繁也可以解决。夫人也是博士嘛,和一般的家属不同。不过,这事在办成之前,吕蓓卡希望不要惊动任何人,包括孟繁。

为什么呢?孟繁觉得这个女人莫名其妙。如果她和你出去是为了苟合,那当然要瞒了我,可你们不是去办正经事么?那何必瞒呢?就算为了谨慎,怕横生枝节,也是瞒别人,不是瞒我。毕竟我们才是夫妻,她吕蓓卡只是一个外人,一个外人偏要做出内人的样子,不有些好笑么?

孟繁这样质问孙东坡,也有调笑的意思。孙东坡没好气地白孟繁一眼,说,说什么呢?人家到底是在帮我们忙,你假装不知道就是了。

十九

4月的齐鲁,亦发生了一件莫名其妙的事情——她的胸竟然变大了,从前是A罩杯,现在成B罩杯了。

是商场导购小姐发现的。她去商场买内衣，和以往一样，很心虚地，要A罩杯，但漂亮的导购小姐瞄了她的胸一眼，之后说，A罩会不会有点小呢？美女，要不，我给你量量？

齐鲁没让她量，齐鲁的胸自成人后还没让人碰过呢——除了偶然的两次，都发生在研究生时代，一次是在食堂，她刚打好饭菜，半转身，一个男生的手猝然从侧面斜插了过来，正好碰到齐鲁的左胸，齐鲁一时羞得乱云飞渡，仓皇间，她甚至没看清那个男生是谁，就逃跑似的挤了出来；另一次，是在电影院——不是真正意义上的电影院，而是学校礼堂。礼堂平日是给学校领导开会做报告用的，有时也有外校的学者在那儿搞学术讲座，但周末一般会用来放电影。那个周末放的是意大利导演塞尔乔·莱昂内的《美国往事》，她们同宿舍的几个女孩倾巢而出，因为据说那电影十分好看，而且还有很美丽很情色的镜头——虽然看后她们一点也没觉得那些镜头有什么特别情色的地方，毕竟都是二十五六的老姑娘了，个个都是曾经沧海。但齐鲁莫说沧海，就是小江小湖也是没经过的，所以不免有些心猿意马。就在她心猿意马往外走的时候，她的胸被人掠了一下，真是掠，完全若有若无的那种，倘若不是她的身体正处于极度敏感的当口，那小小的一次身体接触完全是可以忽略不计的。礼堂门口的灯光有些暗，借了暗的掩护，齐鲁抬眼看了那只手的主人，是个高个子男生，虽然看不清那张脸。

那两次的经历是齐鲁的鸿蒙初辟——说初辟，有些冤了，因为严格一点说，还没辟呢。从前汤毛和老大在洗澡时调笑，汤毛笑老大的胸，像洛阳的牡丹一样，饱满丰硕，完全是东北的熊掌侍候出来的。老大的男友是东北人，有一双巨大无比的手。老大佯恼，跳起来作势要去摸汤毛的胸，汤毛躲闪着，说，我的胸还是黄花胸呢，哪能就这么让你糟蹋呢？老大嗤之以鼻，说，研究生楼里，除了齐鲁，哪还有黄花胸？

这句话是寓贬于褒了，对二十八岁的齐鲁而言，黄花不是什么光荣称号，和那些英雄佩戴在胸前的大红花的意义显然不同，它甚至还有反讽的意思。别人是江南三月蜂飞蝶舞，她呢，却是自开自落无人问津，这不是反讽是什么？但齐鲁知道老大不是有意反讽她，老大虽然最爱冷嘲热讽，但她从来不冷嘲热讽齐鲁的，因为齐鲁与世无争的性格，也因为老大没有恃强凌弱的不良习惯。她之所以说那句话，完全是无意识的结果。不仅是老大无意识，简直是集体无意识——整个中文系的女生，不，应该说，整个研究生楼里的女生，都相信齐鲁的胸是黄花胸。

可黄花胸现在却有些不像黄花了，齐鲁对镜自照，十分讶异。商场试衣间镜子里的女人，齐鲁仔细打量，竟然有几分陌生了，样子要说也还是从前的样子，但却和从前又有些不一样了，也说不清是哪儿发生了变化，但就是变化了。眉眼是从前的眉眼，仔细看，又有几分不是，仿佛是候鸟，从前住在北方，现在迁徙到多雨的南方了，有了南方的潮湿；唇呢，也是，从前是十一二月的，现在却是四五月的意思，有颜色了。当然，变化最大的，还是她的胸。眉眼和唇的变化，不过是地理的变化，是季节的变化，但胸呢，却变种了，从一个品种变成了另外一个品种，从黄花变成了玉兰。在商场试衣间明亮的灯光映照下的齐鲁的胸，真如玉兰一样洁白饱满——虽然那饱满，和阿婵的千堆雪不好比，和老大的洛阳牡丹也还有差距，但江南的流水和江南的花朵，应该就是这个样子的吧？

可这变化也太诡异了。她三十岁了，不是十五岁，也不是十八岁，怎么还会发育呢？生理卫生书上不是说，女孩子的胸一般在十五岁时就会停止发育吗？汤毛说，她的胸在十三岁那年就纹丝不动固若金汤了。难道齐鲁的胸是异数？是《铁皮鼓》里的那个侏儒，在停止成长之后的多年，有一天被石头砸了一下突然又开始成长了？

谁是那石头呢？或者是墨。然而她和墨甚至还没见过呢，老大的洛阳牡丹，如果说和她的东北男友有关系，那还不算荒诞，毕竟他们每天厮守在一起。可齐鲁呢，齐鲁连墨是圆是方都还不知道呢，是人是鬼都还不知道呢。虽然他们也拥抱过了，也抚摸过了。可那抚摸，是和聊斋一般虚幻的，或者连聊斋也比不上，人家到底也有朝来暮去，也有蛾眉燕婉，而他们，却是伸手不见五指的纯粹的虚拟，难道虚拟的亲密亦能让女人脱胎换骨成为两生花？

齐鲁从镜子里端详着自己的玉兰，有些恍惚，有些沉迷。以前的胸衣因为旧了，变得松松垮垮，竟然把她自己都瞒过了，以为还是 A 罩杯。可新的 A 罩杯一上身，果真有些紧，尤其上半部分，不仅勒，而且还不能完全覆盖住，六片花瓣只有五片在里面，还有半片被挤在了腋下，半片被挤在了锁骨下方的二三寸处，看起来，简直是飞珠溅玉的效果。B 罩杯就正好，不大，也不小，是大珠小珠落玉盘的收敛，六片花瓣都被严严实实地囊括其中，没有一丝春光泄在外面。全罩杯的胸衣，一旦大小合适了，都这样内向的。虽然汤毛说，全罩杯只适合大胸女人，比如老大，比如阿婵，因为不好好包裹，就会过于波涛汹涌了。而汤毛和齐鲁这种小门小户小江小河，最好穿四分之三或者二分之一罩杯的，不然，就小题大做了，就防卫过当了——又没有动荡的浪潮，你筑那十里长堤干什么？又没有家财万贯，你弄出那深宅大院的光景干什么？笑话。所以，四分之三或二分之一的罩杯，是谦虚，但也是策略，因为犹抱琵琶半遮面是女人最具艺术性的表达，艺术是要虚构的，或者说，要创造。汤毛是最善于创造的女人，尤其在春天和夏天，汤毛会在她的胸衣里面创造出锦绣文章。当然，创造这样的锦绣文章其实也不难，无非是在里面加两片半寸多高的内垫，内垫最初是海绵，但海绵的绵感是触觉上的，视觉上却一点也不绵，看上去简直如山般巍峨，又如磐石般坚定不移，太夸张了。所以汤毛很快就改用更有动感的水垫了，更有动感的水垫当然比海绵垫更贵，尤其汤毛还要穿名牌，黛安芬的，一副要三百多，汤毛一个女研究生，一个月的生活费也就是千把块，负担这样的开销，还是很紧张的。不过，汤毛情愿每天吃青菜萝卜，也要省下这水垫的钱。好钢都要用在刀刃上，而女人的胸，就是刀刃。刀刃好了，才能在江湖上行走自如，才能遇佛杀佛，遇魔降魔。许多女人不懂这个秘密，齐鲁就不懂，汤毛之前在网上购买这种水垫时，曾游说过齐鲁的，因为多买几副，能打更多的折扣。且齐鲁的刀刃看上去，战斗力显然不行。但齐鲁却不肯，齐鲁的钱，都用来买书了。这是最让汤毛哀其不幸恨其不争的地方，女人即便爱看书，不可以上图书馆吗？不可以问男同学借吗？最沦落了，不可以学学孔乙己吗？可见，齐鲁几乎连孔乙己都不如的。

　　这当然是汤毛的偏见。齐鲁哪里不知道刀刃的重要呢？齐鲁只是不想作弊罢了——在胸衣里面偷偷摸摸地塞上两片水垫，这在齐鲁看来，和学生考试时藏夹带性质完全一样。但齐鲁不批评汤毛，批评和反批评向来不是齐鲁的习惯，即使偶尔有不得不批评的人和事，齐鲁能做到的，也只是腹诽，那种黑暗中的批评方式，是齐鲁习惯的安全的方式。

　　现在的齐鲁却在明亮中，且十分欢喜和耽溺这样的明亮。胭脂红的胸衣，在她雪白肌肤的映衬下，是如此艳丽，艳丽到让她想起了《美国丽人》里的安吉拉一丝不挂地躺在玫瑰花瓣中的画面，她吓了一跳，被这种联想。安吉拉和她有什么关系呢？人家是那么年轻妩媚，是那么性感迷人，她呢，恰好是安吉拉的反义词——这是老大的语气，老大经常这样嘲弄别人的，汤毛不喜欢舒淇，说她太性感了，性感到让男人会退化，退化成一个纯粹生物意义上的人。老大意味深长地笑半天，然后说，那当然，你怎么会喜欢舒淇呢，你正好是人家的反义词。她的东北男友不喜欢梁朝伟，说他太阴郁，她意味深长地笑半天，然后说，那当然，你怎么会喜欢梁朝伟呢，你正好是人家的反义词。想起老大不怀好意又一本正经的样子，齐鲁差点笑出声来。倘若老大在这儿，一定也会这样说齐鲁的。齐鲁和安吉拉，正如汤毛和舒淇，正如老大的东北男友和梁朝伟，都是完全南辕北辙的。然而是什么让齐鲁联想起安吉拉了呢？许是那胭脂色的胸衣？她本来想要白色的——她的胸衣，自十六岁以来，就全是白色的，但导购小姐却给她拿了这胭脂红，导购小姐说，红色的内衣最性感了。她顿了一下，然而还是接了过去。

或许真应该和墨见一面了。那个男人到底是个什么样子的男人呢？多大岁数呢？结没结婚呢？应该是未婚的吧？不然，怎么能半宿半宿地和她在网上泡？而且，他还曾经提出过要视频聊天，被齐鲁一口就拒绝了。如果是有老婆的，怎么可能和别的女人视频呢？要不就是个离异的，被老婆半路撇下了？或者是个留守男人，老婆出国了，他一个人守着空巢？上海有很多这样的空巢男人。系里的孙轩老师就这样，老婆去爱尔兰研究爱尔兰民间文学去了，他留在家里研究汉乐府，也顺带着，研究研究楼下的杨玉环——这是吕蓓卡说的。杨玉环是历史系的博士，本来名字是杨红娜，因为身材极其丰腴，被她的师兄师弟们戏称为杨玉环了。吕蓓卡说，杨玉环那个女人才叫厉害，本来她搞历史，孙轩搞文学，两人风马牛不相及，但她偏要搞乐府历史，说是交叉研究，有事没事到孙轩老师那儿去请教和探讨，这一来二去，不但乐府和历史交叉上了，她和孙轩也交叉上了。两个人还一起申请了个教育部的基金，吕蓓卡说，他那个在爱尔兰埋头研究民间文学的老婆再不回来，杨玉环肯定要鸠占鹊巢了。

这话齐鲁一般是不信的，因为在男男女女的事上，吕蓓卡绝对是捕风捉影的高手。听风即是雨，听雨即是雷电交加。只要事涉风月，她一定要用夸张来修辞的，还不是一般的夸张，是李白飞流直下三千尺的那种风格。然而齐鲁有时也爱听听吕蓓卡胡说八道，有什么关系呢？女人之间的流言也不是学术论文，要那么严谨干什么？姑且当《聊斋》听了。

就算那是真的，就算墨也和孙轩一样，是个空巢男人，怕齐鲁也当不了杨玉环。女人的种类也不一样，有人天生是鹊，有人天生是鸠。所以，齐鲁还是希望墨是个单身男人，最好也和她一样，是个单身的老男博。听墨的谈吐，这也是极有可能的，那样的话，说不定还能把父母的心愿了啦——这结局有点类似好莱坞《网络情缘》的路线，太超现实了，或者说，太现实了，然而这世上的事，谁说得定呢？

犹豫了几秒钟，齐鲁还是把那胭脂色的胸衣买了。

二十

孙东坡毕业了，毕业后的孙东坡没有回原来的单位，而是如愿以偿地，去了吕蓓卡的学校。

孙东坡和孟繁又开始了分飞的日子。孙东坡不常来上海了，因为忙，新到一个单位，不好给领导留下吊儿郎当的印象，而且两个城市的空间距离也委实远，一个在江南之南，一个在江南之北，坐火车要二十个小时，坐飞机也要两个多小时，这不仅仅是花时间和精力的问题，还要花钱。这太靡费了，以孙东坡的逻辑。当然，倘若他们年轻，还在恋爱，或许逻辑也有管不住身体的时候，然而他们毕竟是老夫老妻，身体的力量就不够强大，逻辑就把身体管理得很好。

孟繁也十分理解孙东坡的逻辑。瞎折腾干吗？有那劲头，还不如回去看看女儿。女儿桃子已经十三岁了，自他们两口子到上海读书之后，一直是孙东坡的父母在家里照顾着。孙东坡的父亲本来不愿意来省城带这个孙女的，老头子舍不下他瓜红葱绿的菜园，更舍不下他肥头大耳的孙子——孙东坡那个麻雀一样细小的弟媳妇，却极能生养，一嫁到孙家，就给孙家生了两个大胖小子。这个麻雀女人从此居功自傲恃宠而骄，尤其是孟繁和桃子回老家过年的时候，麻雀女人更过火，简直像做戏一样的，把老头子对她的宠做给孟繁看。孟繁自然是不屑看的——她一个大学老师，哪会去和一个乡下女人争风？哪会在意一个乡下老头子的宠？然而老头子厚此薄彼的态度也还是让孟繁极恼火——他厚麻雀女人她是不恼火的，她恼火的，是他薄她和桃子，尤其当着麻雀女人的面。孙东坡对此却无动于衷，他毕竟农村出来的，能深刻理解父亲那种男尊女卑的思想。而且老头子也是极狡猾的，总是在背了孙东坡时，才把他那种厚薄的意思表达得更彻底。但这一次孙东坡却不由他老头子了，老头子不想到省城带孙女，老头子说，把桃子放乡下来呗，放乡下来养几年，不娇惯。孙东坡把脸一沉，不言语了。孙东坡一向是孝子，很少在父母面前沉脸的。这一沉，就把老头老太太沉到了省城。

但孟繁还是很担心的，不是担心桃子的生活起居，而是担心桃子的心理成长。十几岁的女孩子，正是风吹草动极敏感的阶段，而老头老太，几乎是被逼上梁山的，能全心全意地照顾桃子？肯定是身在曹营心在汉。但这意思，孟繁不能和孙东坡讲。有一次，她才开口讲了半句，孙东坡就急了，孙东坡说，桃子是他们嫡亲的孙女，他们能亏了她？你要不放心，让你父母来带？孟繁的父母哪里能过来带桃子呢？孟繁有弟弟，弟弟也生了儿子，他们也要在家带孙子的。但孟繁这时也不服软的，孟繁说，如果桃子姓孟，叫孟桃子，我就让我父母来带。这当然是气话，虽然是气话，孟繁却也是笑着说的，所以孙东坡不当真，孟繁也不当真。两人说一说，也就过去了。

孙东坡现在的学校离家里更近，所以孟繁情愿孙东坡多跑两趟家。女儿现在比孟繁更需要孙东坡——她在电话里这样对孙东坡说。孙东坡说，你就不需要我了吗？问得极促狭。孟繁一时变得十分软弱，差点让孙东坡飞过来了，或者自己飞过去。然而软弱也只是刹那间的事，一放下电话，那软弱也就不翼而飞了。

再说，她现在也忙，忙得昏天黑地。论文的撰写本来已接近尾声了，但导师突然对她的一个分论点提出了质疑。这一部分她写了三万多字，如果删掉，不但字数不够，而且也会破坏整篇论文内在的有机性，从而使得文章的整个立论摇摇欲坠。孟繁十分愤怒，之前这观点她其实和导师是讨论过了的，因为那观点有些过于标新立异，导师那时候没置可否，她以为他默认了，还沾沾自喜于当时的大胆设想，以为那部分是论文里最有光芒。没想到光芒最后成了黑暗，成了孟繁最暗无天日的5月。孟繁焦头烂额，然而也只能不眠不休地硬着头皮在电脑前和论文死磕。她导师的翻云覆雨在学校是有名的，铁面无私在学校也是有名的，在他手上五六年才毕业的学生有不少，一直毕不了业的学生也不是没有——1999级的周槐，就是个惨痛的前车之鉴。周槐现在早不叫周槐了，叫周槐花，因为做博士论文把头发都做白了，成了博士楼里最灿烂的一景。他的师妹总会无比惆怅地感慨，她眼睁睁地看着周槐，由直线变成了曲线，由一株红艳艳的海棠变成了一树雪白的槐花。

所以孟繁不能有任何侥幸的心理，一丝一毫也不能有。师弟斩钉截铁又幸灾乐祸地对她说，在论文完成之前，她只能过这种生不如死的日子。

但三〇五只有她孟繁是生不如死的。齐鲁看上去还是常态，早上出去，中午回来；下午出去，晚饭前再回来。反正她的论文已经差不多了，导师也早就放了话，通过应该没有任何问题了，如果要得优，那还要做些锦上添花的活。所以齐鲁现在忙的，也就是给她论文绣绣花的小姐事。不像孟繁，可怜，还要像地主老财家的长工一样，鸡鸣即起，下死力气。

最逍遥的，还是吕蓓卡。那是自然，有宋朝在那儿卖命呢，她忙什么？孟繁有时很累了，看吕蓓卡在房间里晃来晃去莫名地就有些恼，就会十分关切地问问吕蓓卡的论文进展，吕蓓卡总是王顾左右，或者含糊其词几句。孟繁就笑笑，却从不追问。点到即止是孟繁的一贯风格，何况吕蓓卡还有恩于她和孙东坡，何况这也不干她的事。所谓蟹有蟹道，虾有虾道，横着走也罢，竖着走也罢，都是人家的事，她一旁人，吃饱了没事呀，管那么多。

而且吕蓓卡现在也不怎么待在上海了，她经常回去，因为她父亲。她父亲有慢性支气管炎，早晚总拼命地咳嗽，却不戒烟不戒酒。老头说，人生贵在适意，怎能为了多苟活几日，而战战兢兢如履薄冰地生活呢？老头从前也是搞文学出身的，最欣赏陶渊明和苏东坡的人生态度，吕蓓卡的母亲十分担心老头会咳嗽至死，又理论不过老头，只好向吕蓓卡求救了。老头虽然在老太太面前伶牙俐齿，但对着吕蓓卡，却也是无可奈何的。吕蓓卡管老头的方法是极简单粗暴的，总是不管三七二十一，把他的烟一股脑地往马桶里扔。这办法老太太也盗版过的，却不管用，老太太这边刚扔了一盒，老头子那边又变本加厉地买了好几盒回来。扔掉的是港喜，再买回来的却是苏烟，四十六块一盒。老太太气得七窍生烟，却下不了手了。但吕蓓卡禁烟却是林则徐般铁腕的，老头知道。莫说是苏烟，就是熊猫，吕蓓卡也会眼都不眨一下照扔不误的。所以，每次吕蓓卡一回去，老头子就当不成陶渊明了，也做不成苏东坡了，只能学王维，做居士，过佛教徒一样斋戒的日子。

二十一

在拒绝了无数次之后，齐鲁终于答应了墨见面的要求。

墨下了最后通牒。墨说，再不见面的话，就只好分手了。世上万事万物都是要往前发展的，花开了之后，就要结果；果熟了之后，就要蒂落。植物都明白这个道理，他们难道连植物都不如吗？生命何其短暂，所以曹操有对酒当歌人生几何的感叹，辛弃疾有树犹如此人何以堪的伤感，杜丽娘有姹紫嫣红开遍都付与断井颓垣的不甘。杜丽娘一个古代的小脚女子，尚且有这样的见识，她呢，生活在21世纪的上海，身边有现成的柳梦梅，为什么还要踩了三寸金莲的碎步，来蹉跎那樱花般的人生呢？

这是墨在引诱她，齐鲁知道。他们虽然在网上已经是老夫老妻了，但在网下，到底还是两个陌生的男女。一个陌生的男人，要把一个陌生的女人勾搭上手，总要学孙悟空，一个跟斗翻出去，十万八千里之外了，再一个跟斗翻出去，又十万八千里之外了，云里雾里地翻上那么几个跟斗，女人绝对就晕了。汤毛从前这样教育过齐鲁，汤毛说，读过书的男人，自然不能和文盲阿Q一样。阿Q想女人了，就对吴妈说，我想和你困觉。这招太直白了，太简单了，简单到连女用吴妈都觉得太寒酸。读过书的男人不会像阿Q那么蠢，他们会先做女人的思想工作：人生苦短，几十年之后，无论是英雄盖世，还是倾国倾城，都要灰飞烟灭。所以人生得意须尽欢，莫使金樽空对月；花开堪折直须折，莫待无花空折枝。这种话让女人多么悲伤呀，想到自己花朵一般的容颜，最后竟然会变成灰，变成烟，女人一下子就丢盔弃甲溃不成军了。

所以汤毛说，当男人对你说什么人生苦短的时候，你别以为他真和曹操的境界一样，狗屁，他不过是忽悠你，他真实的意思和阿Q其实是一样的，无非是想和你困觉。当然，如果你也想，那就不妨将计就计；如果不，那就让那个男人的哲学见鬼去吧。

可齐鲁不想让墨见鬼去。虽然也不能说自己想将计就计，但见一面也无妨吧。毕竟他们在网上也是如胶似漆的夫妻，他叫她老婆呢，她的胸因为他虚拟的抚摸，已经由A成长为B了呢。每次经过校门口那株玉兰树的时候，齐鲁的脸都会变得滚烫，仿佛玉兰枝上绽放的不是玉兰花，而是她一丝不挂的身子。这样亲密的关系，怎么能说分手就分手了？

见面的地点约在古籍书店，这是齐鲁的意思。墨本来想约在公园见面的，5月的公园，草绿了，花开了，很美的。但齐鲁不愿意，白天的公园太明亮了，齐鲁忌惮那种无遮无掩让人纤毫毕现的明亮；晚上的公园呢，自然好，有齐鲁喜欢的黑暗,但和一个陌生男人一起处在这黑暗中,又太鬼祟了,太可疑了,仿佛她也心照不宣地,和他直奔主题而去。

齐鲁不想直奔主题,尤其不想让他以为她想直奔主题。虽然在网上她早已和他谈风说月了,和他亦云亦雨了,但那是阿婵,而现在她是齐鲁。齐鲁有齐鲁的方式,齐鲁有齐鲁习惯的空间。

书店是齐鲁常去的地方,尤其是古籍书店。那儿安静,光线也是半明半暗的。二楼的楼梯拐角处还有一张旧沙发,齐鲁让墨在那儿等她,下午那儿一般没有人,店员也很少上二楼来。店员只有两个男人,一个鸡毛菜一样瘦弱的小伙子,斜眼,说话有气无力。另一个老头,也像鸡毛菜,只不过是霉干了的鸡毛菜。老头很少开口,但偶尔有顾客问话,他也会十分简短地说一两句,半文半白的上海方言,却还带安徽腔。每次齐鲁都会被他吓一跳,因为他走路有些鬼魅,总是无声无息地,就到了齐鲁的身后。多数时候,老头都是那种老眼昏花的状态,但某个瞬间,从他的老花眼镜后,又会回光返照般,突然射出一种锐利的光芒。齐鲁总疑心,这个时候的老头,是不是被店里那些古老书中的某个人或某种思想附体了。齐鲁是爱读《聊斋》的,也爱读纪晓岚的《阅微草堂笔记》,所以经常会有一些神神道道莫名其妙的想法。

二十二

孙东坡有一个阴谋。或者说,孙东坡和孟繁夫妇俩正酝酿一个阴谋。

阴谋是系主任陈季子教唆的,确切地说,是陈师母教唆的。孙东坡调到新学校之后,因为还要调孟繁,所以一直像蜘蛛一样,辛辛苦苦地编织各种关系,学校上上下下的领导,和孙东坡的私交都十分圆融。尤其是中文系主任陈季子,几乎成了孙东坡的莫逆。甚至于陈师母,对孙东坡也不见外。他们的儿子在英国,她现在就把孙东坡当半个儿子了。家里水管出了状况,煤气灶打不着火了,或者电脑中了毒,都会让孙东坡过去。有时没事,只是因为师母做了几个好菜,陈季子想和孙东坡喝一杯,师母也会打电话过去。孙东坡现在不是一个人吗?作为领导,或者领导的家属,关心关心老师的生活,也是应该的。有一次,酒喝到半酣了,他们谈到学校的政策。学校因为明年要评估,眼下十分重视重点专业的博士引进,每个新引进的博士会给安家费三十万。三十万哪!但孟繁拿不到这笔钱,因为她是孙东坡的老婆。按政策,一对博士夫妇只享受一次这待遇。可惜呀,陈季子说。但一边的陈师母笑了,陈师母说,曲线救国呗。怎么曲线救国法呢?两个男人问。这还不简单,世上的事都是变化的,单身的可以变成已婚的,已婚的呢,也能变成单身的。

话说了半句,师母打住了。但孙东坡还是听明白了那意思。

师母说的是假离婚。一旦离婚,孟繁就可以享受学校的这种政策了,就可以拿到三十万了。

孙东坡和孟繁说这事的时候,孟繁被惊出了一身冷汗。这犯不犯法呢?算不算欺诈?孙东坡说,夫妻间的分分合合,不犯法吧?这应该是个道德层面的问题。那就是说,从此之后,我们就沦为不道德的人了?孟繁问。什么是道德?尼采认为,道德本身就是不道德的东西。

这是强词夺理,孟繁知道。但三十万的诱惑她也经不起。邪恶的行为尤其需要理论的支撑,孙东坡需要,她也需要,否则,他们无法说服自己。他们是读书人,做任何事情都需要理论根据的。

人无横财不富,马无夜草不肥。孟繁的父亲一生困窘,意绪不平时,也常絮叨这句话。

既没有杀人越货,也没有谋财害命,他们也就是偷吃两口夜草的马,有什么关系呢?

只是,和孙东坡离婚了的孟繁,凭什么调进那所学校呢?之前副校长的承诺,是因为孟繁是孙东坡的家属,学校才考虑解决的。现在皮之不存,毛将焉附呢?

但这是孙东坡的事,孙东坡说,你安心准备你的论文答辩好了,至于其他,就交给我了。

也只能交给他,对这一类的事,孟繁从来都是匍匐在后的姿态。毕竟这事不仅有操作上的难度,还有心理上的难度,孟繁知难而退。但孙东坡这个人,和孟繁不一样,喜欢逢山开路,遇水搭桥。

离婚进行得极其隐秘。两人匆匆回了一趟原学校,之后,从法律意义上来说,就成了陌路人了。夫妻的关系,原来竟然是一张纸的关系。偶尔从论文的混沌状态里游离出来,想想这事,孟繁觉得十分恍惚和荒诞。

或者应该和吕蓓卡说说,说说孙东坡的不好,说说她和孙东坡感情的破裂,不然,怎么就离婚了?吕蓓卡迟早会知道这事的,先透透口风,造造声势，会不会好一些？

但孙东坡不同意。孙东坡说，那是欲盖弥彰，声色不动才是兵家最高境界。

孟繁想想，也是。

再说，她现在也没多少机会和吕蓓卡家长里短了。吕蓓卡原来在三〇五的作息是昼伏夜出，而现在，几乎昼出夜出，或者干脆十天半月不见人影，行踪十分诡异神秘。美国男友的电话似乎日渐稀疏，难不成他们出了问题？原来吕蓓卡说过，她拿到博士学位后可能会去美国。但现在却看不出她要去美国的丝毫迹象。会不会那边有了新的女友？也是有可能的，虽然吕蓓卡是个美人，可毕竟远水救不了近渴，画饼也不能充饥。边上如果有个香喷喷的大饼，或者三明治，难保男人不会变节。一开始有可能只是解解燃眉之急，但那只大饼或三明治如果不依不饶纠缠不休的话，说不定就把自己奋斗成了男人一辈子的食物。

可吕蓓卡看上去却是一张春风四月桃花脸。那么，是吕蓓卡这边出了乱子？这更有可能。和谁呢？和导师？和宋朝？应该不是。在一个屋檐下已经三年了，吕蓓卡是什么人，孟繁还不了解？绝对是个兔死狗烹卸磨杀驴的主。只要她的论文一完成，学位一到手，她还会理那两个男人？一时的周旋甚至以身相许是可能的，一辈子呢，显然就小题大做了。

老季更不可能，老季回了东北。据孙东坡说，他在那边已经安营扎寨了。

那是谁呢？孟繁琢磨不透。要是以前，对琢磨不透的事，孟繁一定要细加考据的，这不仅是习惯，而且是专业素养。但现在孟繁没有那个工夫了，论文答辩迫在眉睫。也就是喝茶的时候，她允许自己的脑子走走神，权当犯人出来放风了。一旦手里的一杯茶喝完，她立刻又要回到晚唐的李商隐那儿去。

二十三

汤毛来上海了，来上外学习英语。10月份她要去美国，之前，她要通过国家公费出国留学的英语考试。

汤毛打电话给齐鲁的那个时候，齐鲁正在来回折腾那件胭脂红的胸衣，穿上了，又脱下来，再穿上，再脱下来。为什么要穿它呢？难道为了墨？这个下午是她和墨约了见面的日子。可见男人,为什么要穿上这样的内衣呢?按弗洛伊德的理论,她的潜意识似乎有些不健康。为了健康的考虑,齐鲁最后毅然决然地换上了一件白色胸衣。至少思无邪,这也是很重要的,对齐鲁而言。即使在法律上,主观故意,都会罪加一等的。这么想,齐鲁起伏跌宕的心一下子平静如水了。和墨约定的时间是下午4点,在这之前,还有好几个小时,齐鲁打算去一趟图书馆,书其实有些看不进去了,但她习惯了在图书馆消磨时间。可汤毛在电话里说她要来看齐鲁了,齐鲁支支吾吾地想让她改日。但改不了啦,因为汤毛已经到了齐鲁学校的大门口。

这是汤毛的作风,或者说,这是汤毛对齐鲁的一贯作风。在汤毛的意念里,见齐鲁永远不需要预约的。齐鲁只能去校门口接她。正是吃午饭的时间,汤毛说,她刚逛完街,肚子饿得咕咕叫呢。齐鲁带汤毛去了学校的小食堂。两个女人差不多三年没见面了,要说的话比食堂外面梧桐树上的果子还多。都是汤毛的果子,噼里啪啦没头没脑地落向齐鲁。齐鲁给她砸得有些晕头转向,然而也高兴。看汤毛肆无忌惮地朵颐美食,听汤毛肆无忌惮地朵颐男人,齐鲁有身在梁山大块吃肉大碗喝酒的快感。人生还是需要放纵呀,即使只是口舌的放纵,竟然也是这样美好。

等到杯盘狼藉酒足饭饱,等到汤毛这几年经历的男人被朵颐得差不多了,汤毛这才想起要问问齐鲁的爱情生活。齐鲁看上去有些鲜艳了,虽然也还是一棵榆树的样子,但至少是一棵春天的榆树,有青色葱茏的意思。以汤毛的经验,这应该是男人的作用。但齐鲁矢口否认,汤毛也就信了。说到底,汤毛其实不太相信齐鲁真会有什么男人的,之所以循循善诱,不过是一种习惯,或者说教养。

和墨约定的时间快到了,汤毛仍是意犹未尽。尽不了的,在汤毛这儿,话题一旦和男人相关,就有了衍生的能力,能一生二,二生三,三生万物。言语如斑斓的蝴蝶,一只一只地,从汤毛的嘴里飞出来,飞出来。指望她戛然而止是不现实的幻想,她才刚刚说到老大的男友,之后还有老三老四的。齐鲁决定和汤毛一起去古籍书店。或者和汤毛一起去更好,单刀赴会到底有些鲁莽了,而携女友同行就有了多义性。或者这是命运的安排,不然,为什么三年没有见过面的汤毛突然会从天而降呢?齐鲁没有说和墨见面的事,齐鲁只是说,古籍书店来了几本她要的书,要汤毛陪她去看看。汤毛嗤之以鼻,真是江山易改，本性难移。三十多岁的女人，周末竟然还要去古籍书店，世上还有比这更荒谬的事吗？汤毛一时气恼，几乎要拒绝她，但想想老同学的寂寞，她决定牺牲一回自己了。一个三十岁的女人在周五向晚的时候去书店，是凄凉和悲伤的画面，但两个女人呢？感觉或许就有些温暖了。

她们到书店的时候差不多4点半了，晚了半小时。因为汤毛在经过街边一家服装店的时候，看上了橱窗里模特身上的一件绯红色的吊带裙，想买，但价格又实在太棘手了。犹豫不决间，齐鲁说，这衣服是不是有些太妖娆了？这话不说还好，一说，让汤毛更欲罢不能了。汤毛向来瞧不起齐鲁的审美。不仅汤毛，从前同宿舍的女友们，对齐鲁的品位，都持十分否定的态度。这是自然的，成者王，败者寇，一个没有男人觊觎的女人，只能成为别人的反面教材。

就因为齐鲁这句话，汤毛果断地买下了那件裙子。汤毛说，10月份她就要去美国了，这次到上海，有两个任务，一个任务是学好英语，通过考试；另一个呢，就是要多置办些带有中国风的衣服，而这裙子就带有中国风，颜色是中国的，是东方红，张艺谋喜欢的东方红，让西方人神魂颠倒的东方红。

齐鲁知道汤毛的意思，不就是想去颠倒一个外国男人吗？以汤毛的样子，应该没问题。汤毛单眼皮，溜肩，皮肤象牙色，很东方的。读研时，学校的外教迈克就很喜欢她，每次一见面，总林美美林美美叫她的。迈克读过好几遍《红楼梦》，对大观园里的小姐丫鬟们迷恋得不得了，尤其迷恋林黛玉和花袭人。他叫自己宝哥哥，叫汤毛林美美，叫宿舍的老三花姐姐。为这事，老三十分恼火，凭什么汤毛是小姐而她是丫鬟呢？若是晴雯也就罢了，偏是一个她十分讨厌的丫鬟！

汤毛自然是有几分得意的，然而也仅止于几分得意，因为大鼻子宝哥哥不仅结了婚，而且是秃瓢，汤毛平生最恨的，就是秃瓢。或者是因为"三言二拍"的影响，汤毛对寺庙里的秃瓢男人印象特别糟糕，他们不仅利用宗教敛财，而且敛色。

书店和往常一样，十分清冷。那个鸡毛菜一样的小伙子，或者有事没来，或者提前下班了。他经常这样的，生意反正不好，也没有必要两个人守在这儿。安徽老头坐在桌子后面，埋头于一本线装《世说新语》。那本书老头至少看了好几年了,打从齐鲁进这家书店起,老头的鼻子下面,一直就是这本书。齐鲁看书也算是慢的,但和老头比,却是小巫见大巫了。或者是"弱水三千,我取一瓢而饮"的意思?但忠贞于一本书,是不是有点太痴了?书也不是国家,也不是女人。

齐鲁差点笑出声来。这是齐鲁的毛病,总是一紧张,就爱胡思乱想,一胡思乱想,就想笑。

汤毛早习惯了齐鲁的古怪。女人和女人是不一样的,以前她们宿舍的老四,一看见食堂的熘肥肠,就会面若桃花两眼流波;老三呢,一看见忧郁的长头发男人,就成了一尾活蹦乱跳的鱼;而齐鲁的穴位是书,一看见书,呆若木鸡的齐鲁,立刻就如服了还魂丹一样,会有起死回生的变化。

但汤毛正相反,一进书店,她就无比萎靡了。刚刚还精神焕发,突然就觉得腰酸背疼。老头边上有一张方凳,汤毛问也不问一句,一屁股就坐下了。

老头抬起脸,是"卧榻之侧,岂容他人鼾睡"的表情。

齐鲁说,你先去二楼坐,二楼有沙发。我在楼下找两本书,就上去。

汤毛橐橐橐地上楼去了,齐鲁的心一下子怦怦跳了起来。

墨在那儿吗?他看到汤毛会有怎样的反应?汤毛亦没有阿婵的妖娆体态,亦没有吕蓓卡芙蓉花一样的脸,他看到后,会不会失望?会不会拂袖而去?

一时间,齐鲁的意念里,电闪雷鸣,飞沙走石。

然而什么也没发生。等到十分钟之后齐鲁上楼的时候,二楼空无一人,沙发上半倚的,只有似睡非睡的汤毛。

二十四

墨从此无影无踪。

仿佛错按了删除键一样,齐鲁的文档现在又是一片空白,形而上的诗歌没有了,形而下的玉兰花也没有了,真正的灰飞烟灭,或者连灰飞烟灭都算不上,灰和烟总还是物质,根据物质不灭定律,人家还存在于这个世界,只不过摇身一变换了一种存在的形式。而墨以及墨所带来的那些旖旎夜晚,也如网络屏幕上开放的那些姹紫嫣红的花朵一样,说消失就消失了,连烟和灰都没留下。

可为什么会突然消失了呢?

是不是那天墨见着了汤毛？可书店明明没有男人呀，别说男人，就是女人也没有。这甚至排除了墨男扮女装的戏剧性可能。

或者藏在书架后面偷窥了她们？弗洛伊德认为，人有偷窥欲，希区柯克的电影《后窗》，就是写男人偷窥的。那天齐鲁上楼后虽然也扫了书架几眼，但粗枝大叶，又慌里慌张，如果墨要存心隐匿在书架后面偷窥她的话，不是什么难事。

也有可能墨先走了。她们迟到了三十分钟，他或许以为她耍他，一生气，拂袖而去了。

但拂袖而去之后，一定还会到网上来找她的。哪里会从此杳如黄鹤呢？

所以，还是看见了汤毛。

齐鲁十分庆幸那天让汤毛代替了自己出面。一个会对汤毛的长相失望的男人，对齐鲁，也一定会失望。汤毛和齐鲁，长相其实属于同一科，都中通外直，都不蔓不枝。尽管汤毛经常用修辞手法，把这平直变得一波三折风生水起，但有经验的男人，应该能去芜存菁去伪存真。

真是那样的话，汤毛就替自己挡了一剑。好在她不觉，好在她是外地的，且就要去美国，和墨应该再没有相遇的机会，不然，齐鲁会内疚的。

我是一尾历尽千辛的鱼，沿途的剑，让我遍体鳞伤。以前，汤毛在宿舍里，没事爱吟唱这句诗。结果，于黑暗里，又挨了一剑。倘若齐鲁告诉她，她一定会惊呼，江湖险恶！江湖险恶呀！

但齐鲁不会告诉她，汤毛的伤，也是她齐鲁的伤。

她是弃妇了，竟然！在齐鲁作为女人的人生里，和男人还没有真正地恋爱过呢，就生生地被抛弃过两回了。

第一次是被沈北抛弃，这一次，是被墨。

她才是一尾历尽千辛的鱼，不，是比鱼还辛苦的蚌，在深水里，在无边的黑暗里，任沙石把自己的内脏伤害到血肉模糊。

她的痛，没有人知道，包括她的父母。她父母还眼巴巴地等着她毕业前给他们带回一个体面的女婿，她之前是含糊其词不置可否的，因为想用那含糊安慰一下父母，也因为对墨存了万分之一的希望，然而，这万分之一的希望也还是成了泡影。

她要如何向父母交代呢？

或许只能虚构了！既然以前她能虚构出一个阿婵，那么现在，她也能虚构出一个墨。是的，墨，她的男友，高大，英俊，在另一个学校读博，本来打算毕业后就带回去见父母的，但出车祸了。他们周末约了在书店见面，他在来书店的路上，被一辆出租车撞了。

也不是没有这种可能，齐鲁想，或许墨真是在来书店的路上被撞了呢？

齐鲁突然心花怒放。虚构原来是多么迷人哪，它要风得风，要雨得雨，千姿百态，随物赋形。借助它的魔力，她的胸由 A 变成了 B；借助它的魔力，她的暗伤，再一次不治而愈。

生命本来也不过是虚构的过程。

二十五

孟繁没有想到，她调动的事最后竟然也成了泡影。

之前一点端倪也没有，孙东坡一直说，事情进展得很顺利，很顺利。系里有陈季子关照，绝对没问题，学校主管人事的副校长也点头了。现在只等孟繁的学位一拿到，就可以办手续了。孙东坡甚至说，他已经看好了一套房子，就在学校不远处，坐地铁只有五站路，十多分钟的车程。房价虽然有点高，但也不是高不可攀，三室两厅的房子，九十几万，他们踮起脚，也就够上了。他去年从学校拿了三十万的博士津贴，加上孟繁今年就要拿的，加上他们以前的积蓄，不用按揭都差不多能付清了。当然，他们也可以按揭一部分，留些钱用来装修。你想选几楼呢？孙东坡在电话里问孟繁。孟繁喜欢一楼，一楼有院子，可以种些花草，孟繁是个很喜欢侍弄花草的女人。但孙东坡想要顶楼，顶楼有阳台。在夏天的晚上，搬张躺椅躺在阳台上，离月亮和星星不是更近一些？

孟繁觉得好笑，三十八万四千四百公里的距离，十几层的楼高，应该可以忽略不计吧？在一楼的院子里和在十二楼的阳台上看月亮，又有什么区别？

怎么会没有区别呢？刘亮程在《一个人的村庄》里写道，住在村东头的人，总要比住村西头的人，更早沐浴到阳光，而且阳光更干净，也更纯洁。同样的道理呀，高处的月光当然也更干净更纯洁。

孟繁只能甘拜下风了，孙东坡的理论水平比她高，他一旦起了诡辩的兴，孟繁无论如何也不是他的对手。

但孟繁知道，孙东坡想住顶楼其实和月亮无关，而是看中了高处的象征意义。人往高处走，这是孙家的家训。体现在住房上，就是要想方设法住到别人的头顶上。孙家的人都相信，孙家之所以一直家运昌旺，之所以会出孙东坡这样的人物，就是因为孙东坡的祖父有远见卓识，把他家的房檐建造得比左邻右舍都高。隔壁的沈家陈家，都曾经借修房之机，在房檐的高度上做过文章。但魔高一尺，道高一丈，孙家从来不会让他们的阴谋得逞。孙东坡的父亲平时过日子虽然十分节俭，但在这样关系到家族生死存亡的大事面前，也是能一掷千金的。

所以关于住几楼的问题，孙东坡是姑妄问之，孟繁是姑妄答之，最后他们肯定会选最高层的。这事其实孙东坡都做不了主，孟繁早就领教过的。最初在县城中学，后来在省城大学，他们一直都是住最高层。孟繁一开始还不知晓其中的缘由和厉害，以为他们家的事由他们自己决定，纵然孙东坡父母有意见，以她一贯的以柔克刚，应该也能搞定。也果然搞定了，在孙东坡那儿，但老头死谏，最后没奈何，也只能高高在上了。

果然，孙东坡夫妇的人生，如芝麻开花般，节节高了。

怎么这一次就节外生枝了呢？

孙东坡自己也觉得莫名其妙，本来各方面都打理好了的，以为是十拿九稳的事，却不料，主管人事的副校长突然变了卦，说，孟繁博士的这个专业，暂时不能进人了，他们现在需要引进的，是搞外国文学的博士，因为明年这个专业要申报博士点，要加强他们的竞争力量。

倘若是孙老师的家属，或者还可以作为例外处理，但现在，他无能为力。

这是打官腔了。之前孙东坡和他觥筹交错时其实暗示过他的，他也闪烁其词地答应了他。不过是一种叙事策略嘛，经济系的欧阳夫妇也是这么弄的，就在进学校之前一个月离的婚，拿到博士津贴后不到半年就复婚了。谁都知道是怎么回事，可谁也不去戳破他们——人家欧阳可是皇亲国戚，嫡亲的舅舅是学校书记，谁吃饱了撑的，没事去撩老虎的尾巴玩？

孙东坡以为自己也可以学习一回，没想到，东施效颦了。

要么，再找找吕蓓卡？或者我们复婚？孟繁又气又急，她和孙东坡向来是亦步亦趋的，难道这一次，他们要劳燕分飞不成？

怎么会劳燕分飞呢？孙东坡说，只是现在复婚有点太那个了，毕竟离婚才半个多月。即便是唱戏,也要唱出个样子来。不然,学校会不会认为我们太明目张胆了?

找吕蓓卡怕也没有用,说白了,人家一个外人,顺水推舟的事,会帮一把,如果要她竭尽全力,或者就不会了。即使她侠肝义胆,豁出十成的功力来帮我们,也不一定就能帮。校长既然都变了卦,她还能有回天之力?

什么是偷鸡不成蚀把米?他们这个就是。孟繁现在已无话可说,只能夹了尾巴,灰溜溜地回到原来的学校。

孙东坡说,最多一年,一年之内,我一定把你调进我们学校。

二十六

然而没有。

孙东坡没有把孟繁调进他们学校,孙东坡也没有和孟繁复婚。孙东坡说,他没有办法和孟繁复婚了,因为他爱上了另一个女人,另一个女人是谁呢?是吕蓓卡。

孟繁这才恍然大悟。

原来是明修栈道,暗度陈仓。美男计也罢,假离婚也罢,他们一直都是在假戏真做。她还在背后讥笑人家吕蓓卡是退化的蝴蝶,是玻璃瓶里的昆虫,做张做致,丑态百出,原来她自己才是那只玻璃瓶里的虫子,一只自以为是的蠢里吧唧的虫子!

孟繁恨不得一头撞死在那玻璃上。萨特说,他人即地狱,从前孟繁不信的,因为这理论太邪恶太极端,西方人总是把哲学和戏剧混为一谈。她还是喜欢东方的哲学,温暖,世情,中庸。人性善也罢,人性恶也罢,都在尺度之内。但现在她突然觉得还是人家萨特深刻,他人即地狱,是的,十八层地狱!

然而吕蓓卡是她孟繁的地狱,她能理解,她们都是女人,根据物理学原理,同性相斥,异性相吸。可孙东坡为什么会成为她的地狱呢?为了那三十万的博士安家费?那笔钱吕蓓卡不是也没有吗?新引进的博士才有呢,而她是本校的土特产,除了五万块的科研启动费,剩下的,什么也没有。难道孙东坡会为了区区五万块就移情别恋了?不至于!那就是美色了,吕蓓卡窈窕,吕蓓卡妩媚,吕蓓卡风情万种,所以导师也好,宋朝也好,老季也好,一个个为美人折腰了。但孙东坡应该志不在此呀，倘若孙东坡真是爱美人不爱江山的温莎伯爵，当年哪里会爱上孟繁？

孙东坡的父母也成了孟繁的十八层地狱。孟繁本来还指望他们，把他们当作最后一根救命稻草，然而这稻草怎么会是她的稻草呢？他们不仅要袖手旁观，而且要落井下石。对孙东坡的父亲而言，女人只有两种：能生儿子的，不能生儿子的。能生儿子的就是好女人，不能生儿子的就是不好的女人。不好的女人如田里的稗草，如趴窝的母鸡，留着有什么用？要拔了，要杀了，才能给正经的东西腾出地儿来。他从前想过要让孙东坡休了孟繁，但那时小两口你恋着我，我恋着你，他无从下喙。现在好了，老天有眼，不想绝了孙东坡那缕香火。桃子离婚时给了孟繁，孙东坡现在要娶的，听说还是个未婚的妹头，那么根据法律，他们还可以生一个娃娃。他们这一次一定能生个孙子的，他已经找村里的葛半仙算过了，孙东坡命里是有子的。怎么会没有子呢？他弟弟西坡，那么个凡夫俗子，都有两个儿子了，东坡一个天上的星宿，老天还会薄了他？

老头差不多要载歌载舞了，不，不止老头，是整个孙家差不多要载歌载舞了。尽管当了孟繁的面，他们假装出惋惜和沉痛的表情，但孟繁知道，孙家上上下下、老老小小，都已经做好了除旧纳新的准备。

谁也指不上，孟繁现在是亡命垓下的项羽，众叛亲离，四面楚歌。天要亡我，非战之罪。萧瑟江边，项羽抚剑而悲。她又能做什么？除了和项羽一样，提剑上马，杀入重围。

二十七

只有宋朝了。

这是鱼死网破的一招。吕蓓卡的毕业论文孟繁是过了眼的，尽管吕蓓卡藏藏掖掖，但孟繁还是逮着机会很认真地翻了翻那论文。《从〈牡丹亭〉看汤显祖的女性观和性别意识》，十几万字的鸿篇巨制，纵横捭阖的引经据典，严谨规范的学术语言，这样的论文，吕蓓卡莫说写出来，就是把它当一个饭团消化了，都困难。吕蓓卡的学问有几斤几两，别人不清楚，室友孟繁还不清楚么？

更清楚的当然是宋朝和导师。但导师和吕蓓卡肯定是沆瀣一气的，打从考博起，吕蓓卡和导师一定就玩了猫腻。考博是最容易玩猫腻的，特别是中文系的考试。一张专业卷子，就那么一两道论述题，论述题又不比数学，有一个客观标准，都是主观的东西，好不好的，还不由导师说了算？满堂兮美人，忽独与余兮目成。你说这是匹劣马，我偏说它是汗血青；你说这是无盐，我偏说她是貂蝉。这是导师的特权，是国家和学校赋予导师的冠冕堂皇的特权！论文答辩也如是，一样有猫腻，答辩委员都是导师请来的，私交自然不错，无论如何也不会刁难导师的心爱弟子。他们当然能看出学生的妍媸、文章的良莠，都是眼光十分毒辣的老狐狸，看出这个还不是小菜一碟？但看出来了也不会一语道破，打狗要看主人面，这是人情世故，也是他们这行的规矩。一旦逾了规矩，下次谁还敢请你呢？区区千把块的答辩费没有了也就罢了，可为了卖弄学问而因此做不了答辩委员甚至答辩主席，却是一件得不偿失的事情。学术界和娱乐界表面看是风马牛不相及，但出镜率同样都是重要的，尤其是一些重要场合下的出镜。躲在书斋里十年磨一剑的时代早已过去，现如今的学者，都要会轻功，要凌波微步，要日行千里。今天在此，明天又在彼，此起彼伏之后，你就成了腕儿了。这是自然的，时代现在是快节奏的时代，大家都惜时如金，看你的书当然不如看你的脸来得快。而且，你自己以后难道就没有要偏袒的学生？没有要别人高抬贵手放过一马的学生？到时别人也公事公办，你不也下不了台？当然，过场也还是要走走的，问几个蜻蜓点水又绵里藏针的问题，既表明答辩的严肃性，也表明自己的心里如明镜，要人家领情。

可就算吕蓓卡的考博有问题，论文答辩有问题，孟繁也奈何不了她——把柄在吕蓓卡的导师那儿，而导师和吕蓓卡，显然是一丘之貉。

能打主意的，只有宋朝了。

只要宋朝肯承认吕蓓卡的论文是由他代写的，吕蓓卡就吃不了兜着走。孟繁会在第一时间向学校举报，然后在网上公布出来。到时候，无论导师也罢，学校也罢，都没办法包庇吕蓓卡了。学位肯定是要被取消的，工作也是要被开除的，身败名裂之后的吕蓓卡，看孙东坡如何和她过幸福的生活。

但宋朝凭什么帮孟繁呢？

一篇博士论文的代写行情是十万左右，也就是说，当初宋朝和吕蓓卡如果只是交易的话，吕蓓卡应该付给宋朝十万了，就算是师兄妹，打个折，也要七八万吧？一个那么有才华的博士好几个月的脑力劳动，也应该有这个收成。但吕蓓卡显然没有付钱给宋朝。那吕蓓卡对宋朝许诺了什么呢？有什么东西比十万块更珍贵？那应该是一个女人的爱情了吧，露水的情爱肯定不值这个价，即使是一个美人的露水情爱。有婚姻希望的爱情，才能把一个男博士变成一只勤劳的工蚁吧？

那么宋朝也遭受了背叛？当初吕蓓卡一定许诺他，等和美国的男友了断后，再成为他公开的女友。然而论文完成了，吕蓓卡却和孙东坡双双孔雀东南飞了。

宋朝是哑巴吃黄连有苦难言，和孟繁一样。

然而宋朝什么也不说，博士毕业留校当了老师的宋朝对此事守口如瓶。

孟繁不急。

十年磨一剑。

发表于《中国作家》2009 年第 12 期

转载于《小说月报》2010 年第 1 期

《中篇小说选刊》2010 年第 1 期

《北京文学·中篇小说月报》2010 年第 1 期

连载于《楚天都市报》

入选中国小说学会排行榜中篇小说第二

《中国小说排行榜十年榜上榜》

《小说月报 2010 年精品集》

《2009 小说金牌榜》

《全球华语文学大系》

获《小说月报》第十四届百花文学奖

第四届《北京文学·中篇小说月报》奖

子在川上

一

在中文系，谁都知道，苏不渔教授和系主任陈季子的关系不好。

苏不渔研究魏晋文学，最欣赏的魏晋人物是阮籍。欣赏阮籍倒不是因为他的《咏怀诗》，对苏不渔而言，阮籍八十二首《咏怀诗》实在不对脾胃，太隐晦了，太曲折了，遮遮掩掩，重峦叠嶂，简直和女人的百褶裙一样。苏不渔对文学的审美，向来喜欢清水出芙蓉的，而对百褶裙，颇不以为然，因此，苏不渔不喜欢诗人阮籍，但名士阮籍呢，那个佯醉六十日也不肯与司马昭做亲家的阮籍，那个用青白眼看人的阮籍，却是苏不渔为之心醉神迷的偶像。

偶像有偶像的待遇，苏不渔上课，很明显的，就偏心阮籍了。别的魏晋人物讲一个课时，或者两个课时，阮籍就讲三四个课时，有时讲起兴了，三四个课时还止不住。如果班里正好有一个清水出芙蓉的女生，而这女生，正好又很认真听课的话，那苏不渔的阮籍，就没完没了啦。这让陈季子十分头痛，在师大，老师的教学进度都上报了教务处的，该讲曹操的那一周就要讲曹操，该讲陶渊明的那一周就要讲陶渊明，不然，督导下来听课，一听，好嘛，挂羊头，卖狗肉。往上参一本，就算小小的教学事故了。苏不渔是不怕教学事故的，但陈季子怕，因为中文系的教学事故一多，就影响了他在校长那儿的口碑。校长虽然很忙，但忙里偷闲，隔上几个月，还是会召开一次半次督导会议的，那些督导都是退休教授，因为资格老，又因为年龄老，无欲则刚了，所以说起话来都是童言无忌的状态。陈季子最怕他们童言无忌。有什么办法呢？督导们六七十了，可以无欲，可陈季子呢，五十还不到呢，各方面的欲望，都正是如火如荼的时候，当然不想督导们在校长面前破坏了他的美丽形象，哪怕只是一点点破坏，也不想。

然而这不由他。督导们的嘴，陈季子管不了，莫说督导们，就是中文系的老师，陈季子也有管不了的。

比如苏不渔。

苏不渔不理陈季子，这不新鲜，系里很多人都不理陈季子的，文人相轻嘛。然而人家不理陈季子，都在暗处，至少半明半暗，背后和老婆或者嫡系朋友批评几句甚至谩骂几句，当了陈季子的面，也还是要敷衍得溜光水滑的，毕竟在人屋檐下，不能不低头。做人与作文一样，都免不了要修辞。可苏不渔就是讨厌修辞。他把不理陈季子的意思，用几乎白描的手法，表达了出来。这是研究阮籍落下的毛病，阮籍用青白眼看人，遇上喜欢的，就给青眼，遇上讨厌的，就给白眼。苏不渔也差不多。不是说他也用青白眼看人，这样做，简直是直接抄袭了，苏不渔教授向来反对学生抄袭的，做学生的尚且不能抄袭，何况他这个老师？再说，即使苏不渔想抄袭，他也不具备抄袭的条件，他眼睛不大，又高度近视，青眼白眼在上千度的镜片后面，看起来实在也没有什么区别。所以，苏不渔只能用另外的方式表达爱憎了。

周末有老师请吃饭。苏不渔好吃，且贪杯，且不胜酒力。每次几杯之后，如果有人挑逗，他一定会面若桃花地开始讲他当年在北大读书的事情。苏不渔当年是北大的风流才子，身边有过众星捧月美女如云的风光。兄弟我当年在北大的时候，苏不渔总是这样开头的。他这一开头，酒桌上的气氛，就忽如一夜春风来千树万树梨花开了，季节由冬而春了，大家借了苏不渔的酒意，一起开始踏青赏花，赏苏兄弟故事里北大的花朵，也赏身边的花朵。不过，对于苏兄弟的那些花朵，老师们还是半信半疑的。因为苏师母看上去，和美女颇有差距，实在不能作为苏不渔的论据。这破绽，被朱小黛毫不留情地指出来过。朱小黛也是魏晋文学点的，仗着自己年轻，有姿色，在系里男同事面前说话，向来没轻没重。朱小黛说，老苏，虽说弱水三千，只能取一瓢而饮。但你那一瓢，也太谦虚了，丢了那些闭月羞花的那些倾国倾城的师姐师妹们不瓢,却偏偏去瓢苏师母。你这是孔融让梨么?这话有些重了,有讥笑的意思,讥笑了苏不渔,还讥笑了苏师母。但苏不渔不生气,喝了酒之后沉湎于往事的苏不渔是不容易生气的,何况这话还是从朱小黛花瓣般的红唇里说出来的,苏不渔就更不会生气了。什么叫繁华落尽?什么叫返璞归真?亏你还研究魏晋呢,一点也没有魏晋的审美高度。苏不渔很慈祥地批评。朱小黛哦一声,做恍然大悟状,原来苏师母是璞呀,我们这些俗眼,哪看得出?一桌的人于是挤眉弄眼哈哈大笑。因了这样的快活,中文系的老师们请客,就总喜欢叫上苏不渔。可苏不渔尽管好吃,却也不是召之即来的,他有自己的原则,原则就是不与陈季子同席。这话当然也没有明说出来,但他答应之前会仔细地问清一起赴宴的有哪些人,一个一个问,一旦问到陈季子,苏不渔立刻就说有事了。你刚刚不是还说没有什么事吗?人家问。苏不渔说,刚刚是刚刚,现在是现在。这是成了心,要人家明白他的意思了。

中文系的老师都是人精,几次之后,就都知道陈季子和苏不渔,是不好一起请的。可知道归知道,有老师也会恶作剧,比如朱小黛,之前故意不说出陈季子,等到苏不渔兴冲冲去了,却发现桌上已有陈季子了,还在上座。一桌的人都笑吟吟地看着苏不渔,看苏不渔的魏晋名士风度,到底能名士到什么程度。苏不渔呢,不知是看朱小黛的面子,还是看那些姹紫嫣红的美酒佳肴的面子,并没有拂袖而去。但陈季子的敬酒他是没喝的,陈季子从左到右,挨个敬过去,最后轮到苏不渔,苏不渔稳稳地坐着,恁是不端酒杯,他说,他今天上了四节课,嗓子痛,不能多喝酒。这是什么话?之前朱小黛敬的酒他明明是喝了的,陈季子面红耳赤,下不了台。他酒杯还端在手上呢,人还站着呢。苏不渔竟然不管不顾,只撵了芙蓉鸭舌往嘴里送。朱小黛打圆场了——事情本来也是她挑起来的,她又是做东的,她不出来圆场谁圆场呢?再说,这个场子也只有朱小黛能圆下来,因为无论陈季子,还是苏不渔,平日对朱小黛,都是有点宠爱的,这一点,朱小黛自己也知道。女人嘛,这方面都是有天分的。朱小黛说,老苏嗓子痛,我替他喝了。仰头,咕咚一口,一杯酒就见底了。朱小黛的学问一般,但喝起酒来,那是巾帼不让须眉的。一桌的人赶紧鼓掌,陈季子见好就收,遇上苏不渔这种不识抬举的主,他真是一点辙也没有。之后的气氛就十分压抑了,没有苏不渔"兄弟我当年在北大的时候"做转折,大家无论如何也活跃不起来。即使朱小黛使出浑身解数,把自己当女伶般周旋，也没用。

朱小黛后来对苏不渔解释了这事。朱小黛说，那天请陈季子，是临时起的意。她在走廊上给马理智打电话呢，正好陈季子过来，她只好客气一句了，没想到，平日总是日理万机的陈季子，偏偏那天就有空了。而之前，她已经给苏不渔打过电话了。她总不能再打个电话，让苏不渔不去吧？

当然不能，苏不渔很理解朱小黛的难处。虽然一开始，他有些怪朱小黛拎不清，但之后想一想，这样也不错，有歪打正着的意思，毕竟那天最难堪的还是陈季子，他苏不渔的风度，还是可圈可点的。倘若中文系老师有才华，也能编一本《世说新语》出来，那他苏不渔任由系主任在边上站着，自己低头吃芙蓉鸭舌的细节，和阮籍的青白眼，基本也属异曲同工了。

二

追究苏不渔和陈季子的交恶缘由，要从十年前说起。那时候，陈季子刚刚从外地调过来，因为是博士——博士后来有些泛滥了，但在20世纪90年代初，博士还是很有行情的，所以学校很重视，重视的表现就是让陈季子当古代文学教研室的主任。之前的老主任正好要退休，本来，接着应该是苏不渔做古代点的掌门人，他北大中文系出身，又四十多了，正当盛年，还有谁比他更适合呢？系主任在人前人后，也提过这事，他笑一笑，不置可否。都以为这是水到渠成瓜熟蒂落的事了，苏不渔自己，肯定也这么以为。谁承想，半路上杀出程咬金，生生地坏了苏不渔的仕途前程。

这是系资料室姚老太太的说法。姚老太太是中文系的元老，熟悉中文系的一切掌故，包括苏不渔额头上的那朵"恶之花"是如何被镶嵌上去的，包括马理智两次婚姻的曲折，包括老姑娘裘芬芬自1999年开始的十几次相亲编年史。姚老太太虽然文化程度不高，但在中文系耳濡目染多年，口才被熏陶得一点也不亚于那些教授了，甚至比教授们还好呢。有些教授讲课，像老和尚念经一般，是很枯燥乏味的，而姚老太太的语言既学院，又市井，生动芬芳，雅俗共赏，每每让朱小黛这些年轻的女老师们笑得花枝乱颤。也因此，系资料室成为朱小黛们在课前课后最爱消遣的地方。

而且姚老太太还会春秋笔法，表面客观叙述，其实呢，却暗寓褒贬。当然，褒的时候比较少，而贬的时候偏多。这倒不是姚老太太心理阴暗，而是生态环境决定的。一只枯叶蝶如果不老老实实地呈褐色，而要弄出大红大紫来，这是作死，鸟或土蜂一看见，就吃了它；一只蚱蜢呢，如果不老老实实地呈绿色，在草里觅食的鸡，也肯定要啄了它。生物的颜色说到底不由自己，明亮也罢，阴暗也罢，都是环境的选择。所以，姚老太太的颜色，亦是中文系的颜色。中文系的老师都擅长批评，批评文学作品，也推而广之地，批评身边的人事。不过，姚老太太对苏不渔，却从来没有贬意的，因为于心不忍。姚老太太是金庸迷，没事时最爱看《天龙八部》或《射雕英雄传》之类的武侠小说，身上亦颇有几分锄强扶弱杀富济贫的武侠品德。当然，她不是黄蓉，她没有武功，锄强扶弱或杀富济贫的能力实在有限，然而她也做些力所能及的事：时不时地，用含沙射影或绵里藏针的功夫，在舆论上帮一帮苏不渔，损一损陈季子。因为中文系的形势，在姚老太太看来，陈季子就是强，苏不渔就是弱；陈季子就是富，苏不渔就是贫。

可惜苏不渔不领情，不但不领情，还很讨厌姚老太太的自以为是。苏不渔从来不认为，他和陈季子的矛盾，是从争那个教研室主任开始的。一个破教研室主任，真正的蝇头小利蜗角功名，他苏不渔再没境界，也不至于为了它，和一个同事起干戈。其实打一开始，他就压根没打算当那个教研室主任，之所以一直不置可否，是因为还没到拒绝的时候——上面还没有正式任命呢，他拒绝什么？就如一个女人，男的还没开口求婚呢，不过先抛了个媚眼，她就急不可耐地、一本正经地摆出拒绝的姿态，这太小家子气了，太可笑了！

对于这种说法，系里的老师们是有些不以为然的。因为他们的不以为然，苏不渔有段时间变成了祥林嫂，逮着机会就说这事。同事们总是笑一笑，很意味深长的表情。苏不渔更加气急败坏了。他是九江人，也就是从前的浔阳柴桑人，和陶渊明是老乡。陶渊明不为五斗米折腰于乡里小儿，流芳千古了。他苏不渔，本来也有机会做一回陶渊明的，却因为陈季子，做不成了。最让人恼火的，其实是这一点。后来苏不渔痛心疾首地这样对朱小黛说。

朱小黛乐不可支。男人的隐和女人的贞，原来都是要有前提条件的，有官印在面前，男人能袖手不接，这才是隐；有男人拜倒在女人的石榴裙下，而女人的裙子依然裹得严严实实，这才是贞。不然，就是求之不得无可奈何之后的伪隐和伪贞。像唐代的诗人孟浩然，心里想做官都想疯了，面上却还摆出隐的样子，没意思。中文系的裘芬芬，也差不多，人前人后，总标榜单身，可一旦有人介绍，又偷偷去相亲，这也没意思得很。所以，苏不渔憎厌陈季子，不是因为他抢了他的教研室主任，而是因为他把苏不渔的真隐变成了伪隐，把陶渊明第二变成了孟浩然第二，甚至变成了裘芬芬第二。苏不渔的冤，冤在这个地方；苏不渔的恨，也恨在这个地方。姚老太太俗，所以误读了苏不渔，但女博士朱小黛，研究魏晋文学的朱小黛，是不俗的，所以能理解苏不渔这个层面的苦衷。

三

不过，这只是两人交恶的开始，更深刻的矛盾，还不是这个，而是其他，至少苏不渔这么认为。苏不渔说，道不同不相为谋。也就是说，他们之间的矛盾，不是形而下的鸡零狗碎，而是形而上的人生观价值观的冲突。这是哲学意义上的事。矛盾一旦升华到了哲学领域，就基本属于不治之症了。

苏不渔主张无为。这无为思想落实到他的家庭上，就是苏家集体呈现出一种十分自由散漫的气质。不论苏师母，还是苏不渔的女儿苏小渔，还是他们家的小狗苏苏，甚至他们家的家具器皿，都完全没有组织纪律的概念，个个随心所欲地待在自己想待的地方。沙发上有书，也有衣服或零食，地板上有报纸，也有苏不渔的脏袜子或喝了一半的啤酒罐。苏小渔和苏苏，或躺或半躺于家里的任何一个地方。每个第一次到苏不渔家的人，都会被这种凌乱风格吓一跳，即使保姆——苏家的保姆，从前是马理智家的保姆，因为听马理智吹嘘她的鸭掌烧得特别好，苏不渔嘴馋了。苏不渔平生最爱啃鸭掌，他说，人生最幸福之事，莫过于一边读闲书，一边就着酒啃鸭掌。朱小黛觉得匪夷所思，拿了鸭掌的手还怎么去翻书呢？苏不渔歪了头，沉吟几秒钟，说，我应该修正一下，苏不渔人生最幸福的事是一边读闲书，一边啃鸭掌，一边还有朱小黛帮着翻书。朱小黛笑岔了气。朱小黛当然不会替苏不渔翻书。所以，苏不渔家的书，都有很可疑的油渍。研究生们写毕业论文的时候，常常要向苏教授借书，鼻子灵敏的，还能嗅出鸭掌的气味，他们甚至能根据油渍的新鲜程度以及气味的轻重，大致判断出苏教授是什么时候吃的鸭掌。女生们因为这个，几乎不太敢借苏不渔的书，但也有不得不借的时候，因为苏不渔的藏书太厉害了，经常是图书馆或资料室都找不到的书，但他那儿有。没办法，女生们只好问苏教授借了，借了也不看，怕那鸭掌味玷污了她们冰清玉洁的气息。所以，她们情愿花点钱，到校门口去复印。这事后来传到了苏不渔那儿，苏不渔很受伤害，一生气，他的书就只借男生不借女生了。这当然也白搭，因为女生们会曲线救国，而那些没出息的师兄师弟，哪个不愿意为师姐师妹效犬马之劳？爱国爱家爱师妹嘛。这猫腻，苏不渔其实也知道，不过即使知道了他也假装不知道，因为从内心上来说，他还是很愿意借书给女弟子的。之所以拒借，是因为自己受了伤害，也怪她们太矫情了，一点油渍就去复印，这是糟蹋钱，更是糟蹋书。不过，苏不渔懒得和她们计较了，反正他不借的姿态也已经有了，一比一，扯平了。

　　为了吃上马理智家保姆烧的鸭掌，苏不渔一直游说马理智，要马理智让出这个保姆来。马理智一开始自然不答应，但苏不渔死缠烂打，马理智被缠不过，只好答应了，不过只答应让半天，马理智家用上午，苏不渔家用下午，两家分摊工钱，一家四百。保姆也乐意，为什么不乐意？之前马理智家的工资是七百，现在时间不变，还是八小时，工资却多出一百，不乐意是瓜呢。但保姆一进苏家的门，就不干了。她实在没想到，一个大学老师的家，能邋遢成那个样子，还不如他们乡下人家整洁呢，保姆也是个很有脾气的人，掉头就要走，但苏不渔拽住她的袖子不放，他大早上出去买的两斤鸭掌还没烧呢，怎么能走呢？碰上这种胡搅蛮缠的教授，保姆也没办法，只好到厨房给苏不渔烧了鸭掌，这不烧还好，一烧，更不让走了。不走也行，保姆说，加工资，每月五百。苏师母气得要命，这简直是不平等条约嘛，都是半天，在人家马理智家干就只要四百，凭什么到她家就要五百了？太欺负人了。受别人欺负也就罢了，竟然还受一个保姆的欺负，这哪行？苏师母决定不请了。但苏不渔坚持要请，苏不渔说，既然能受别人的欺负，怎么就不能让保姆欺负欺负？你这思想本身就有问题，就不平等。苏师母理论不过苏不渔，本来，家政是苏师母的事，可事情一旦与厨房相关，与吃有关，苏不渔每每就有干政的不好习惯。为此，苏小渔嘲笑他的无为思想，苏小渔嬉皮笑脸地说，老苏同志的无为思想很不彻底嘛，至少在厨房这广阔天地，你还是大有作为的。苏不渔把下巴一抬，说，那是，这叫君子有所为有所不为。

　　这是说笑了。苏不渔的不为其实主要还是表现在他的学术方面。苏不渔五十多了，五十多的苏不渔至今还没有一本学术专著，仅有的几篇论文，还是十年前的，之后就彻底金盆洗手了。这在中文系，是不可思议的。中文系的老师们都无比热爱出书,也无比热爱写论文。文人嘛,写文章就如女人照镜子,成癖了的。而且,学校的政策也鼓励这种癖,一篇在 SSCI 杂志上发表的论文奖励一万,一篇在 CSSCI 杂志上发表的论文奖励两千。这种鼓励的力度相当大了,因为师大教授的收入普遍不高,挣得多的,比如陈季子,一年撑死了,也就十万,还要看年成。在这一点上,师大的教授和农民还真差不多,至少师大中文系的教授是这样。有时系里的创收好,自考生多,系里给的课时费就能高一些,有时自考生少,系里给的课时费就低了。所以老师们直接把自考生叫作西瓜了,每年自考生报名的时候,老师们一见面,打哈哈,问,今年的西瓜产量怎么样?西瓜在走廊滚得到处都是,老师们眉开眼笑。但那是从前了。现在每况愈下,老师们蹙了眉,说九斤老太的口头禅,真是一代不如一代了。陈季子的压力因此很大了,课时费太低,课就不好安排下去呢。一节课十块钱,哪个老师愿意上呀?学生做家教还要每小时三十呢,老师再寒酸,也不能寒酸到不如学生,甚至不如钟点工。钟点工在师大的行情,就是每小时十块,有些伶俐能干的,还要十二块。也就是说,教授的工钱还比不上伶俐的钟点工呢。马理智说,我要锻炼身体,不会到楼下绕花坛跑两圈?何必让人家这样遛自己,又不是宠物。朱小黛说,别臭美了,还宠物呢!宠物绕着校园走,那是散步,是很诗意的行为;你绕着讲台走,那是劳动,和驴绕着磨走是一回事,不要混淆了两者的性质。这样阴阳怪气的风凉话,因为出自朱小黛的樱桃小口,陈季子就不追究了。但私下里,陈季子还是找朱小黛谈过话的。陈季子说,我们当老师的,境界要高一点,要有奉献精神,不能像个小市民一样,动不动就谈钱。这是打官腔了。朱小黛微微一笑,说,主任,我不过开个玩笑,您别上纲上线呀。陈季子说,我能和你上纲上线?只是你这样的玩笑一多,会影响老师们的上课情绪呢,课安排不下去,我这主任还怎么当?这倒是真话了,每学期的新课一出来,教授们都打太极一样,把那课表推来推去,就是不在课程上签字。有一次学院平台课《文化概论》,在老师们手中转了两圈,最后还是回到了陈季子手上。陈季子没办法,只好赶鸭子上架,直接让新分来的小单老师接了。这是杀牛用鸡刀了,《文化概论》这样的课,等于是满汉全席呢,一般的教授都拿不下来,更别说刚上讲台的小单老师了。小单老师那个怕呀,又不敢拒绝,初来乍到就挑三拣四,会影响领导对自己的印象。领导说了,要锻炼锻炼她。可这是哪门子锻炼呀？手段太毒辣了，一上来就放到太白金星的炼丹炉里，他以为她是孙悟空的坯子呀。弄不好，就身败名裂了。如今学生的嘴巴多厉害，老师上课，不小心哪个地方出了个破绽，那破绽立刻就能在全系学生中传开，有些经典的破绽，还要代代相传呢。之前她做学生时，系里的叶梅老师有个很长的绰号，叫法国查泰莱夫人的情人，因为有一次上课，她把劳伦斯的《查泰莱夫人的情人》说成是法国的了，还不止说一遍，反反复复说了一节课，这就不是一般的口误了，而是真不知道。从此，法国查泰莱夫人的情人就成了叶梅老师的梦魇，不仅学生们拿它开玩笑，就是老师，背了叶梅，也拿它说事呢。它像红字一样，刻在叶梅老师的教学史上。小单老师也怕自己教学史的第一页就刻上这样的红字，急得整天泡在系资料室里，脑门上起了一大片红艳艳的痘痘。姚老太太说是青春痘，小单哭笑不得，什么青春痘？她都三十了，还青春痘？青春痘的祖奶奶还差不多。陈季子怜香惜玉了，陈季子说，小单，你不能闭门造车，你要向老教授取经呢。中文系的老教授那么多，向哪一个取经呢？小单很迷惘。陈季子笑一笑，说，比如苏教授，老北大的，学问大着呢。这是仙人指路，小单感激涕零，马上到校门口的绝味买了一只卤鸭拎到苏教授家去，苏教授喜欢吃鸭子，小单都知道了。苏不渔很高兴，因为卤鸭，也因为有年轻女老师上门拜师。可三言两语之后，他就知道，以小单的功力，不可能把《文化概论》上下来。于是他也懒得多费口舌了，没用，干脆英雄救美——直接帮她上了。苏不渔帮年轻女老师上课，这也不是头一回，当初他就帮过朱小黛，因为这个，朱小黛一直对苏不渔怀着感恩之意。小单如遇大赦，陈季子也如遇大赦。说实话，之所以敢把《文化概论》安排给小单，其实一开始他就有曲线救国的打算。果然，苏不渔这老家伙真上当了。

　　苏不渔的课，在中文系的口碑很好，至少在学生中的口碑很好。别的老师上课，要用讲义，还不是传统的那种讲义，而是电子教案，放在自己的笔记本电脑里，或者移动硬盘里，在多媒体教室用投影仪一放，看上去，很漂亮。一点二点三点四点，清清楚楚，老师照着念下来，一堂课就打发了。老师们在上面姑妄言之，学生们在下面姑妄听之，或者姑妄不听，反正电子教案也是老师们从网上下载的，学生只要用谷歌一搜，就全出来了。但苏不渔上课一向不用讲义，也不用多媒体设备，他不会，也不学。学校搞过好几轮多媒体教学培训,苏不渔一轮也不参加。八十岁婆婆学绩麻,等到辛辛苦苦学会,也差不多要翘辫子了。每次系里组织培训之前,苏不渔就这么胡说八道。老教授们热烈地附和,可附和归附和,最后也都灰溜溜去学了。顶不住哇,陈季子化整为零,一家一家打电话做动员工作。后来就只剩下一个苏不渔了。对于苏不渔,陈季子是不会打这个电话的,去不去由他。反正他苏不渔一个孤家寡人,也不能兴风作浪了。

不过,学生们还是很喜欢苏老师的教学风格,自由,散漫,天花乱坠。男生说,听苏老师的课,就如看《西游记》,你指不定什么时候就遇上白骨精了,遇上蜘蛛精了,有意思得很。但女生不同意男生的比喻,认为男生把苏老师的课妖魔化了。苏老师的课,明明是《老残游记》,是白妞黑妞的嘈嘈切切错杂弹,大珠小珠落玉盘。这话传到陈季子那儿,陈季子开会时就说了,我们大学老师,也不是旧社会的说书艺人,为了讨两个赏钱,一味地只想哗众取宠。我们还是要有主旋律的,不仅要传播知识,还要帮助学生树立正确的人生观价值观。这话有些刺耳——如果苏不渔听见了。但苏不渔没来,苏不渔一般不参加系里的例会,偶尔来了,也只是看自己手里的闲书,或者干脆歪了头打瞌睡。陈季子的话是苏不渔的耳边风,或者是风里的屁,虽然有些臭,屏息几分钟,也就过去了。

听不见的苏不渔我行我素。课依然上很多,也依然是自由散漫的风格,既然学生热爱,总不能辜负了年轻人。讲台下黑压压的脑袋,是苏不渔百看不厌的风景。如果黑压压的脑袋下面,还有几张清水芙蓉般的笑靥,那就不止百看不厌,而是千看不厌了。至于论文,苏不渔也把它当风里的屁了。只是这一次屏息的时间不止几分钟。每学期系里都要统计科研工作量,苏不渔的科研一栏里,经常是空白。而陈季子那儿,却总是密密麻麻。苏不渔嗤之以鼻,论文本来是思想的精华,应该是人参那样珍贵且稀罕的,可陈季子把它们当萝卜一样生产了,每年的产量都十分惊人。而且,陈季子还有把萝卜当人参卖的本事,许多学术期刊的编辑陈季子都是认识的,他是系主任,能公费参加各种各样的学术会议,也能把那些傲慢的主编们请到系里来给中文系的学生做学术报告。报告当然不能白做,车马费总要拿,辛苦费总要拿。陈季子对老师虽然有些抠门,但对那些编辑,出手一向阔绰的。当然,最关键的,还是陈季子有权聘请他们做中文系的名誉教授,那些主编们,对山珍海味麻木了，对青山绿水也麻木了，但对教授的头衔，还是很有些感觉的。所以，陈季子的萝卜就不愁没去处。但苏不渔的人参——假如苏不渔愿意种的话，苏不渔认为自己的论文一定就是人参了，可即使种出人参来，恐怕也卖不出去。他苏不渔，一介青衿，有谁会理他？

所以苏不渔述而不著。他本来是散漫之人，现在有了这个理由，更加散漫得心安理得了。再说，孔子学问怎么样？苏格拉底学问怎么样？人家不也述而不著？虽然述而不著，思想一样光芒万丈。当然孔子有子路，苏格拉底有柏拉图，苏不渔有谁，现在不知道，说不定也能出个把这样的学生呢。因为有这样的想法，苏不渔上课从来不遮遮掩掩，总是倾其所有。这和别的教授完全不一样了，别的教授一旦有了什么新的思想，一定要先写成论文写成书，然后才敢在课堂上讲，不然，学生就先写了，先发表了。如今的学生，身手敏捷着呢，而且绝对不会在论文前标上"子曰"或"苏格拉底说"。做老师的，因此也不能不提防着点。但苏不渔不防，像陈季子他们那种守财奴一样的做派，苏不渔是不齿的。谁爱写写呗，只要他们有本事，能把老师课堂上的牙慧变成锦绣文章，有何不可呢？

四

这一点，陈季子和苏不渔南辕北辙了。

关于这方面的南辕北辙，苏不渔是很敢说的，有时在校车上，有时在资料室，倒也不指名道姓，只说某某，但谁都知道某某就是陈季子了。某某又让学生买他的书了，某某的论文大概要用麻袋装了。谈笑风生的老师们，刹那间噤若寒蝉了，毕竟是公共场所，人多嘴杂，万一哪句话被剁碎了传到陈季子那儿，自己就和苏不渔有脱不了的干系了。不说是苏不渔的同党，至少也有苏不渔的帮凶之嫌疑。为了彻底撇清，有的老师不仅噤若寒蝉，甚至只要一听到苏不渔说到某某，就会借故离开。当然，私底下，还是有人对苏不渔进行人道支持的，尤其是朱小黛。她也是个不爱写论文的人，总感叹人生苦短，要及时行乐。可中文系的环境，就是不允许她及时行乐，身边的年轻老师们，一个个跑得如汉武帝胯下的汗血宝马那么快，你今年写了两篇论文，我明年就写三篇，你今年申请到了省级课题，我明年就申请国家课题。你追我赶，争先恐后，在暗底下。表面上，大家还是嘻嘻哈哈，假装出胸无大志的阿斗样子。昨天晚上啥也没干,看了一晚上的电视。是吗?看什么呀?《潜伏》呢,小眼孙红雷和大嘴姚晨演一对地下工作者。你还别说,这些电视剧比专业书真是好看多了,瞅上两眼,就让人欲罢不能了。《潜伏》呀,我早看完了,现在都看《蜗居》了。《蜗居》?讲什么的?也是讲潜伏,讲小三潜伏。哦,那不就是《聊斋》?那是你们男人最爱看的,男人呀,最爱看狐狸精了。什么话?要我说,女人更应该多看看狐狸精,师夷长技以制夷嘛。课间走廊上聊天,大家不聊学问,只聊这些闲言碎语。这是麻痹别人呢。朱小黛每次听见这样的对话,就想起蒲松龄的《狼》,"一狼径去,其一犬坐于前。久之,目似瞑,意暇甚。屠暴起,以刀劈狼首,又数刀毙之。方欲行,转视积薪后,一狼洞其中,意将隧入以攻其后也。身已半入,止露尻尾"。目似瞑,意暇甚。朱小黛一想象,就忍俊不禁。这些老师都会分身术呢,一身假装出意暇的样子,另一身呢,"身已半入,止露尻尾",就想着从背后出其不意地偷袭别人,阴险哪!不过,话又说回来,这也是没办法。比如朱小黛自己,也经常说一些这样的话,但说一套,做一套,大家都心照不宣。有什么法子?人在江湖,身不由己呀。陶渊明可以不为五斗米折腰,但朱小黛不可以。有谁又可以呢?全中文系,也只有苏不渔了。因为这个,朱小黛对苏不渔真是又敬佩又感激,假如人人都是苏不渔,那大家就不用活得这么辛苦了,至少朱小黛不用写那劳什子论文。朱小黛虽然读了博士,虽然每年也发表几篇论文,可那都是被逼出来的。每次坐在书桌前绞尽脑汁咬牙切齿的时候,她甚至会由衷地羡慕起家里的钟点工,做一个体力劳动者真好哇,简单,踏实,不必活得这么虚伪和扭曲。朱小黛觉得自己真是被扭曲了,虽然没有被扭曲成卡夫卡笔下的那只甲虫,但肯定也不是本来意义的朱小黛了。真正的朱小黛爱锦衣玉食,爱风花雪月,爱灯红酒绿,甚至还爱在男人面前风情万种然后让男人们为她倾国倾城——这个爱好有些上不了台面,所以朱小黛基本把它抑制在比较隐秘的状态。可即使那些能上台面的爱好,朱小黛也没办法爱好了,或者说,也没办法由着性子爱好了。想到别人在自己风花雪月的时候正快马加鞭地写论文做课题呢,她立刻就无法风花雪月了,花朵不再是花朵,月亮也不再是月亮,统统变成了白纸上的一个个黑字,在自己眼前旋转。她只好又回到书桌前了,可回到书桌前的朱小黛也没法安心看书或写文章,那些书本上的字,又不是字了,又变成花朵了。朱小黛对自己完全没有办法了，这都怪中文系的风气不好，"吴王好剑客，百姓多创瘢；楚王好细腰，宫中多饿死"。归根究底，还是陈季子的导向不对。假如中文系的系主任不是陈季子而是苏不渔，大家就不会这么变态吧？这么说，破坏朱小黛幸福人生的罪魁祸首，是陈季子了。因为这样的逻辑，朱小黛对陈季子实在很厌恶了，当然，这种厌恶的情绪也被朱小黛基本抑制在比较隐秘的状态，毕竟人家是系主任。朱小黛虽然年轻，却也是很懂人情世故的。所以，当着陈季子的面，朱小黛从来笑靥如花；背着呢，也是笑靥如花——只是那花是罂粟花，有毒的，尤其是和苏不渔在一起的时候，那毒性就更大了。两个人志同道合，一唱一和，对陈季子进行无情的批判。子在川上曰，逝者如斯夫！陈季子难道没读过《论语》吗？逝者如斯，逝者如斯，什么都要逝，最后能剩下什么？他们那些狗屁论文论著？朱小黛说。苏不渔马上支持朱小黛的观点，说，那是，陈季子难道以为自己是乌龟王八呀，可以活上一千年。这样说话真是很酣畅淋漓的，苏不渔不用说某某了，直接指名道姓；朱小黛说话也不用言此意彼了，干脆直抒胸臆。直抒胸臆对女人的健康是非常重要的，对女人的美容也是非常重要的，女人的体内不能淤积毒素，一淤积，血液循环就不畅通了，脸上就会有蝴蝶斑，所以要及时地进行排毒。朱小黛排毒的方式十分简单，十分经济，就是周期性地和苏不渔一起批评陈季子。这也正中苏不渔下怀：表达对陈季子的厌恶是很痛快的事，能和美人一起表达，那就更痛快了。

然而陈季子从来不做这样的表达。别人议论苏不渔，多数时候，他是不置一词的，偶尔话赶上了，他最多说一句，苏教授哇，有个性。这意思很微妙了，中文系的老师知道那里面的微妙，但外系老师听起来，几乎是赞美了。

并且，他对苏不渔的态度，一直也是非常客气的。

两人在路上遇到了，总是陈季子先打招呼。苏不渔从来都是抬了头看天，或者低了头看地，就是看不见对面走过来的陈季子。陈季子的招呼，苏不渔有时听得见，有时听不见。听不见陈季子也不恼，笑一笑，就走过去了。身边如果还有别的同事，陈季子就摇摇头，说，这老苏，年纪不老，耳朵倒是先老了。同事当然知道苏不渔是故意的，但知道也不好说破，心里想，陈季子到底是做领导的，肚量就是比苏不渔大。

甚至苏师母，也这么想。

单位中秋节发了两盒月饼，苏不渔正好不在系里，陈季子就给苏不渔捎了回来。他家就在苏不渔家楼上，苏不渔一楼，他家四楼。苏师母不好意思，说，让小齐打个电话，我自己跑一趟就行了，还劳主任的大驾。小齐是中文系办公室秘书，和苏师母关系很好的。陈季子说，反正我也顺路，举手之劳罢了。知道您爱吃莲蓉的，苏教授爱吃叉烧的，我特意挑了两盒呢。

这样的殷勤由不得苏师母不感动，一感动，她就十分怀疑苏不渔对陈季子的判断了。见微知著，以管窥豹，一个做领导的，竟然还想到下属爱吃叉烧月饼，不仅想到了下属爱吃叉烧月饼，甚至还想到了下属的家属爱吃莲蓉月饼，又挑好了亲自送上门来，怎么说，都很难得了。苏师母说这话的时候，苏不渔和苏小渔正坐在院子里边吃叉烧边赏月呢，院子里种了两株桂树，一簇簇细细碎碎的桂花在月光下，温婉得如含羞带怯的古典美人，暗香幽幽，沁人心脾。苏不渔迷离恍惚，正要感慨今夕何夕呢，猛然听苏师母这么一说，才晓得这叉烧是陈季子带回来的，顿觉扫兴，当下把月饼一扔，回书房了。

苏小渔向来是苏不渔的死党，苏不渔一扔月饼，苏小渔立刻白了苏师母一眼。这一白完全没有效果，因为苏师母压根没看苏小渔，就算看了，估计也看不见，苏小渔和苏不渔一样，也是近视眼，也戴了眼镜，十五的月亮虽然很大很圆，但要照见苏小渔的眼白，还是不太可能。苏小渔于是采取了更激烈的声援手段，噌地站起身，把椅子哗啦往后一推，也回屋了。

剩下满院月光，两株桂树，一个苏师母，在院子里。

五

陈季子家也养了一只小狗，小狗的身子圆滚滚的，很富态，很福相，因此陈师母叫它多福。陈季子的儿子嫌多福这个名字太土，就叫它薛宝钗了。小狗老爱到苏不渔家的院子里来玩，陈季子的儿子便总是站在阳台上薛宝钗薛宝钗地叫。陈季子的儿子嗓门很大，这一叫，总是把书房里的苏不渔叫恼了。金陵十二钗中，他最欣赏的一钗就是薛宝钗，而陈家的狗竟然叫薛宝钗，是可忍，孰不可忍！他很气愤很认真地去和陈季子的儿子进行商榷，看能不能改个名，哪怕改成袭人，或者王熙凤，他都没意见。但陈季子的儿子不同意，陈季子的儿子就在师大中文系读书，也喜欢《红楼梦》呢，也喜欢薛宝钗呢，正因为喜欢，才让狗狗叫这个名嘛。一只狗就不可以叫薛宝钗吗？从生命意义上来说，人与狗没有高低贵贱。庄生化蝶，蝶化庄周，难道苏教授没读过庄子的《齐物论》吗？而且，如果狗狗改叫王熙凤或袭人，也名不副实嘛：王熙凤那么凶，而他家的狗狗那么温柔；袭人那么瘦，而他们家的狗狗那么丰腴，完全风马牛不相及，怎么叫？十二钗里，也只有又温柔又丰腴的宝姐姐和它最贴切了。怎么会贴切？你家的狗明明是公的，却叫一个女人的名字，公母不分，人妖哇，不，狗妖哇。苏不渔简直气急败坏了。可陈季子的儿子却懒得理他了，依然有事没事就站在阳台上大声大气地叫薛宝钗。苏不渔被叫得受不了，只好去找陈季子，让他管教管教他的宝贝儿子。陈季子很理解苏不渔的感情，可理解归理解，管教却是完全不可能的。陈季子在外面是领导，在家呢，却是被领导。其实关于薛宝钗的问题，陈季子早就和儿子交涉过了，因为陈师母也反对小狗叫这个名字，她喜欢叫多福，多福多福，多吉祥的名字呀！但儿子不管吉祥不吉祥，乡下的狗才叫多福呢，才叫富贵呢，而他们家的狗，是在师大的院子里成长的，应该有一个学院化的名字。一只狗竟然也要一个学院化的名字，真是读书读呆了，陈师母这么对陈季子说。陈季子左右为难了，老婆和儿子都各叫各的，他叫什么好呢？只能时而叫多福，时而叫薛宝钗了。可这么一来，小狗被他们叫得很混乱了，脸上经常是一种我到底是谁的哲学家的茫然表情。

陈家的这种混乱也让苏不渔没辙了。狗是人家的，爱叫什么名就叫什么名，不关你苏不渔什么事。苏师母说，你又不是薛姨妈，又不是贾宝玉，要护着薛宝钗干什么？

也是，他又不是薛姨妈，又不是贾宝玉，要护着薛宝钗干什么？可苏不渔就是想护呢，护不了，就生气。这气，苏不渔一部分撒到了苏师母头上。只要一听见苏师母和陈季子或陈季子的老婆在楼道里寒暄，苏不渔的脸就拉成一张马脸，接下来的好几天，不管苏师母和他说什么，苏不渔都不搭理她了。另一部分的气，苏不渔把它撒到了苏苏头上，苏苏是一只母狗，不到两岁，正值花样年华，一双蓝灰色的大眼睛，有时睁得溜圆，水汪汪的，是桃花潭水深千尺的风情，有时又十分慵懒地眯成细长的两条线，这又是贵妃醉酒的妩媚，惹得四楼的薛宝钗神魂颠倒，逮着机会就往苏家的院子里跑，两只狗常常倚在桂花树下，卿卿我我，耳鬓厮磨。之前苏不渔对这场发生在他家院子里的恋爱，基本是放任不管的，但现在，他开始干预了。干预的方法很简单，就是软禁苏苏，苏苏现在不能到院子里去活动了，只能待在客厅里看电视。苏苏很爱看电视，尤其爱看动画片《花木兰》，这个爱好是苏小渔培养的，迪士尼版的《花木兰》，是二十八岁的苏小渔心情不好时必看的节目，而苏小渔的心情，隔段时间就会很不好。只要《花木兰》的音乐一响起，苏苏立刻就会十分安静地趴在沙发前的灰色方毯上，然后目不转睛地盯着电视看，直到看完，脸上还是一副意犹未尽恋恋不舍的表情。因为这个，苏师母对苏小渔很生气，认为苏小渔的水准和一只狗差不多，难怪只能考一个大专，毕业后工作也找不到，整天穿了睡衣睡裤在家里晃荡。对这个问题的认识，苏不渔和苏师母有分歧，苏不渔说，苏苏和苏小渔都爱看《花木兰》，这只能说明苏苏的水准很高，不能说明苏小渔的水准很低。对于苏不渔这样的逆向逻辑，苏师母嗤之以鼻。女儿之所以如此不求上进，完全是上梁不正下梁歪。看人家陈季子，不仅自己在学校混得如鱼得水，老婆也跟着沾光，从前不过在收发室送送报纸，现在呢，却调到成教学院当班主任去了。成教学院可是师大肥得流油的地方，几乎半数以上的校领导夫人或小姨子都在那儿上班，过一个三八节，听说就发了两千块，比苏师母单位的年终奖还多。儿子呢，成绩原来也是平平的，高考出来的分数本来离一本线还差好几分呢，可最后不知怎么回事，竟然也上了师大中文系，师大的口碑虽然在全国不怎么样，可好歹也是一所重点大学。陈师母说，她儿子还要考研呢，研究生导师陈季子都联系好了，是北京师大的孟教授呢，读书嘛，还是要到北京去读，那里的文化环境好。在我们这个小地方，读了也白读，找不到工作的。苏师母听了这话，气得七窍生烟，回家把锅碗瓢盆摔得乒乓响。她不气陈师母，只气苏不渔：一个有本事的男人，就应该像陈季子那样，把老婆孩子都安顿好。可苏不渔倒好，竟然吃饱了没事干，去和一只狗斗气。

　　苏苏现在完全被《花木兰》迷住了，苏不渔在DVD机子上，循环放《花木兰》的碟子。为了不影响他看书备课，他还给苏苏戴上了耳机。这当然只是目的之一，给苏苏戴耳机的另一个目的，就是让它听不见外面薛宝钗的叫唤。苏不渔现在把院门的插销插上了，薛宝钗进不来。可怜的薛宝钗，现在一天到晚绕着苏家的围墙来回转悠，想学《西厢记》里的张生，要跳到院子里来和苏苏相会，可围墙太高了，它上蹿下跳的，把自己累得气喘吁吁，也跳不进去，只好不停地抓挠院门，咯吱咯吱地，一边还十分伤心十分深情地嗷嗷叫。这种二重唱简直把苏师母烦死了，几次想偷偷地把苏苏放出去，但苏不渔很警惕，只要苏师母在家，他就把书房的门半开着，时刻盯着苏师母的一举一动。更过分的是，为了彻底地断绝薛宝钗和苏苏的关系，他甚至把遛狗的时间也改了。以前他每天黄昏的时候，只要没课，一定会带本闲书和苏苏到操场上溜达一小时，可现在改成晚上9点以后了。薛宝钗到底是狗，不知道变通，还总在老时间守在老地方等，结果，都白等了。

　　薛宝钗见不到苏苏，得了相思病，很严重的，严重到原来珠圆玉润的身子，现在变得很苗条了。陈师母十分心疼，想找一找苏不渔，做做他的思想工作：一个中文系的教授，难道还不懂得让天下有情人终成眷属的道理？非要做恶毒的王母娘娘，让相亲相爱的牛郎织女天各一方，这不是心理变态吗？但陈季子不让，陈季子说，苏不渔这个人，你还不知道吗？你不理他还好，你越理他，他越来劲。他折腾这老半天，不就是等你开口吗？你只要一开口，苏不渔肯定有话噎死你，你家的狗叫薛宝钗都可以，我不可以关我家的院门吗？我不可以让苏苏在家看电视吗？我不可以晚上遛狗吗？如果他这么怼你，你能说什么？这还是好的呢，就怕他压根不搭理你，你和他说半天，他呢，一个字没听见，面无表情地，自己走自己的了。你何必？我们就当没这回事，由他折腾去，看他能折腾到什么时候。

　　陈师母想想也对。她为什么要找苏不渔呢？说起来，是苏苏配不上薛宝钗，论出身，薛宝钗是纯种博美呢，而苏不渔家的苏苏，是一只杂种狗，颜色也杂，灰不灰，黑不黑的。就这么一只狗，他苏不渔竟然还拿乔？哼！三条腿的蛤蟆不好找，四条腿的母狗还不好找吗？陈师母一激动，立刻抱了薛宝钗去找小白了。小白就住在前面一栋楼里，是哲学系主任老米家的狗，一只很漂亮的母狗，西施犬呢。它很喜欢薛宝钗的，每次路上遇见了，总拿它的菊花鼻子在薛宝钗的身上嗅个没完。从前因为苏苏，薛宝钗对它很冷淡，现在和苏苏分手了，或许能和小白好上呢。公狗嘛，也应该和男人一样，耐不住寂寞，一寂寞，就移情别恋了，就水性杨花了。

　　但薛宝钗却一点也不水性杨花。任米主任和陈师母怎么热情撮合，任小白怎么蛾眉宛转，它视若无睹，坐怀不乱。

　　回家的时候，陈师母稍不注意，薛宝钗又跑到苏家的院门口去了。

　　陈师母气坏了，畜生到底是畜生，没法子和它讲道理。小白多漂亮，多高贵，和它多般配，郎才女貌，门当户对。为什么要在苏苏那棵歪脖子树上吊死呢？

不能由了它这么不争气，陈师母在地上捡了根小树枝，准备对薛宝钗动家法了。走到苏家院子的时候，一抬头，她看见朱小黛了，应该说，是影影绰绰地看见。一开始她以为是苏师母或苏小渔，可那身段不可能是苏师母的身段；而苏小渔去上海了，几天前在楼道口遇到她，穿件黑风衣，拖了个大拉杆箱，苏师母拎个纸袋子跟在后面。陈师母好奇，问，小渔出远门呀？苏师母说，可不，在上海找了个工作呢。这是鬼话了！一个大专生，到上海工作？什么工作？扫大街呀。这话陈师母当然不会说出口，陈师母只是意味深长地笑一笑，说，哦，小渔要到上海去工作了，那太好了。难道苏小渔就回来了？陈师母眯了眼，因为隔了院子，又逆光，从外面看屋子里的情形，有些看不清楚，而窗帘又是半掩的。可对朱小黛这个女人，陈师母是印象深刻的。所以尽管难度很大，但经过陈师母聚精会神之后，还是把朱小黛认了出来。

陈师母立刻回家和陈季子说了。和陈季子做夫妻二十多年了，她知道陈季子不爱听什么。果然，陈季子的脸沉了下来，陈季子说，朱小黛在苏不渔家，你干吗和我说？你应该和吴素芬说呀。

吴素芬就是苏师母。苏师母在师大图书馆上班，如果没什么事，周五上午一般要到12点钟才能到家。但那天苏师母有事了，因为陈师母打电话来说，她站在阳台上擦戒指，一不小心，戒指掉到苏家院子里了，还是镶钻的白金戒指呢。苏师母说，苏不渔不是在家吗？你让他开院门呀。陈师母说，好像不在吧？我在外面叫了好几声也没人应呢。苏师母于是向馆长请假回家了，镶钻的戒指呢，可不好耽误了。反正周五，阅览室也没什么学生，能找个由头早点回家，也很好的。她早上买好了半斤牛肉，正好回去把它切成细细的丝，用糖和姜先腌上，好给苏不渔做一个嫩南瓜炒牛肉。

六

朱小黛那天到苏不渔家排毒来了。周二开会，陈季子又花了两个多小时谈教育部的课题，这让朱小黛十分郁闷。秋天的心情本来就不好，叶黄了，叶落了，而头发亦如树叶一样，瑟瑟地往下掉，梳个头，从地上捡起的头发，用手指一绕，有荸荠那么大了。朱小黛的头发本来又细又少，照这么掉下去，不用到四十岁，怕就要秃瓢了。更郁闷的，是同教研室裘芬芬的笑声。这个女人自从去年拿了一个教育部的青年项目之后，做人风格陡然发生了变化，本来是很低调的一个女人，突然被人拔高了音调，变得很张狂了。这张狂主要通过两个方面来表现，一是笑的声气，以前裘芬芬的笑，是三寸金莲，收敛，纤弱，总是笑到一半，别人止了，她也戛然而止。而现在，她不止了，就那么一马平川地笑下去，很放纵，也很跋扈，是王熙凤在大观园里笑的那个意思了。二呢，就是裘芬芬扭腰的幅度，严格一点说，裘芬芬是没有腰的，二尺三的腰那能叫腰么？所以从前的裘芬芬是不扭腰的，至少朱小黛没看过裘芬芬扭，而现在，裘芬芬扭了，扭得袅袅娉娉，扭得风摆杨柳，朱小黛看不过，那是杨柳么？即便是，也不是杨柳枝，而是杨柳桩吧？朱小黛在家里和老公钟启明说。钟启明嘿嘿地笑，说，那是，那是，她裘芬芬杨柳桩都不是，全师大，只有我老婆朱小黛一株杨柳呢。

　　就算全师大只有一株杨柳，一看见裘芬芬，朱小黛还是很郁闷。郁闷了的朱小黛就要找苏不渔。本来朱小黛想请苏不渔到"老树"喝茶的，"老树"的柚子蜜茶，以及撒了芝麻的小圆面包，是朱小黛偏爱的。朱小黛偏爱一切有芝麻的食物，芝麻汤圆、芝麻藕夹、芝麻凉拌芫荽。并不是因为芝麻好吃，而是据说芝麻吃了对头发好。虽然朱小黛多年吃下来，也并没有吃出一头鸦鬓。但苏不渔不去，苏不渔说，那腻兮兮的柚子蜜茶，抵得上我的铁观音？别说还要三十块一壶，就是白送我，也不喝。要喝茶就不如到我家，我家还有保姆昨天烧的鸭掌，吃剩的，一大碗呢，够我们啃半天的。

　　朱小黛不想啃苏家剩下的鸭掌，更不想在苏家那邋邋遢遢的环境里和苏不渔一起啃鸭掌。但朱小黛还是去了苏不渔家，喝茶自然是借口，甚至排毒这一次也是借口。真实的意图，是想让苏不渔帮她修改一篇论文。论文是要在下个月发出来的，不然，朱小黛今年的科研工作量就不够了。工作量不够，学校就要扣朱小黛的津贴了。扣津贴是小事，对朱小黛来说，她家不缺钱，钟启明在保险公司当副总，一个月的收入，就抵得上师大教授一季了。因为这个，马理智和她开玩笑，说，朱小黛，你也忒会找老公了，以一当三哪。裘芬芬咯咯咯地笑，说，朱小黛，你知道马理智的意思吗？他说你等于有三个老公呢。这不行的，多吃多占哪！朱小黛也笑，虽然裘芬芬有些不怀好意，但朱小黛不计较。多吃多占怎么啦？那是本事，就怕有些人，想吃还吃不上呢。后面那半句，朱小黛其实没有说出来，虽然没有说出来，但那表情就是那意思。搞古典文学的人，都是会理解那言外之意的，裘芬芬的咯咯咯，于是戛然而止了。

每每这时候，朱小黛就心花怒放了。只是这心花，怒放不了多久，因为裘芬芬会话题一转，转到科研那儿去，话题一关科研，朱小黛就不吱声了，这是裘芬芬的地盘。裘芬芬不仅有教育部的课题，还在《文学遗产》上发表过两篇论文，《文学遗产》哪，那可是这个专业的权威期刊，头牌，也就是花魁，朱小黛怕这辈子，也没有可能在那上面拈花一笑了，只能退而求其次。可就是这个其次——师大的学报，竟然也不容易，主编在饭桌上明明答应得好好的，可论文发过去之后，那个龅牙编辑非要她一遍又一遍地修改，说朱小黛的论文学术前沿性不够，思想的尖锐性不够。这是什么话？如果朱小黛的论文有学术前沿性，她还在学报发什么发，不会也弄到《文学遗产》上去风光？如果思想有尖锐性，还要费尽心思在尚厨宴请主编干什么？还又陪酒又赔笑的，就差以身相许了。再说，论文又不是鱼肠剑，又不是杀猪刀，要那么尖锐干什么？剔龅牙呀？

但这话朱小黛自然不能说。龅牙要她修改论文的时候，她偷偷找过主编，主编说，修改还是要修改的嘛。师大学报，虽然不算一线刊物，但怎么说也是核心期刊，论文的质量，还是要保证的。这语气，和当时饭桌上酒酣耳热之后的语气，大相径庭了。朱小黛怀疑他们两个人演双簧。但人为刀俎，我为鱼肉。作为鱼肉的朱小黛，只能乖乖地修改论文了。可怎么改呢？朱小黛不知道。好在有苏不渔，苏不渔述而不著，正好，和朱小黛珠联璧合了，苏不渔述，朱小黛著。应该说，到目前为止，朱小黛发表的每篇论文以及每个课题，无论是省级的还是校级的，都得到过苏不渔的指点，只不过，苏不渔自己不知道。朱小黛总是明修栈道，暗度陈仓，循循善诱，曲径通幽。话题一般从感慨人生苦短开始，之后就是批评陈季子，再之后，就和朱小黛的论文或课题相关了。这三段论的模式，苏不渔是喜欢的。第一段是哲学，这很好，有哲学做铺垫，任何闲言碎语都升华了；中间一段，评头论足，臧否人物，也是《世说新语》的路数，是另一类的不拘小节名士风流；而最后这个环节，是曲终奏雅。毕竟他们两个人是教师，是学者，和街头巷尾的俚俗妇

人终归是不一样的。要说,苏不渔其实不讨厌做学问,只是讨厌像陈季子他们那样做学问,学问又不是石头狮子,要用来装门面,又不是婊子,要用来赚金钗。像他和朱小黛这样,在秋天阳光明媚的日子,就着茶,就着鸭掌,就着某一个论题,如切如磋,如琢如磨,才是学问的最高境界。当年孔子和他的学生们,苏格拉底和柏拉图,差不多就是这样了。苏不渔这么想。这么想的苏不渔,表情就神采飞扬了,言语就飞珠溅玉了。朱小黛于是醍醐灌顶,北大的老头到底是厉害的,就那么三言两语之后,就点石成金了,就化腐朽为神奇了。

但那天下午,还没等到腐朽化成神奇,苏师母就回来了。

苏师母一回来,朱小黛就起身告辞了。苏师母不喜欢朱小黛,这一点,陈师母知道,朱小黛自己也知道。所以,她讪讪地和苏师母打招呼。但苏师母不理她,一脚踢在苏苏身上,骂,你这只母狗,在这儿发什么骚?苏苏正沉浸在《花木兰》的世界里呢,没想到飞来横祸,愣了一会,才呜呜地往苏不渔身边躲。苏不渔也没料到吴素芬会这么早回来,更没料到吴素芬竟然会指桑骂槐,这个女人,在图书馆待了几十年,别的本事没学会,骂起人来倒是有东方不败的水平了,阴毒无比,一剑封喉。朱小黛一下子面红耳赤了,转身往院子里走,刚走出院门,就碰上了抱着薛宝钗的陈师母。陈师母说,咦,小黛,你怎么在这儿?朱小黛一惊,脸更红成了一朵鸡冠花,说,我找苏老师有点事。陈师母说,到我家坐坐?你们陈主任上周到绍兴出差,买了桂花薄片香糕呢,去尝尝?朱小黛说,下次吧,下次,今天我家阿姨请假,我要早点回去给妞妞做饭呢。

妞妞的中饭自然比绍兴桂花薄片香糕要紧,陈师母不好挽留了。苏家的屋子里十分安静,陈师母觉得有些奇怪,按说他们家这时应该鸡飞狗跳了呀!以吴素芬的智商,以苏不渔的涵养,怎么可能按兵不动?

陈师母放下薛宝钗,在苏家院门外的樟树下又悠闲地站了几分钟,果然,苏不渔和吴素芬没有让陈师母失望,碗碟破碎的声音像春天黄鹂鸟的鸣叫一般,清脆地传了出来——苏不渔肯定又掀桌子了,每次吴素芬在女人问题上一惹苏不渔,苏不渔都会以这种激烈的方式来表达他的愤怒和清白。因为他的这个习惯,苏家使的碗碟器皿,差不多都是菜市场地摊上的便宜货,比薛宝钗的食盆便宜多了。薛宝钗的食盆是语言点的何必老师从墨西哥带回的一个手工艺品，金属的，上面刻有绚烂的大丽菊，非常漂亮。何必本来是把它作为艺术品送给陈师母的，但陈师母化艺术为生活了。

七

中文系的学生在师大是最不安分的，有文学梦想的年轻人，都是些身体里长了蚂蚁的植物，疯狂的蚂蚁。姚老太太这么说，本来是语带讽刺的。但学生们听了很欣赏，疯狂的蚂蚁，多么有后现代和象征意味呀，学生们一激动，干脆成立了一个文学社团，就叫疯狂的蚂蚁，以此来纪念姚老太太这近乎天才的比喻。

疯狂的蚂蚁每年都会面向全校举办一届文学大奖赛。对这一类的文学活动，陈季子总是很支持，扩大中文系在全校的影响嘛，而且主管学生工作的杜校长，虽然是理工出身，却也是个很有文学情怀的人，当年在大学时据说也写诗的，即使现在，偶尔有雅兴了，还会即兴即景吟上几句。所以，陈季子不顾工作繁忙，亲自担任大奖的评委副主席，主席是杜校长。陈季子去汇报的时候，校长很惊讶，说，季子，这个就不必了吧？陈季子说，杜校长，怎么不必？不但有必要，而且是很有必要。不是我陈季子危言耸听，如今的文学，可是江河日下呀，您作为一个文学前辈，一个杜甫的后人，有责任"回狂澜于既倒，支大厦于将倾"哪！

杜校长哈哈大笑。这个陈季子，有意思。既然这样，那就当一回这种颇有几分浪漫主义色彩的主席呗！一个校长，竟然有时间当学生文学大奖赛的评委主席，传出去，怎么也算美谈。再说，所谓回狂澜支大厦，其实也不过每年到学校礼堂出席一次颁奖典礼，之后再和大家吃顿饭。至于文章海选以及评奖那些杂事，自然都由中文系老师们干了。

老师们也乐意干，应该说，是非常乐意干。大奖赛学校有经费支持的，每个评委最后都会有一个红包，算劳务费。红包每年不一样，最少是两百，多的一次是五百。这不算什么，要紧的，是每次颁奖典礼结束后，还会有一个宴席，在师大的海棠楼，由杜校长做东，这意义就大了。师大的老师有几千个呢，但在海棠楼吃过杜校长请的茼蒿鸡羹和玉米烙饼的，恐怕就不多了。因此，陈季子基本把当评委这事，当作人情来送的。

苏不渔从来没当过评委。但这一次，让苏不渔大吃一惊的是，陈季子竟然让学生把邀请函送到了他手上。他本来要拒绝的，海棠楼的茼蒿鸡羹他早就吃过了，毕业回母校的学生请的，味道就那样，还不如吴素芬做的苋菜鸡羹鲜艳美味。何况，还要和陈季子同桌而食，他就更没兴趣了。但来送邀请函的是个女生，而且是苏不渔很欣赏的清水芙蓉型的女生，苏不渔就有些犹豫了，女生的面子薄，尤其是漂亮女生的面子，更是薄如蝉翼，他不能伤了她，要用怎样婉转的方式表达他的拒绝呢？正沉吟着，边上的女生却笑吟吟地弯腰鞠躬了，说，谢谢！谢谢苏教授！

苏不渔拒绝的话再也说不出口，只好当评委了。

颁奖典礼那天，苏不渔的座位被安排在杜校长的左边，右边是陈季子。杜校长自然也认识苏不渔，只是不熟。陈季子介绍说，这是我们系的苏不渔教授。杜校长微侧了脸，说，哦，苏教授，久仰大名，久仰大名。苏不渔说，什么苏教授？副的，副教授。杜校长说，一样的，一样的。苏不渔很认真地说，怎么会一样呢？正的如妻，副的如妾，妻是妻，妾是妾，怎么会一样呢？杜校长笑一笑，说，苏教授还真幽默。

陈季子乐了。这苏不渔，有毛病吗？平日不都是叫他苏教授？也没见他有什么反感。怎么偏偏当了校长的面，这么较真起来，而且说话还如此生冷不忌。杜校长也是副校长，怎么能说副的就如妾呢？

于是赶紧打岔，问，苏教授，你脸上的伤是怎么回事？

苏不渔的脸上有两条抓痕，蚯蚓一般，迤逦至下颌。

那一定是吴素芬最近的作品，陈季子知道的。正因为知道，这一次陈季子才想到让苏不渔来当这个评委呢，才让苏不渔坐在杜校长身边呢。他要把它当一个段子，讲给杜校长听的。毕竟，在大学里，夫妻之间用身体来博弈的，不多，有相当的娱乐价值，加上朱小黛这个花边，陈季子有信心让杜校长度过一个愉快的下午。

苏不渔的回答果然在陈季子的意料之中。苏不渔说，苏苏挠的。

杜校长很感兴趣，问，苏苏是谁？

苏苏是苏教授家的狗，陈季子说。

狗也挠人？狗又不是猫，杜校长奇怪了。

陈季子亦庄亦谐地说，苏教授研究魏晋文学，苏教授家的狗呢，受了熏陶，也染上了魏晋的气质，所以，很率性的。

这话很明显的,有讽刺的意思。苏不渔生气了,一扭头,和身后的学生搭讪起来。

杜校长不明白其中的玄机。陈季子眨眨眼,窃窃私语道,这里面有典故的,回头吃饭时我再给你细说。

校长却有些等不及。这时台上的主持人有请杜校长了,校长一上台,蚂蚁们热烈鼓掌,陈季子很满意,这个颁奖典礼实在太完美了,简直完美无瑕!

假如没有苏不渔后来的喧宾夺主。

苏不渔上台给一个学生颁鼓励奖。这个奖项原来没有的,因为苏不渔脸上的红蚯蚓,陈季子临时增设的。没想到,蚂蚁们给苏不渔的掌声,如潮水般席卷而来,一波未平,一波又起,且一波比一波更声势浩大。其热烈的程度,绝对十倍于校长了。苏不渔在台上激动得面若桃花,那桃花的颜色,把蚯蚓都掩映了。陈季子如坐针毡,这些蚂蚁难道真疯了吗?竟然主次不分,轻重不分,有校长在座呢,有他这个主任在座呢,怎么轮得上苏不渔出这个风头。这也未免太让人尴尬了。觑一眼校长,校长正微微低了头喝茶,脸上的表情,却是似笑非笑。

陈季子完美无瑕的颁奖典礼,就这样被苏不渔破坏殆尽了。

八

苏不渔上了黑名单。

按研究生院的规定,研究生导师每年至少要发表一篇论文,三年至少要申请到五千块研究经费,才有资格当硕导,否则,就要取消导师资格。当然,在取消之前,研究生院会下达一个名单到系里,这名单,被中文系的老师们称为黑名单。

苏不渔其实每年都上黑名单的,上就上呗,苏不渔不在乎。反正这么多年以来,师大还没有一个导师真的被取消过资格呢,师大那么多处长都是硕导,那么多科长都是硕导,他们能写出什么论文?狗屁!莫说写了,就是看,恐怕也看不懂。所以,有他们垫底,苏不渔不怕。不就是走走过场吗?行,苏不渔穿上长袍马褂,陪他们走就是。做人嘛,没有一点游戏精神,怎么行。

可这一次,却不是游戏了。

研究生院的黑名单下到系里,按以前的惯例,是不公开的。科研秘书给相关的老师看一看，也就算交差了，例行公事嘛！老师虽然心里不太高兴，面上呢，也还是若无其事的。这若无其事的姿态很重要，能蒙蔽一些不知情的人，毕竟看见黑名单的人是少数，自己不声张，过些日子，这事也就那么悄无声息地过去了。而且，对那些知情者，自己的这种姿态也很有必要，既表明自己对这种硕导标准不以为然，又表明自己对当不当硕导无所谓。这当然有些自欺欺人，但事情既然已经到了这步田地，也只能这样了。

然而，中文系这一次没按常理出牌，竟然把黑名单挂到了校园网上，黑名单立刻变成了白名单。

白名单上只有两个人，苏不渔和马理智。

这有些奇怪了，往年的黑名单上应该有四五个人的，至少要有何必。何必是搞对外汉语教学的，一直忙着在外面办各种各样的培训班，教外国人说中国话，教外国人背孔子和庄子的只言片语。何必把这个叫作东方哲学。孔子的大脑袋被印在色彩缤纷的广告上，然后被张贴到这个城市各个高校的留学生楼前的宣传栏里，那效果很招摇，有些像灯笼了。中文系的老师们很刻薄地说，那是张艺谋的大红灯笼，高高挂了给外国人看的。何必听了这话也不生气，开着宝马到处给外国人上课的何必没时间和同事生这种闲气，也没时间搞什么科研。他怎么会不在黑名单上呢？马理智问科研秘书，秘书说，何老师加入了陈主任的科研团队。什么科研团队？马理智莫名其妙，秘书说，研究生院这个学期早就下了一个通知，系里开会时也说过了的，老师们如果自己没有科研项目，可以申请加入别人的团队，作为合作者，也有资格继续带研究生的。

什么时候说过的？马理智记不起来，开会时他老是开小差的。而陈季子当时一定是轻描淡写的方式，一定的，这是陈季子的一贯作风，绿豆芝麻大的事，他会三令五申；而事情一旦关系到老师的切身利益，他就举重若轻了。像马理智和苏不渔这样的人，常常就会因为他的轻描淡写错过一些重要的事。然而这事不能明着怪陈季子，人家会说，别的老师都听见了，为什么就你们没听见？你们开会时没带耳朵来么？但马理智还是找到了和陈季子理论的由头，中文系为什么把名单直接挂到校园网上去呢？以前没这个先例，别的系也没有这样做，这一次为什么要这样？成心要羞辱他们吗？同事看见了也就罢了，大家知根知底，谁吃几碗饭，都清楚。可学生们看见了，会怎么想？

马理智很愤怒地说。陈季子的态度十分温婉，给马理智让座，倒水，然后轻声细语地解释，这真不怪他，他也不想这样的，家丑不外扬嘛！可这是学校的意思，学校要动真格的，要拿中文系开刀，杀鸡给猴看，他有什么法子？只能当鸡了。马理智冷笑，说，你是鸡么？你是鸡么？我和苏不渔才是鸡，而你是用绳子缚鸡的人，把我们缚好了，缚结实了，好献祭。只是，你这招借花献佛，不，借刀杀人的手法，是不是太阴险、太毒辣了？

马理智的话即使说得这么难听，陈季子的态度依然温婉。他十分理解马理智的愤怒，好歹当了那么多年的研究生导师，冷不丁地突然被取消了资格，这事搁谁身上，也不好受的，由他发泄几句，也好。反正马理智这个人，他还是知道的，也就是鸭子戏水，扑腾两下子，真正的风浪，他是掀不起的。

九

但苏不渔却在师大掀起了惊涛骇浪。

马理智去找陈季子之前，其实先找过苏不渔。他本来打算和苏不渔一起去陈季子办公室大闹一场的，这鸟人，忒欺负人了！不给他点颜色看看，还以为别人都是吃素的。可无论马理智怎么怂恿，苏不渔都不为所动。有什么意思呢？苏不渔说，不就是不当研究生导师吗？不当就是，不但可以不当导师，就是老师，也可以不当的。

马理智以为苏不渔说气话呢，不当老师做什么？难不成去卖卤鸭掌？只可惜食堂门口的摊位早被那个满脸雀斑的四川女人占了，马理智想这样调侃调侃苏不渔的。平日里，他们俩说话，总爱这样插科打诨没正经的。但那天苏不渔的脸色实在有些凝重，是黑云压城城欲摧的表情，他没敢造次，调侃的话如穿堂风一样，在他阔大的嘴里打了个旋，又折回去了。怎么说，这一次他们也算同病相怜了，他虽然不能和苏不渔相濡以沫，但至少不能雪上加霜。

谁承想，苏不渔却是当真的。

周一上午的《文化概论》课，苏不渔没有去上。主楼的阶梯教室，一百多个学生，局面很乱。督导的电话打到系里，系教务秘书赶紧和苏不渔联系，但联系不上。家里电话没人接，而苏不渔又没有手机。教务秘书小曹是个很伶俐的女孩，平日和苏不渔的关系也不错，担心这事闹大了，对苏不渔不利，又把电话打到了图书馆。苏师母一听,急了,以为苏不渔出了什么事,不然,怎么可能旷课呢?别人不知道,苏师母却是最清楚的,对苏不渔来说,还有什么比上课更重要呢?没有什么了。当年他们谈恋爱,躲在又阴暗又逼仄的教工宿舍里亲热,哪怕在最热烈的时候,最神魂颠倒的时候,热烈到颠倒到吴素芬经常忘了上班这回事——有时是忘了,有时是欲罢不能。但苏不渔从来没有忘过,或者欲罢不能过,他总能在上课的前十分钟戛然而止——十分钟是极限,因为整理衣服和整理教案最快要两分钟,而从宿舍疾走到教室要五分钟,剩下一分钟,要喘息,还要喝口水,然后再整理整理思路。不然,唇干舌燥,又神思恍惚,没有办法开始上课呢。苏不渔和吴素芬这样解释。但吴素芬恼了,又羞,有几次就使坏,故意在上课前愈加做出千娇百媚的样子,苏不渔那时还年轻,身体的免疫力很差,但他意志力却很强大,每次都能行于当行,止于当止。

而现在,苏不渔竟然没有去上课。

吴素芬心急火燎地往家赶,苏小渔不在家,老东西别是摔跤了吧?他眼神不太好,又有手不释卷的坏习惯,在大街上或厨房里给什么绊一下,说不定就骨折了。也是五十多的人了,平时又不爱运动,骨头就和玻璃一样,是易碎品。吴素芬对苏不渔的精神虽然嗤之以鼻,但对苏不渔的身体,从来是很紧张的。

可苏不渔没有骨折。

苏不渔在书房奋笔疾书。这老东西,竟然不去上课,在家练起书法来了。有病!精神病!吴素芬嘀咕几句,转身又上班去了。

《告全校师生书》,苏不渔是在中午贴出去的。当时正是食堂用餐的高峰时候,学生端了饭盒,站在宣传栏前,边吃边看。开始是三三两两,很快就里三层外三层了。

  古之师者,传道、授业、解惑也;今之师者,论文、课题、博士也。不渔不才,无论文,无课题,无博士之头衔,亦无颜再以师者自居——力既不逮,又何必蹉跎他人?回首二十余载学教生涯,当初春风桃李,如今都成渺邈。沉郁顿挫,虽意犹未尽;辗转千回,仍惭然自辞。

  所郁者,不能学五柳,菊豆南山;不能学李白,诗酒天下。

寓形宇内，再无鲲鹏之志；升斗人生，重弹燕雀之乐。

嗟乎！燕雀不知鲲鹏，鲲鹏又焉知燕雀？

都无妨。子在川上曰，逝者如斯夫！如斯夫！

中文系苏不渔书

真个乱石崩云，惊涛拍岸了。

整个师大，一时被苏不渔崩得花谢花飞，拍得水珠四溅。

陈季子却从容淡定。这才是苏不渔，苏不渔从来是语不惊人死不休的。

按说，陈季子应该找苏不渔谈话，系领导嘛，老师出了状况，他出面解释解释，调和调和，是常规的工作方法。

但陈季子不找苏不渔，也不找人文学院的院长，陈季子直接去找杜校长了。既然苏不渔写的是《告全校师生书》，那么事件就升级了，不是系事件，也不是院事件，而是校事件。校事件自然要找校领导汇报。

杜校长很恼火，这个苏不渔，也太能折腾了。既然不想教书，写什么《告全校师生书》，直接打个报告到系里不就得了。死了张屠夫，不吃混毛猪。他以为他这一撂挑子，我们学校就要停课了么？

这段话，陈季子在电话里向苏不渔转述时，做了去芜存菁的整理：关于混毛猪之类的，陈季子觉得有些不雅，就省略了。但陈季子的转述基本还是忠实了校长的原意：苏教授如果不想教书的话，就要先写一个书面申请。

苏不渔的申请当天就到了陈季子的办公桌上。

十

苏不渔成了系资料员。

姚老太太这个学期末就要退休了，正担心她的事业无人继承呢，那些书架上的旧书，虽然老师们是不怎么翻的——他们课间到她这儿来，聊聊天，倒杯水，或者坐一坐她窗前的那把藤椅，两节课上下来，腰酸着呢，能在藤椅上舒一舒，妙不可言哪。没有哪个老师过来是为了看书的，如今有网络了，什么书网上没有呢，要看书，还用到这儿来？可那些书姚老太太却侍候了大半辈子呢，像丫鬟侍候小姐一样，都侍候出深厚的感情来了。想当初那些小姐们初进资料室的时候，也是簇新新的绮年玉貌，也有过繁花似锦的热闹。

而现在，资料室是冷宫了，至少对她们而言，是冷宫了，她们是一群上了年纪的宫女，"寥落古行宫，宫花寂寞红。白头宫女在，闲话说玄宗"，想一想，还真是凄凉呢！姚老太太实在不忍心就这样撒手不管了，有她这个丫鬟在，这些过了气的宫女，虽然也是寂寞的，但至少能干干净净安安静静地待在书架上，度过她们的余生。可她一退休，陈季子万一弄个年轻人过来，她的宫女们可就苦了，说不定从此要蓬头垢面，衣不蔽体。之前历史系就这样，老白一退休，资料室的门就三天两头关着了，也没人打扫，也没人开窗通风，姚老太太偶尔从那里经过，都能闻见屋子里散发出来的腐朽气味。历史系的老师们于是成天叫嚷着要把那些书当破烂卖了，好把资料室空出来，放乒乓球桌；或者开个文印室，搞点创收。历史系是师大的第二穷系，第一是哲学系。哲学系穷到什么程度呢？穷到老师们一年一度的年终聚餐，都要 AA 制，但历史系还不用，他们虽然不能和经济系法律系那样，每年都大宴宾客，请校领导，请院领导，然后去金碧辉煌的大酒店让女老师吃盅木瓜雪蛤羹让男老师吃盅枸杞海参羹，这样奢华的宴席，历史系即使倾家荡产，也是不可能之梦想。但在师大门口的小餐馆搓一顿，点上一桌东坡肉清蒸白鱼什么的，这还是可以的。这也是让历史系主任最聊以自慰的地方——好歹在师大还有个垫底的，不然，日子就更难过了。因为这个，历史系主任特别感谢哲学系。对历史系主任而言，哲学系的存在意义，不是哲学，而是历史。正因为有隔壁哲学系的存在，历史系主任才不至于沦落到师大的最底层。

不过，历史系主任还是十分警惕的，居安思危嘛。别的系他不管，人家创收再搞得如火如荼，他这边也是按兵不动，但哲学系一旦有什么创收动静，他立刻就要做出反应的。历史系主任的志向，是无论如何不能让哲学系超过他们。

所以，老白工作了一辈子的资料室，现在随时有可能变成文印室。

姚老太太一直有唇亡齿寒的担心。而现在，不用担心了，苏不渔来了。苏不渔才五十出头，离退休的日子还远，还有上十年呢。至少这上十年里，她的宫女们，有人照顾了。

还有她养在资料室的两盆龟背竹，一盆姬牡丹，一盆绫衣。姬牡丹和绫衣属仙人掌科，不需要很多照顾，但龟背竹呢，就颇有些娇生惯养了，要定期浇水、施肥、修剪，光线不能过强又不能过弱，温度不能过高又不能过低，不然，就生病了。她正为难呢，想搬回家，又怕人说闲话，因为那些盆景，是用系里卖旧报纸的钱买的，属于公家财产。她把它们搬回家，说轻了，是损公肥私，说重了，就是偷窃行为。姚老太太一生清白，不能老了老了，还在自己的道德史上，描上一笔黑。可如果把它们扔在资料室，她也不忍心，怕用不了多久，它们就死了。

这下好了，有了苏不渔，姚老太太就可以托孤了。

还有一百零八天，姚老太太就要正式离开资料室了。但在离开之前，她会好好培训培训苏不渔的，资料室的工作虽然简单，不过是为期刊杂志分分类，编编目，再把它们逐本上架。这些事，对北大毕业的苏不渔，肯定是小菜一碟。但要把龟背竹养得葳蕤，把姬牡丹和绫衣养得葱茏，怕就有些难度了。

不过，没关系，还有一百零八天呢，小半年，只要苏不渔用心，姚老太太不怕教不好他。

发表于《十月》2011 年第 1 期
转载于《小说选刊》2011 年第 3 期
《小说月报》2011 年第 3 期
入选《小说月报 2011 年精品集》
获《小说月报》第十五届百花奖
第十届十月文学奖

米青

米青决定嫁给汤亥生了。

米青做这个决定的时候,汤亥生并不知道,那时他们的关系还只是一般同事。说一般同事或许有点不确切,因为几年前资料室的姚老太太曾经帮他们牵过线。这不算什么的,姚老太太帮米青牵过许多线,师大的单身汉,不论长相妍媸,也不论学历出身,只要年龄上限不过四十五,下限不过二十五,姚老太太都在米青面前絮叨过。这倒不是姚老太太不讲究,而是她实在不知道米青对男人的脾胃,好荤好素,好咸好淡,她一概没谱,只好有的没的乱介绍一通,万一运气好,撞上一个呢?

姚老太太介绍汤亥生的时候,米青刚分到师大不久,住在学校青年教工宿舍里。一间不到十五平方米的宿舍,米青和外语系女老师马骊两个人合住。说两个人,其实是三个人,因为马骊有未婚夫,那个未婚夫不把自己当外人,吃喝拉撒基本都在这边解决,连内裤都晾在米青的头顶上,剃须刀烟盒什么的也经常放到米青的书桌上,有一次,米青还在桌上看到过一盒 durex 避孕套。这也罢了,米青睁只眼闭只眼就是,最要命的,是这位未婚夫每天天一亮要给马骊送早点。马骊在英国待过一年,早点口味因此中西合璧,喜欢吃福膳房的小笼蟹黄包子,香巢的焦糖拿铁,都要热乎乎烫嘴的。福膳房在校西门,香巢在校北门,两者相距足有一公里,未婚夫于是每天早晨左手蟹黄包右手咖啡,以百米冲刺的速度,往她们宿舍飞奔。这让米青烦不胜烦,米青是只夜猫子,属于晚不睡早不起的,现在却弄得日日要鸡鸣即起,起来看这两个活宝表演"一骑红尘妃子笑，无人知是荔枝来"。更不堪的，是他们吃了小笼包子之后的行为，饱暖思淫欲，也不管米青在不在，睁没睁眼，两个人就会旁若无人学鸳鸯戏水了。

米青一开始还不肯给人腾地方，凭什么呀？这是我的地盘，凭什么让给他们？这不是姑息养奸？不是助纣为虐？不可以！于是，人家那厢鸳鸯戏水，她这厢拿本书眼观鼻鼻观心苦练思无邪，练了几次，发现实在练不下去，才把桌子一拍恼羞成怒地撤到系资料室。这一撤，就成定局了，米青以后每天8点就要撤出宿舍到资料室去消磨了。

资料室里上午一般没有人，只有姚老太太。姚老太太9点左右要溜出去买菜，以前没有米青，姚老太太就唱空城计，把织了一半的毛衣撂在桌上，再泡上一杯热茶，做出人在茶没凉的样子，然后偷偷上菜市场转一圈。反正资料室也没什么贵重物品，几本旧书，几张旧桌子旧椅子罢了，没人惦记。就算有人惦记了，又有什么要紧？

但要紧的事，资料室也发生过一两起，一起是她自己种的一盆绫衣被偷了，那盆绫衣她辛辛苦苦侍候了好几个月，好不容易侍候出了一点霓裳羽衣的样子，还没看够，就没了。问看门的李老头，李老头翻翻白眼，没好声气地说，我是你家看门的？姚老太太被气个半死，一个月不理那死老头子。另一起是两套书，一套上海古籍出版社的《汤显祖全集》，一套商务印书馆的《莎士比亚作品集》。这一次渎职的后果有些严重，系主任陈季子为此脸色十分严峻地召开了一次系务会，在会上不但点名批评了她，而且还宣布扣罚她一个月的奖金。姚老太太这一次几乎悲愤交加了。她怀疑那两套书压根就是陈季子偷的，全系不就他一个人研究《牡丹亭》吗？之所以再偷套莎士比亚，不过掩人耳目，或者想嫁祸世界文学教研室的老金，老金研究莎士比亚，没事时喜欢到资料室转转，而且，老金和陈季子关系不好。

姚老太太后来还找了由头去过陈季子家一趟，她假装向陈师母讨教做芙蓉鱼片的方法，陈师母不明就里，很热情地做了演示，不过只局限在厨房里，姚老太太从头到尾也没有找到去书房觑一眼的机会。

气呼呼回来和孟教授说，孟教授不理她。就算觑到了又如何呢？说出来似乎也无伤大雅。中文系的老师都染上了几分孔乙己的习气，孔乙己说，窃书不算偷。中文系的老师虽不这么说，却这么想。所以资料室丢书，也是常事，不过都是化整为零的形式，一本一本地丢，神不知鬼不觉的，从来没有闹出过这么大的动静。

可动静再大，不还是书么？陈季子这样小题大做，很明显是做贼心虚了。

这话姚老太太只能对米青说说而已。米青虽然才到中文系不久，可姚老太太却十分信任她。米青话少，爱读书，只这两个特点，姚老太太就能判断她是个不多事的人。所以，和米青说中文系的是非，姚老太太无所顾忌。

请米青帮忙照看系资料室，姚老太太也放心。以前她偷偷溜到菜市场去买菜，总是买得匆匆忙忙浮皮潦草，有时难免会犯下苏格拉底学生选麦穗那样的错误。在这家买了西红柿，到那家一看，一样的价钱，西红柿更大更好呢，让她后悔不迭；有时遇到孟教授嗜吃的时鲜野菜，比如香椿地衣或胭脂菇什么的，卖菜人奇货可居，漫天要价，她也会一咬牙一跺脚买上个一斤半斤。有什么办法，她没时间东逛西逛讨价还价，毕竟资料室还在那儿唱空城计呢！万一又丢上两套书，点名批评事小，一个月的奖金又要泡汤了。而现在有了米青，姚老太太这下子从容了，慢慢逛，小姐游后花园般悠闲细致，书生游山玩水般诗情画意，反正米青8点就坐到了资料室，不到12点不去食堂。

姚老太太不是没良心的人，得了人家的好处，总要知恩图报，怎么报呢？她给米青物色对象。米青二十七了，在中文系，算半老不老的老姑娘。中文系的风水不好，老姑娘一大堆，最老的姑娘齐鲁，都四十八了，还小姑所居独处无郎。姚老太太还记得她刚来时青枝绿叶言笑晏晏的样子，可现在，枝不青叶不绿了，性情还古怪。有一次系里一个女老师请她到家里吃顿饭，饭间女老师的老公因为客气，多敬了齐鲁几杯酒，结果敬出事了，齐鲁后来到处对人说，女老师的老公对她有那个意思，不然，怎么会当了老婆的面，企图和她玩隔座送钩春酒暖的把戏？搞得那位女老师哭笑不得。更过分的是另一回，一个男老师在开会时不知是多看了齐鲁几眼，还是看齐鲁一眼的时间有些过长，总之让齐鲁觉得被冒犯了。会议一结束，老师们还没鸟兽散尽呢，齐鲁把那位男老师叫住了，慷慨激昂又声色俱厉地警告，说她虽然没结婚，也没男朋友，但她洁身自好，不会和男人玩那些不三不四眉来眼去的勾当。男老师被骂得莫名其妙，他刚刚读了汪曾祺的《人间草木》，整个人还是草木迷离的状态，开会时眼睛落在了哪儿，他自己都不知道，谁晓得一个不留神，把齐鲁给冒犯了。

为避瓜田李下之嫌疑，男女老师们后来一个个对齐鲁敬而远之了。

姚老太太不想米青成为中文系的第二个齐鲁，二十七到四十八，说起来还遥远得很，但时光这东西，阴着呢，一个凌波微步，就到你身后了，你的几十年青春就被收纳到它的绣花锦囊里去了。姚老太太是过来人，对此有深刻的体会，孟教授当年和她恋爱时那艳若桃李的状态，还历历在目，昨天的事一般，可其实呢，不过一转眼，三十年过去了，如今的孟教授不仅鸡皮鹤发，而且神情还呆若木鸡，只有偶尔对了饭桌上的香椿炒蛋或者胭脂菇炖土鸡汤时，才会春光乍现一回——这也是姚老太太舍得花大价钱买那些时菜的原因，有千金买笑的意思。所以，尽管米青才二十七，姚老太太认为也要有时不我待的紧迫意识。

米青这个女老师不错，本着肥水不流外人田的精神，姚老太太决定把她介绍给中文系的男老师，可中文系的单身男老师实在不多，数来数去，也只数出三个。一个是古典文学教研室的何必然，不合适，太老了，五十岁，和齐鲁倒是年龄相当，可他和齐鲁还互相看不上，他嫌齐鲁老。人家研究《红楼梦》几十年，对女人的看法，也被曹雪芹同化了，认为老女人都是死鱼眼睛，而豆蔻女孩才是珍珠，所以他虽然五十了，还有要弄颗珍珠回家的雄心壮志。齐鲁呢，更看不上他，嫌他是个鳏夫，还嫌他有个已经生了女儿的女儿，当后妻继母已经让人觉得羞辱，何况还要当继外祖母，是可忍，孰不可忍！齐鲁一激动，把企图撮合他们的陈季子骂了个狗血喷头。陈季子撮合这事还以为自己是体恤民情，还以为自己是系主任，面子大，可碰上王子犯法与庶民同罪的齐鲁，他也没辙，只能自认倒霉。中文系的另一个单身男老师是阮长庚，绰号阮步兵，也不合适，因为太贪杯，又易醉，醉了又爱哭。学生们经常恶作剧，课前请他喝上二两，只二两，他就醉眼蒙眬人面桃花了，且林妹妹般多愁善感，一上讲台，还没讲上几分钟呢，他就会因为某句诗或某句话，突然号啕大哭起来，教室里于是乱作一团，课自然没法继续上了。学校的督导为此警告了他若干次，每一次他都低了头，痛心疾首保证不喝了，可过不了一个月，他的老毛病又会犯一回，简直和女生的经期一样周而复始。如此没有出息的男人，姚老太太自然不会把他介绍给米青。

剩下的，只有汤亥生了。

汤亥生和米青不算离题太远，三十岁，博士，人也长得周正，最合适的，是汤亥生的性格：文静，温和，与世无争。这样的男人，以姚老太太的经验，做老公真是很理想了。虽然缺点也有一二，比如个子不高，不到一米七，可个子不高有什么关系，一个做老师的，不稼不穑，从事的是脑力劳动，脑力劳动者嘛，只要脑袋够大就行了。而汤亥生，就长了一个和孔子一样的大脑袋。

但米青不同意和汤亥生交往，为什么不同意呢？米青没说理由，就是不同意。因为个子么？可南方的男人不都是这个样子？这个样子才有文质彬彬的书生气质嘛。因为老家是乡下的吗？可乡下出身的男人好哇！现如今，乡下的鸡叫土鸡，乡下的蛋叫土蛋，都更贵呢。姚老太太一边循循善诱，一边诲人不倦，自己把自己都诲服了，恨不得有个女儿，能嫁了汤亥生。

可米青不为所动，无论姚老太太怎么说，她只是摇头，金口玉牙般不开口。

话少的女人有时也很讨厌，姚老太太想。

米青不同意和汤亥生交往其实与汤亥生无关。对米青而言，汤亥生只是一个陌生人，犹如一本还没打开过的书。对一本从来没有打开过的书，她能说什么？她能做什么？单看封面就胡说八道么？那也太草率了！她可不是个草率的人。买一本书之前，一定要仔细阅读上一二页，这是对自己负责任，也是对书负责任。弄本自己不喜欢的书回家，然后束之高阁或者弃若敝屣，这是很不道德的，对书而言，简直是遇人不淑了。这一点，她和姐姐米红不同，米红不读书，如果读，肯定就是会凭封面取舍的人。当初她和陈吉安分手，是因为陈吉安封面寒碜；嫁给俞木呢，是因为被俞木烫金封面弄花了眼。结果，结婚两年就离了。

可这种话，她懒得和姚老太太说。道不同，不相为谋，她和姚老太太，不但道不同，简直什么都不同，一起谋什么？姚老太太对她的婚事，有一种盲目的热情和急切，米青觉得好笑，她米青难道是快要过期的肉食罐头吗？是快要腐烂的水果吗？就算是，和姚老太太有什么相干？妇人一老，就老出了毛病，爱多管闲事，爱保媒拉纤，难怪兰陵笑笑生能在《金瓶梅》里把王婆这个形象刻画得那么栩栩如生，因为有原型，艺术源于生活，而生活中这类老妇人实在俯拾皆是，即使在高校，也一样。姚老太太虽然在孟教授身边生活了几十年，可她的趣味和境界，在米青看来，其实和苏家弄里的老蛾差不多。

所以，无论姚老太太介绍谁，米青都是要拒绝的，拒绝到最后，姚老太太终于心灰意懒了，私下对孟教授说，米青这不知好歹的丫头，看来，只能做中文系的齐鲁二世了。

姚老太太的嘴，在中文系是有名的乌鸦嘴，邪恶先知般的，但这一次姚老太太没有一语成谶，因为米青不久就嫁给汤亥生了。

米青决定嫁给汤亥生，最初是因为汤亥生的卫生间，爱屋及乌，米青由此爱上了汤亥生。

那天汤亥生请客，因为评上了副教授，这是中文系的惯例，不管是谁的职称解决了，都要大宴宾客一回，或者几回。当然这大宴的程度可以不同，有的可以大宴到全系，有的就只是宴一宴自己的教研室同人，这等于是小宴了。汤亥生那天就是后一种，他只宴请了古典文学教研室的老师，这本来没有米青的事，米青是现当代教研室的。可那天米青和同学朱蕉也在凤祥春，朱蕉在北京一家出版社工作，这次到他们这个城市来出差，顺道就过来看看米青了。来之前还在网上做了功课，知道这个城市的剁椒鱼头蒸粉丝好吃。这种菜是大菜，食堂没有，米青只好到凤祥春请了，这一请，就与汤亥生的人马遇上了。朱蕉是个大美人，而且是有古典气质的大美人，被介绍时蛾眉宛转那么一笑，古典文学的男老师就有些扛不住了，于是十分热情地相邀她们过去一起把酒尽欢共度良宵。米青不肯，她和古典文学的人素无交情，又不爱喝酒，过去凑那份热闹干什么？可朱蕉想过去，一直用眼神怂恿她，男老师们看出来了，更加不依不饶相请，米青再辞，他们再请，没办法，最后只好主随客便了——本来人家想请的也是朱蕉，他们你情我愿，她从中作梗，就煞风景了。米青做人，虽然没有朱蕉那八面玲珑的本事，但也不至于榆木到煞风景的程度，于是舍命陪君子，一直陪到了半夜。

本来饭局9点多就结束了，可有人意犹未尽，又建议去汤亥生那儿玩扑克。这是临时变的卦，之前他们说好了去"唱响天下"的，古典文学教研室有个女老师姓姜，歌唱得好，尤其拿手黄梅戏《女驸马》，每次系里或教研室有活动，她的《女驸马》都是压轴，清唱，"我也曾赴过琼林宴，我也曾打马御街前，人人夸我潘安貌，谁知纱帽罩（哇）罩婵娟（哪）"。陈季子听得摇头晃脑，说，难怪孔子当年在齐国听《韶乐》之后，三月不知肉味，我听姜老师的戏，简直九个月不知肉味了。陈季子的话，在中文系，差不多是御批，之后姜老师的《女驸马》就算钦点。可那天晚上男老师似乎忘了钦点这回事，只顾着逢迎那位北京来的朱蕉了，朱蕉说爱打扑克，男老师就投其所好建议打扑克了。这太过分了！打扑克在姜老师看来，是很低级很庸俗的娱乐，堂堂大学教授们应该不屑为之的，姜老师暗示了这个意思之后，很骄傲地先告辞了，另外两个年纪大点的老师也告辞了。米青也想趁机走，她还要回去备课呢，周一上午她有四节课，《现代小说流派研究》，是新开的课，不好好备，上课怕出错。她想让朱蕉自己去汤亥生那儿，反正一个晚上下来，朱蕉和那些人，厮混得比她还熟络了。但朱蕉紧紧地挽着她的胳膊不放，轻声说，皮之不存，毛将焉附？想想也是，米青只好留下来当朱蕉的皮了。

剩下的人有六个，打一桌拖拉机，多出了两个，这正好，汤亥生侍茶，米青坐在朱蕉身后学习。米青对扑克，基本一窍不通，这不怕，朱蕉吹嘘说，用不了几局，她就能把米青扫盲了。可几局下来，朱蕉自顾不暇了。一方面战事正酣，如火如荼；另一方面，在如火如荼之际，她还要忙着蛾眉宛转三分天下。于是，身后的米青，实在就顾不上了。

米青百无聊赖，在一边不停地喝茶，茶喝多了，就要上卫生间。这一上，让米青对汤亥生刮目相看。

汤亥生的卫生间不大，四五平方米的样子，浅褐色方块瓷砖，墨绿色防水浴帘，浴帘一边是莲蓬头，另一边是马桶和洗漱台，洗漱台上嵌了个青花瓷盆，上面画了半张荷叶，一朵似开非开的莲花。

比莲花更让米青惊艳的，是马桶边上的书架。一米多高的书架上，层层叠叠，摞满了书，米青倒抽口气。她也是个爱坐在马桶上读书的人，以前因为这个习惯，没少挨米红和朱凤珍的骂，骂她占着茅坑不拉屎；老米也批评她，说她对书太亵渎了。读书是庄重之事，不说焚香栉沐更衣，至少不能在排泄时进行。对米红和朱凤珍，米青无话可说，鸡同鸭讲，对牛弹琴，没有意义。对老米的批评，米青亦不以为然。此间乐，唯自知！没想到，汤亥生也有这个癖好，且这个癖，明显比她更严重，竟然在马桶边弄一书架。妙，妙不可言！米青一时生出他乡遇故知的喜欢。

书架上面，有本书是打开的，想必汤亥生正在读，米青拿起来一看，是张岱的《夜航船》。

《夜航船》米青读过，卫生间灯光明亮，米青很惬意地坐在马桶上，又温习了一遍它的序。是僧人和士子的故事。一僧人与一士子同宿夜航船。士子高谈阔论，僧畏慑，拳足而寝。僧人听其语有破绽，乃曰，澹台灭明是一个人、两个人？士子曰，是两个人。僧曰，尧舜是一个人、两个人？士子曰，自然是一个人！僧笑曰，这等说来，且待小僧伸伸脚。米青读到这里，几乎忍俊不禁，一个人哧哧乐了半天，乐完了，米青就做了一个决定，她要嫁给汤亥生。

后来米青问汤亥生，她暗暗做这个决定时，他有没有什么感应，比如心率加快，比如左眼皮跳，比如几秒钟的手脚痉挛。如果有那种事发生，就算天作之合，比父母之命、媒妁之言更好。汤亥生说，什么感应也没有，他当时只是想，这个女人怎么回事？便秘吗？不然在一个男人的卫生间待那么久。他书架底层有《金瓶梅》，还有一本《痴婆子传》，封皮都用牛皮纸包了的，如果米青翻到，那就难为情了，肯定会认为他在卫生间藏黄书。就算可以解释说是研究用书，可为什么要用牛皮纸做封皮呢？很明显做贼心虚！他能想象米青那亦哂亦谑的神情，因此紧张得要命，以至于在外面给朱蕉续茶时，把茶都洒到了扑克牌上。同事还笑他，说到底英雄难过美人关，平日汤老师看上去也是道貌岸然，没想到，一到美人面前，也方寸大乱了。

他们这样枕藉闲聊的时候，已经结婚了。自然是米青倒追的汤亥生。打那夜之后，米青就去汤亥生那儿借书了，借到第三次，她起身走的时候，突然很严肃地说，我是不会和你一块去吃晚饭的。他一愣，当时是傍晚，他们坐在阳台上，一楼人家饭菜的香味袅袅地传了过来，是啤酒鸭和糖醋鱼，这家人大概口味很重，隔三岔五地，就会烧些浓油赤酱的东西。他的肚子咕咕地叫了几声，他真有些饿了，可他没说吃晚饭的事，这个晚上他不想出门了，打算煮碗清水面敷衍敷衍自己的肚皮，可米青不走，他只能继续全神贯注地闻一楼人家的啤酒鸭了。还别说，精力一集中，曹操望梅止渴的做法还真有点效果，他感觉胃一点点安静下来。她又说，我是不会和你一起去吃晚饭的。

这一次米青的表情有些促狭。汤亥生这才反应过来,她是想让他请吃晚饭了。这手法是抄袭西格尔《爱情故事》里的詹尼。詹尼想让奥利弗请她喝咖啡,故意说,我是不会跟你一块喝咖啡的。奥利弗说,告诉你,我也不会请你。詹尼说,你蠢就蠢在这里。奥利弗于是请她喝咖啡了。汤亥生厕所的书架上有这本书,米青一定看见了,所以和他玩东施效颦的游戏。

汤亥生接下来应该说,告诉你,我也不会请你。米青再说,你蠢就蠢在这里。游戏要这样玩,才有意思。可汤亥生不想说。对米青这个人,他其实是有些怀恨在心的。三年前姚老太太问他愿不愿意和米青交往,他当时不置可否地笑了笑,没有说话。可姚老太太把这笑就理解为愿意了,并自作主张地向米青转述了她的理解,结果遭到了米青的拒绝。他很窝火,他是个外表温和内心骄傲的人,因为这骄傲,他从来没有主动追过哪个女孩子。大四时,同宿舍的男生几乎倾巢而出,一个个如发情的畜生一样,把身边的女生追逐得鸡飞狗跳,只有他守在宿舍,日日与书做伴,清心寡欲,静若处子。书上说书中自有颜如玉,屁话!宿舍的男生嘲笑说,除非你看的是《花花公子》,或者学蒲松龄意淫出一个狐狸精,不然书里怎么会有颜如玉?他懒得理他们,依然故我地过着自给自足的有尊严的生活。孟子说,鱼,我所欲也;熊掌,亦我所欲也。二者不可得兼,舍鱼而取熊掌者也。对汤亥生而言,如果女人是鱼,尊严就是他的熊掌。可因为姚老太太,他鱼没欲着,尊严却平白无故地被伤害了一回。他气得要命,可这事也不好找姚老太太理论,也不好找米青解释,一解释,就显得太鼠肚鸡肠了,可不解释呢,又冤枉,以至于后来很长时间里,他碰见米青,都觉得如鲠在喉如芒在背。

现在好了,他终于有了报一箭之仇的机会。打米青第一次来找他借书时,他就明白,她看上他了。但他假装不明白,很客气地招呼她。也许因为他的过分客气,她也有些讪讪然;可第二次再来还书时,她就有头回生二回熟的自然而然,可汤亥生还是很客气很生分。书读多了的男人,到底木讷,难怪三十三还没有娶上老婆。米青沉不住气了,第三次干脆主动抛绣球了。

可汤亥生不接。来而不往非礼也!米青三年前给他的,他要还给米青。米青后来讥笑他气量小,汤亥生不承认,这不是气量不气量的问题,而是男人的脸皮问题。女人想当然,以为男人都是厚脸皮,其实不对,有的男人的脸皮比女人薄,薄如蝉翼,吹弹得破。

米青那时不知道汤亥生是成心报复,还以为汤亥生不谙风情,于是愈加直白,愈加用力,带着不破楼兰终不还的坚决。直白了几个月,直白到中文系师生差不多全知道了米青老师在追汤亥生老师,汤亥生这才若有所悟似的,和米青开始恋爱。姚老太太愤愤不平,说,敬酒不吃吃罚酒,给的不要讨的要,米青这个人,还真是,真是,真是什么呢? 有人问,姚老太太摇摇头,不说了,回到家里,终于憋不住,对孟教授说,米青这个人,还真是,真是贱! 孟教授没反应,和平常一样呆若木鸡。饭桌上今天只有清蒸南瓜、素炒山药木耳,都是孟教授不爱吃的菜,孟教授没心情和姚老太太说话。

这事朱凤珍知道了,也气得咬牙切齿,妹头是花,后生是蝶,世上只有蝶恋花,哪有花恋蝶?! 老米也这样想,不过用的是另一种说法:关关雎鸠,在河之洲。窈窕淑女,君子好逑。可米青唱的这一出,完全倒过来了,是窈窕君子,淑女好逑! 只是汤亥生的样子,实在和窈窕不相干!

对这种庸俗的市井论调和迂腐的封建思想,米青嗤之以鼻。重要的是爱情,爱情发生了,还管他是蝶恋花,还是花恋蝶!

婚事一切从简,这是米青的意思,汤亥生妇唱夫随。能不随么? 他家在乡下,父亲十年前就过世了,剩下寡母,六十多了,身体还硬朗,在家一边种菜园养鸡鸭,一边帮弟弟寅生带小人。寅生早结婚了,生了一女一儿。乡下的日子不容易,寅生原来指望哥哥帮他在城里找份工作,他读过书,初中毕业呢,也算吃了墨水的人,还会修小机电,他希望能在学校当个电工什么的。学校里那么多灯,一到夜里,灯火通明呢,应该会需要不少电工的。至于他媳妇小菊,没什么技术,不过小菊厨艺好,会做胭脂鹅,会做荷叶鸡,那个香,每次都能把村主任香来,村主任吃了,说味道比乡政府大院里的还好。所以,小菊可以到学校食堂工作。两口子扛了一麻袋绿豆芝麻来,还捉了几只老母鸡。哥哥找领导办事,不能空手不是? 小菊很伶俐地说。汤亥生苦笑,他在学校认识的领导,最大的就是系主任陈季子。可陈季子能安排什么工作? 不过就是安排他的老丈人在传达室看看门,其他的,似乎也不能——就算能,又怎么轮得上他汤亥生的弟弟弟媳? 这情况汤亥生不好意思说,支吾搪塞半天,就是不肯去找领导。弟媳不高兴了,私下对弟弟说,都说兄弟情愿兄弟穷,妯娌情愿妯娌怂,看来是真的。弟弟也不高兴了,沉了脸对汤亥生说，哥不是博士吗？博士在领导那儿会没这点面子？不给面子就撂挑子，看他还怎么办学校？这话也就是汤亥生听听，如果学校其他人听了，会笑掉大牙。汤亥生自然不能撂挑子，弟弟弟媳拎了老母鸡和芝麻，气呼呼回了老家。他们后来去了广州，在同乡的介绍下，汤寅生还真在一家工厂做了电工，而小菊也在一家馆子里当帮厨。他们工作一落实，就到公用电话亭给汤亥生打了电话，有壮志已酬的豪迈，也有自力更生的骄傲。汤亥生松了口气，却也有些惭愧，百无一用是书生，果然如此。当初他考上大学时，村子里的人都以为他家从此要一人得道，鸡犬升天的，所以都十分艳羡和巴结他家。他母亲出门买豆腐，花两块豆腐的钱，能买回三块豆腐来，到屠夫那儿砍半斤五花肉，能砍回六两来；他家的大黄犬也沾他的光，在村子里很有地位了，除了村主任家的老黑，它基本是一犬之下，万犬之上的；汤亥生每次回老家，享受的待遇也是官宦回乡省亲的阵势。那真是他们家的辉煌时期，可后来渐渐就不行了。他们殷勤了老半天，可汤亥生家怎么总不见升天的迹象？别说鸡犬升天了，就连汤亥生本人，多年之后，也还是那落魄秀才的样子。乡民们虽然没有多少见识，但看人发达不发达的眼光还是很毒辣的。他们甚至有上当受骗的委屈，尤其是屠夫，恼羞成怒之后，给汤亥生母亲的五花肉，由六两变四两了。汤亥生也悻悻然，觉得自己简直如柳宗元笔下的那只黔之驴，庞然大物吓唬别人半天，到最后，也就是"蹄之"两下的本事。汤亥生后来几乎不回老家了，没脸回。

在这种情况下，他的婚事能不从简？

朱凤珍是不同意从简的，女人一辈子只有一回的事情，怎么能这么马虎了事？可她不同意没用，因为之前米青压根没有征求她的意见。等到朱凤珍和老米知道了，已经晚了，生米早煮成了熟饭，他们两个人住一起了！门口倒是贴了一副大红对联：但愿人长久，千里共婵娟。字写得龙飞凤舞，要不是老米念过苏东坡的《水调歌头》，这对联他就认不出来了。窗户上有两个红双喜，还有两只鸳鸯，两只鸳鸯都戴了眼镜，姿态很滑稽，没有交颈而眠，没有追逐戏水，而是各自歪了头，对着一本书，苦思冥想的样子——这是姚老太太的才华和幽默。吃了米青和汤亥生的几颗喜糖之后，老太太前嫌尽释，怀着十分美好的心情，创作了这幅剪纸艺术，对联也是她让孟教授写的。孟教授在师大，号称孟颠，书法颇有几分张旭之风的。每次中文系有老师新婚，或者再婚,孟教授都会写副对联去祝贺的。可打退休之后,他就惜墨如金了,对联不送新婚的,只送再婚的,别人问原因,他说物以稀为贵,但姚老太太知道他这么做只是因为"梅开二度"这几个字写得好,好到了欲罢不能的程度,也不管别人是二婚还是三婚,横联他一概写"梅开二度"。如果新婚的横联可以写这几个字,姚老太太相信,孟教授肯定还是会照送不误的。当然,新婚是不能送"梅开二度"的,所以孟教授就一直惜墨如金了。这一次之所以破例,一是因为他对米青和汤亥生印象很不错;二呢,是姚老太太那天用胭脂菇鸡汤引诱和威胁了他。姚老太太说,如果他上午把对联写了,中午她就做胭脂菇炖鸡汤,如果下午写呢,她就晚上做胭脂菇炖鸡汤,如果到晚上还没写呢,对不起,就不做了,她就把胭脂菇送给隔壁的周师母。周教授喜欢吃芫荽凉拌胭脂菇,周师母这次因为去菜市场晚了,没买到胭脂菇,周教授正在家怄气呢。

米青

贴副对联就算结婚了,这样的事,也只有在省城会发生,也只有在米青身上会发生。朱凤珍气得心口疼,却也无可奈何。米青的事,她一向做不了主,打小就这样,叫她东,她一定西,叫她南,她一定北。因为这样,朱凤珍和她说话都要反着说。三岁就开始了,喂她的饭,她紧闭了嘴,不吃,朱凤珍说,这饭青青不吃了,给猫猫吃,她马上把嘴张开了;米老太太给她穿小花罩衣,她把小胳膊抱紧了,死活不肯穿,朱凤珍说,这花衣服青青不穿了,给姐姐穿,她马上把两只胳膊伸直了。但这法子,也就只管用到幼儿园。米青幼儿园一毕业,开始读小学的时候,朱凤珍再用这反着说的法子,她就瞪了两只溜圆的眼,很鄙夷地看着朱凤珍,把朱凤珍看得心里发毛。也就是从那时候起,朱凤珍对米青不太喜欢了。弄堂口的老蛾说,这是因为米青头上长了反旋,头上长反旋的人,性格就这样,喜欢和别人拗着来,在家和父母拗,嫁人了和公婆丈夫拗。没办法,这是相拗,女人相拗了,命也就拗了。和弄堂里的小苏一样,小苏就是因为眉毛的曲折斜长,才会离婚两次结婚三次的。都是命,命里注定的,逃不脱。

老米认为这是打野狐禅,老蛾这妇人,最会妖言惑众,利用封建迷信来骗取钱财,和赵树理写的三仙姑其实是一回事。如果是旧社会,她肯定也会跳大神,并且闹出"米烂了"之类的笑话。这笑话老米给朱凤珍讲过无数次,朱凤珍每次听了,都乐开了花,可乐开花归乐开花,之后还是信老蛾。老米自觉很失败，他一堂堂人民教师，却教育不了自己的老婆。米青不听话和头上长反旋有什么关系？不过是因为读书多，读书多的人自然就有怀疑和叛逆精神，扯什么相拗不相拗的？

这话朱凤珍不相信。米青三岁时读什么书了？斗大字还不识一个呢！所以，天生的相，酿成的酱，有道理的。不然，米青都在京城读大学了，又在大学堂里当女先生，怎么也应该过上富贵日子了，可她就是过不上，相不带富贵呢。"一螺穷，二螺富，三螺四螺卖麻布"，老蛾说过的。米青有四螺，是卖麻布的命。既然是卖麻布的命，这样寒酸地结婚，似乎也理所当然。

朱凤珍有些心酸，这个二女儿虽然和自己不怎么亲，可说到底也是自己身上掉下来的肉。看着一身素妆的新娘子米青，朱凤珍不忍了。走之前，她拉着老米去周大福，给米青买了条金项链，24K的，三钱多重呢，到收银台付钱的时候，她手都有些抖，她花钱一向是很仔细的，这一次，少见的大方。老米一直站在她身后，很温顺的样子，好几次，还轻轻摁了摁她的肩膀。她知道，这是老米在表扬她了，三个女儿里，老米其实最疼米青的。

可米青还不领情，米青说，你们弄金项链干什么？干脆给我镶颗大金牙得了。

这话是讽刺了，朱凤珍虽然没文化，也听出了米青话里讽刺的意思，眼圈一红，没说什么，把金项链放到老米手上。老米又摁摁朱凤珍的肩膀，沉了脸，一言不发地把金项链往米青的书桌上重重一放，两人一起下楼了。

米青这才意识到自己这话有些伤人了，怔了怔，还是把金项链收了起来。

他们在省城也就待了两天，老米还有课，不能多耽搁；朱凤珍的裁缝铺子呢，交给三保和米白打理，她也不放心，三保的手艺虽然也不错了，但有些难侍候的老主顾，还是自己侍候更妥当些，如今裁缝铺的生意不比从前，可不能马虎半分。何况，米青这儿也实在不好住，一室一厅的房子，老米睡沙发，汤亥生打地铺，朱凤珍和米青睡床——他们家也就这张床是新的，有新婚的气象。朱凤珍不肯，她不习惯和老米分开睡，她虽然五十多了，可每天晚上还喜欢枕一枕老米的胳膊，撒撒娇，他们结婚几十年了，却还是十分恩爱的。而且，朱凤珍也不想和米青一起睡，打米青三岁之后，她还没和米青在一个房间睡过呢，何况还是同床共枕，她百般不自在。米青或许也不自在，所以一直坚持要老米和朱凤珍睡床，她和汤亥生打地铺，老米又不同意，鸠占鹊巢，不合适，想一想新郎汤亥生的复杂心理，他也睡不好。最后只好依汤亥生的安排，各自左右不合适地睡下了。

老两口走的时候，米青正好有课，是汤亥生一个人送行的。汤亥生排队买了票，又买了一大堆车上吃的东西，面包水果、瓜子花生，塑料袋下面还放了一本书，是朱自清的《背影》。之前两人聊天时，老米说到过，他最喜欢的作家是朱自清，没想到，他就记住了。汤亥生说，在车上解解闷，有五六个小时呢。老米很矜持地笑笑，没说话。对汤亥生这个女婿，他其实还是比较满意的，稳重，有学问，人又周密细致，看上去靠得住。和米红的前夫俞木完全不一样，当初也是昏了头，竟然同意把米红嫁给俞木，那种纨绔子弟怎么能嫁呢，吃喝嫖赌，一身恶习，都是朱凤珍妇人之见，嫌贫爱富。想到这里，他有些埋怨地看看朱凤珍，朱凤珍不知道，兀自板了脸坐在那儿，她对汤亥生是不太看得上的，不过，她看不上也没用，这是米青的事，她横竖插不上手。这也好，到时他们好也罢，歹也罢，怨不得她了。

再说，三十岁的老妹头，也实在不好再挑三拣四了，再挑，天怕就黑了。之前她自己曾忧心忡忡地对老米这么说过。所以，米青最后能找个有手有脚的男人嫁了，也算阿弥陀佛了。至少朱凤珍回苏家弄，不用怕王绣纹了。自从米红离婚后，王绣纹隔三岔五地，就爱上裁缝铺子里来，每次总带了苏丽丽的儿子过来，这是显摆了，显摆她家苏丽丽的婚姻美满。当初苏丽丽奉子成婚，嫁给一穷二白的陈吉安，朱凤珍话里话外，没少寒碜王绣纹，人家现在反攻倒算来了。朱凤珍埋了头干活，不搭理她。米白没眼色，还拿了大白兔奶糖逗苏丽丽的儿子，苏丽丽的儿子长得像陈吉安，大眼睛，白皮肤，嘴唇像花瓣一样好看，米白十分喜欢。每次他来，都丢下手里的活计，去逗弄他。朱凤珍把量衣尺往裁衣板上一丢，啪的一声，平地惊雷般。苏丽丽的儿子吓得睁圆了眼，扯了王绣纹的衣襟要走。王绣纹只得走了，走之前，笑吟吟问一句，你家米青，今年多大了？朱凤珍气得差点把量衣尺往王绣纹脸上扇，米青多大了，她能不知道？苏丽丽和米红同岁，米红比米青大两岁。成了心要哪壶不开提哪壶！可现在好了，朱凤珍不怵了。下次王绣纹再来，她也要猫戏老鼠，一样一样对王绣纹说，说米青结婚了，说米青的老公是博士，说米青的老公是大学教授，看她还张狂不！

汤亥生和米青婚后的生活很美妙。两人是初婚，也是初恋。汤亥生之前没谈过恋爱，有过一次暗恋史，是大学同班女同学，也就暗恋了两个月，两个月的寤寐思服之后，有一次他在校外撞到这个女同学和一个男人手挽手做伉俪情深状，他的暗恋立刻就胎死腹中了。弃捐勿复道，努力加餐饭。他勉励自己。当天在食堂就买了红烧肉，晚上的睡眠也恢复了，以后就再也没有什么情事了，最多不过一时半刻的恍惚，不足挂齿的。米青呢，也算没谈过，有两个男生正式向她示过好，一个是大学时文学社的成员，物理系的，却无比热爱写诗；另一个是读研时的师兄——堂师兄，因为不同门，是研究先秦文学的。两人一开始都获得了米青的好感，但后来都没通过考查——考查的内容说起来也简单，就两项：一是两人上书店待上一整天；二是约上朱蕉一起去喝一回酒。如果在进行这两项内容时，男生始终能表现出心无旁骛的品质，考查就算通过了，如果男生有片刻的坐立不安心猿意马，米青立刻就会暗下决心。米青做事，一向有自己的原则的，不关原则处，疏可走马，关乎原则处，密不透风，杀伐决断，毫不手软。那两个男生，就在不明就里的情况下，被杀伐了。

而汤亥生，也是在不明就里的情况下，通过了米青的考查：马桶边放书架的男人，对朱蕉的风情视而不见的男人，对米青而言，基本属于量身打造，米青遇见了，就不能放过，只能叹，今夕何夕，见此良人！

那天的酒席之上，米青看上去是心不在焉淡泊明志的样子，却一直冷眼旁观，几个男人在朱蕉面前的反应，她明察秋毫，一清二楚。

爱情在三十岁时才来，似乎有些姗姗来迟。米红十几岁就开始恋爱了，和三保青梅竹马，和陈吉安眉来眼去。但米青直到三十岁，还是空白呢。不过，十几岁恋爱有十几岁的好，因为什么都没经历；三十岁恋爱也有三十岁的好，因为什么都经历了。而米青和汤亥生的恋爱，却同时具备了这两种好：两人虽然都年过三十，却没有恋爱的实践经验；两个人又都具有丰富的理论经验，读万卷书，行万里路，也就是说，他们在爱情的世界虽然足不出户，其实呢，日月星辰锦绣山河早就见识过了。再次相见，感觉是温故知新，或者说旧地重游。

早知如此，我们何不让老孟的横批写上"梅开二度"，也省得他"花好月圆"写得不情不愿。

两人狎昵时，米青调戏。孟教授写对联之事，姚老太太早对米青说过了。

汤亥生说，依你那意思，又何必"梅开二度"，干脆"梅开千度"不是更切题？

那样的话，对联下面还要让老孟用蝇头小楷加一注释，不然，别人一旦误读，我们在师大就身败名裂了。

可老孟不写小楷，这事说不定还要麻烦陈季子了——陈季子的楷书在中文系是第一人，尤其是蝇头小楷，他因此在全校专门开了选修课，就叫《楷书要论》。

但要劳陈季子主任的大驾肯定行不通，这事看来只能泡汤了。

只能泡汤了。

汤亥生一本正经地说，米青亦一本正经地说。这是他们的言语方式，或者说，谈情说爱的方式，总是寓谐于庄的、寓谲于正的。

米青和汤亥生的家，最阔的是卧室兼书房，第二阔的是洗手间兼书房，第三阔的是客厅兼书房，最简陋最寒碜的是厨房。

一单口煤气灶，一白瓷砖砌的水池，两个木橱，一木橱放杯盘碗盏油盐酱醋，另一木橱上放了个微波炉。看上去，有点像单身宿舍的厨房装备。其实还不如有些单身的人讲究，至少当初马骊和她未婚夫的煤气灶，是双口的。

本来结婚前米青应该改造一下的，姚老太太过来送对联时，顺便参观了他们的房子，提了很多建议，其中啰唆最多的，就是汤亥生的厨房。关于婚姻中厨房的重要性，姚老太太发表了许多高论，但米青笑笑，姑妄听之了，厨房属于她疏可走马的范畴，她和汤亥生的口腹之事，基本在学校食堂解决。师大有五个食堂，最近的教工食堂，离他们住的楼不到一百米，下楼转个弯，就到了。

米青和汤亥生一般都在教工食堂吃，教工食堂的米饭好吃，东北大米，晶莹圆润，如富家千金小姐一样，也不贵，二毛钱一两，米青买二两，汤亥生买四两，再加上一份豇豆虎皮椒，一份韭菜炒鸡蛋，一尾红烧鲫鱼，很不错的一顿午餐了。如果天气好，有阳光，他们就喜欢坐在食堂外面吃，食堂外的路边种了樟树，樟树下有木椅，他们一人一个饭盒，一人一本书。阳光透过樟树叶子照下来，斑斑驳驳的，照到米青的脸上、书上，把米青照得昏昏欲睡了，米青便把饭盒和书一丢，斜靠在汤亥生的肩上，眯一会。汤亥生仍然一边吃他的饭，一边看他的书。

　　米青有时不让他看，把书抢了，扔到脚下，汤亥生也不生气，捡起来，拍一拍，再翻到刚看的那一页，用书签夹夹好，之后就陪米青静静地坐着，看路过的人或狗。教师宿舍区现在有许多狗了，养得最好看的，是苏不渔家的苏苏和陈季子家的薛宝钗，苏苏小巧玲珑，薛宝钗珠圆玉润，米青看了，很喜欢，一时心血来潮，也想养一只。把这想法和汤亥生一说，汤亥生不置可否，只是笑，把米青笑得不好意思了，也是，她到现在，别说养动物了，就是养植物，也是养一盆死一盆，结婚时马骊和她未婚夫送了盆绿萝过来，明明说可以养两到三年的，结果，到他们家不过两三个月，葳蕤丰腴的绿萝就日渐憔悴，最后终于呜呼哀哉了！米青一气之下，又到花草市场上买了盆绿萝回来，两三个月后又呜呼哀哉了！这是见鬼了，米青不信邪，又捉了汤亥生到花草市场去，这一次发了狠，米青一下子买了两盆绿萝回来，一盆放卧室书架边，一盆放客厅书堆边，小小的屋子一时绿意盎然，简直有田园诗歌的意境。米青小心翼翼，严格按姚老太太指导的方法来养护，结果更糟，两盆绿萝一个月之后就相继桑之落矣其黄而陨了。米青不明所以，问姚老太太，姚老太太也茫然得很，只好说，没别的，风土不宜。

　　米青要再买，汤亥生不愿意了，说，你这是滥杀无辜荼毒生灵。这帽子一扣，米青不好意思了，只好放下屠刀立地成佛。两人后来到别处去田园诗歌，也不用走远，就在楼下，学校的教授都爱养花草，窗台上，院子里，处处花红叶绿，他们坐在食堂外面的木椅上，看对面人家的院子。院子第一家，是新闻系的庄教授，庄教授的夫人是日本人，他家的院子因此有日本庭院的风格，麻雀虽小，五脏俱全。院子里花草扶疏，玲珑有致，还挖了一个小水池，他们走近看过，里面养了睡莲，还有几条红金鱼白金鱼，张了裙子一样的尾巴，在墨绿色的水里游来游去。廊檐下有类似榻榻米的木板，木板上放了一个灰布坐垫，米青有时很想进去，在那布垫上坐一坐，那或许就不是中国式的田园诗歌了，而是日本松尾芭蕉俳句的意境，"闲寂古池旁，青蛙跳进水中央，扑通一声响"，那些花花草草下面，应该藏了一两只青蛙吧？但米青和庄教授不熟，和他的日本夫人更不熟，所以，就只能在围墙外看一看，过过干瘾。

对面院子第二家是历史系程教授，程教授家的院子没有庄教授家好看，在庄教授家看花看草，在程教授家就只能看老太太。他家有个白发老太太，一天到晚，在院子里活动：择菜，晾衣晾鞋袜，或者用一小竹匾，晒小干鱼——程教授家似乎总有晒不完的小干鱼，所以每次在教学楼遇见程教授，他身上总有一股子干鱼味。米青不爱闻，只好屏息几十秒，待程教授走远了，再呼吸。

一开始米青以为那白发老太太是程教授的岳母，后来才知道，那就是程教授的夫人程师母，程师母比程教授大八岁，又没文化，没人知道程教授当初为什么会娶程师母，就连号称师大百科全书的姚老太太，也不知道其中缘由。米青极惊讶，惊讶之余又生出敬佩之心，为程教授溯洄而上的勇气。男人都喜欢一树梨花压海棠，可程教授家，却风景殊异，完全是一树海棠压梨花的景致。这种不庸俗的男人，米青欣赏。可汤亥生不以为然，汤亥生说，这不过是体现专业素质的一种方式，你要知道，人家是历史系教授，所以会用历史的眼光看问题，历史愈长，就愈有审美价值。这是胡诌了，汤亥生这个人有点像老米，在外人面前一本正经不苟言笑，可在老婆面前，说话也有几分轻薄的。不过这种轻薄，米青也喜欢。

米青有时会内疚，他们这种行为是不是有点不道德，在别人不知道的情况下，偷窥了人家的生活，并且对人家的生活胡说八道。汤亥生说，我们这行为，相当于看《清明上河图》或《东京梦华录》，然后学一学金圣叹，评点几句，怎么就不道德了呢？

这说法米青又喜欢，他们坐在木椅上，看看树，看看狗，再看看人家院落里的生活，然后闲言碎语几句，不过相当于看画看书，相当于文艺批评，没什么不道德的。米青这下子看得理直气壮了。汤亥生这家伙，看来还真不是白长了个孔子一样的大脑袋，都有化俗为雅的能力，孔子能堂而皇之"食不厌精脍不厌细"，汤亥生呢，能在如厕时坐拥书城，还能在窥看人家院子时堂而皇之说，这是在看《清明上河图》和《东京梦华录》。

厉害！着实厉害！

当然，对米青而言，汤亥生的好，不仅能和孔子一样化俗为雅，更重要的是，他也和孔子一样，有"己所不欲，勿施于人"的美德。

食堂吃久了，偶尔也会生厌。尤其在黄昏时，楼下人家的厨房里，会有十分浓郁的饭菜香味飘过来，汤亥生的脸上，这时就有心向往之的迷醉，亦有虽不能至的遗憾。人类最原始的生物需求，毕竟是十分强大的，光靠书本根本无法抑制它。米青对此也深有体会，深有体会也没办法，总不能觍着脸跑到别人家的厨房去满足自己的生物需求。那女人米青倒认识，姓姜，不知是叫姜子鱼还是叫姜子瑜，她丈夫是个大嗓门，似乎须臾不能离开自己的老婆，总听到他在院子里姜子鱼、姜子鱼地喊，米青和汤亥生为那个女人的名字打过赌，米青赌叫姜子瑜，瑜，美玉也，天生是女孩子的名字。父母把女儿叫作玉，既希望她长得如花似玉，又希望她过金枝玉叶的生活，又希望她有守身如玉的道德，言简意丰，一字千金，不用在女人的名字上，简直糟蹋了这个字。汤亥生说，那宝玉还是男人呢，名字不也是玉吗？米青说，宝玉之所以成为败家子，就因为取坏了名字，男人取个女人的名字，能好吗？周瑜呢？周瑜不也是妇人胸襟，才被孔明气得吐血。都是玉字惹的祸。也是，可汤亥生还是赌叫姜子鱼，人家的父亲说不定是搞历史的，知道姜子牙在渭水钓鱼这个典故，所以叫姜子鱼了。两人争执不下，只好赌。赌什么？米青提出赌三声狗叫，不是汪汪汪就敷衍了事的那种，而是命题作文，如果汤亥生赢了，米青就得学陈季子家的薛宝钗叫，薛宝钗是公的，叫声狂放，是大江东去的那种；如果米青赢了，汤亥生就学苏不渔家的苏苏叫，苏苏是母的，叫声柔媚，是梅兰芳唱小旦的那种腔调。且要学像了，得分八十以上，才能通过。但汤亥生不同意学狗叫，不是他没信心——他在乡下长大，别的没听过，但鸡鸣狗吠那是听多了，学狗叫，那也是童子功，肯定能叫好了。熟读唐诗三百首，不会作诗也会吟嘛！可八十分由米青说了算，那就不科学，万一米青徇私舞弊，总给他六十分，那他岂不要一直学苏不渔家的母狗叫？汤亥生不上当，汤亥生要赌别的，别的什么？他要赌一顿饭，楼下人家的一顿饭，汤亥生说，如果那个女人叫姜子鱼，米青就要去楼下人家提要求，不管是以什么理由，总之就是要到她家蹭顿饭。米青觉得汤亥生真是馋疯了！好在，那女人不叫姜子鱼，也不叫姜子瑜，而是叫姜芷芸，女人的老公卷舌音不卷舌音分不清，鼻音又分不清，所以子芷不分，芸鱼不分了。汤亥生知道后一脸失望，犹自恋恋不舍地对楼下探头探脑，仿佛是到嘴的鸭子飞了的沉痛表情，米青对他没出息的样子觉得好笑，佯恼了把汤亥生从阳台上拉进屋，然后关上门窗，又开始夫妻双双苦练思无邪了。

思无邪经常不管用，这时汤亥生和米青就会去凤祥春打一回牙祭，凤祥春的东坡肉做得好，啤酒鸭做得好，铁板鲈鱼也做得好。汤亥生喜欢吃啤酒鸭和东坡肉，米青喜欢吃铁板鲈鱼，没关系，都点，谁也不用谦让。人生得意须尽欢，莫使金樽空对月。五花马，千金裘，呼儿将出换美酒。汤亥生平日是汤亥生，可一到酒桌上，就摇身一变，成半个李白了，有半个李白的人生高度，也有半个李白的慷慨，米青很喜欢。当然，所谓换美酒只是那么一说，李白喝酒是为了斗酒诗百篇，他们也不写诗，换美酒干什么？他们醉翁之意不在酒，只在肉。两人以茶代酒，大碗喝茶，大块吃肉。把肉盆吃得见底之后，再用东坡肉汤汁浇饭，一人一大碗。米青的饭量，巾帼不让须眉，和汤亥生比起来，不说有过之，至少无不及。两人吃得满嘴流油，肚皮滚圆，然后心满意足地回家。

这种吃法有点像穷书生买春，只能偶尔为之，因为身子吃不消，经济也吃不消。每回去凤祥春之后，他们的钱包就明显瘪下去许多，肠胃也会不自在许多天，两人揉着肚皮算算账，只好喝几天稀饭了。

如果自己做，就省许多。菜市场的猪肉十块钱一斤，鸭子七块钱一斤。买两斤猪肉二十块，买一只鸭子二十块，加上一瓶啤酒，油盐酱醋，不超过五十块，两个人吃几天。姚老太太这么对汤亥生说，是语重心长的教导，也是别有用心的批评。这批评倒不是只针对米青，而是针对所有不做饭的女老师。中文系有好几个这种女老师，她们以为读了几本书，就有资格不做饭了，就有资格让男人系围裙了。姚老太太最看不得这种女人。孟教授在娶她之前，有过一个对象，也是中文系的，不知什么原因两人分手了，那女人后来嫁给了老金教授，老金教授当时还是小金讲师。小金讲师每次上课时都会拎了两个会议袋子，一个会议袋子装讲义，一个会议袋子装菜，装讲义的袋子搁在讲台上，装菜的那个袋子就斜搁在讲台后，小金讲师也不避嫌，就由了芹菜莴苣绿叶子从袋口露出来，即使有督导听课，他也是这做派。由此金老师美名远扬，都知道金老师上课前要先去菜市场，下课后要洗手做羹汤，而且这羹汤做得和他的莎士比亚研究一样好，而且还乐此不疲地做了几十年，从小金讲师都做到了老金教授。女老师们有时闲了，心情好了，会拿这个调笑他老婆，他老婆也一把年纪了，还娇滴滴地说，没办法，我这个人有毛病，闻不得油烟味,闻了就心口疼。闻油烟为什么会心口疼,姚老太太想不通,好歹也要有个像样的说辞,比如反胃,比如皮肤过敏,虽然也牵强,但多少还能说得过去。说闻油烟会心口疼,简直是秦桧的莫须有,是赵高的指鹿为马,明目张胆地欺负人。姚老太太愤愤不平,这女人也忒不像话,老公把菜袋子都拎到了教室,她不以为羞,反以为荣。如果当初孟教授娶了她,那如今拎菜袋子进教室的,就不是老金,而是老孟了。姚老太太经常这么对孟教授说,是表功的意思,想要孟教授为娶了她这样贤惠的老婆感恩戴德。孟教授这辈子没进过厨房,一直过着衣来伸手饭来张口的剥削阶级生活。一般情况下,姚老太太是很娇纵孟教授过这种剥削生活的。但有时也觉得委屈,也想享受一回老金老婆的待遇,可孟教授却坚决不干,说什么君子远庖厨。什么意思?按他这说法,他是君子而老金是小人了?狗屁!如果不是娶了她,他凭什么君子远庖厨!忘恩负义的老家伙!姚老太太平时称呼老孟,喜欢和他的学生一样,称呼孟教授,但一生气,就叫老家伙了!

　　但汤亥生米青的模式和他们不同,他们是一人做,一人吃,反正周瑜打黄盖,愿打愿挨。汤亥生和米青呢,都不愿意做,都想吃,这自然不行。好在两人都高度理解对方,己所不欲,勿施于人。有了这种认识,汤亥生就不怪米青,米青也不怪汤亥生。两人志同道合吃食堂,食堂吃一段日子,吃厌了,就志同道合上一次凤祥春,平均下来,差不多是一个月两次。比上书店的频率低,他们上书店,是一周一次,按汤亥生的说法,这叫周期性发作。

　　他们偶尔也用一用厨房。汤亥生会煮面条,清煮,放两个鸡蛋,几片青菜叶子,就点螺蛳酱,也蛮好——如果面没有煮坨了的话。但面经常是会煮坨的,坨成面疙瘩,他们家的煤气灶有点问题,火苗总是很小,把面和鸡蛋煮熟,要十分钟呢,这十分钟汤亥生也不能好好等,要看书,一边看书一边等,结果,面坨了,没法吃,两人相视一笑,又各自拿了饭盒去食堂。

　　米青会煮稀饭,大米稀饭,小米稀饭,绿豆稀饭,花样很多,总之是稀饭系列,还会煮红豆花生莲子稀饭——这个不叫稀饭,叫粥。《浮生六记》里的芸娘,为沈三白在闺房中藏粥和小菜的故事,米青很喜欢。所以每次熬粥,米青都是郑重其事的样子。熬粥要一个小时呢,一个小时很难不开小差,米青就用闹钟,闹钟响三次,第一次是要关小火;第二次是要搅一搅,然后半开了钵盖;第三次呢,粥好了,米青大叫一声汤亥生,汤亥生就跑过来了,戴上棉手套，把粥钵子很小心地端到桌子上，然后，拿碗碟，拿筷子，盛粥，打开剁椒和腐乳瓶盖子。米青就闲了手，老爷一样坐在桌子边，等汤亥生侍候，她熬了粥，是功臣，理所当然可以当老爷。

  他们的日子就这样过了三年，如果不是汤米要出生，他们或许就这样过一辈子了。

  汤米也叫米汤，学名汤米，小名米汤，别名米汤生。这别名是汤亥生坚持要取的，汤亥生说，古代的文人不都有个别名吗？李白别名青莲，杜甫别名少陵，都风雅得很。米青且由他了，汤米还在肚子里呢，不过两个月，看超声波，还是一只蝌蚪。一只小蝌蚪，竟然就学李白杜甫，弄个别名，也忒煞有其事了。米青憋住笑，由了汤亥生忙活。

  考虑到汤米在米青肚子里的进化，再吃食堂有些不合适了，他们打算请个保姆，打电话给朱凤珍，让她在辛夷帮忙物色一个，条件不高，只要求手脚干净，能做好饭菜。

  这好办，朱凤珍说。

  可半个月后，米红来了。

  米红来之前没有告诉米青，米青还以为是保姆来了，兴冲冲让汤亥生去车站接，结果，没接到保姆，把米红接来了。

  米青很恼火，背了米红质问朱凤珍，怎么回事？他们要找的是保姆，又不是千金大小姐。朱凤珍也知道这事米青肯定不乐意，所以赔了小心说，自家姐妹，总比别人好。怎么比别人好？米青那个气，她和米红打小关系就不好，朱凤珍又不是不知道。朱凤珍说，再不好，也比保姆强，至少不会像保姆一样，在饭菜里面下砒霜。辛夷以前出过这事，保姆被东家扇了耳光，恼羞成怒之下，用砒霜毒死了东家好几口子。这事当时在辛夷闹得很大，米青也知道。可米青和汤亥生又不会扇保姆耳光，要担心保姆下砒霜干什么？杞人忧天！

  很显然，朱凤珍让米红过来，有其他的意思。

  什么意思呢？米青不问，米青懒得问，反正过几天，米红就回去了——即使米青不开口，米红自己也待不住，她一个娇滴滴的千金，能照顾米青？

  可朱凤珍不同意，米红是不能回辛夷的。

为什么？

因为——因为——

因为什么？

朱凤珍不说话了。

问老米，老米说，还能因为什么？人家的老婆都到苏家弄来闹了。

谁的老婆？

还有谁？黄佩锦呗。

米红离婚后，不好好在家待，一天到晚到莲昌堂隔壁那家杂货店去厮混，和杂货店的老板娘打得火热。那个杂货店的妇人，不是什么好东西，每天涂脂抹粉，打扮得妖妖冶冶的，在麻将桌上勾搭男人。米红就是被她带坏的。一开始老米就警告了朱凤珍，让她管管米红，年纪轻轻的，就迷麻将，不是什么好事。他还是希望米红跟着朱凤珍在裁缝铺里做事，裁缝虽然不算什么好工作，但至少能自食其力。老米这个人，虽然有"万般皆下品，唯有读书高"的思想，但对自食其力，也是很看重的，这也是当初他在娶不上女老师之后会退而求其次娶朱凤珍的原因。可朱凤珍却不是这样，她自己虽然是裁缝，却一向不太瞧得起这门手艺的。在她看来，米红就算离婚了，那也不过和老蛾说的那样，是暂时的贵人落难，凤凰落架，总有一天，会时来运转展翅高飞的。娘娘的命相呢！所以她就纵容米红。不就是打打麻将么？有什么要紧，辛夷有打麻将的风气，很多人都打的，就是朱凤珍自己，有时下午店里的活不忙，她也到隔壁摸上两圈。

再说，米红打麻将还赢钱。杂货店的老板娘看来不单教会了米红涂脂抹粉，还教会了米红打麻将。米红这个人，指间不紧的，花起钱来一向如流水，经常用赢来的钱给朱凤珍买这买那，买珍珠面霜，买杭州丝巾，买补血阿胶。补血阿胶用黄酒、冰糖、芝麻、核桃一起炖了，朱凤珍冬至前服用一段日子后，不怕冷了。以前冬天朱凤珍是很怕做事的，冷，春节前偏偏活计多，铁剪刀握在手里，冰凉冰凉的，让她经常感叹自己命苦。现在因为阿胶，命不苦了。

这都是托米红的福！

所以，苏家弄即使有了一些风言风语，朱凤珍也假装没听见，由了米红每天打扮得花枝招展，到杂货店去混。

结果，混出了事，黄佩锦的老婆闹上了门。

这一次人家有了证据！米红有一次打完麻将，不回家，而是和黄佩锦一前一后去了莲昌堂，虽然他们蹑手蹑脚，可还是被门房老顾看见了。老顾本来不想多事，主人风流，和门房没什么关系，可米红出来时手上提了几盒阿胶，这就和门房有关了，老顾是个有责任心的门房，当天就向夫人告发了这事。

人家于是上门了，话说得很难听！

老米和朱凤珍这才知道，朱凤珍吃的阿胶，全是黄佩锦孝敬的。

米红在辛夷，现在名声是彻底坏了，没有哪个正经男人愿意娶她了。

米青这下子明白了，朱凤珍让米红到她这儿来，不是为了过来做保姆，而是过来嫁人的。

米红住书房。本来米青和汤亥生是没有书房的，但一年前学校为了吸引外来博士，出台了一个新政策，所有的博士可以享受教授的住房待遇，汤亥生的一室一厅就换成了两室一厅。

房子是二手的，之前住的是艺术系的王喆教授，王喆学徐渭，画水墨牡丹，画出了名，就到法国去了，据说法国人，尤其是中产阶级，很欣赏王喆的水墨牡丹，说有东方的意味。王喆夫妇现在住在巴黎，塞纳河的左岸，当年玛格丽特·杜拉斯住过的地方。他们在那儿开了家画廊，靠着王喆水墨牡丹里那东方的意味，过着有西方意味的生活。

他们腾出来的房子，米青很喜欢，有艺术的气息，卧室里贴了墙纸，淡紫色木槿花的，另一间房，想必是王喆的画室，好几个地方，都画上了水墨牡丹，肯定是王喆出名前画的，牡丹肥肥胖胖的，杨贵妃一样，汤亥生看了，不喜欢，说是墨猪，要刷了。可米青不同意，她喜欢书房里有这样的墨猪，不是因为什么东方的意味，而是画饼充饥——既然活的牡丹养不了，那么看看画里的牡丹，也还是很好的。王喆家的厨房也讲究，这有点出乎米青的意料，艺术家的生活，看来也有世俗的一面，灶台橱柜油烟机，一应俱全，还有一个格兰仕微波炉。王喆夫妇走时，一样也没拆走。

米青他们没有重新装修，只是把原来的书架都搬了过来，卧室的，客厅的，卫生间的。书房里放了张沙发床，本来是两用的，客来了打开当客床

(他们其实基本没有客来，搬进来住了一年多，只来过两次客，一次是汤亥生的小学同学，另一次是汤亥生的中学同学），平时呢，基本就是米青用，米青喜欢箕踞而坐在上面，读书，或者入禅（入禅是米青自己的说法，汤亥生说是发呆）。可现在，米青用不成了，米红把米青的书房变成了她的卧房，把米青的沙发变成了她的床。

汤亥生更不方便。原来他的电脑就放在书房，他最喜欢坐的藤椅也在书房，他在那儿备课，在那儿写论文，在那儿改作业。现在米红鸠占鹊巢，汤亥生没办法，只好把他的电脑和藤椅转移到卧室去了。

如果不是米红，而是保姆，他们本来没打算让她住家里的。汤亥生在青年教工楼借好了半间房，是姚老太太帮他借的，她隔壁老俞家的保姆一个人住，十四平方米的单间宿舍呢，太奢侈了，姚老太太和俞师母的关系很好，一说，人家就答应了。

结果，白借了。

米红会做饭！

是第三天才动手的。第一天她睡了整整一天，第二天看了一天的电视，直到第三天，她才系了围裙，板着脸进了厨房。

韭菜炒腌熏笋丝，粉蒸肉，西红柿鸡蛋汤，几个菜一上桌，米青和汤亥生几乎惊艳了。

本来以为是个不通文墨的学生，结果考试时却交出了一篇锦绣文章，米青瞠目结舌。如果不是就在自己的眼皮底下，她真要怀疑这个学生作弊了。

米红却轻描淡写，没吃过猪肉，还没看过猪跑吗？做饭又不是读书，又不是绣花，有什么难的？

术业有专攻。看来韩昌黎没有瞎说，米红至少在做饭方面，有些天赋。

米青窃喜，汤亥生却喜形于色。民以食为天，这下子好了，他们家天的问题算是解决了。米汤生的进化从此不必担心，而他也不用上凤祥春就能吃红烧肉了。

汤亥生对大姨子的印象，立刻大大改观。之前他对她是有误解的，这怪米青，在米青的描述里，米红基本是个好吃懒做的绣花枕头，外面花花朵朵姹紫嫣红，里面败草烂絮黑咕隆咚。

看来不是这样，人家里面也有花朵！

评论一般都是靠不住的，因为带了评论者的偏见，要想了解文本真正的内涵，还是要读原著。

汤亥生这么对米青说。米青哂然，男人还真是胃觉动物，不过一顿饭，就把汤亥生收买了。

之后家务汤亥生和米红分工合作。米红负责做饭，汤亥生负责洗碗；米红负责晾衣服，汤亥生负责拖地；买菜呢，一般是米红的事，但如果汤亥生哪天没有课，他就主动请缨了。

米青拿汤亥生开玩笑，说，你耕田来我织布，你挑水来我浇园。这画面，有点像唱《天仙配》呢！

那是，你眼红的话，挑水这活让给你？

哪能呢？君子不夺人所爱。

肚子里的米汤生现在五个月了，米青已变得十分慵懒，连课都经常让汤亥生代，更遑论挑水了。

朱凤珍打了好几个电话过来，欲言又止地，问米红的情况。米青知道她的意思，无非怕米青真把姐姐当保姆用，那么娇生惯养金枝玉叶般的女儿呢，寄人篱下到妹妹家。朱凤珍心疼呢！

也不知道之前朱凤珍是怎么做思想工作的，米红竟然肯到她这儿来。

如果是过来嫁人，米青是没办法的。她又不是姚老太太，怎么会干保媒拉纤的活？

再说，她在大学工作，认识的人都是教授博士之流，米红一个野鸡中学毕业的高中生，一个无业游民，和他们不是风马牛不相及么？

她私下里这么对汤亥生说。

汤亥生却不以为然，胡适学问大不大，美国的留学生呢，北大的校长呢，还不是娶了没文化的江冬秀，两人也白头偕老了。

那怎么一样呢？那是旧社会。旧社会女子无才便是德。

新社会不也有胡朝安么？

胡朝安是哲学系教授，在学校是大名人，之所以出名，不是因为哲学，而是因为他女儿的一张大字报。胡朝安老婆死后不到一个月，他就续弦了，而且续的弦,还是家里原来的保姆。他女儿愤极之下,在人文学院门口贴了大字报,大字报的题目是:试问胡朝安教授的道德情操,文字毒辣,情绪激昂,几乎可以和骆宾王的《讨武檄文》相媲美。学校哗然,师生们争相传诵这篇大字报。胡朝安迅速大红大紫,选修他课的学生一时人满为患。这让哲学系其他老师颇为眼红,如今哲学课在学校是很受冷落的,许多选修课都因为选修学生的人数不够而开不出来,没想到胡朝安因祸得福。哲学系老师眼红之余,也恨不得有人给自己贴张大字报,好曲线救国,不,曲线救哲学。

米青有点不高兴了。他们在这儿讨论米红呢,他拿臭名昭著的胡朝安做例子,什么意思?

没什么意思,不过是说,在婚姻这事上,男人的逻辑和女人不一样。

你是说,米红也能嫁个教授?

不是没有这个可能。

那好,你有本事帮米红找个教授嫁,朱凤珍说不定会给你磕头的。

汤亥生不说话了。

如果天气好,米青也愿意和米红出去走走。

医生说了,多运动运动,对生产有好处。

而且,朱凤珍也说了,小心翼翼地,期期艾艾地,要她多陪陪米红,毕竟米红在省城,人生地不熟。

米青不喜欢朱凤珍的语气,托孤般的不舍。

至于么?

不过,考虑到米红现在的心情,米青多少还是有些不忍。

学校西南角有个李白湖,米青喜欢到那儿坐。

李白湖和李白没有关系,是桃红李白的意思。湖边有十几株李树,春天一到,千朵万朵李花一开,那种素色的绚烂,是米青沉迷的另一种绮艳。米青以前读《红楼梦》,金陵十二钗中,最不喜欢的是薛宝钗,因为她身上的方巾气,更因为她亵渎了爱情——明知道宝玉爱的是林黛玉,还盖了红头巾嫁宝玉,太死乞白赖了!但后来米青修正了她对薛宝钗的看法,就因为薛宝钗的一句诗:淡极始知花更艳。看李白湖边一树树盛开的李花,米青十分赞同薛宝钗素以为绚兮的审美观。不管如何,至少在花的审美上,米青和薛宝钗志同道合了。

不过，现在不是花季，李树上没有一朵花，也没有一个李子，米青坐在湖边，缥缈了眼，是缅怀的姿态。

姐妹俩几乎没有话。说什么呢？

米青本来想问问米红这几年的生活，尤其是感情生活，和俞木离婚后，也有七八年了，怎么没有再婚呢？难道这么多年就一直和那个有妇之夫黄佩锦纠缠在一起？

可米青开不了口。她们打小就不是亲密的关系，怎么可这么闺房性质的问题？

除了说说朱凤珍的身体，说说苏家弄的人事变迁，别的，实在没有什么好说了。

而且，米红也不是多话的人，尤其对了米青，愈加不爱说话。

姐妹俩在这一点上都随了老米，遇上投机的，能滔滔不绝；不投机的，则一言不发。

后来米青再约米红出门，米红就不愿意了。

两个女人坐在湖边发呆，没意思。如果是苏丽丽，她们可以说西班牙，可以说陈吉安，可以说职高的老师尤小美（尤小美后来还是嫁了一个老头，这女人简直有恋老癖，当年做学生时，就和一个外教老头胡搞）；如果是杂货店老板娘，她们可以说麻将，可以说胭脂，也可以说黄佩锦。

可和米青，她什么也说不了。

她有点想念苏丽丽和杂货店的老板娘了。

虽然她现在和杂货店老板娘的关系不好了，因为黄佩锦，也因为麻将桌上其他男人的表现。以前麻将桌上的风头都是老板娘的，老板娘的一个兰花指、一个眼风，男人们立刻就魂不守舍了，所以，即使有男人在她眼皮底下对米红献殷勤，老板娘也从不拈酸吃醋，很大度地视而不见，或者是皇恩浩荡大赦天下般雍容一笑。后来就不行了，米红青出于蓝，渐渐有长江后浪推前浪的意思，老板娘就再也没办法雍容了，开始是阴阳怪气，后来是指桑骂槐，再后来干脆就不欢迎米红到杂货店了。每次米红过去，她的态度都十分冷淡，一副爱理不理的样子。她又找了个麻将搭子，一个叫小雪的女人。小雪以前在南方打工，回辛夷后开了家美甲店。美甲店生意萧条，但她不在乎，经常关了店门过来打麻将。她长得其实不好看，凹眼，高颧骨，深色肌肤，是闽粤土著人的样子，却妖艳，挑染了紫红头发，涂了黑乎乎的睫毛膏，看上去风尘得很。

老板娘现在和她打得火热，那些男人，一个个也很喜欢风尘的样子。

甚至黄佩锦，和小雪也暗暗眉来眼去。

老板娘幸灾乐祸，她找小雪，原就是要以毒攻毒。果然，这一招见效了。

麻将桌上的情意，到底薄。

这是米红会到省城的原因。米红对辛夷，心灰意冷了。她的社交圈，从来狭窄得很，离婚前只有苏丽丽，离婚后只有老板娘。老板娘一撒手，米红就成了风中之转蓬，迷茫得很。

所以她到米青这儿，也是负气，也是无奈。

好在有汤亥生，不然，米青和米红不知道怎么在一个屋檐下待下去。

米红不是来侍候我的，而是来侍候你的。米青有一次在饭后忍不住揶揄汤亥生。

汤亥生更喜欢吃肉，米青更喜欢吃鱼。这区别，米青一开始说清楚了的。或许不说还好，一说，饭桌上十有八九的时候，都是肉了，粉蒸肉。

问米红，米红皱皱眉，说，鱼太腥，每回做鱼之后，手都要腥许多天。

而粉蒸肉，是米家私房菜，好吃，做起来还简单，用几匙自家制的小麦酱（每年8月，三伏天，朱凤珍都会晒上一大坛。米红这一次过来，带了好几小罐呢）和剁椒，新鲜的红尖椒，腌上半小时，再拌上米粉和谷酒，放在电饭煲的蒸笼上就可以了。米老太太当年是用篾笼隔水蒸的，米粉下还垫了青竹叶，那蒸出来的效果，依老米的说法，几乎是一首《诗经》里的诗，俗中见雅，雅中见俗。

不过，米老太太一死，米家的粉蒸肉就被改良了，篾笼没有了，青竹叶也没有了。这不怪朱凤珍的，朱凤珍店里忙，而且，青竹叶如今也不好摘了。

米红做的就是朱凤珍的改良版。即使是改良版，汤亥生也吃成桃李春风一杯酒的沉醉样子。

这样子米青不爱看，为了打击汤亥生，米青说起米老太太的粉蒸肉用反衬的方式，说米老太太的粉蒸肉是嫡出，贾宝玉般的精致；而米红的粉蒸肉是庶出，贾环般的粗俗，上不了台面。

米青这话说了没过几天，米红做的粉蒸肉，下面也垫了青竹叶，不单下面垫了青竹叶，上面还撒了切得细细碎碎的芫荽。

所有的香料里，汤亥生最偏爱芫荽。

米红说，快过端午了，菜市场上，有乡下人担了竹叶来卖。

芫荽也不贵，五块钱一斤，比辛夷卖得还便宜呢。

米青不接腔，只微微笑了看汤亥生。

汤亥生不看她，只低头吃饭，依然是桃李春风一杯酒的样子，不，这一回，是桃李春风两杯酒了。

回到房间里，米青这么说。

怎么才两杯酒？我以为是千杯呢，汤亥生嬉皮笑脸，伸手去抱米青。米青不让，汤亥生说，你自作多情干什么？我这不是抱你，我是抱米汤生。

米青扑哧乐了。

米汤生六个月的时候，何必然成了米青家的座上客。

何必然和汤亥生在一个教研室。有一天，他过来给汤亥生送会议通知时看见了米红。

你家保姆？

不是。

那是？

大姨子。

真有福气。不过，是嫡亲的大姨子么？

是。

不像，不像，我还以为是小姨子呢。

这话是在门口说的，米青没听见。

过两天，何必然又来了，这次是过来和汤亥生谈论文。何必然在学校，是有两重身份的人，一重是古典文学教研室主任，另一重是学报副主编，汤亥生有篇论文在他手上，他过来谈审稿意见。

以前，如果是关于论文的事，他都是打电话让汤亥生去学报的。何必然在学报，有间很大的办公室，二十六平方米，比中文系主任陈季子的办公室大了一倍。当年他竞聘系主任，败给陈季子了，之后才到的学报。学报在那个时候，差不多算贬谪之地，偏僻冷落一如苏东坡的黄州。不过，三十年河东三十年河西，这几年气象不一样了，因为学报上了国家核心期刊，老师们为评职称，一个个趋之若鹜，黄州于是成汴京般繁华。何必然最喜欢把中文系的老师，叫到他的繁华之地谈论文。他让杂工倒上茶，龙井、毛尖，或者普洱，什么都有，随便点。何必然喜欢茶，学校的人都知道。他办公室并排放有两个大书柜，一个书柜里都是学报，各个大学的学报；一个书柜放茶叶，各种各样的茶叶。都是别人送的，何必然不避嫌。送茶叶不算行贿，收茶叶也不算受贿，和送书收书差不多的性质，不但不污秽，还风雅得很。为了强调这种风雅，何必然有时会给别人讲一讲李清照和赵明诚赌书泼茶的故事；有时呢，会讲栊翠庵妙玉的茶论，一杯为品，二杯为解渴的蠢物，三杯即饮牛饮骡了。何必然坐在办公桌后的皮椅上，一边高谈阔论，一边逍遥自得转皮椅，皮椅转动的幅度一般是左右九十度，不过，有时转起兴了，也会转成一百八十度。

可这一次，何必然没有打电话让汤亥生去听他讲李清照或妙玉，何必然降贵纡尊亲自上门了。

因为汤亥生的这篇论文，实在好。中国古代笔记小说中的饮食文化研究，这角度有新意。学报打算发头条，然后再重点推荐给相关选刊，如果《新华文摘》或人大复印资料一转载，汤亥生明年就能破格评教授了。

何必然这么一说，汤亥生微微有些激动了。汤亥生在中文系，也算名士派，别的博士都要"学而优则仕"，汤亥生对仕从来没有兴趣，但对评教授，还是很有兴趣的。

两人相谈甚欢，一欢，时间就到中午了。

到中午何必然也不告辞，仍然很热烈地和汤亥生谈论文。他认为汤亥生关于中国饮食文化的研究工作可以充分展开，展开成一个系列：中国古代诗词中的饮食文化研究，宋话本中的饮食文化研究，清代小说中的饮食文化研究。这么一系列论文发表出来，汤亥生在学术界的影响就大了，就成角儿了。成了学术角儿就好办，可以出国开国际学术会议，可以拿各种项目，省里的，部里的，国家的，如今教育有钱，经费充裕，少则几万，多则几十万。书中自有千钟粟，书中车马多如簇，古人所言不虚的。学问做好了，食有鱼，出有车，鱼是甲鱼，车是宝马。

宝马汤亥生没想过，他一般走路上课，有时教室远了，就骑自行车。骑自行车很好，可以锻炼腹肌。他这个年龄的男人，很容易变得丰腴。几年衣食无忧的婚姻生活，加上基本不消耗体力的书斋劳动方式，把男老师们一个个都养成了杨贵妃的样子——还是怀了孕的杨贵妃，以前米青这么打趣，把汤亥生乐开了花。汤亥生因为一直坚持骑自行车，身材苗条得很。

至于甲鱼，汤亥生也不想吃，在他们老家，甲鱼叫脚鱼，渔夫渔妇们沿街叫卖的东西，没有什么了不得。

当然，何必然这么帮汤亥生憧憬，汤亥生一方面不以为然，另一方面，也有栩栩然的耽溺。

米青只好留饭，12点都过了，米青早就饥肠辘辘。

何必然虚让了一回——真是虚让，因为话没说完，人就坐到了饭桌上。

那天米红又做了粉蒸肉，端上来，红是红，绿是绿，美人般香艳，何必然迫不及待地搛一筷子，刚入口，立刻眯了眼，微微且缓慢摇头，做沉醉状，这沉醉状做了相当长的时间，差不多等于一个长镜头，一分钟，至少半分钟。这是何必然表示高度赞美的方式，每次他上课，一讲到苏东坡的《念奴娇》，大江东去，浪淘尽，千古风流人物；或辛弃疾的《破阵子》，醉里挑灯看剑，梦回吹角连营，他的表情就会是这个样子，从来不变。学生们把这个叫作何氏表情，有刻薄的女生，把这个叫何氏水袖——她们认为何必然老师在做戏了，因为又不是第一次读到苏辛，而是读了几十年，文章如女人，当初再美再好，到后来，也读成了糟糠之妻，怎么还会有这种"天上掉下个林妹妹"般的惊艳？做作！

不管如何，何必然的这个沉醉状，把米红做的粉蒸肉和苏东坡的《念奴娇》、辛弃疾的《破阵子》提到了一个审美高度，这很给面子了。

之后的话题，就不再是汤亥生的论文了，而是米红的厨艺，以及米红。

对于何必然的这种奉承以及顾盼，米红基本没有什么反应，态度矜持得很。

何必然不以为忤，非但不以为忤，且十分欣赏。落花无言，人淡如菊，出门时，他这么评价米红。

何必然现在时不时过来，过来了，就不把自己当外人，如果米青不开口留饭，他就自己给自己留了。

倒也不白吃，他会投桃报李地送一些东西，新上市的螃蟹、野生的猕猴桃、新疆和田枣、泰和乌鸡什么的。

这些东西女人吃了好，补血、养颜，何必然说，看一眼米红。

米红坐在沙发上，一边看电视，一边剥毛豆，十分端庄。

这算什么？米青不高兴，说，何老师，您太客气了，这些东西您自己留着慢慢吃。

我一个人，慢慢吃？不吃坏了？再说，独乐乐不如众乐乐嘛！

这说法米青觉得好笑。要众乐乐，他也不必总到我家呀？他不会到他女儿家去和女儿女婿外孙女众乐乐？不会和学报编辑部的同事众乐乐？实在不行，和古典文学教研室的老师们也行哪，单单跑到我们家来众乐乐，毛病！

何必然一走，米青对汤亥生发牢骚。

汤亥生也不高兴。

一个知识分子，怎么和三姑六婆一样，到别人家串门子。就算他闲着没事，别人也没事吗？他到别人那儿坐上两小时，别人就要陪坐两小时；他到别人那儿吹上两小时牛，别人的耳朵就不得清静两小时。两小时呢，能看多少页书？能写多少行字？即使不看书不写字，他也能陪陪米青和米汤生，或者上网和庄蝶下上一盘围棋。庄蝶是汤亥生的棋友，围棋下得一般，和汤亥生差不多，业余二段而已，却是个庄子迷，自言能把《逍遥游》和《齐物论》倒背如流。汤亥生对此表示怀疑，他也算是个庄子的铁杆粉丝了，最多不过能顺背几段，那还是年轻的时候，现在能做到的，不过是熟读的程度。庄蝶能倒背？他的这种怀疑，让庄蝶觉得很受辱，意气之下，差点坐了飞机过来让汤亥生当面考他——自然没有，庄蝶是台北人，坐飞机过来一趟可不容易，只好在网上考了，于是汤亥生经常偷袭他，总是在下棋下到十分紧要的关头，突然让他背上一段《齐物论》。结果，《齐物论》是背出来了，但棋却输了！

汤亥生偷着乐半天。

如果是这种交往，汤亥生乐意，不认为是蹉跎生命，可与何必然，汤亥生不乐意蹉跎了。

关于论文什么的话题，早说完了，后面何必然反复再说的，是他的仕途，以及他在仕途上的春风得意。

何必然这么炫耀的用心，汤亥生自然知道。这个老男人，打第一次见到米红之后，就开始到他家来孔雀开屏了，且一次比一次活泼，一次比一次鲜艳。学院男人，穿着一般都朴素，有些朴素过了头，就成了土木形骸。土木形骸也没关系，反正鸟美在羽毛，人美在学问。这是学院男人通行的审美观，至少是学院男人对学院男人的审美观（他们一般持双重审美观，一重对男老师，另一重对女老师和鸟）。可何必然不一样，应该说，何必然自从他老婆死后不一样了，开始持鸟的审美观了。每次外出开会或者上课，或者任何有年轻女人在的场合，他都把自己打扮成一只孔雀，一只看上去很有活力的雄孔雀。西装革履，米色风衣，或者葱绿色粉红色T恤，浅蓝色打磨牛仔裤，阿迪达斯旅游鞋，大背头，头发原来是灰白色的，现在染黑了，一丝不乱地梳到脑后，还喷香水，香奈儿，他到巴黎开会时带回来的，学生们因此在背后叫他暗香浮动，有更刻薄的男生，直接叫袭人了。他知道了很恼火，叫暗香浮动已是不敬了，还叫袭人，袭人是谁？大观园里的一个奴才，还是女奴才！他羞得有一段时间不搽香水了，但最近到汤亥生家，又搽上了。米青甚至怀疑他在脸上搽了粉，因为他眼角边上的一块五角硬币大小的褐色斑不见了。米青有一次恶作剧，故意让米红给他盛了碗热红豆汤——这是在学曹丕了，曹丕怀疑何晏敷了粉，就给他热汤吃，热汤一吃完，自然大汗淋漓，如果敷了粉，就要出丑了。可何必然狡猾得很，嫌红豆汤太热，刚喝了一口，就放下了，说等凉了再吃。《世说新语》何必然想必也读过，所以，米青的花招，他肯定识破了，要是他真搽了粉的话。

汤亥生觉得何必然有些为老不尊。快六十的男人了，还打扮得如此艳丽，还觊觎米红，成什么样子！成什么样子！！

米青本来也认为何必然不成样子，可一听汤亥生说话的语气，一看汤亥生脸上的表情，她突然来气了。

他打扮得艳丽碍你什么事了？

不碍。

他为什么不能觊觎米红？

汤亥生有些蒙，什么意思？难道你同意何必然做你姐夫？

我无所谓，这是米红的事。

也是，这是米红的事。汤亥生听懂米青的意思了。

米青把何必然的事情，告诉了朱凤珍和老米。

米红在她这儿呢，万一有点什么事，她可不想担责任。

年龄，职称，曾经的婚姻及婚姻衍生物，物质生活状况，性格，人品，种种，米青都如写论文般，十分严谨地做了报告。

朱凤珍听了，惊乍成了一只老喜鹊。还是省城好哇，机会多，才去了两三个月，就有教授追，早知道这样，米红一离婚，就应该去那儿的，如果那样，说不定早嫁人，早生子了！白白耽误了这些年青春！

大学教授，好家伙，那是什么身份？搁以前，就是举子了，可以做县太爷的。苏家弄的女婿，有几个是有文化的？文化最高的，以前算弄堂里的苏有德家女婿了。据苏有德的老婆讲，她女婿是大专生，在上海读的书，会讲外国话呢，一次有几个外国人到王绣纹家的铺子里买瓷器，人家不会说中国话，王绣纹铺里又没人会说外国话，买卖差点没做成，王绣纹一张白脸，急成了猴子屁股，好在苏有德家女婿路过，帮他们做翻译，一单几千块的生意才算没泡汤。可王绣纹这个女人，太不懂事，事后连顿饭也没请，连顿茶也没请。苏有德老婆愤愤不平，逢人就说这单事，一边炫耀她女婿的本事，一边鄙视王绣纹的小气。但王绣纹的说法不一样，做外国人的生意，她家也不是头一回，不会说外国话有什么关系，用手指头比一比，人家就懂了，那些外国人，聪明着呢，是苏有德女婿多事，跑过来叽里哇啦乱说一气，看那样子，人家也是云里雾里半懂不懂的。最讨厌的，是他还自作主张降了价，一件青花枕，本来要一千二的，他说一千；一个镂花玲珑灯罩，本来要八百的，他说六百。王绣纹后来埋怨他，他说他是按辛夷的行市来说的。什么行市？那个外国女人看见灯罩时眼睛都发光了，嘴里发出鸟一样的啾啾声，所以她才要八百的，吃准了她会买。可苏有德女婿这个二百五，没眼色，乱说话，害她少赚了好几百，没找他赔就罢了，凭什么要请他吃饭？

朱凤珍听了，冷笑，没见过世面的东西，一个大专生，也好意思到她这儿来说？她家是什么人家，书香门第！什么文化人没有？研究生，博士，教授，全有，会讲一门外国话算什么？她家米青，会两门外国话呢，会讲英国话,也会讲美国话。她和老米去北京时,在王府井大街,亲眼看到米青和一个黄头发蓝眼睛的外国人说了半天话。更别说汤亥生,听老米说,比米青的学问更大,是副教授。而这个何必然,竟然是教授。教授自然比副教授厉害。如果米红嫁了他,米家就有两个教授女婿了。乖乖隆里咚!辛夷所有的文化人全捆在一起,怕也没有苏家弄的米家厉害,米家的文化人,质量高哇。到时候,说不定米老太爷会高兴得从棺材里爬出来!

而且,教授的工资那么高,四千多呢。米青说,估计还有灰色收入,学报那地方,肥着呢。

什么是灰色收入?朱凤珍听不懂,但米青的意思,她大概懂了,也就是说,教授的工资,可能比四千还多。

乖乖隆里咚!

不过,教授有点老了,五十六岁,比她小一岁,比老米小两岁。这么老的女婿,走到苏家弄来,有些太,太不成体统了。

如果教授小上个二十岁,哪怕十来岁,就好了。

米青嗤之以鼻,你倒是想得美!

也是,人家小了那么多,还找米红?

这事老米反对。虽然作为一个中学老师,他对教授,老教授,是很尊敬且仰慕的。可老教授做女婿,是另一回事。他们之间到时怎么称谓呢?叫老何老米?不行,不合伦理!以翁婿相称?又怎么好意思,明明是两个老男人,就算他称得出口,老米还没脸答应呢!再说,还是花枝般的女儿,就嫁一个鸡皮鹤发的老男人,感情上,他也不愿意!

什么花枝般的女儿?都三十五了,朱凤珍着急了。

人家也没有鸡皮鹤发,米青说。

那怎么办?

不知道。

这事还得看米红的意思。

但米红的意思,米青有些看不懂。

她有时对何必然是爱理不理的,有时呢,又极好。何必然来了,米青还没说话,她一边就倒上茶了,或者削苹果,或者用碟子盛了葵花瓜子过来。

米红自己喜欢嗑瓜子，且嗑瓜子的技术很好，不，不是技术，而是艺术，何必然说，是具有古典意味的艺术，那涂了蔻丹的兰花指，轻捻瓜子的样子，有点像昆曲里的贵妃醉酒。嗑瓜子能像贵妃醉酒？米青哑然失笑，男人真是什么都敢说，难道杨贵妃沦落到秦淮河了？不然，怎么可能这个样子？她问汤亥生，反问，不需要汤亥生回答的，可汤亥生回答了，汤亥生说，谁知道呢，如果杨玉环嗑瓜子的话，说不定就是这个样子。

这是在和米青反弹琵琶了，米青知道。

米青不想生气，米汤生八个月了，生气对他可不好。

北京路上的工艺展览中心有杭州丝绸展销，米红知道了，想去，有点远，坐公车要倒一趟，先坐12路，三站路，到新东方下车，再转8路，又坐四站路，到巴黎银座下车，再往前走一百米。

米红一听，有点怵。她这个人，方向感很差的，一出门，经常东西南北不辨。还是辛夷好，坐上小黄鱼，到哪儿都可以。

省城没有小黄鱼，但省城有小车。何必然打的陪米红去逛。何必然说，他正好也想买点丝绸呢，到展览中心，二十分钟就到了。

米红回来时心情很好，买了好几条丝巾，还有一件日本和服式样的绸缎睡衣，宝蓝色，上面有大朵大朵粉红色的牡丹花，看上去真有花开富贵的意思。

多少钱？米青问。

米红不说话，看一眼何必然。

何必然笑笑。

什么意思？难道是何必然买的？米青迷惑。

下一回，人民公园有菊展，何必然兴冲冲来约米红去赏花，米红又不去了。

再下一回，何必然请米红去吃阿一鲍鱼。米青觉得，这太隆重了，可米红不觉得隆重，举重若轻地去了。

或许米红打定主意了，米青想。

何必然一定也这么想了，吃鲍鱼之后的第三天，他过来请米红看话剧：《恋爱的犀牛》。何必然穿着大红毛衣，戴一顶黑灰色的贝雷帽，贝雷帽上有个蒂，犀牛角般地往上伸展着。

真像一只恋爱的犀牛，汤亥生嘀咕。

　　米青一掌掴在汤亥生宽阔的后脑门上，这家伙疯了吗？万一何必然听见了他这嘀咕，不是太尴尬了？

　　但米青自己也想笑，不是笑何必然的贝雷帽，而是笑他请米红看话剧。说老实话，请米红看话剧，还不如请苏不渔家的苏苏看呢。苏苏虽然是只狗，但听苏不渔讲，聪明着呢，能看懂美国动画片《花木兰》呢，每次看到花木兰恋爱画面时，都会做娇羞状。米青打赌，如果何必然带苏苏去，肯定比米红更能理解《恋爱的犀牛》。

　　真是白糟蹋钱，听说一张票要二百多呢。

　　米红不去。

　　为什么？

　　米红又落花无言，人淡如菊。

　　这个女人怎么回事？前几天吃鲍鱼时还笑靥如花，怎么一转眼，又这个样子？

　　何必然一向自诩男女经验非常丰富，可现在，他也茫然不知所措了。

　　米汤生出生前几天，米青和汤亥生闹了一次别扭。

　　因为米红。

　　那天汤亥生下课回来，身上有粉笔灰，米红上前接了汤亥生的讲义包，然后在汤亥生的胸前拍了几拍。当时米青在房间里睡觉，房门是半开的，米红或许以为米青睡着了，但米青没睡着，很清楚地看见了这一幕。

　　要说，拍一拍粉笔灰也不算什么事，关键是气氛不对，两人都一言不发，合谋般一言不发。米红的动作十分轻柔，轻柔里还有一种旖旎的意味。而汤亥生就站在那儿，很配合地站在那儿，由了米红在他身上旖旎。

　　米红在汤亥生面前，一向有点烟视媚行，米青早就看出来了，看出来了也没在意，因为米青认为，这是米红单方面的动作，是自渎的意思，汤亥生是没有反应的，或者说，汤亥生压根是没有看见的。这是汤亥生的另一个好处，非礼勿视。因为这个，朱蕉还开过玩笑，说她找了个百毒不侵的书呆子。可不，如果漂亮的女人是毒的话，朱蕉肯定属于砒霜或者孔雀胆级别的剧毒，汤亥生在这样的剧毒面前，尚能全身而退，米青这辈子基本可以无虞了。只是，嫁这种不解风情的书呆子，你们闺房之乐能尽兴么？朱蕉懊恼之余，故意损米青。米青气坏了，什么女人？别人夫妻的闺房之乐，关你什么事？怎么不关？难道你没读过范仲淹的《岳阳楼记》，先天下之忧而忧，后天下之乐而乐！米青这下子真哭笑不得了，跳起来，要去撕朱蕉的嘴。

所以，对米红的这种自渎式的表现，米青一直冷眼旁观，有时甚至还带一点恶意的怂恿。汤亥生在厨房杀鱼，非洲鲫，有二斤多，生猛得很，挨了一刀竟然还活蹦乱跳，血水溅得汤亥生一身，汤亥生这才想起要系围裙，让米青给他系，他手忙脚乱地正按着鱼呢。可米青不给他系，让米红系，她两手叉着腰在边上看热闹，之后还拿这个打趣汤亥生。

米青在读大学时写过一首诗，叫《厨房》，诗的最后一段是：

窗外
暮色四合
厨房的灯火，如花朵般，绽放
我的爱人，我沉默寡言的爱人
在背后，为我温柔地系上围裙

米青以前也为汤亥生背过这首诗，是他们有一次在厨房缠绵的时候，但现在，米青故意一字一字地背，很显然，有些不怀好意了。

汤亥生的表情十分严肃，他不喜欢米青这个样子。

怎么说，米红也是她姐姐，她不应该这么轻佻的。

到底是谁轻佻？米青恼了。米红什么人，汤亥生不知道，米青还不知道么？打小就喜欢在男人面前卖弄风情。她的卖弄，还带有端正的表象，这是朱凤珍教育的结果，朱凤珍说，他们家是书香门第，书香门第的女儿，要自重，不能和苏家弄里的那些妹头一样，骨头轻，一有男人在，话也不好好说，路也不好好走，全轻飘飘成风里鸡毛了。米红这方面很聪明，一下子就琢磨出一套书香门第家女儿卖弄风情的方法：外刚内柔，外重内轻。别的妹头叽叽喳喳时，她不言不语；别的妹头搔首弄姿时，她娇花照水。她这反弹琵琶的路数，最初不过是为了避朱凤珍的眼，避苏家弄那些妇人的眼，可避着避着，就成风格了。男人乍一看，米红真是不可接近的端庄娴静，可其实呢，米青知道，那端庄犹如鸡蛋，脆弱得很，只要男人用手指轻轻一弹，就破了，和苏家弄那些风里鸡毛也差不多。

但这话米青不能对汤亥生说，太刻薄了，有伤她的原则，米青的原则，是不在男人面前说其他女人的坏话。她之前在汤亥生面前，也说过米红的，关于她的懒，她的馋，她的游手好闲不学无术，但那是妹妹说姐姐，有恨其不争的善意做底子，怎么说，都不要紧。而且，米青也避重就轻了，她从来没说过陈吉安、孙魏或者黄佩锦，那些真让米红致命的话，米青一句也没说过，不是因为家丑不外扬，而是因为修养和骄傲。如果说起那些男人，米青觉得，自己就有恶意了，不是妹妹对姐姐的恶意，而是一个女人对另一个女人的恶意。这种微妙又本质的差别，米青很清楚，正因为清楚，所以她不说。她不喜欢米红，这没关系，薛宝钗也不喜欢林黛玉——喜欢才怪呢！但薛宝钗从来不在宝玉面前说林黛玉的坏话，不单是怕宝玉不高兴，也是薛宝钗骄傲。女人一旦开口恶意中伤别的女人，就说明她嫉妒了，她自卑了！薛宝钗是不屑嫉妒林黛玉的，米青也不屑嫉妒米红。

所以，米青不在汤亥生面前说出那种刻薄话。

事实上，米青什么也不说了。

她用相敬如宾表达她的懊恼。米青平日对汤亥生，也是简慢的，很狎昵的简慢，尤其怀了孕之后，几乎有颐指气使的倾向，但一生气，态度反变得十分客气了——这一点，米青和米红倒是异曲同工了，米红用端庄表达轻浮，而米青，用不同寻常的客气，表达她对汤亥生的不满。

对米红，米青倒还是一如既往。她几乎抱着看戏般的心情，看米红在那儿做张做致。这会是一折什么戏呢？《凤求凰》？不对，应该是《凰求凤》，也不对，用凤凰来比喻，实在太美化了他们。那是什么呢？她甚至想请教汤亥生了，汤亥生的书读得比她多，当初他们一起偷看人家的院子，汤亥生说，他们是看《东京梦华录》和《清明上河图》。那现在呢，是看什么？如果汤亥生明白了米红蚕食他的野心的话，会不会说在看《战国策》？或者，在看《三国志》？米青原来以为米红在她这儿是待不长的，米红的德行，米青知道。那样娇生惯养的小姐脾气，一向是别人侍候的，现在让她反过来侍候人，尤其侍候米青，她能心甘情愿？不出三五天，最长半个月吧，一定就撂挑子了！

米青有把握，正因为有把握，当初才没有斩钉截铁地拒绝朱凤珍。她等着米红自己走呢，到时朱凤珍怨不着她。米青在朱凤珍的眼里，虽然是个书呆子，可书呆子也有书呆子的诡谲，或者说智慧。但半个月过去了，米红没撂挑子，半年过去了，米红也没撂挑子。米青的智慧不管用了！这有些蹊跷了。这蹊跷米青觉得和汤亥生有关。汤亥生的温文尔雅，肯定让米红产生错觉了，恍惚间，把米青的家当成了她的家，把妹夫汤亥生当成自己的老公了。所以，她成刘禅了，此间乐，不思蜀！

如果米红一直这么乐不思蜀，怎么办？

可米青杞人忧天了。

米汤生出生后第五天，米青还在医院呢，米红就回辛夷了。

这实在突兀，太突兀了，至少应该等到米青出月子。这么仓促地不告而别，为什么？

问汤亥生，汤亥生的脸黑压压的，不吱声。

不黑才怪，米红中途这么一撒手，把汤亥生害苦了。汤亥生手忙脚乱，医院家里菜市场马不停蹄地跑，还要上课，亏得有姚老太太。姚老太太发扬人道精神，在小保姆——也就是汤亥生表姨婆的孙女小灯来之前，一直帮忙照顾米青和米汤生。

本来汤亥生要自己的母亲过来，但母亲走不开，她要在家照顾寅生的两个小子呢，而米汤生是丫头，孰轻孰重，老太太拎得清。不过，她让小灯捎来了黑芝麻、红榨糖、老母鸡、尿垫子，还有一大包干艾叶，给米青净身驱邪。在汤亥生的老家，妇人生产后，都要用干艾叶烧开水熏一熏腌臜身子，再在床头挂一束干艾叶，驱赶那些来投胎转世却没赶上趟的小鬼，小鬼们心有不甘，还等在房间里不走呢。小灯把婆婆的话一转述，米青乐得不行。这简直是聊斋嘛，假如婆婆有文化，也可以学蒲松龄呢，写一个投胎鬼故事。米青嬉皮笑脸地调侃汤亥生，汤亥生不理她，用红毛绳把干艾叶绑了，挂到家门口。

小灯才十六岁，根本不会照顾产妇，烧鲫鱼豆腐汤不刮鱼鳞，不刮鱼鳞也就罢了，还放上几个干红辣椒。小灯烧什么菜都要放干红辣椒，即使煮芝麻汤圆，都放干辣椒。米青受不了，让汤亥生在边上守着，也没用，汤亥生反应迟钝，还走神，而小灯手脚伶俐得很，总是汤亥生的话还没出口，她的辣椒就下锅了。

这种烹饪风格莫说产妇米青的肠胃受不了，就是汤亥生的肠胃，如今也受不了啦。

汤亥生只好把干辣椒收进橱子里。操作台上没有了辣椒，看小灯还怎么放？

没有了干辣椒，小灯不会做菜。汤亥生到姚老太太那儿，给小灯借了几本烹饪书，小灯虽然初中没毕业，但看懂图文并茂的烹饪书，还是没问题。

加上姚老太太的调教。姚老太太调教小灯的方式，很有点像孟教授带研究生，谆谆循循，耳提面命。小灯进步很快，不到半个月，就能做出基本合乎要求的饭菜了。姚老太太很有成就感，忍不住到老孟面前炫耀，说，朽木可雕了。孟教授嗤之以鼻，说，人家哪是朽木？分明是豆蔻枝头二月初。

米青现在是真心实意地喜欢上了孟教授和姚老太太。汤亥生说，你倒是雅俗共赏。可不！按汤亥生的比喻，孟教授是《世说新语》，而姚老太太是话本，"拍案惊奇"之类，两者的气质，原风马牛不相及。怎么不及？米青说，我倒是觉得，他们是绝配。苏东坡不是说过，无竹人俗，无肉人瘦，不瘦不俗，竹笋烧肉。他们一起，就是一道竹笋烧肉。

好一道竹笋烧肉！汤亥生后来一看见孟教授和姚老太太，就忍俊不禁了！

关于米红突然回辛夷之事，米青后来还是问了汤亥生。

汤亥生皱着眉，很不耐烦地说，陈谷烂芝麻的事，还说什么？

可我偏喜欢陈谷烂芝麻。你说你说，米红那时到底为什么突然回辛夷？

人家想回就回了呗。

那么简单？

你喜欢复杂？

可我听苏丽丽说过，米红之所以回辛夷，是菩萨心肠呢，人家怕再待下去，会破坏我的婚姻。真是好笑得紧，我原以为我的婚姻固若金汤呢，却不想，金汤个屁，它不过是米红手里的一个青花碟子，只要她手一松，就碎了。

米红这么说？

是。

你信吗？

信。

那我没什么好说的。

那就不信。

不信还说什么？

你还是要说，至少说说米红走之前的那个晚上发生了什么？

能发生什么？

我不知道，你知道。

那好，我说。你还记得米红脖子上的那块玛瑙吗？

记得，那是只朱红色敛翅蛾，是我家的传家宝。本来祖母要给米白的，可朱凤珍偏心，把它给米红了。

那天米红洗澡时把玛瑙的绳子弄断了，一时没找到墨绿色丝绳配，就把它放枕头底下了。结果，米红那天晚上就出事了。

出事了？

米红打开门丢垃圾，看见一个红衣绿裙披头散发的女人从楼下往上走，楼道里灯光昏暗，米红看不清楚，以为是哪家的客人呢。还心想，天这么冷，这女人也不怕冻着，竟穿得这么少——还光着脚呢！米红正惊讶，女人一抬头，米红吓得魂飞魄散，女人的半边脸乌青乌青的，而且嘴角在流着血。

那不是六楼的虞美人吗？

六楼的虞美人几年前就死了，跳楼死的。老公有外遇，要离婚，虞美人想不开，跳楼了。师大也有人说，是虞美人的老公推下去的，趁虞美人在阳台晾衣服的时候。虞美人死那天，就穿着红衣绿裙——虞美人生前最爱穿大红大绿，有衣不惊人死不休的夸张。

这太吊诡了！米红以前是没见过虞美人的。

米青不信邪。汤亥生一般也不信。

可那个晚上不由汤亥生不信，她抱住他不放，他也只能由着她抱着——米红煞白的脸，制造出一种十分惊恐的气氛。

他不知道过了多久，应该有几分钟，或者更长，中间他试探过要放开米红的拥抱，但放不开，米红抱得很紧。

要不是后来米红有进一步的动作，他真信了米红。他是一个唯物主义者，但是一个不十分坚定的唯物主义者，白天一般能唯物，可一到夜晚，就唯心了，尤其在月黑风高一个人的夜晚。他是在乡下听祖母讲的鬼怪故事长大的，再说，世界本来有它神秘的一面不是？所以有蒲松龄的《聊斋》，马尔克斯的《百年孤独》。

米红后来有什么动作？

他感觉，感觉她的脑袋在转动，微微地，一开始他没察觉到，他还沉浸在对虞美人惊恐不安的想象中呢，可她的头发擦着他的耳朵，一下一下地，他才突然反应过来。

耳鬓厮磨？

他也觉得有些不对劲，所以坚决地挣开了米红的拥抱。

之后呢？

之后，之后他就把他的研究生俞姿叫来了，他自己到医院去了。

哇！汤亥生，你原来是坐怀不乱的柳下惠呢！

汤亥生白米青一眼。这家伙，总没正经，没事拿老公开涮呢。

他们闲说这事的时候，米汤生已经三岁了，上幼儿园小班了。

小灯已变成毛豆了，从孟教授说的豆蔻枝头二月初，变成了一颗青翠欲滴浑圆饱满的毛豆。她父母本来打算让她回去相亲的，村子里的一个富户人家，看上了小灯。可小灯不想回，她爱上了省城的繁华，而且，米汤生也不让她走，她喜欢小灯娘娘呢。米汤生说，世界上她最最最喜欢的是小灯娘娘，第一喜欢、第二喜欢的是苏不渔家的苏苏，第三是陈季子家的薛宝钗，至于第四第五，不定，经常变化，有时第四是米青第五是汤亥生，有时第四是汤亥生第五是米青，视米青和汤亥生的表现而定。小东西搞政治斗争很有一套，经常让米青和汤亥生为名次争风吃醋。米青为了巴结她，还屁颠屁颠上家具城买了张上下铺的床，米汤生睡下铺，小灯睡上铺。因为这表现，米青在第四的位置上保持了将近一个月，直到汤亥生后来带米汤生去海洋馆看了蝴蝶鱼和企鹅，才颠覆了这个名次。

何必然偶尔还是会到汤亥生家里来蹭饭,他现在又爱上了小灯做的剁椒鱼头。

发表于《十月》2013年第1期

转载于《小说月报》2013年中篇小说专号(2)

连载于《楚天都市报》

顾博士的婚姻经济学

顾博士夫妇第一次到中文系试讲的时候,把中文系的老师都吓了一跳。

两人的落差实在太大,是天上人间的那种落差。顾言博士身体修长,不是一般的修长,是十分修长,站在讲台上,脑袋差不多和黑板的上沿齐了。而夫人陈小美娇小玲珑,也不是一般的娇小玲珑,是十分的娇小玲珑,站在高大的讲桌后面,整个人几乎找不着,只见一个小脑袋在那里,还总低着,黑乎乎的,和黑板打成一片。声音也低,低成了莺声燕语,还不是早晨出去觅食的叽叽喳喳的莺燕,而是傍晚倦了归巢的有气无力的莺燕。

这是写作教研室主任俞非的比喻。俞非年轻时是个诗人,后来呢,成了诗歌批评家,是师大偶像级的教授。当然,这样讲有些不准确了,如果用英语表达这个句子,意思就会更清楚,因为 is 要用 was,也就是说,俞非是师大当年偶像级的教授,而现在,已经沦落了。沦落的标志很多,其中之一就是,俞非到食堂去买馒头的时候,再也不会享受到特别待遇,别说食堂里的师傅不认得他,就是在那儿吃饭的学生们,也没几个过来打招呼的。这是自然,诗歌现在都不吃香了,更别说诗歌批评。皮之不存,毛将焉附?所以俞非平日的声气就有些幽怨,对人对事的看法亦有些刻薄。因为有诗歌的才华做底子,那刻薄还是升华了的刻薄,很文学很诗意,一说出来,总是很快就在中文系流行开来。这让失意的俞非略感安慰,也因为这个略感安慰,俞非更加沉迷于品评人物了,且品评的水平愈来愈高,愈来愈绝,总是三言两语,就让人形神俱备,简直有《世说新语》的风采。系主任陈季子因此建议他弄一个新版的《世说新语》，好流芳千古。这当然有讽刺和调笑的意思，但讽刺和调笑之余，也替俞非指出了一条学术之路。

不过，就对陈小美老师的比喻而言，俞非还不是最刻薄的，最刻薄的是姚丽绢。姚丽绢是比较文学点的教研室主任，用的是比较文学的方式，说顾言博士和夫人陈小美是鹤与鸡，是鸿鹄与麻雀，是天鹅与癞蛤蟆。当然，最后一个比较比喻，是在私底下和陈季子说的，陈季子和姚丽绢的关系很好，两人既是领导与被领导，又是大学同学，还是有点镜花水月情意的男人与女人，关系十分多义且美好，也因为这多义和美好，姚丽绢在陈季子面前，说话和行事，向来便横冲直撞无所顾忌。

而且这一次姚丽绢之所以这么刻薄，还有很充分的理由。因为陈季子要把陈小美放在姚丽绢的教研室，这是当然，陈小美的专业是世界文学，不安排在比较文学教研室还能安排在哪个教研室？可姚丽绢那儿压根不缺老师了，至少不缺陈小美这样的老师。如果是顾言进她那个点，她还是很乐意的。他们那个点，博士相对少，男老师也相对少，大多是些科研能力不行而无比热衷于上基础课的女老师，因为这个，她早就在陈季子面前抱怨过几回，要陈季子注意生态平衡，注意生态平衡。陈季子总莞尔一笑，生态平衡自然是十分重要的，但他是系主任，要注意的生态平衡不仅是比较文学点的生态平衡，还有全中文系的生态平衡。比较文学点虽然都是女的，但文艺理论点呢，又差不多都是男的，从全局来看，雌与雄的比例，还是相当的。

顾言就在文艺理论点。文艺理论点这两年打算申报博士点，所以要加强科研力量。顾言的科研是很厉害的，在校期间就在 CSSCI 的杂志上发表了好几篇论文，也拿到过教育部的课题，不仅如此，他还师出名门，他的博导在圈内是很有影响的一个人物，近几年来都是文艺理论博士点的评审委员。也就是说，师大的中文系要拿下这个专业的博士点，有可能顾言的博导是个关键，至少是个能说上话的主。所以，中文系引进顾言，也是有着曲径通幽的打算。

但引进顾言就必须解决陈小美的问题。陈小美只是个硕士，按师大现在的政策，硕士只能是教辅人员，做教务员、班主任，或到系资料室工作，总之不能到教学岗位上。但顾博夫妇不同意，顾博夫妇说，他们也联系了另一所高校，人家连试讲都省了，直接把陈小美的课程都安排好了，一门《外国文学史》，一门《当代外国文学作品选读》。那所高校也在紧锣密鼓地准备申报博士点，是师大最直接最强大的竞争对手。陈季子这下子才慌了，赶紧打报告到校长那儿。陈小美作为特例，来到了中文系的讲台上。

试讲当然只是走走过场，不管是谁，哪怕是校长的小姨子，要想成为师大的老师，之前也必须要试讲的，这是师大的规矩，是师大优秀的历史传统。但这传统发展到今天，已经成了一种游戏。因为讲课行不行，有没有做师大教师的资格，其实都由不得听课的教授们，而是上头早决定了的。教授听课的全部意义，在于挣那五十块的听课费，有时还能挣更多，有一百块或一百五，因为同时要听好几个人的试讲，比如顾博夫妇这一次，就同时让五位教授副教授在一个下午就十分轻松地挣了一百块。和自己辛苦上课比起来，听课还是件惬意的事。

当然，这惬意还不仅仅是因为挣了那点碎银子，更重要的，是他们得到了一个机会，一个可以坐在那儿随意议论和批评试讲老师的机会。平日议论别人是有些不道德的，但听课时议论，那就是工作的一部分了。他们虽然不能影响校方的决定，但议论和批评的自由和快乐还是会充分利用的。议论和批评一部分关于专业，还有一部分和专业无关，完全是试讲老师的妍媸姿态，特别是女老师的妍媸姿态。比如有些女老师的打扮太招摇了，或者口红的颜色太鲜艳了，或者一颦一笑之间有些轻浮了，甚至女老师哪个部分的长相长势，都在听课教授们的批评范畴之内。当然要在批评范畴之内，这是形式和内容的关系，好比分析一篇文章，你不仅要分析它的内涵，还要分析它的结构和表现手法。

陈小美的内涵一般，结构和表现手法也一般。依姚丽绢的意思，当然是不能进她的教研室的。然而陈季子不会依姚丽绢的意思，哪怕他们的关系十分美好，也不会依她。陈季子不仅要从系里的利益出发，也要从自身的利益出发。他是文艺理论点的硕导，一旦文艺理论博士点批下来，他是第一个要成为博导的，在如此重大的事情面前，他哪里会在意姚丽绢的态度呢？

所以姚丽绢十分不满。姚丽绢对陈季子说，你要一只鹤，让我要一只鸡；你要一只天鹅，让我要一只癞蛤蟆、一只麻雀。陈季子，你缺德不缺德？

陈季子呵呵地笑，说，你才缺德呢，这样损人家陈小美老师。

顾博夫妇的落差现在成了中文系老师的斯芬克斯之谜。老师们十分费解，不明白顾言博士为什么会娶陈小美，就如不明白查尔斯王子不要戴安娜而要卡米拉一样。顾言显然是个美男子，不需要有很好的审美能力，只要长了眼睛的人，都能看出顾言玉树般的风度；而陈小美的长相，真如一只麻雀，小，而且灰扑扑的，一眼看过去，眉眼都有些看不清。

可就是这么一只灰麻雀，现在栖在顾言这棵高大的玉树上。

倘若陈小美是个博士，而顾言作为家属被照顾进来，这事就合逻辑了。中文系的马理智老师就是这样的。马理智也英俊，也倜傥，在顾言来中文系之前，被学生评为中文系第一美男，女学生朱七七曾经在俞非的写作练习课上，形容马老师闭月羞花，沉鱼落雁。而马理智的夫人姜琳娜，却如狗尾巴草一样普通，这普通差不多伤害了全中文系女学生的感情，一个男人怎么可以对自己这么不负责任呢？怎么可以这样草菅人命这样暴殄天物呢？但女老师却十分理解马理智的选择，毕竟人家姜琳娜是从英国留学回来的博士后，又在学校外事处做处长。大树底下好乘凉，以马理智那样懒散颓废的性格，找姜琳娜，实在是一种偷懒的好办法。还有陈季子，自己也算春风得意，老婆却是个在学生宿舍边上摆小摊的裁缝，即使这样，也没有谁觉得他们不合适，因为陈师母虽然是裁缝，却长得好，丹凤眼，柳叶眉，肌肤胜雪，年轻的时候，被师大的学生戏称为隔壁的裁缝西施，即使现在五十多了，也还是细腰婀娜，风韵犹在。而陈季子，身材短小，细眼，大嘴，乍一眼看过去，简直和穿了衣服的鸭嘴兽差不多。因此，在师大男老师的眼里，陈季子娶陈师母，不冤，不仅不冤，而且还占了很大便宜的。

所以，自然界的所有生物都有自己的逻辑，马理智的逻辑女老师懂，陈季子的逻辑男老师懂，可顾言的逻辑呢？

不论男老师还是女老师，都不懂。

不懂就如鲠在喉，这是搞学问落下的毛病，什么事不弄个明白，就郁闷。但这事要弄明白也不容易，又不比做学问，可以上图书馆，可以上资料室，还可以开个研讨会和同行研讨研讨。但这事不同，这是人家的隐私，不可能靠图书馆或研讨会解决，只能自己琢磨了，至多在私底下，和关系好的同事嘀咕几句。

对同事的好奇，顾博夫妇似乎浑然不觉。两人一前一后走在校园里，成为师大校园的一景。师大年轻夫妇出门，尤其是中文系的年轻夫妇出门，多是手挽手的，因为有风花雪月的自觉，但顾博夫妇显然挽不成，落差太大，一挽，陈小美就如挂在顾言手边的一个物件，完全没有执子之手的美感和浪漫。他们甚至没办法比翼双飞，每次系里开完会，他们也是一起并肩往外走的，可走了不到五十米，就成了一前一后的格局。没办法，两人腿的长度差别太大，顾言走一步，相当于陈小美走两步。这样一来，陈小美要想赶上顾言，就要保持小跑的状态。事实上，陈小美走路的样子，完全是日本女人式的趋步。可即使这样，顾言仍然要隔段距离就停下来，等一等陈小美，不然，两人就没有办法一起到达一个目的地。

他们住在师大的潇湘馆。所谓潇湘馆，不过是师大的青年教工楼，因为楼前有几竿竹子，也因为当年外语系的美人沈小黛在这儿住过，所以这楼就被师大年轻的男老师戏称为潇湘馆了。潇湘馆从前是师大最热闹最喧哗的所在，但现在已是十分破败了，即使刚分来的年轻老师，也没几个愿意在那儿住的。因为居住条件实在太恶劣了，简直恶劣到不人道的一步。厨房不到三平方米，乌漆墨黑的，卫生间呢，更小，就在厨房边上，经常会堵，因此，整个潇湘馆就弥漫了一种奇怪的味道。水电也是没有保障的，有经验的老师都要用塑料桶储好满满一桶水，抽屉里也要备上蜡烛，以备正在洗澡或吃饭的时候突然停水停电。单身时在那儿苟且一年半载，那是没奈何，结了婚的夫妇再在那儿住，就近乎自虐了。

在中文系的老师看来，顾博夫妇就是自虐。本来以他们的条件，完全可以在外面买一套房子，顾言是博士，进来时学校给了一笔安家费的，有十几万，即便他们原来一穷二白，这笔钱也完全可以作为房子的首付。陈季子原来也这么建议过，但顾言笑笑，说，还是住学校里面吧，住在学校里方便。

住在学校里确实方便。不管是上课还是到图书馆，或者到行政楼办事，都只是几百米的事，顾言的腿那么长，稍抬一抬，就到了，不仅锻炼了身体，还省了一笔交通费。住在外面的老师，不管是自己开小车来的，还是打的或坐公交车来的，都要一笔不小的开销。即使骑电动车或自行车，也麻烦，甚至也昂贵。俞非一个月里就被偷了两辆自行车，都是捷安特运动车，一千多一辆的。算起来，比打的还不划算。

当然，交通费还是小事，更重要的，是以后小孩读书的事。虽说现在陈小美的肚子还是一马平川，但迟早总要山峦起伏的，所以要未雨绸缪。师大有自己的幼儿园和附小，条件很好，离潇湘馆也近，不过百把米的距离。这些资源，如果不充分利用，实在太可惜了！

这些话都是顾博和陈季子闲谈时表达出来的生活见解。顾博其实不喜欢闲谈的，太浪费，有那多余的唾沫，不如多上几节课，师大的课时费虽然不高，正教授一节课六十块，副教授只有五十，而讲师则更少，四十。顾博的职称是讲师，但因为是博士，按师大的政策，可享受副高的待遇。一上午的课上下来，唇焦舌燥，也就是挣两百块，有时还没有，因为要扣掉百分之五的所得税。可再少，也比闲谈强，闲谈一上午，一个子儿也拿不着。俞非就常常闲谈的，和马理智，两人待在资料室，面前摆本书，一根烟，一杯茶，云里雾里的，一上午就过去了。这让顾博看不起，顾博虽然比他们年轻，但在对生活的态度上，却是更积极的。

但顾博和陈季子在一起时，其实也聊天的。一般都是课间休息，或者外出开会时，不耽误工夫，还和领导联络了感情，这就有价值了，和俞非马理智那种漫无边际的闲谈有天壤之别。他们有时聊聊专业，有时聊聊生活。陈季子虽然是前辈，可不论在专业上还是在生活上，认识似乎也不比顾博更深刻。

偶尔他们会聊到陈小美。当然不会是很突兀的，而是自然而然地转到那儿。陈季子虽然专业上生活上不一定比顾言强，但聊天的艺术那是炉火纯青的。在陈季子的循循善诱之下，不到半年，顾言和陈小美的婚姻秘密，终于半白于中文系。

还有半白要归功于姚丽绢。姚丽绢的对门是哲学系的赵志勇博士，而赵志勇在读博期间是顾言的对门，两人虽然没有深刻的友谊，但门对门住了三年半，对顾言的历史，还是有相当的了解。

顾言娶陈小美之前，其实还有过两个女友的。

第一个女友叫沈南，是外语系的系花，也是研究生楼的楼花。一天在食堂邂逅了顾言之后，惊艳，开始对顾言进行不屈不挠的追求。顾言对女人的审美基本还是文以载道的思想，认为过于华丽的形式有可能会损坏文章的思想，比如五代词，南朝的诗，都是这毛病。他欣赏朴拙的东西，《诗经》里的《国风》，文字里的甲古，陶瓷里的青花，他都喜欢，而对于所有花里胡哨的玩意，他一概持敬而远之的态度。沈南在顾言看来，就属于这花里胡哨之一，所以要敬而远之。但顾言越远，沈南就越近。越近的结果，就是顾言的最后缴械——这是必然的，审美理论到底过于抽象了，它敌不过活色生香的沈南。

然而他们的恋爱也就持续了半年，因为沈南的拂袖而去。拂袖的原因都是些芝麻绿豆大的小事，顾言对陈季子这么说。比如两人出去逛街——逛街这种事，是顾言最深恶痛绝的，一般情况下，顾言都会断然拒绝沈南的这种浅薄建议。但也有拒绝不了的时候，在十分缠绵和温柔的语境下，顾言刹那间也会丧失意志，失去习惯的方向感。沈南指东，顾言就东了；沈南指西，顾言就西了。但顾言的迷糊也仅止于此，因为当沈南有进一步的要求，特别是物质要求时，顾言就会如梦初醒。沈南逛街最热爱试衣服，她窈窕，曲折，什么衣服往她身上一穿，都有横看成岭侧成峰的美感。但这美感只有沈南孤芳自赏，顾言是不赏的。不管沈南在顾言面前怎样旋转怎样暗示，顾言都面无表情沉默是金。每次沈南都悻悻然，讪讪然。悻悻讪讪多次之后，对顾言的爱也就烟消云散了。

顾言也任她烟消云散，不然又如何呢？当她半年的男朋友，顾言就感觉力不从心了，哪还敢做她一辈子的老公？到时怕不要变成《聊斋》里那和狐狸同居的面黄肌瘦的书生？

之后便是姜绯绯。姜绯绯是顾言的师妹。在顾言和沈南恋爱的时候，她对沈南就十分嫉妒，肥水流了外人田，这是中文系女生的耻辱，尤其是姜绯绯的耻辱。要说，姜绯绯也是个美人，虽然单论姿色，在沈南之下，可姜绯绯有才华，能写一手风情妖娆的文章。这风情这妖娆，让博士楼里的许多男博想入非非神魂颠倒。但顾言竟然在这颠倒之外，这让姜绯绯几乎恼羞成怒了。一个外语系的女研究生，除了会说几句伦敦腔的英语，会穿了超短裙陪外教逛街，还会什么呢？但凡有点水准的男人，都不会被这样的绣花枕头所迷惑。每次一有机会，姜绯绯都会在顾言面前指桑骂槐地说几句诸如此类关于沈南的逸言。

果然就分手了，姜绯绯以为，师兄的分手是因为她，因为她的挑拨离间，也因为她的妖娆才华。

知恩图报的方式是投怀送抱，当然是以犹抱琵琶的形式，然而顾言也懂。毕竟顾言三十多了，经历过书上的风月，也经历过沈南的风月。两人的爱情一开始也很好，姜绯绯不比沈南，沈南热爱物质生活，而姜绯绯热爱精神生活。对付女人的物质生活顾言力不从心，但对付女人的精神生活顾言却游刃有余。物质是不能超越的，人家要出有车，你不能拿两条腿来搪塞；人家要食有鱼，你不能拿萝卜青菜来搪塞。都是具体实在的要求，没有办法玩镜花水月的戏法。但精神生活不一样，精神生活是务虚，高山流水，风花雪月，满世界都是，不用上商场花一文钱买。无论是半夜起来坐在宿舍的阳台上看月亮，或者骑了自行车去几十里之外的西山看流苏桃花，或者哪儿也不去，只在房间里相拥着背诵叶芝的诗。姜绯绯是叶芝迷，尤其迷他的《当你老了》，总是一遍又一遍地背，多少人曾爱过你容光焕发的楚楚魅力，爱你的倾城容颜，或是真心，或是做戏，但只有一个人！他爱的是你圣洁虔诚的心！当你洗尽铅华，伤逝红颜的老去，他也依然深爱着你！每次背到这一段，姜绯绯的两颊就红艳艳的，如盛开的牡丹花一样，眼睛亦如暗夜里的星星那般闪烁。顾言觉得好笑，叶芝这个爱尔兰男人，真是虚伪透顶，明明是爱不上那如花的妩媚和倾城，才说要爱两鬓斑白老眼昏花的女人，真给他一个鸡皮鹤发的老女人，看他怎么爱。女人还真是天真，竟然就信了。但顾言还是很鼓励姜绯绯的这种天真，正因为她的天真，他才能几乎一毛不拔地享受着姜绯绯和姜绯绯的爱情。

问题出在后面，他们同居了。三十多岁的爱情不仅需要阳台上的风花雪月，还需要一间能放下一张双人床的房间。之前他们是打游击战的，总是趁顾言房间里的哥们不在的时候，他们敏捷地放下窗帘，插上门销，然后雷厉风行般地就把那事做了。顾言其实对这种去伪存真去芜存菁的方式很满意的，但姜绯绯不满意，认为太苟且了，没有那一波三折曲径通幽的之前，也没有那一唱三叹余音袅袅的之后，整个过程没有一丁点审美意味，完全是为了解决生理问题。这让热爱精神生活的姜绯绯觉得有些屈辱，屈辱的结果是姜绯绯拒绝打游击战了。这是致命的，对风华正茂的顾言来说，没办法，他只好和博士楼里其他鸳鸯们一样，在外面租了一个房间，和姜绯绯开始了双宿双栖的同居生活。

房租是十分昂贵的，学校附近的房子，哪怕是很破败的房子，也要价不菲。一间只有十平米的单间，竟然一个月要三百块，还不包括水电费煤气费。顾言从学校每个月能拿到的博士津贴，也就千把块，还要解决吃饭及其他，这样一来，就十分捉襟见肘了。所以，一开始，顾言有些指望姜绯绯能分担一半，至少一部分的房租。这是公平的，房子是两个人住，凭什么要他一个人负担呢？他有几次暗示过姜绯绯，但姜绯绯不知是没听懂，还是故意假装不懂，从来没接过他的茬。这让顾言十分苦恼，然而也确实没好意思往明了说。有一次，和另外一个也在外面租房子的男博一起喝酒的时候，酒过三巡之后，顾言把他的苦恼说了出来。那位男博十分惊讶，他从来没有想过这种事情，按他女友的说法，她如花似玉的身子都给了他了，就理所当然地要寄生于他。

　　这样的逻辑顾言不赞成。什么叫如花似玉的身子给了他，那反过来，他也给了她如花似玉的身子。她给了他快乐，但他也给了她快乐。每次看到姜绯绯如痴如醉的样子，顾言都坚信姜绯绯从他那儿得到的，一点也不比他从她那儿得到的少。既然这样，为什么姜绯绯不应该分担一些生活开销呢？

　　因为有了这样的想法，顾言后来就不大乐意掏钱包了。两人偶尔会一起上菜市场，挑好了虾或蟹，菜贩子也称好了，顾言去摸钱包，咦，忘带了？！姜绯绯只好自己付。逛书店也这样，姜绯绯很爱买书，不节制地买，顾言为此语重心长地劝过她，为什么要买那么多书呢？网上有，图书馆有，朋友那儿也有。依顾言的意思，除了工具书，其他书一概没必要买，那些闲书如路边的花花草草一样，是闲景，是过眼烟云，想看就到路边去看，或者看看别人家院子里的，看过了也就看过了，没必要花那个冤枉钱把它们买到家里来。再说，你没办法问朋友借衣服鞋袜，借啤酒花生米，还不能借借书吗？姜绯绯却不这么想，姜绯绯最热爱的精神生活，除了看风花雪月背叶芝的诗，就是逛书店买书了。在姜绯绯看来，女人买衣服是浅薄的庸俗的行为，但买书呢，性质不一样，买的是诗意升华。并且，枕上诗书闲处好，那种闲，是要闺阁养出来的，书是千金小姐，哪能借来借去呢？所以，姜绯绯一到书店，就有一掷千金的冲动。但偶尔，她的钱包却不能够让她一掷千金，这时候姜绯绯就会转眼看顾言——这也是习惯，她从前的男友从来都在身边随时准备冲锋陷阵的。但顾言这时候却总不在，他或者还在书店的二楼，或者已经在门外等着了，总之离收银台很远，远到姜绯绯的眼神够不着。姜绯绯没办法，只好气咻咻地，把她的千金小姐一个个往外请。

这样的事发生多了，当然很伤害姜绯绯。但姜绯绯是个以精神自诩的女人，实在不好意思因为这种十分物质的事情和顾言闹别扭，至少表面上，她对顾言的态度还是一如既往。当然，风花雪月的要求明显少了，如痴如醉的要求也明显少了——物质，尤其是细小的物质，最终都如白蚁，会一点一点噬空精神大厦的。但顾言没有察觉，或者察觉了也假装没察觉，总之还是经常性地忘带钱包，或者在该付钱的时候做东张西望状。姜绯绯也不说什么，冷笑着就上前把钱付了。

后来，付钱基本就成了姜绯绯的事，即使房租，有两次都是姜绯绯交的。也是没办法，两人正在吃饭，房东就站在门口，而顾言好半天也没在他身上掏出钱来，一边的姜绯绯看不过去，啪地放下手里的筷子，起身，从自己的钱包里抽出三百块，拉长了脸递给房东。

姜绯绯以为，至少这个钱，顾言会还她的，但顾言没有，还什么还？房子本来就是两人住的，按说，她应该和他轮流交房租，而现在，基本是他在负担。她偶尔交那么一两次，不是理所当然的么？

这些弦外之音姜绯绯到后来终于懂了，开始她以为他只是经济困窘，所以，每次付钱虽然也有些不高兴，可不高兴的同时，也还有小姐后花园救落难书生的古典情怀。可一旦明白顾言真实的意思之后，姜绯绯就觉得十分荒诞和不堪了！他们原来是这么南辕北辙的人，她从来不知道算计的，也不屑于算计；而他，一个大男人，一个外形十分气宇轩昂的男人，其作风却如一个裤带上吊钥匙的丫鬟一样。她这样一个热爱诗意生活的人，怎么能和一个丫鬟在一起生活呢？只能分手了。而分手的真实原因，姜绯绯到最后也没和顾言和女友说破，说不出口。总要有个冠冕堂皇的理由吧，或者性格不合，或者世界观价值观不同，再或者，两人对生活有不同的审美方式。比如，她的前男友，一个物理学博士，没事时竟然很喜欢跷起兰花指嗑瓜子，就因为他这个十分女性化和世俗化的习惯，她和他分手了！这样的分手理由姜绯绯觉得很有文学情趣，所以，只要语境合适，姜绯绯从来不忌惮说这事，有时以第三人称，有时以第一人称，都如文学小品，每次能把朋友笑岔了气。但顾言，却是姜绯绯的暗疾，无法示人。他以为自己是男色么？竟然要女人倒贴！因为他，她沦为倒贴的女人了！按同宿舍的三儿对女人的划分——三儿仿照《文选》的方法，把女人分为上中下三品，上品是集三千宠爱的女人，如海伦和陈圆圆那样，能让男人为她倾国倾城；中品呢，是张爱玲笔下的白流苏那样的，能把男人做一个世俗的依靠；最不入流的，就是倒贴的女人，这种女人甚至连街上的流莺都不如的，流莺在街上宛转至少能换来几只虫子解决温饱，而她们呢，辛苦宛转半天，倒要给男人虫子，悲惨，比雨果的《悲惨世界》还要悲惨！

三儿之所以这么说，是有的放矢，她是见识过顾言的小气的。有一次，顾言和姜绯绯三儿一起去万达影城看电影，《美国美人》，六十块一张票，两个女生一个男生，排队买票当然是顾言的事，但顾言在关键时刻要去洗手间，这是天赋人权，没办法，只好由他去，这一去，就是一刻多钟，出来的时候，姜绯绯正好把票买了。电影散场后，他们去夜市吃大排档，三儿点了烤羊肉烤鱿鱼烤金针菇烤香菜和冰啤，一大桌，存了心要杀顾言这只猪。但顾言这个时候怎么会束手就擒呢？他的智商比三儿高，他的经验也比三儿丰富，七绕八绕之后，三儿的刀没砍着顾言，倒是把姜绯绯砍得血肉横飞。

三儿从此十分鄙视顾言，更鄙视姜绯绯，并且，只要有机会，她话里话外地，总要把她的这种鄙视表达出来。

姜绯绯把三儿的话斥为谬论。即使后来分手，姜绯绯的理由也是，顾言竟然不喜欢叶芝，一个不喜欢叶芝的男人，她姜绯绯还怎么嫁呢？

这也不算谎言，大家都知道姜绯绯迷恋叶芝，只是不知道她的迷恋有这么矫情这么病态。叶芝是谁？一个几百年前的外国男人，一个肉身早就灰飞烟灭了的男人，姜绯绯竟然因为他，把葳蕤芬芳郁郁葱葱的顾言弃若敝屣了？！

尤其博士楼里的那些女博们，觉得姜绯绯不可理喻。

顾言也觉得姜绯绯不可理喻。然而半年多相处下来，他发现姜绯绯也不是什么好的结婚对象，和沈南锦衣玉食的人生追求比起来，她虽然是风花雪月的，但她又太风花雪月了，风花雪月到对厨房的事没有兴趣亦没有手艺。这一点，顾言是相当在意的。子曰，饮食男女，人之大欲存焉。可姜绯绯只会做西红柿面条和青葱炒饭，稍微复杂一些的，都要顾言这个男人做。作为妻子，这就很不理想了，从婚姻的角度来看，是很不经济的。理想的妻子，第一条就是精于厨艺的，不然，想吃东坡肉了，行，上餐馆，想吃水煮鱼了，行,上餐馆,这样吃一辈子,得花费多少钱?现在的教授,又比不得鲁迅胡适那个时代,一个月好几百大洋,可以养活一大家子。现在的学院日子,都是要精打细算的。他的师兄,从前在读书时代,花钱也是很有李白气概的,但现在,一点也不李白了,每每一见面,还没谈几句文艺理论呢,就开始说供房了,说供车了,说挣钱之事了。这是婚姻生活的本质,婚姻生活不是虚无缥缈的,它充满了厨房烟火气,而姜绯绯身上,一点也没有这种烟火气。所以,姜绯绯提出分手,他虽然有些失落,有些留恋她的精神和她的如痴如醉,但从婚姻经济学的角度想一想,也觉得还是分手好。

陈小美和顾言本来是八竿子打不着的两个男女。

一个是博士,一个是研究生;一个是搞文艺理论的,一个是搞世界文学的。虽然都在中文系,但不论上课,还是系里其他活动,他们都没有交集的。

可有一次,他们还是交集上了。

在顾言的一个师弟那儿,顾言的师弟是陈小美的老乡,那天是中秋节。他们五六个男男女女,聚在顾言师弟租来的房子里,一起学苏东坡,举杯邀明月,千里共婵娟。顾言正好过去有点事,师弟就邀请他一起共婵娟,顾言没推辞,天上的婵娟正圆,桌边的两个婵娟呢,一胖一瘦,一个是不及,一个是过犹不及。这也没什么关系,顾言的兴趣反正不在她们,而在桌上姹紫嫣红的酒菜。桌上有红烧鱼,有啤酒鸭,有炒三丝,有花生米,还有火腿豆腐黄芽白煲,看上去既审美又家常,一下子就把顾言迷了。

菜是瘦婵娟陈小美一手做的。师弟说,陈小美是把烹饪之事当学问来做的,虽然她的专业是世界文学,但平时最爱看的书却是菜谱。

爱看菜谱的陈小美让顾言顿生好感。

顾言开始往研究生楼跑。陈小美有一个酒精炉,还有一个小电饭煲,没课的时候,陈小美就用这十分简陋的器皿,在她那张书桌上给顾言整出半桌锦绣饭菜来。

顾言也不白吃,隔三岔五地,会给陈小美带件礼物,礼物每次都是一本菜谱,有时是徽菜的,有时是川菜的,有时是湘菜的,并且那些菜谱上的很多菜已经被顾言圈点过了,有些甚至还用蝇头小楷写了几十个字甚至几百个字的评语。这成为研究生楼的一大新闻,女研究生们是经常收到礼物的,但加了注的菜谱这样的礼物,却是史无前例石破天惊的。

对这种礼物的定性,女研究生们经常在宿舍里百家争鸣。有女权主义倾向的女生对这种礼物是十分痛恨的,送女人菜谱什么意思?未免太大男子主义了,女人的位置难道只有厨房吗?女人生存的意义难道就是为男人做饭做菜吗?而陈小美,麻木不仁的陈小美,竟然还甘之如饴,太可恨了,和鲁迅笔下的阿Q一样可恨,女权运动在中国,实在太不彻底了!她们每次讨论完,都会痛心疾首地这么感慨。而浪漫主义的女生,认为这礼物太俗了,俗不可耐,顾博士难道没读过《诗经》吗?自牧归荑,洵美且异。几千年前的男女,都知道在路边拔根花草来表达感情。而你顾博,竟然恶俗到送女人菜谱?枉为中文系的博士了。但现实主义的女生却说,这是大俗大雅,是繁花落尽是返璞归真。送菜谱和送青菜萝卜其实是一个意思,是要执子之手,与子偕老。这是多么朴素多么古典的爱情表达呀!

争论常常如火如荼,但陈小美在这如火如荼之外,顾言的华丽转身,让陈小美有些晕,有些找不着北。顾言是谁?是沈南和姜绯绯的前男友,是中文系传奇里的人物,怎么眼睛一眨,就到了她陈小美的饭桌上?每每看着酒足饭饱面若桃花的顾言,陈小美都会生出"今日何日兮,得与王子同舟"的恍惚。从前父亲教育她,说,书中自有颜如玉,书中车马多如簇。一旁的母亲总是哂笑,母亲说,那是对男人说的,对女人,要说饭里自有颜如玉,饭里车马多如簇。母亲之所以这么说,是有自己的根据的。母亲是个其貌不扬的女人,也没有多少文化,只在镇中学当厨师,当年就凭一道荷叶粉蒸肉、一道胭脂鸭,让镇中学的好几个男老师为她争风吃醋,其中包括镇中学的副校长陈道俊,也就是陈小美的父亲。这是野史,然而现在,野史竟然也重演了,在她身上。

但顾言之所以堕落为陈小美的男友(这是沈南的批评语,作为顾言的前女友,沈南认为顾言这样的选择,差不多就是破罐子破摔,差不多就是堕落了),也不全是因为陈小美的厨艺,虽然最初的一见钟情是因为那一桌姹紫嫣红的酒菜,但后来的发展,还是看出了陈小美身上的其他好。

陈小美是第一个让顾言在经济上如沐春风的女人。从前和沈南出门,或者姜绯绯,或者系里其他女生,总让顾言有莫名的紧张。女生们也不知为什么,个个爱唱《十面埋伏》,虽然他武功好,身手敏捷,但稍不留神,还是会中了算计。顾言觉得女人真是奇怪,她们天天叫嚣着男女平等,可一到埋单的时候,她们一点也没有平等意识,总是理直气壮地袖了手,等男人掏腰包。

但陈小美从来不这样。和陈小美在一起,顾言完全不必有经济上的焦虑,陈小美是个喜欢自己付账的女人,也从来不暗示他什么。以顾言的经验,女人是最擅长暗示手法的,从老树咖啡店经过,就说自己最爱喝老树的比利时榛果咖啡;从鞋店经过,会说自己最热爱意大利手工皮鞋。有些暗示,甚至不仅涉及顾言当下的钱包,而且还如蛇芯子般地,蜿蜒到了将来。沈南有一次就意味深长地对他说,她前辈子或者是个日本女人,所以每次看到樱花或者穿和服的日本女人,都会有眩晕的感觉,梦想着每年3月,能到日本看樱花喝清酒穿和服吃鱼生。每年到日本看樱花喝清酒穿和服吃鱼生,那要花多少钱?她以为她嫁了豪门公子吗?怎么会做这种奢华的梦?顾言对这种过分的暗示从来置之不理的,可即使置之不理,他也被虚惊了一场,心情因此变得沉重不安。能不沉重么?总处在刀光剑影草木皆兵的恶劣环境里,每时每刻,他都要战战兢兢如履薄冰地过。

陈小美从来不让他走在薄冰上。她的生活习惯十分朴素。她基本上是个贝壳类型的女人,喜欢蛰居在家,即使不得不出门,也喜欢步行,或者挤公共汽车,总之不爱打车。她也不喜欢窸窸窣窣地吃零嘴,从前沈南爱吃七块钱一小块的德芙巧克力,姜绯绯爱吃十块钱一斤的糖炒栗子,姜绯绯说,张爱玲当年最爱吃的零食,就是糖炒栗子了,言语声气里颇有骄傲的意思。这让顾言好笑,张爱玲爱吃糖炒栗子,和你姜绯绯又有什么关系呢?张爱玲还爱写小说呢,写出了传世的《金锁记》和《倾城之恋》,难道你姜绯绯写得出?光抄袭一个糖炒栗子,算什么本事?当然这话,顾言是不会说出口的。然而她们这种爱好,还是让顾言忧心忡忡,勿以恶小而为之,勿以善小而不为。她们这种行为,其实就是恶小,恶小加恶小,就是恶大了。顾言对女人,是能以管窥豹见微知著的。但陈小美身上没有这种恶小,她什么也不爱吃。陈小美说,这些东西饭前吃,会坏了吃饭的胃口;饭后吃,会影响消化。况且,对她来说,世界上最好吃的东西,就是自己亲手做的饭菜了。哪怕只是简单地凉拌一个黄瓜,或者煲一个红豆粥,都比外面那些乱七八糟华而不实的东西强。

这样的观点简直让顾言生出几分高山流水的意思来了,顾言要娶的,就是生活态度这么朴拙的女人,顾言一下子就坚定了和陈小美结婚的决心。虽然严格说起来,陈小美也不能算是顾言结婚的理想对象。顾言的理想妻子,是《诗经·桃夭》里那样的女子,桃之夭夭,灼灼其华。之子于归,宜其室家。陈小美显然没有灼灼其华,沈南是灼灼的,姜绯绯也是灼灼的,然而光是灼灼有什么用呢?她们都不宜其室家。而陈小美呢,虽然没有灼灼其华,但她宜其室家。一半对一半,而后一半,顾言认为比前一半重要。这是当然的,后一半是内容,前一半是形式,内容永远在形式之上,这是顾言的文学观,也是顾言的婚姻观。

顾言和陈小美的婚姻秘密,差不多就是这样——说差不多,是因为其中有一部分,尤其细节部分,是经过了中文系好几个老师虚构的。虚构是中文系老师的职业习惯,一棵树,光秃秃的,很煞风景,要添上树叶,再在枝叶间开花绽朵才好看;一条鱼,清煮总归有些寡味的,要加了葱、姜、蒜之后,味才浓郁。这添枝加叶添葱加蒜,是虚构,但虚中亦有实,实中亦有虚,虚实相间,就十分耐人寻味了。收发室的老傅头和系里负责保洁的四川阿姨在走廊上窃窃私语过几次,就被系里的一位老师虚构成了一篇小小说,叫《看红杏如何出墙》,发表在校报副刊上。傅师母读了之后——傅师母是师大附小的老师,是有文化的女人,有阅读习惯,且平日最爱阅读的就是各种报纸,对报纸上的文章也有很好的理解力。老傅头家里因此鸡飞狗跳了一个多月,直闹到陈季子把那位四川阿姨打发了为止。

所以,顾言的婚姻历史以及他关于婚姻的独特见解,经过陈季子,经过赵志勇,又经过姚丽绢,再到其他老师那儿,就不再是一棵光秃秃的树了,也不再是一条清煮的鱼了,而是枝繁叶茂花团锦簇,五味杂陈浓香四溢。

在中文系的老师里面,对顾言最不理解,或者说最鄙视的,是俞非。在俞非看来,顾言这个男人的脑子一定进苏打水了,不然,不会做这么荒唐的选择。男人的人生两难,从来只有江山和美人之争,不论是要江山还是要美人,都是男人本色,最理想的是,东边我的美人西边黄河流。当然,大多数男人,这两样其实都够不着的,没办法,老天没有给他觊觎江山或者觊觎美人的现实条件,只好老老实实地守一个平庸的女人守一份平庸的日子,聊胜于无嘛。可顾言却因为他的什么狗屁婚姻观,放弃了沈南和姜绯绯。放弃姜绯绯也就罢了,而放弃沈南,那近似于男人自宫。听赵志勇说,沈南绝对是天生尤物,有着和舒淇一样花瓣般的红唇,有着和叶玉卿一样惊涛拍岸的胸,是他们学校半数以上的男性师生意淫的对象。而陈小美有什么呢?会做家传的胭脂鸭,那胭脂鸭陈季子已经吃过了,姚丽绢也吃过了,味道还不错,但也就是不错而已,和福膳坊的酱鸭差不多,和知味堂的芙蓉鸭也差不多。可想吃胭脂鸭,不会上福膳坊么?不会上知味堂么?一个男人,哪至于为了它,以身相许一辈子呢?

这话,俞非问过马理智,当然,不是设问,只是反问,不过是想和马理智分享一下对顾博的鄙视。一般情况下,马理智都是能和他分享的,但这一次,马理智却有些不高兴,马理智说,我又不是顾博,我怎么知道?你有兴趣,直接问顾博呗。这是在噎俞非了,俞非突然明白过来,马理智一定多心了,以为俞非在影射他。毕竟姜琳娜也不是美人,马理智和她结婚,显然也是别有用心。可俞非真的没影射的意思,毕竟师大的外事处处长和胭脂鸭不好比的,外事处处长在某种程度上,可以算江山了,虽然是姜琳娜的江山,但马理智娶了姜琳娜,也就间接地打下了半边江山,不然,他马理智凭什么,隔个一年半载的,就能到法国或美国去访学呢?而胭脂鸭算什么?

马理智让他问顾博,俞非当然不会问。他俞非又不傻,哪至于当面去得罪人。再说,就算俞非想问,也几乎没有机会的。两人虽然也是同事,但同事和同事之间,关系也不一样。有俞非和马理智这样近的同事,能在一起飞短流长,胡说八道;还有陈季子和姚丽绢那样关系更近的同事,近到了肌肤相亲(这么说,俞非是没有任何根据的,完全凭的是诗人直觉,但在男女关系方面,俞非向来很迷信自己的直觉的,因为到现在为止,他的直觉几乎百发百中);当然,也有关系十分疏远的同事,差不多疏远到鸡犬之声相闻,老死不相往来。他和顾博,就属于这后一种。因为教研室不同,没有客观上不得不交往的必要,而道不同不相为谋,也没有主观上要交往的需求。俞非是系里有名的逍遥派,除了偶尔搞个文学讲座,系里其他活动,他一概是置身事外的。人生苦短,为五斗米折腰的事,不到山穷水尽,还是少干为妙。而顾言,却热衷于各种为五斗米折腰甚至一斗米折腰的事,本来大学老师,完全是脑力劳动者，从事的是精神领域的工作，但顾言却把这劳动变了性质，生生地从一个脑力劳动者变成了一个体力劳动者，一星期上二十几节课，那劳动强度，绝对不比在工地上搬砖头的民工弱。他不仅在中文系上课，还到外系去上课，不仅上文艺理论课，还上什么《文学写作》课，他顾言，一个搞理论的，懂什么文学写作呢？明摆着去糊弄学生骗几个课时费，他这样的行为，实在降低了上课的格调。不仅上课，还有阅卷，各种各样形式的阅卷，公务员的、高考的、自考的，只要有机会，顾言夫妇都十分积极地参加。改一份卷子也就一块钱，有时还没有，一天下来，那些熟练工，如姚丽绢，也就挣个三四百，而生手，如陈小美，只有一两百，为了这一两百，一天到晚重复机械地劳作，这在俞非看来，近乎是工蚁般的忘我境界了。

　　然而，那些女老师热衷于这样的劳作，俞非是从不批评的，女人嘛，即使是大学女老师，爱扎堆聊天的本性还在那儿，所以很难说她们参加阅卷纯粹是为了挣钱，一边阅卷，一边聊些家长里短，或学校的八卦，这样，物质的收获有了，精神的收获也有了，劳动的意义升华了。她们通过自己的努力，改变了工蚁般的身份。

　　但顾言呢，还是工蚁，且是一只可以评上劳模的工蚁。姚丽绢说，顾言在改卷时是几乎不说话的，他认为一说话就降低了改卷的效率，本来一小时可以改三十份的，一说话，就只能改二十份了，而陈小美，二十份都改不到，他替陈小美掐过表的。有一次，陈小美和姚丽绢聊起了拔丝苹果的做法，陈小美对其他的论题一般不感兴趣的，但论题一旦与厨房相关，她就会滔滔不绝欲罢不能。结果，她那个小时里，就只改了十份卷子，十份卷子也就是十块钱，顾言说，她那一小时创造的劳动价值，和姚丽绢家的钟点工是一样的，姚丽绢家的钟点工一小时也是十块钱。他那么一说，其他女老师们都笑得花枝乱颤，但陈小美羞得满面通红，之后好长时间，陈小美没有说一句话。

　　俞非就不明白了，一个文学博士，怎么可以这样俗不可耐呢？

　　假如他是顾言的朋友，他会建议顾言读读庄子的，至少应该读读《红楼梦》。那么努力干什么？到头来，还不是白茫茫一片真干净！

　　当然他们不是朋友。中文系的老师都知道，俞非不喜欢顾言夫妇，而顾言呢，也不喜欢俞非，或者说，也鄙视俞非，只是顾言的鄙视是很隐蔽的，隐蔽到全中文系只有陈小美一个人知道。

鄙视的理由至少有两个，一个是俞非的学术状况，另一个是俞非的婚姻状况。

一个学者，总应该做些学术研究的，应该有论文和课题，而俞非，顾言在网上检索过他的东西，几乎什么也没有，除了早年写的一些诗歌，以及后来的一些诗歌批评。诗歌顾言没有兴趣，诗歌批评呢，顾言蜻蜓点水般看了几篇，都是些随笔类的个人感悟，完全没有理论价值。就凭这点东西，顾言不知道，俞非是如何成为教授的，又如何得到写作教研室主任那个位置。当然，世无英雄，使竖子成名。写作教研室除了俞非，剩下的，都是些在校报副刊上发表文章的主。但不管怎么说，顾言还是看不起伪学者俞非的。

还有俞非的婚姻。俞非独身，快五十岁的人，竟然还是独身。顾言认为，一个男人除非有生理上的障碍，否则就不应该独居，姑且不谈人性和道德（一个不结婚的身体正常的男人，总会有道德的问题的，尼采不结婚，所以尼采找妓女，并因此染上了梅毒。俞非呢，听陈季子说，从年轻开始，就绯闻不断，且和他闹绯闻的女人，全是三十多岁的有夫之妇，二十岁时是三十几岁的有夫之妇，五十几岁还是三十几岁的有夫之妇，他有这不道德的癖好。这也是必然的，仓廪实，然后知礼节。一个家徒四壁饥肠辘辘的男人，势必会惦记别人家的仓廪），从经济的角度看，一个人独居也太浪费了。别人三个人合用一个卫生间，你一个人也要一个卫生间，别人三个人合用一个冰箱一台电视，你一个人也要一个冰箱一台电视，这太不经济了。婚姻可以实现资源共享，降低生活成本。不管是宏观地从整个社会经济来考虑，还是微观地从个人经济来考虑，还是从生态从能源意识出发，一个人都必须结婚。这是责任，也是良知。

所以，不结婚的俞非是不道德的，也是不经济的。

这也是顾言婚姻经济学观点之一。顾言的婚姻经济学经过陈季子姚丽绢等人的大力宣传，在师大现在很有些知名度了，不仅中文系老师知道，其他系的老师们也都知道了。大家有事没事经常会拿它打趣，比如古典文学教研室的老师们说起《红楼梦》，教研副主任沈长明突然问，你们知道贾宝玉为什么娶不了林妹妹吗？这个谁不知道呢？都是研究古典文学的，但大家不作声，等着听沈长明的高论。沈长明平时不怎么爱言语，一言语，就总有些冷幽默的，果然，沈长明的话，让他们那个点的美人王红梅乐不可支了。沈长明说，因为不经济呀，林妹妹有肺结核，也就是痨病，要长年用人参养荣丸养着的。那人参可不是我们学校门口药店里的萝卜参，十块钱就能买一支，那是人形带叶参，千年的，一丸吃下来，小户人家，还不得倾家荡产呀？就是贾府，也架不住她这么吃呀。所以，按顾博士的婚姻经济学理论，宝哥哥无论如何是不能娶林妹妹的，就是娶傻大姐也不会娶林妹妹，人家傻大姐至少身强体壮，不用看病吃药。他这话，传到他的导师老孟那儿，只剩下一句了，就是宝哥哥会娶傻大姐。老孟气得半死，老孟研究一辈子《红楼梦》，最常引用的是鲁迅那个观点，焦大不会爱上林妹妹，马克思的阶级论嘛。但他的学生沈长明却说什么宝哥哥会娶傻大姐，怎么可能呢？这不分明是和他唱对台戏么？老孟才退休，精神很脆弱，沈长明这一弄，突然就让老孟有人走茶凉的伤感了。又比如，哲学系的罗小群，有着樱桃樊素口，杨柳小蛮腰，却能吃，一顿饭能吃下半斤红烧肉，外加两青花小碗饭，被她老公戏称为七把叉。她老公对赵志勇说，要是早学习过顾博士的婚姻经济学，恐怕就不会和罗小群结婚了。划不来呀！人家老婆吃半碗饭，他家罗小群呢，倘若桌上没有一个大荤大油的菜垫底，一口气下来三碗饭那是没问题的，你说，那是什么概念？养一个罗小群，等于别人养三妻四妾呢。

　　甚至师大的学生，都知道了顾博士的婚姻经济学。毕竟，婚姻经济学比什么《政治经济学》《环境经济学》有意思多了。那些东西枯燥无味，老师讲过了就讲过了，雁过无痕，叶落无声。但顾博的婚姻经济学不一样，它活色生香，极有勾魂摄魄的魅力，哪怕老师只是在课间闲谈时偶尔提到那么一两句，结果那一两句就成星星之火了。学生们孜孜以求，自觉自发地要把它弄个一清二楚。概念、内涵、要点、意义，他们归纳总结，举一反三，而且活学活用，理论总要指导实践嘛。男同学有时不想埋单了，或者假装不想埋单了，就说，我们这一次按顾言的方式好不好？女生当然叫他去死，有的女生呢，就婉约一些，嫣然一笑之后说，行呀，假如你能有顾言那十分之一的帅。这一招更狠了，尤其对那些长相丑陋的男生。女同学呢，现在流行看菜谱，她们说，这是狐狸精的必修课，狐狸精的课程也要与时俱进的，不同时代的狐狸精，要有不同的武功，在妲己时代，要懂房中术；在杨玉环时代，要懂霓裳舞；现在呢，是陈小美老师的厨房时代。在厨房里，不懂房中术和霓裳舞没有关系，没有倾国倾城的绝色也没有关系，只要能弄出倾国倾城的菜来。陈小美是榜样，榜样的力量无穷。

这些话当然有些促狭，有些不严肃，但这也无伤大雅。这是师大的风气，也是时代的风气。师大的学生喜欢用这种戏谑的方式来谈论他们的老师，而后现代人的特征就是要游戏和娱乐，要解构严肃和神圣，化庄于谐，化雅为俗。何况顾言的婚姻与他的婚姻理论本身就充满了周星驰那样的无厘头娱乐因子。生活是乏味的，上课更是乏味的，他们要在这乏味中，生出一些快乐来。然而他们不敢在顾言的课堂上找乐子，顾言是严厉的老师，不苟言笑，又十分铁腕。他那门课，总有三分之一学生的分数在六十分之下。顾言刚到师大的时候，女生们还不知道他的脾气，以为他和其他老师一样，会对女生，尤其是漂亮一些的女生在政策上更怀柔一些，中文系的男老师，不是更懂怜香惜玉么？所以女生们在听课的时候，在准备考试的时候，都有些敷衍。功夫在诗外嘛！所以考后那些得了四十几分或五十几分的女生会纷纷躲到宿舍外面偷偷给老师打电话，企图用美人计。然而美人们在顾言那儿个个铩羽而归，四十八分的还是四十八分，五十八分的还是五十八分。顾言在中文系开创了史无前例的美女重修纪录。之后顾言的课，学生们就再也不敢怠慢了，即使心不在焉，也要假装出在焉的样子，而且脸部表情还会是有些谄媚的。如今的学生都很精明很世故，懂得人在屋檐下不得不低头的道理，也懂得柿子要挑软的捏的道理。

陈小美就是一只软柿子。上她的课，学生们几乎肆无忌惮。他们该干吗干吗，完全不用看陈小美的脸色。陈小美也没有脸色，陈小美的脸总是埋在讲义里，或者对着黑板板书，这在中文系也是异数。中文系的老师上课，很少有人用讲义，也很少有人板书。他们上课，多数都是意识流的风格，很随意很散漫的。当然，散漫的只是上课内容，课堂纪律却不允许散漫的，学生当中只要有谁发出一点不合时宜的声音，他们就会目光炯炯地看过去，直看得学生心里发毛才作罢。但陈小美从不敢目光炯炯地看学生，她看学生的眼神总是很闪烁的，像受惊的小鸟一样，扑棱一下，两到三秒钟，或者更短，又躲回到她的讲义中去了。学生们甚至统计了她抬头的次数和时间，一节课五十分钟，她总共抬头九次，时间不超过二十五秒。为了打破这二十五秒的纪录，学生有时恶作剧，故意问一些刁钻的理论问题。这些问题他们从不敢问顾言的，顾言不仅严厉，而且渊博，什么理论问题都难不倒他的，但会难倒陈小美，果然，陈小美老师满脸通红了，支支吾吾了，这让他们十分快乐，尽管有些迂回，但也算报了一箭之仇，谁让她是顾言的夫人呢？女生们的方式就更毒辣了，她们给陈小美传字条，字条上问陈老师如何做胭脂鸭。这问题倒是对陈小美的路数，可它与专业无关呀，陈小美有些蒙，可还没等陈小美想好怎么回答呢，女生们就如点燃了的爆竹一样，哧的一声笑开了。

当然，这些还是学生们对顾博夫妇玩的小把戏，没玩出什么名堂的，真正对顾言的婚姻经济学有建设的，还是后来的鲍敏。

等鲍敏成为中文系汉语言专业三年级的学生时，顾言到师大已经有五个年头了。鲍敏是班长，也是顾言最欣赏的学生。她们班女生说，顾言的脸，多数时候都是伦敦脸，灰蒙蒙暗沉沉的，只有对了鲍敏，他脸的国籍才会发生变化，变成一朵法国南部的灿烂的向日葵。这当然是夸张，中文系的学生在表情达意时，都很喜欢用各种修辞的。然而顾言对鲍敏，确实是另眼相看的。没办法，她太合顾言的审美了，合乎顾言的理性审美，也合乎顾言的感性审美。就理性审美，鲍敏文以载道；就感性审美，鲍敏流光溢彩。总之，鲍敏兼具了沈南和陈小美之长，形式美，内容亦美，正是《诗经》里的《国风》、陶瓷里的青花那样的风格。

当然，鲍敏这样的学生，其实对任何男性老师来说，都是诱惑，都是道德挑战，如果鲍敏不是那么矜持的话，如果鲍敏能稍微配合一下老师们的暗示的话——中文系的老师和学生在这方面，向来都是高手。一个两秒钟的眼神，或者一句双关语，别人看来听来，都在师生范围之内，他们呢，却早已越过了师生的樊篱，成了你知我知的男女了。然而鲍敏从不接受那样的暗示，别说暗示，就是明示，鲍敏也能佯装出一副天真无邪的样子，老师也就知难而退了。对男老师而言，和学生谈一场风花雪月的恋爱，这没什么丢人的。但如果纠缠女生呢，那就有失一个老师的体面了。在师大，有艺术系的老渔那种勇气的男老师，到底是不多的。老渔其实姓余，因为爱追求漂亮女生，所以被学生们叫作渔教授了。艺术系的师生向来开放，这一点，和中文系的风气是不同的。中文系的观念当然也是开放的，但形式上，他们还是更倾向犹抱琵琶，倾向镜花水月；而艺术系呢，多用直白的形式。老渔则是直白中的直白，按他自己的说法，就是白描的手法。老渔画画，是热爱白描的，老渔追女人，也热爱白描的。白描好哇，最能见出一个画者的功力，但有些女学生的境界还不行，还没有这样的认识，所以会被老渔的白描吓跑。但老渔五十多了，有他那一辈人的执着精神，学生越跑，他越追，这一追，就成学校的一景了。艺术系的领导是不太过问这事的，只要不闹出乱子，他们是习惯睁只眼闭只眼的，艺术家嘛，不都这样？看看人家毕加索，如果没有和艾娃鬼混，怎么有《坐在扶手椅里的女人》；如果没有和多拉鬼混，怎么有《裸体梳妆台》？再说，这事是老渔的私事，要管首先也是渔师母管，而渔师母对老渔，向来是无为而治的。于是，老渔就如一匹没有加笼头的野马，愈加放肆了，也愈加声名狼藉。

中文系的老师是不会这样纠缠鲍敏的，顾言更不会。顾言没有纠缠女人的习惯，从前对沈南，对姜绯绯，他从来都是守株待兔的姿态，她们来也罢，去也罢，他反正都是由了她们的。后来陈小美，说起来算是他主动，因为一开始是他往研究生楼跑，但跑得再殷勤，也不过是饮食之事，至于男女意义的行为，是陈小美最后忍不住反弹琵琶。他骨子里真不是个爱拈花惹草的人，现在也没有时间和精力弄这拈花惹草的事——这事在人生的上一个阶段完成了，这个阶段主要的任务是事业。他是个有条不紊的人，每个阶段做什么，都提前计划好了的。现在他的精力都要放在事业上，论文要多写，课题要多做，争取这两年破格评上教授。师大评教授的条件越来越苛刻了，他刚来的时候只要五篇国家核心期刊上发表的论文，两个省级课题，但现在，要七篇了，其中还要三篇是 CSSCI 的，课题不仅要省级的，还要有一个是国家的。当然，这些条件对他而言，也不是什么难事，至少不像马理智所感慨的，什么蜀道难难于上青天，然而也还是尽早解决好，夜长梦多，谁知道学校又会出什么新政策呢？他还要帮陈季子跑博士点的事，这是责无旁贷的，当初陈季子那么积极地帮他张罗，还不是看中了他的这个作用？所以，他一定要在这方面建功立业的，不然，在陈季子那儿不好交代，在校长那儿也不好交代。再说，这也是一石数鸟的事，表面看，这是帮校长，帮系里和陈季子打江山，其实呢，也是帮自己打江山。因为他也是文艺点的老师，博士点一下来，他这个有功之臣，做博导还不是迟早的事？

所以，顾言现在没有工夫谈情说爱，至少，他没有工夫去纠缠女人，即使这个女人是如花似玉的鲍敏，他也没工夫。虽然他对鲍敏的笑，是向日葵般明媚的，但那向日葵，也还是老师性质的向日葵，不是男人意义上的。这一点，同学们不清楚，当事人鲍敏却是看得分明。这让鲍敏有些恼了，美人鲍敏早已习惯了男人对她的趋之若鹜，也习惯了长袖善舞地拒绝这群没头没脑的鹜们。拒绝是当然的，她前程似锦，不能早早地陷到爱情这个沼泽里去。爱情是女人的沼泽，尤其是漂亮女人的沼泽，她很早就明白这个道理。历史上有多少漂亮的女人沉沦在这个沼泽里了？不说别人，就说她的母亲，据外婆说，母亲当年比鲍敏还要出挑呢，是他们那个弄堂里有名的美人，成绩又好，在系里也是数一数二，本来打算要考北大研究生的，要不是爱上了在图书馆工作的父亲，她的一生哪至于就在灰扑扑的古籍资料室里度过呢？多少个鲜艳明媚的日子，她不在课堂里上课，而逃到图书馆和父亲眉来眼去，然后躲到长长的书架后面搂搂抱抱，以为有了爱情的人生从此丰饶富足，结果，婚后不到一年，爱情就背叛了她。不是父亲背叛她，父亲倒是一如既往忠贞不贰，但母亲厌倦了，两人都在图书馆工作，按说，有更好的条件躲到书架后面亲热了，母亲和父亲也果然这么干过，在所有的人离去之后。然而母亲很失望，地方还是那个地方，人还是那个人，但母亲就是没有办法兴奋和激动了。最初的一两次母亲还会装模作样，或许装着装着就弄假成真了呢！但后来她就彻底死心了，知道大势已去，她再也无回天之力了。这让母亲几乎惶恐了，她才二十多岁，还有漫长的几十年，没有那种如痴如醉做底子，图书馆的清冷寂寞人生将如何打发呢？母亲不甘心，不甘心的母亲做起了包法利夫人，爱情是海市蜃楼，明明灭灭，似幻似真，母亲捕风捉影，欲罢不能。母亲声名狼藉了，父亲也声名狼藉了，两人最声名狼藉的一次，是鲍敏读高三的那年，母亲那时已经四十三了，早已是枝枯荷败的状态，却变本加厉走火入魔了，和一个二十多岁的资料员在一堆古籍后面兵戎相见。那时还不到下班的时间，虽然古籍资料室人迹罕至，但那天副馆长偏偏就至了。他中午吃了好几块冰糖肘子，胃胀得难受，所以到各个资料室溜达溜达，消消食，没想到，消食之余，竟然还看到了这么一园春色。

那个资料员的父母第二天打上了图书馆的门，说母亲引诱和玩弄了他们的儿子。母亲披头散发，躲在资料室里闭门不出。整个图书馆，不，整个学校刹那间就花谢花飞了。母亲的人生——那个当年有着北大梦想的女人的人生就这样完了，彻底完了。

所以，鲍敏不会愚蠢地去步她的后尘。倘若必须要有人沉沦，也应该是那些骜们沉沦，而不是她。

但顾言却不在那群骜里面。鲍敏突然间有些兴奋了，她向来是十分好斗的，虽然表面上，她无比温柔，无比安静，是软绵绵的玉帛，但骨子里，却是铿铿锵锵的干戈，无论在学习上，还是在爱情上，只要前面有目标，她是不破楼兰终不还的。陈小美当然不是什么楼兰，但顾言呢，还是值得鲍敏披挂上阵的。她不信，他能破了她所向披靡的纪录。

当然路线是有些迂回的，鲍敏是智勇双全的女生，绝不会像张飞那样，提一斧头，站在长坂坡上一声断喝，那样短兵相接的方式，鲍敏不喜欢，纵是胜利了，鲍敏也不喜欢，因为没有审美价值。鲍敏喜欢周瑜那样的战斗风格，要羽扇，要纶巾，要在谈笑间让对方的樯橹灰飞烟灭。所以，鲍敏接近顾言的方式，是帮顾言改作业。顾言是中文系最喜欢布置作业的老师，就冲这一点，鲍敏就很尊敬顾言，现如今，还有几个老师会布置学生作业呢？那太花时间和精力了，一个班上百个学生，布置一篇两千字的小论文，老师就要看二十万字的东西。布置两篇呢，就是四十万。四十万字呀！可不是小工程，即便是跑马观花般地看，也要费不少光阴呢。光阴是什么？光阴就是钱哪，不是说，一寸光阴一寸金么？何况一个博士的光阴，那还不要一寸光阴两寸金？而姚丽绢老师竟然说，顾言是个斤斤计较的人，这显然是诽谤了！鲍敏知道，老师们之间的关系其实也是很复杂的。

鲍敏主动请缨，要帮顾言改作业——这是受姚丽绢老师的启发，姚老师最爱让学生帮她改作业的，甚至帮她改试卷。鲍敏的这个请缨简直正中顾言的下怀，之前这活都是陈小美干的。改作业是体力活，当然应该由陈小美来做，孟子不是说，有大人之事，有小人之事。大人者劳心，小人者劳力。他们家，基本也是这样社会分工的，脑力劳动就由顾言来承担了，发表文章也罢，申报课题也罢，顾言都在后面带上陈小美的名字，这样，陈小美的科研工作量就完成了，不必担心被扣科研津贴，也不必担心日后评职称没有科研成果。投桃报李，陈小美自然应该用她的体力劳动回报顾言，陈小美之前也一直是这么做的。然而陈小美现在太忙了，忙着买菜，忙着做饭，忙着管儿子的吃喝拉撒。他们现在有儿子了，儿子叫顾米，两岁，正是须臾不能离开人的阶段。所以,现在陈小美无暇顾及他的作业了。他正犯愁呢,结果,鲍敏出现了。

鲍敏现在经常往潇湘馆跑。最初自然只是拿作业还作业,后来呢,就推而广之了,不仅帮顾言,而且还帮陈小美。女生宿舍离潇湘馆不远,有时陈小美忙不过来,或者感冒了,会给鲍敏打电话,让她过来照看照看顾米。陈小美本来是不会使唤人的,但鲍敏那么热情主动,她也就半推半就了,她现在也实在需要别人的帮助。顾言总是忙,完全指不上,自己的母亲呢,倒是想来帮帮女儿,可没地方住,那么小的一室一厅,就算丈母娘不介意在客厅里搭张床,顾言还介意。虽然他和陈小美现在过夫妻生活的频率不那么高,但一周一次还是十分规律的,房子的隔音那么差,有另一个女人,还是丈母娘,住在边上,总有些不方便,说不定就压抑成阳痿了。听陈季子说,沈长明就遭遇了这事,他长期和丈母娘一起住,丈母娘六十多了,眼睛青光,听力却惊人地好,每次他这边稍有点动静,丈母娘那边就咳嗽不止,甚至还会在客厅里走来走去,哪怕是半夜3点,哪怕他们屏声静气,都没用。再说,这事总屏声静气有什么意思呢?沈长明就吹枕边风,让老婆想个法子把丈母娘弄走,可老婆不肯,母亲当初过来帮他们带儿子,现在儿子上初中了,难不成做女儿的要卸磨杀驴?沈长明无可奈何,后来干脆在床上就不作为了,再后来,想有所作为也不能了。这事是沈长明的妻子在一次十分悲伤和愤怒的心情下对姚丽绢说出来的,她和姚丽绢是无话不谈的朋友,十分相信姚丽绢会替她保守这个秘密。姚丽绢当然也够朋友,很辛苦地把这个秘密保守了相当长的一段时间,至少有半个月那么久,但后来实在憋不住,还是告诉陈季子了——对姚丽绢来说,陈季子也不是外人。她的这个行为因此也算不上背叛朋友,再说,陈季子也不是个热衷流言蜚语的人。但沈长明这件事,在陈季子看来,不属于流言蜚语了,而是文艺范畴的事,类似于行为艺术的行为文学,很有张扬的意义。所以只要语境合适,他就把它拿过来演绎一番。这样一来,整个中文系,除了沈长明自己,差不多都听说了。之后中文系的老师们看沈长明的眼光就有些意味深长了。这样的前车之鉴,顾言当然要引以为戒的,绝不能重蹈覆辙。因此,陈小美的母亲绝不可能进驻师大的潇湘馆。既这样,陈小美只好请保姆了,许多老师家里都请保姆的,可顾言也不同意,因为不划算,一个保姆连工资带吃喝,每个月差不多要花费一千多,一千多呢！买房子够买小半个平方米了，一年下来，差不多就是五个平方米，一间小儿童房就被保姆赚去了。关键是，他们没必要花这笔冤枉钱，反正陈小美课很少，一周才上两次课，其余时间，都是在家的，如果请保姆，人力资源不就闲置了？这太不经济了。这话顾言当然不太好说出口，陈小美虽然老实，可兔子急了还咬人呢！他找了个别的由头来做挡箭牌，做学问要有一个安静的环境，家里多个外人晃来晃去，他怎么能安下心来呢？一说到做学问，陈小美立刻矮了一截，陈小美是最怕做学问的，也因此，她对能做学问的顾言几乎是仰视的——仰视顾言其实已是陈小美的习惯了，打一开始，陈小美在顾言面前，姿态就放得很低很低，低到尘埃里。尘埃中的陈小美当然没有讨价还价的意识，只好一边忙家务，一边备课上课，她上课的口碑在中文系反正已是很差了，现在干脆用孩子和家务做借口，破罐子破摔了。

虽然也是心甘情愿，但偶尔忙得焦头烂额的时候，也还是会自怜自艾的。

没想到，竟然还有个鲍敏能帮帮她。

陈小美简直喜出望外。鲍敏还很好使唤，差不多召之即来，有时她不召，鲍敏也会主动过来逗逗顾米。鲍敏说，她真是很喜欢顾米的。这是当然，有谁能不喜欢顾米呢？那么粉嘟嘟的一个小人，长睫毛扑棱扑棱的，如两只飞舞的黑蝴蝶一样。陈季子的老婆每次看见顾米，都忍不住宝贝宝贝地叫。以前陈小美实在脱不开身的时候，也让她照看过几次顾米，但那是要欠人家人情的，而人情总要还，后来陈小美给陈季子家送过两坛酒糟鱼，陈小美腌的酒糟鱼，陈季子和他的老婆都很爱吃的，他们的女儿也爱吃。但让鲍敏照看顾米就没有这个顾虑了，一个学生嘛，帮帮老师还不是应该的？虽然现在的学生没几个愿意帮老师的，但鲍敏乐意呀，既然乐意，那不用就白不用了。

所以，陈小美对鲍敏从来不讲什么客气，只要有需要，一个电话就打过去了。有时是照看顾米，有时呢，是到超市买些琐碎的日用品。女生宿舍就在师大的西北角上，超市就在宿舍后面。陈小美一要鲍敏买什么，就会问，鲍敏，你要去逛超市吗？去的话，帮我带点东西。鲍敏一个学生，没事总逛超市干什么？但既然陈小美要她逛，她只好逛了。陈小美本来是个仔细的人，没有丢三落四的毛病，但现在因为鲍敏，她也学会丢三落四了，早上明明去过超市了，结果中午做菜的时候，又发现盐或者醋没有买。这个时候她是不敢叫顾言的，倒不是顾言一定会拒绝她，而是她自觉不能为这鸡毛蒜皮的事麻烦顾言。两人做夫妻也有六七年了，但不知为什么，她就是没办法像其他女人那样，理直气壮地支使自己的老公。对门的小张夫妇，都是历史系的老师，也在潇湘馆住了三四年，历史系穷嘛。但小张和陈小美是完全不一样的，小张不干家务，灯芯大的事都不干，家务全是她老公徐江北一个人干。徐江北买菜做饭，徐江北洗碗拖地，徐江北还要负责给小张买零食。买零食这差事当然是随意的，小张突然心血来潮想啃绝味的鸭脖了，或者想吃校门口老孙头的烤白薯，就会站在走廊里徐江北徐江北地叫，小张的嗓门很尖细，绣花针一样，有着很好的穿透力，一叫，整个潇湘馆都能听见。这时候，顾言总是会皱眉头的，他正忙着备课，或写东西，小张这一叫，打搅到他了。但徐江北不怕打搅，老婆一叫，他便颠颠地从一〇五跑出来。一〇五是几个单身汉聚集的地方，他们喜欢在一起玩一种叫二七王的游戏，带彩的，一个晚上起伏大的话，会有上百甚至几百的输赢。徐江北是旁观者，从来不参与的，他虽然十分迷恋这种游戏，但他没有经济自由，他家的财政大权都在小张那儿，除了贪污一点买菜的钱，徐江北从小张那儿弄不到任何活动经费。何况，历史系多穷！小张自己还不够花呢，她又是个在生活上很讲究的人，吃鱼只吃鳜鱼，或者鲈鱼，最差，也要黄芽头烧豆腐，像白鲢那种肉粗刺多鱼腥味又重的鱼，只有徐江北吃了，他们家的餐桌上，经常会实行一国两制的。陈小美觉得，小张有时候是故意这么使唤徐江北的，专门使唤给陈小美看。

陈小美果真也看了，看得怏怏的，女人总是渴望男人的溺爱的，哪怕是陈小美这样的女人。但陈小美从来没指望顾言能变成徐江北，哪怕变成二分之一个，或者三分之一个徐江北，都没指望过——做这样的指望太不切实际了，就好比指望鸡会变成鸭，猫会变成狗一样，不可能。所以，在小张显摆似的叫唤的时候，陈小美就假装没听见，陈小美这方面的功夫是很好的，内心再波涛汹涌，面上也能声色不动。这或许让小张觉得无趣，有时她就挑衅了，问，陈老师，怎么总是你在忙，你们家顾博呢？陈小美笑笑，说，在写论文呢。这是反戈一击了，因为徐江北的科研能力是很差的，每年自己的科研工作量都不能完成。小张立刻便有些讪讪的了。

陈小美的这一招其实有些不合规矩，因为师大的老师一般不在别人面前炫耀做学问的，比如沈长明，整天都在他的办公室研究《红楼梦》，但他总喜欢在手边放本闲书，如果有人进来，他立刻就把闲书拿起来。他这把戏中文系的人都知道,但没谁点破他,因为大家都差不多。这是谦虚,也是有意麻痹对手的意思,再说,做学问嘛,要等闲做了,才有格调,整日吭哧吭哧地和民工一样,算什么本事?这是俞非的话,然而也基本代表了中文系对努力搞研究的同事的态度。

但陈小美却又一次反弹琵琶了,陈小美这个人,虽然老实,但反弹琵琶的功夫却也是很好的。

鲍敏自然是看在顾言的面上,对陈小美十分迁就。陈小美其实也知道这一点,鲍敏对她说了,她想让顾言做她的毕业论文指导老师,而且毕业后想考顾言的研究生。既然这样,她当然可以支使支使鲍敏,虽说有些狐假虎威,但狐假虎威也和胭脂鸭一样,都是家传功夫。陈小美的母亲,一个中学食堂里的厨师,却借了校长父亲的势力,一直在中学颐指气使威风八面,上到后勤科的科长,下到锅炉工,都被陈小美的母亲当成了她家的长工,即使只是买棵黄芽白,陈小美的母亲都有可能让科长亲自去菜市场跑一趟。陈小美打小耳濡目染,虽然之前没有机会操练,但现在有鲍敏了,陈小美狐假虎威的潜力终于能够发挥出来了。

再说,陈小美这么支使鲍敏,还有讨好顾言的意思。顾言虽然什么也没说,但陈小美隐约地知道,他其实喜欢陈小美让鲍敏过来帮忙的。为什么不喜欢呢?免费的钟点工呢。陈小美一周两次课,周二上午三节,周五下午三节。走之前,要安排好照看顾米的人。本来顾言也可以照看顾米,因为这个时间顾言其实没有课的,教务员知道他们家的情况,特意把顾博夫妇的课给错开了。在鲍敏过来帮忙之前,每次陈小美去上课,都是顾言照看顾米的。当然,如果顾言正好有其他事,开会啦,出差啦,陈小美就必须想其他辙,或者麻烦陈季子的老婆,或者请临时钟点工。请钟点工顾言不是很乐意,十块钱一个小时,三个小时下来,就是三十块了,还不单是钱的事,听人说,钟点工为了省事,还会给孩子吃安眠药,这太可怕了。顾米才两岁,吃安眠药会把脑子吃坏的。

而让鲍敏带顾米就不必担心安眠药的事了。这是顾言的意思,也是陈小美的意思,两夫妇都是这么对鲍敏说的。鲍敏笑靥如花。项庄舞剑,意在沛公。虽然这个沛公现在看上去似乎是一本正经的,是浑然不觉的,但鲍敏不信,他内心真是一碧万顷波澜不惊。陈小美也真是奇怪的女人,怎么就放心让鲍敏待在顾言的身边?姚丽绢连保姆都不放心,她家请保姆听说都是有年龄限制的,只要是三十岁以下的女人,她一概不请,倒不是她老公和保姆有什么前科,而是未雨绸缪。四十出头的女人,草木皆兵是正常的。陈小美虽然还没有四十岁,可三十多的陈小美还不如四十岁的姚丽绢呢,她凭什么这么狂妄?

当然,这是莫须有了,鲍敏也知道。这其实不关陈小美的事,这是鲍敏和顾言两个人的战争——说两个人的战争都有些勉强了,因为顾言不知道,鲍敏是偷袭,还不是日本偷袭珍珠港那种狂轰滥炸式的,刹那间就火光冲天了,就由暗转明了,鲍敏的偷袭不是那种激烈和突然的,而是清风徐来,一苇临江。

周二上午和周五下午,鲍敏都待在潇湘馆。一般情况下,顾言在他的卧室兼书房里忙他的事,而鲍敏和顾米在客厅里,顾米有时自个玩,有时就缠鲍敏了。鲍敏的意义,当然不止于不给顾米吃安眠药,鲍敏还会给顾米讲故事,教顾米背诗词,不是鹅鹅鹅曲项向天歌那种,而是背《游子吟》,或者《草》。对一个两岁的孩子来说,这一类的诗比起鹅鹅鹅来,当然难度更高,但它们又朴素又文以载道,很符合顾言的审美,所以鲍敏就不管顾米了。好在顾米的接受能力很强,多教几次也就会了,会了就要摇头晃脑地背给顾言听。顾言虽然忙,但儿子背诗总要鼓励的,鲍敏教诗也要鼓励的。免费的家庭教师呢,不鼓励鼓励人家,人家哪有热情再接再厉?况且,鼓励本身也很愉快,那么一个美人在边上,就如一株盛开的桃花呢,桃之夭夭,灼灼其华。任谁谁不喜欢呢?虽然顾言从根本上是要思无邪的,但眼睛邪一邪,总是不关大节的。知识分子嘛,最重要的是要守大节而不拘小节。

但大节顾言也没守住。那天周五,中午顾言喝了两杯酒,是米酒,陈小美做菜剩下的。陈小美那天做了米酒烧老鸭、咸鱼茄子煲、清炒马兰头和菌菇汤,鲍敏也过来了——陈小美现在时不时地,会请鲍敏过来吃顿饭,是答谢她照看顾米的意思,虽然是学生,他们不用"投之以木桃,报之以琼瑶",但至少也要"投之以琼瑶,报之以木桃",不然,不符合儒家礼尚往来的精神。这又是陈小美在讨好顾言了,儒家精神陈小美其实是不管的,尤其是对一个学生,有什么好往来的?但陈小美知道,顾言讲究这一套,既然顾言讲究,陈小美也就要讲究了,夫唱妇随,这几乎成了陈小美的潜意识。陈小美虽然是大学老师,受了很现代的教育,骨子里却还是很传统很传统的,传统到有几分奴颜媚骨的意思。

那天陈小美一走,顾米就睡着了。他吃了一小碗鸭汁拌的饭,吃得全身桃红,两眼迷离,有些醉了。鲍敏就趁这个机会和顾言讨论她毕业论文的事,她想研究张爱玲,用拉康的镜像理论。顾言有些不以为然,张爱玲太华丽了,而拉康的镜像理论现在又太时髦了,顾言既反感华丽,又反感时髦。做学问是不能追风的,最好要逆风而行,别人向东,你要向西,别人向南,你要向北。观点不一定正确——搞文学,又不是搞科学,有什么正确不正确的?关键是创新,要有杜甫语不惊人死不休的诗歌精神。这是做学问的诀窍,也是秘密,这秘密顾言在课堂上是不讲的,也不好讲,但现在他喝了酒,而且鲍敏又是入室弟子了,讲讲也就无妨。他建议鲍敏先读读他的几篇论文,然后再确定是否写张爱玲。他的论文在书房,也就是卧室,顾言起身去给鲍敏拿,鲍敏本来坐在客厅里等,但顾言找论文的时间有点长,书架上的书实在太多,堆积如山,要找出哪一本,还是需要一点时间的。鲍敏于是就进去了,其实也帮不上什么忙,不过站在边上,表现出帮忙的姿态。鲍敏那天穿的是靛青色的束腰连衣裙,带白花,整个人,就是一个很古典的青花瓷瓶了。顾言转脸的时候,就有些挪不开眼了——当然,也不是真挪不开眼,顾言这个人,一旦节制起来,还是很能节制的。不过他现在不想节制自己,陈小美不在家,而他又喝了几杯酒。那就趁着酒兴,不妨让自己的眼睛小小地自由一下。反正眼睛邪一邪,是小节。论文终于找出来了,鲍敏就站在书架前翻阅,好像有些迫不及待的意思。顾言也不出去,弯腰和鲍敏一起看他的论文。这一弯,就正好看见了一些不该看见的东西。刹那间让他想起沈南了,沈南那儿,也是洛阳的白牡丹,很丰硕的。顾言一阵恍惚,恍惚的顾言就忘了大节和小节的区别,竟然用下巴去蹭鲍敏的头发了,鲍敏的头发,就在他的下巴底下,如绸缎一般闪着光芒。

鲍敏倒是松了口气,他到底,到底还是没有破了她所向披靡的纪录!差不多有小半年了吧?她往潇湘馆跑。也算难为他了,除了多看她几眼,这么长时间他真没有什么失态的行为，她几乎都有些沮丧了。拉康说，人与世界的关系，是人与镜子的关系。鲍敏一直喜欢照镜子的，那些镜子也从来没有让她失望过，岂止是不让她失望，简直让她迷信上了自己。世界是如此弱不禁风，只要她愿意，倾国倾城也是可以的。

然而顾言这面镜子，却动摇了她这种认知，她原来是夜郎自大了，说什么倾国倾城？说什么所向披靡？一个已婚的顾言都倾不了都披靡不了，还说其他？

一时鲍敏都有些悲观了。或许失败才是绝对的，所以力拔山兮的项羽，最后遭遇了乌江，所以横扫欧洲的拿破仑，最后遭遇了滑铁卢。和他们比，她鲍敏的失败算什么？

可顾言竟然不是鲍敏的乌江鲍敏的滑铁卢。

幸福如低压电流一样，由头到脚麻过鲍敏的全身。然而这幸福却和生理无关，这是精神的幸福。或者说，它由生理发动，最后到了精神那儿，然后又由精神折射回来，回到生理这儿。这样回旋往复之后，一向清醒的鲍敏，刹那间亦有些晕头转向了。

她身子一软，倒在了顾言的怀里。

在鲍敏这儿，这一倒其实不关风月的，这是刀枪入库马放南山的松懈，也是进一步扩大战果的意思。蹭蹭头发还不能说明什么问题的，即便是猫呀狗呀的，若男人喜欢了，也会蹭蹭它们的毛发，来表达自己的宠爱之情。所以她还需要别的论据，能论证出对手已经彻底缴械了的论据，只要证明了这一点，她随时还要全身而退的。

如果不是小张这个时候闯了进来，事情应该不会往前发展的。小张那天让徐江北去菜市场买了条鳜鱼回来，想清蒸了吃，临到蒸之前，却发现生姜没了，生姜没了还怎么清蒸鳜鱼呢？小张可是个讲究的人，从来不苟且的。再说，苟且一条普通的鱼也就罢了，苟且一条三十块钱一斤的鳜鱼就实在过分了，那是暴殄天物，暴殄天物这样的事可是会遭雷劈的。所以小张就决定到陈小美家来要点姜。陈小美家别的东西小张不以为然，但厨房里的调料总是又齐全又讲究的。门是半掩的，她敲了敲——她后来对别人叙述这事的时候，总强调自己是先敲了门的，但里面没反应。她以为陈小美带着顾米午休了，那时已是1点钟，正是午休的时间，她忘了是星期五，陈小美有课。所以她直接就推门进去了，反正她家的厨房她是很熟悉的，姜放哪儿蒜放哪儿她都清楚。谁知道一开门就看见顾言和鲍敏搂抱在一起呢？卧室的门也是大开的，正对着厨房。她其实真不是成心的。

师大起了轩然大波，尤其中文系，更是波涛汹涌。俞非和马理智那段时间整日都泡在资料室里，慷慨激昂地议论这件事情。俞非现在不走《世说新语》路线了，开始用"拍案惊奇"的手法，内容决定形式嘛。《世说新语》那种言简意赅的艺术手法根本不能表现这戏剧性事件，必须要用起伏跌宕的"拍案惊奇"的话本形式。虽然说起来，也没什么好拍案惊奇的，不过师生恋嘛，再奇，能奇过鲁迅和许广平？能奇过沈从文与张兆和？可人家鲁迅和许广平有《两地书》，沈从文和张兆和有胡适这个媒妁，顾言和鲍敏有什么呢？不过一个半掩着门的搂抱！这格调别说和鲁迅许广平比，和沈从文张兆和比，简直连老渔都不如，老渔之前还有满城风雨呢，他们呢，一上来就是开门见山。什么叫又要做婊子又要立牌坊，这就是了！平日看上去那么正经的人，比孔子还要正经，比《论语》还要《论语》，结果，竟然不过是一部《金瓶梅》，应该说，比《金瓶梅》也不如的，人家好歹光明正大，好歹名实相符，他们呢，封面是《论语》，内容却是《金瓶梅》，挂羊头，卖狗肉，吆喝桃，暗卖李。

鲍敏没想到，照镜子竟然照出这样严重的后果，还真是倾国倾城了，不过，倾的不只是顾言的城，还有她的。母亲的历史竟然在她的身上重演了，人生代代无穷已，江月年年望相似，张若虚的《春江花月夜》，原来是为一千多年后的她们母女写的。天知道，自懂事以来，她一直多么厌恶和嫌弃她的母亲呀！那个喜欢描眉画眼，总是打扮得花枝招展的母亲，从来都是她的耻辱，为了和母亲划清界限，她事事都要反着来的，母亲浓妆艳抹，她素面朝天；母亲姹紫嫣红，她一袭青衣；甚至因为母亲爱看《西厢记》，她也恨屋及乌，连《西厢记》都不碰一个指头，她一个中文系的大学生呢，竟然连《西厢记》也没读过，说出来，不把中文系的教授们惊诧死？然而还是没用，到最后她依旧重蹈母亲的覆辙了，她们不是形似，是神似。骨子里的东西，原来是没办法斩草除根的。

鲍敏本来要全身而退的，现在退不了了，只能破釜沉舟往前冲。风萧萧兮易水寒，壮士一去兮不复还。她别无选择，只好做许广平了，也只有做许广平，这事件的性质才会不一样，鲍敏和母亲才会不一样。

可顾言却不肯做鲁迅。鲍敏没想到，顾言竟然不肯做鲁迅。她都愿意做许广平了，而他，却不肯做鲁迅。任凭她软磨硬泡，任凭她梨花带雨，都没用，顾言铁石心肠地，仍然做他的顾言，做陈小美的老公，做顾米的父亲。

甚至比以前做得更好。他以前从来不陪陈小美买菜的，菜市场在师大的北门外面，走个来回，怎么也要几十分钟，他那么忙，哪有时间浪费在这种体力劳动上面？他是从事精神生产的人，劳动的意义在于创造出有时间价值的精神产品。但现在，顾言偶尔也降贵纡尊地和陈小美一起搞搞体力劳动了。他对陈季子的老婆说，陈小美力气小，拎不动菜篮子。这话说得把陈季子的老婆都感动了。他以前也很少带顾米出来玩，都是陈小美带的。潇湘馆外面有一个小沙堆，沙堆边上有个小花坛，顾米经常拿把塑料铲子在那儿铲沙子玩，或者蹲在花坛那儿捉蚂蚁或蚯蚓，有时还会把沙子或者蚯蚓偷偷地放进陈小美的衣服里，把陈小美吓得一惊一乍。两岁的顾米，都知道爸爸是不能捉弄的而妈妈是可以捉弄的。然而现在顾言也会蹲在花坛前了，和顾米一起捉蚂蚁或蚯蚓。

一家人的样子，是很温馨很幸福的样子，甚至陈小美，看上去也是幸福的。这幸福有些不正常了，让人觉得莫名其妙。老公发生了这种事，作为老婆，总应该有些反应吧？不说当众甩顾言一个大嘴巴子，那有些蚍蜉撼树自不量力了；也不说寻死觅活，那太激烈太市井了，但至少应该和顾言冷战一段时间吧，学校里的夫妇都习惯冷战的；或者和印度的圣雄甘地一样，采取非暴力的绝食方式，这也是反抗的一种姿态呀。可陈小美呢，却当什么事也没发生一样，该干吗干吗，这也太掩耳盗铃了吧？太鸵鸟了吧？或者她是在人前装的？人前和顾言恩恩爱爱，人后呢，再悲痛欲绝，人们这样猜测。然而小张说不是，门对门住着呢，她家什么事小张看不见呢？也是，顾言和鲍敏在卧室里搂抱都被小张看见了，顾博夫妇家还会有什么事是小张看不见的呢？所以，关于这件事，小张是绝对的权威。小张说，陈小美是真的波澜不惊呢，那事发生第二天，她就做了胭脂鸭，第三天，又包了荠菜虾仁水晶饺。

这两样东西都是顾言偏爱吃的，但因为做工复杂，他们家一般也只在周末吃。陈小美包水饺的时候，小张还听见她哼哼周杰伦的《菊花台》，《菊花台》当然是悲伤的歌，尤其那一句是谁在阁楼上冰冷地绝望，很符合陈小美当下的心境，但小张知道，陈小美绝对没有借题发挥长歌当哭的意思，因为陈小美的腔调一点也没有悲伤也没有弦外之音，完全是和尚念经的那种哼。再说，在顾言东窗事发之前，她也常哼《菊花台》的，她似乎不会唱其他的歌。这真是有些诡异的，姚丽绢说，许是大智若愚，大智若愚。

俞非他们再一次义愤填膺了。本来他们还是很同情陈小美的，但现在，连陈小美一起鄙视了，这是一对什么鸟夫妇呢？男人拈花惹草，女人姑息养奸，本应该拼个鱼死网破，他们却琴瑟和谐高调唱起道德颂来了——真那么道德，那为什么还要和女学生勾勾搭搭？

只有陈季子知道，这事和道德无关，和顾言的婚姻经济学有关。陈季子是顾言的领导，也是顾言肝胆相照的朋友——肝胆相照是陈季子自己先说的，顾言本来是个很矜持的人，但既然系主任都这么表白了，他一个普通老师，再矜持就有些不识抬举了。于是他也就和陈季子肝胆相照了，肝胆相照的结果，就是说出了他和鲍敏的事。顾言说，一个男人怎么能轻易离婚呢？离婚是最彻底的破产，这太不经济了。辛辛苦苦这么多年，和鸟一样，衔泥结草，好不容易有一个巢了，自己又破碎它，有病？哲学系的老卜就是有病的，为了一个满脸雀斑的年轻女人，轰轰烈烈地离了婚，离婚时净身出户，房子留给了前妻，存折也留给了前妻，他和雀斑女人在外面租房子住，过起了白手起家的穷日子。你耕田来我织布，我挑水来你浇园。寒窑虽破能避风雨，夫妻恩爱苦也甜。老卜以为他们唱的是《天仙配》呢！可结果人家雀斑女人不肯和他唱《天仙配》了，在寒窑里还没住满半年，就飞走了。撂下老卜一个人，形单影只地住在寒窑里，又没脸回来。好马不吃回头草呢，他难道连马也不如？何况，就算他愿意做匹没有自尊的马，也不一定能吃上回头草了，因为老卜的前妻扬言了，她那儿也不是菜园子，哪能想来就来想走就走呢。所以，老卜最后前不着村后不着店了，成了弃夫。这是何苦？

陈季子也觉得老卜何苦。倘若老卜早一点听过顾言的婚姻经济学理论，或许就不会离婚了。这理论真有建设性的意义，是安定团结的理论，是构建和谐社会的理论，应该发扬光大的。不仅要在已婚的老师那儿发扬光大，还要在未婚的学生那儿发扬光大——未雨绸缪高瞻远瞩呀，一个领导，眼光总要放得比群众辽阔些。

因为他的辽阔，顾言现在不仅是中文系的名人，而且是师大的名人了。他的婚姻经济学，甚至校长都知道了。陈季子有一次在酒桌上和校长说，或许应该让顾博士开门选修课，就叫《婚姻经济学》，校长哈哈大笑，说，开嘛，老陈，你先在中文系开，然后再推广到全校。

这当然是调笑，然而，顾博士的婚姻经济理论也正是以这种调笑的方式风靡师大了。

发表于《十月》2010 年第 4 期
转载于《小说月报》2010 年第 9 期
《北京文学·中篇小说月报》2010 年第 8 期
入选中国小说学会 2010 年排行榜

守身如玉

一

　　杂货店里的老姜长得像只蟾蜍。这不是我说的,是朱朱说的,如果是我,我就直接说癞蛤蟆了,但朱朱是个中学生,爱读书,喜欢用学名称呼身边的动植物,她把狗叫作犬,把小猪叫作豚,把马蹄叫作荸荠,有一次,她让姆妈给她做炒芡实吃,芡实是什么东西,姆妈不知道,仔细一问,原来是鸡头果。还有,朱朱特别爱用比喻,都是带贬义的比喻,比如她说我像一只鹌鹑,因为我又笨又馋,还灰不溜秋;她说姆妈像一只冬瓜,因为姆妈身子圆滚滚的。我到父亲那儿告状,父亲不但不批评朱朱,还表扬她,说她观察力强,善于刻画人物,但父亲很快为他的表扬付出了代价,因为朱朱几天后把父亲比喻成螳螂,父亲长胳膊长腿,还瘦。父亲这下不表扬了,脸色难看得很。

　　不过,朱朱说老姜像只蟾蜍,这倒算不上贬义,因为老姜长得确实很像一只癞蛤蟆,几乎具备癞蛤蟆的一切身体特征:老姜皮黑,手背和脸上还有许多黄褐色的疙疙瘩瘩,四肢细小,芝麻秆一样,肚皮却大得吓人,更吓人的是他的眼睛,鼓鼓的,瞪人时,全是眼白,死了的花鲢一样,又没有脖子,一颗大脑袋就那么直不棱登地搁在身体上,看上去简直就是一只成了精的癞蛤蟆。

　　老姜有多少岁我们不知道,可能一百岁,或者一千岁也说不定。反正打我们出生起,他就在杂货店里,也一直就那个样子。可姆妈说,他没有那么老，只有五十多，老婆在另一个镇的杂货店卖货。这让我们极惊讶，他如果不是个癞蛤蟆精，至少也应该是个鳏夫——鳏夫的意思我们知道，语文老师，也就是我们的父亲，在课堂上讲过，女人死了老公叫寡妇，男人死了老婆叫鳏夫。这么一个丑陋的老男人，如果不是《西游记》里那种妖精，就只能是鳏夫了。而且我们也没见过他的老婆。姆妈说，那个镇离我们辛夷镇很远，有二十几里的路程，他老婆腿瘸了，来不了。原来是个瘸子，难怪来不了。那时我们辛夷镇没有公交车，更没有小汽车，一个人要到另一个地方，只能像狗一样，夹紧了屁股颠；或者像鸟，用翅膀飞。可我们辛夷全镇，也只有镇长一个人长了翅膀，他的翅膀是一辆凤凰牌自行车。所以，我们没看过癞蛤蟆精的老婆。一个瘸子，不可能和狗一样颠上二十几里路。

老姜每个月要颠一次。一到月初，老姜就在店门口挂出一块黑牌子，牌子上用粉笔写了"盘点"两个字。姆妈说，老朱要去和他老婆鹊桥相会了。朱朱听了，笑得饭都喷了出来，什么鹊桥相会？明明是两只癞蛤蟆相会。呱，呱，呱，朱朱这么一叫，我也开始呱了，饭桌上呱声不断，此起彼伏，姆妈被我们逗乐了。父亲皱了眉，说，你们演《西江月》呢。什么《西江月》？姆妈是个戏迷，以为《西江月》是哪出她没看过的老戏，朱朱赶紧停住呱，朗声背道，稻花香里说丰年，听取蛙声一片。

朱朱从不去杂货店，但我经常去，因为我要给西宫娘娘跑腿。西宫娘娘原来叫什么名字我不知道，但我姆妈打看过《狸猫换太子》这折戏之后，就一直叫她西宫娘娘。我不知道这称谓里有恶毒的意思，以为姆妈这么叫，不过是因为她家的院子，在我家的西面。

西宫娘娘是个馋嘴妇人，爱跷着兰花指嗑瓜子，还爱抽烟，她有个很漂亮的水烟壶，铜嘴，朱红色烟杆油光锃亮，金色烟丝要撕碎了，然后揉成一小撮一小撮放进烟嘴。我总是干这个活，拎了绣花烟袋蹲在边上。水烟壶咕咚咕咚响，西宫娘娘不说话，双眼迷离了盯着院子里的柚子树看，柚子树开花时看花，柚子树结果时看果，无花无果时就看柚子树叶子，但我知道，她其实什么也没看见，她的眼睛是虚的，很缥缈。这种眼神我不陌生，因为父亲偶尔也这样，每当他读书之后，表情看上去就是西宫娘娘这个样子，好像他们的目光是鸟，能越过千山万水似的。但西宫娘娘嗑瓜子时就成了另一个人，很饶舌了，总是问东问西，问夜里我父亲和姆妈是不是共一个枕头睡觉，问我看没看见过我父亲和我姆妈亲嘴。我总是老老实实回答,父亲和姆妈用两个枕头,他们的枕头不在一块,一个在床这一头,一个在床那一头,父亲和姆妈也从来不亲嘴的。听我这么说,西宫娘娘捂了嘴咯咯笑。我不喜欢这个时候的西宫娘娘,这种时候的她看上去有点轻浮。轻浮是朱朱对西宫娘娘的批评,朱朱不喜欢西宫娘娘,说她不耕而食,不织而衣,过着腐朽的剥削阶级生活。姆妈也不喜欢,不过姆妈不喜欢西宫娘娘的理由和朱朱不一样,姆妈说西宫娘娘骚,总想勾搭父亲。西宫娘娘的老公在外地工作,常年不回家,姆妈就疑邻盗斧了。因为这个,姆妈不让父亲到西院去,也禁止我们去。

但姆妈的禁令和西宫娘娘家的吃食比起来,十分软弱,简直和林妹妹一样弱不禁风。只要嗅到西院有什么味,或者厨房里有一点风吹草动,我就总要想方设法绕过姆妈的眼,溜到西院去。因为这个,朱朱极鄙视我,说我境界太低,良莠不分,助纣为虐,竟然只为了口腹之欲,就背叛自己的姆妈,去谄媚西宫娘娘。我也十分惭愧,我其实只比朱朱小两岁,严格说两岁不到,只有一岁半,可朱朱都读李白杜甫了,经常对着西院高声朗诵"朱门酒肉臭,路有冻死骨",或者"安能摧眉折腰事权贵,使我不得开心颜"。西宫娘娘因为老公在外地挣钱多,又没有养小人,家里经济宽裕,在镇上,虽不能算权贵,但至少也算是朱门了。朱朱很有骨气,对西宫娘娘家的富贵生活,从来不屑一顾,但我做不到,经常为了一块芝麻酥,或者几颗话梅糖,垂涎三尺。朱朱甚至说,我在五岁时,还吃过西宫娘娘家的鸡屎,西宫娘娘让我唱歌。姆妈说,我那时特别爱唱《红灯记》里的"我家的表叔数不清",西宫娘娘改了词,让我唱"我家的爹爹数不清",我仰起脖子使劲唱,唱得脑门上青筋暴露,小脸涨得通红。之后西宫娘娘奖励我一匙黑乎乎的东西,味道十分怪,西宫娘娘说是黑榨糖,但姆妈用指头掠一点我嘴边的东西,放舌头上一试,什么黑榨糖?不过是掺了黑榨糖的鸡屎!姆妈气得把我的嘴拧成了一朵鸡冠花。

可紫红色的鸡冠花还没褪色,我又会偷偷往西宫娘娘家溜。

姆妈没办法,姆妈说,世上有两件事是改不了的,一是女人嘴馋,二是男人风流。

三伏天大中午,镇上的人都要歇伏,西宫娘娘喜欢在这种时候让我跑杂货店。

男人嘴大吃四方，妇人嘴大吃田庄。我和西宫娘娘两个嘴大的女人，不年不节的买吃食，要避了闲人的眼——西宫娘娘在辛夷镇的名声虽然不太好，但她仍然很努力地维护自己的名声。

老姜不歇伏，老姜坐在乌漆墨黑的柜台里面，摇着他的芭蕉扇，柜台外，是他的大黑狗，再外面，是一棵枝繁叶茂的老槐树，朱朱说，那棵老槐树上，从前吊死过一个女人，舌头伸出来有半尺长。我不信，她不过是吓我，不想我当西宫娘娘的狗腿子。

不信归不信，但我每次经过老槐树时，还是会汗毛顿竖。

西宫娘娘那天要买半斤冰糖，她要炖银耳莲子汤，败火。一到伏天，她总上火，身上长满了红红的热疹子。姆妈说，什么热疹子？没男人，憋出来的。

姆妈这么说，父亲就咳嗽了，眼神很严厉地看姆妈，这是制止姆妈的意思了，我和朱朱在面前呢。

但我不明白男人和疹子之间有什么关系，姆妈这个人，什么都好，就是会乱说话，什么风马牛不相及的事，她也能往一起扯。父亲说这是因为姆妈没文化，没文化的妇人，说话就是这样乱弹琴的。

老姜抬眼看我，从上到下，又从下到上，最后目光炯炯地停在我的粉红背心上。那是朱朱的小背心，她穿小了，就给了我。我其实也穿小了，我虽然个儿没有朱朱高，但我比朱朱胖，小背心被我穿得紧绷绷的，差点要露出肚脐眼。

冰糖平时就放在柜台下面的一只陶坛子里，但老姜要我进杂货店的里间。里间有老姜的床，上面挂了蚊帐，还有几只黑乎乎的坛子，老姜说，冰糖就在那几只坛子里，如果我愿意帮忙的话，他会奖励我一块冰糖。我有些受宠若惊，很听话地用两只手捧着半张旧报纸，站在坛子边等老姜称冰糖。房间里有点暗，老姜却很古怪地拉下了窗帘，更古怪的是，他还要关门。门刚关上半边，有人来了，是剃头佬六指，大中午，他店里也没生意，犯困，过来买包纸烟提提神。

六指在柜台外的板凳上一坐下，老姜就让我走了，冰糖其实还是在外面那只坛子里。

几天后，辛夷镇出了一件大事，老姜被五花大绑了游街，脖子后面插了一块牌子,牌子上是父亲写的三个又粗又黑的毛笔字:流氓犯。

这个老流氓猥亵了小美。小美才十岁,比我小,也比我馋,老姜用一根棒棒糖把她骗到了房间里,用手指把她开苞了。

我不懂,问朱朱,什么是猥亵?什么是开苞?朱朱一个爆栗子弹在我脑门上,恶狠狠地说,叫你馋!

西宫娘娘也被吓出了一身冷汗,再也不支使我跑杂货店了。

杂货店其实换了人。

老姜被判了二十年。姆妈很不满,说,怎么才二十年?应该枪毙这个畜生!

二

十五岁那年我开始热爱看书。姆妈说,铁树开花了。

我启蒙晚,起码比朱朱晚了五年,朱朱十岁就看《红楼梦》了,我十五岁才看,而且还看不懂。朱朱不怀好意,当了父亲的面,和我探讨《红楼梦》。朱小愚,你说说《红楼梦》是部什么书?我认真想了想,说,是美食书。宝玉给晴雯留的豆腐皮包子,史太君宴客的藕粉桂花糖糕,芳官吃的胭脂鹅脯,光是想一想,就让人齿颊生香,忍不住流口水了。那金陵十二钗中,你最喜欢哪一钗呢?我最喜欢刘姥姥,老刘老刘,食量大如牛,吃个老母猪,不抬头。

朱朱笑得前仰后合,笑够了,才不屑地说,如果曹雪芹知道你把《红楼梦》看成一本菜谱,把金陵第一钗看成刘姥姥,非要气得从棺材里爬出来。

爬出来正好,我正要问问他胭脂鹅脯怎么做的,好让姆妈做来吃吃。

父亲摇摇头,朽木不可雕也,粪土之墙不可圬也!

这话我不爱听,我怎么会是朽木呢?怎么会是粪土之墙呢?我初三的语文老师孟丘可把我看成玉呢。

孟丘说,女孩子的聪明有很多种,有的如冰雪,那是林妹妹;有的如金银,那是薛宝钗;而有的如璞玉,那是史湘云。你是史湘云那样的女子,要如切如磋,如琢如磨,之后才显出那价值连城。

忽如一夜春风来,千树万树梨花开——像姆妈说的那样,我果然开花了,不过,不是铁树开花,而是梨树,开在孟丘的四月春风里。

孟丘四十多岁,还单身,据同学传说,他以前是有过女朋友的,女朋友在镇储蓄所工作,爱描眉画眼,插花敷粉,唱黄梅戏,经常把自己画得和《聊斋》里的女鬼一样,咿咿哦哦地唱《天仙配》,后来唱疯魔了,和董永,也就是镇储蓄所看门的男人,私奔了。

打那以后,孟丘的性格就孤僻了,一个人住在学校的宿舍里。辛夷中学的老师下课后都是回家的,但孟丘是外地人,他没有家,只能待在学校。空荡荡的校园里,一到傍晚,就只剩孟丘一个人了。

还有我。我也经常不回家,我不愿回家当朽木,我想在学校当璞玉,让孟丘如切如磋,如琢如磨。孟丘琢磨我的方式是让我看书,他宿舍里有许多书,《窗外》《心有千千结》《一帘幽梦》《简·爱》《傲慢与偏见》,我一本一本地看过去,如痴如醉,世界上原来有比芝麻饼更美妙的东西,以前我竟然不知道。这都怪父亲,父亲书桌上也是有书的,什么《呐喊》,什么《彷徨》,什么《春秋》《左传》,那些书简直如蒙汗药,每次我看不完半页,总是三行之后我的眼皮开始变沉重,十行之后,我绝对就倒也倒也。

但孟丘的书却让我废寝忘食了。

父亲和朱朱对我的阅读品位嗤之以鼻,但我的语文成绩确是突飞猛进了。以前父亲教我,简直如诸葛亮扶后主刘禅般,呕心沥血鞠躬尽瘁,但我的成绩从来不过中等,偶尔考砸了,就下等了,这让身为语文老师的父亲觉得是奇耻大辱,但现在我进前三甲了,拿姆妈的说法,是探花。有时发挥好,就榜眼了。

但我从来没当过状元,状元总是顾艳玲。

顾艳玲是我们班长得最高的女生,也是我们班长得最丰满的女生,比我们英语老师还丰满。我们英语老师刚生完小人,还在哺乳期呢,走起路来,总有波涛汹涌之势,可她的波涛,和顾艳玲的比起来,也还是小巫见大巫。班上的男生因此把顾艳玲叫作大巫了,后来又叫巫山——这是因为孟丘,孟丘上课有一个特点,那就是每次讲完了课文之后,总要在黑板上抄一首爱情诗,然后为我们声情并茂地背,从《诗经》里的《关雎》,到乐府的《上邪》,从叶芝的《当你老了》,到徐志摩的《我不知道风是在哪一个方向吹》,也不管我们听不听得懂,他只兀自背他的,半闭了眼,很陶醉的,很伤感的。有家长知道了,告到校长那儿,说孟丘不务正业,诲淫诲色,要求罢了孟丘的课。校长笑笑，罢孟丘课是不可能的，人家是北师大毕业的才子呢，当年在京城的报纸上都发过文章的。那文章就压在他书桌的玻璃板下，学校里的老师都看过的，后来也不知什么原因，落了难，才到我们辛夷中学的。但校长还是照例找孟丘谈话了，希望他以后在课堂上多讲讲课文的中心思想和写作特点，少背那惹是生非的爱情诗了。孟丘照例冷笑一声，之后依然我行我素。有一次上课，他在黑板上写下一首诗：曾经沧海难为水，除却巫山不是云。取次花丛懒回顾，半缘修道半缘君。那天孟丘很意外地没有自己背，而是让顾艳玲念，顾艳玲昂首挺胸一站到讲台，讲台下的男同学已经开始挤眉弄眼了，等顾艳玲抑扬顿挫念到"巫山"两个字时，班上突然哄堂大笑。顾艳玲的绰号从此就成巫山了。

顾艳玲和我都喜欢孟丘，我是知恩图报，有士为知己者死的意思。顾艳玲呢，和孟丘是同病相怜：两人都性格孤僻，都曲高和寡，都怀才不遇。

班上没有一个同学喜欢顾艳玲，顾艳玲也不喜欢班上任何一个同学。

但顾艳玲对我的态度却有些说不清，有时冷，有时热，有时不冷不热，让我摸不着头脑。我隐约觉得这与孟丘有关。孟丘喜欢我，这是全班同学都知道的事实，为什么喜欢我，同学们也知道，因为爱屋及乌——我长得很像他以前的女朋友，尤其是嘴边那颗痣，据说几乎是一模一样。这让顾艳玲无可奈何，如果是爱情诗，顾艳玲花上半个时辰就背下了，如果是句法分析，那更是顾艳玲的强项，手到即擒来。但长相是天赋，顾艳玲再努力，也没办法把自己努力成孟丘女友的样子，她画过痣，也梳过惊鹄髻。这是戏台上的发式，孟丘女友以前常梳，难度很高的，梳好了是惊鹄欲飞，没梳好就成了杜甫的《茅屋为秋风所破歌》。顾艳玲有段时间就总是顶着杜甫的破茅屋来上课，这激怒了顾艳玲座位后的那个男同学，顾艳玲的个子本来就高，现在加上那只惊鹄，不，那个杜甫的破茅屋，使他几乎看不见老师的脸了，看不见孟丘的脸正好，但看不见小巫的脸，这位男同学的情绪就有些糟糕有些恶劣了，糟糕和恶劣的后果，是有一次男同学在杜甫的破茅屋上划了一根火柴，这下子好了，顾艳玲的头发没梳成惊鹄，自己倒爹成一只惊鹄了。

最夸张的一次，是顾艳玲的芙蓉花。我们辛夷镇的女人，平日是不戴花的。除了婊子，或者戏子，才会在不年不节的日子，在头上戴花。但孟丘的女友是花痴，尤其是芙蓉花痴。有一天课后，顾艳玲变戏法似的，在头上变出了一朵芙蓉花，我惊得瞠目结舌，她把自己打扮成这个样子，难道想当婊子吗？那天我本来要去孟丘那儿换书的，但顾艳玲叫我别去，她很谄媚地对我笑，很谄媚地给我花生糖，我受宠若惊。顾艳玲的脸，向来如挂了霜的青梨，但那天，青梨成雪梨了，还是搽了胭脂的雪梨——许是因为芙蓉花的辉映，照花前后镜，花面交相映，温八叉的《菩萨蛮》，顾艳玲肯定是读过的。我挡不住顾艳玲的谄媚功，嚼着花生糖，自己先回家了。而顾艳玲，对镜贴花黄之后，一步三摇地，去了孟丘那儿。

可芙蓉花似乎也没起什么作用，孟丘最宠爱的学生，依然是我。

那是自然，我是史湘云，孟丘说过的，大观园里叫爱哥哥的人，岂是顾艳玲在头上戴朵芙蓉花就能取代了的？

但顾艳玲怀孕了！

起初大家没注意到，顾艳玲本来丰满，以为她不过是更丰满了。等到家里有所察觉，已有五个月了。

顾艳玲的两个哥哥气势汹汹地闯到学校，扬言要把孟丘做了，做成李莲英那样的公公，省得再祸害学堂里其他女学生，他们带了刀子来的，一尺多长的西瓜刀，寒光闪闪，看上去削铁如泥，把孟丘做成李莲英，那应该是小菜一碟。校长怕出事，掩护地下工作者一般，把孟丘掩护到了食堂后面的地窖里，之后孟丘就从辛夷消失了。

顾艳玲退了学，有人说，她嫁人了，也有人说，她到外地去做了保姆。

同学都奇怪，孟丘最喜欢的女生不是我吗？怎么是顾艳玲怀孕了？姆妈为这事盘问了我半天，问孟丘对我做过什么。做过什么？我反问，姆妈吞吞吐吐，比如……比如……比如好半天，姆妈也没比如出什么来。朱朱性子急，姆妈的意思，是问孟丘对你有没有"那个"过？朱朱这么问，我就听懂了，因为"那个"这个代词我不陌生，它所指代的意思我大概是知道的，班上的女同学经常用呢，某某男同学和某某女同学"那个"了，某某电影里有"那个"镜头。但孟丘有没有"那个"我呢？我不知道。出神地看我算不算？不算。摸我的头发算不算？也不算。那就没有了。姆妈以手扪胸，连声念阿弥陀佛，朱朱白姆妈一眼，真是杞人忧天！没听过吗？每个傻子身后都有一尊神保佑呢，像我们家这种级别的傻妞，身后站的，恐怕是武艺高强的二郎神呢！

我其实没朱朱以为的那么傻，有一件事我没向姆妈交代，那就是孟丘抱过我，我之所以不说，是怕姆妈和朱朱误会，因为孟丘的抱，不是张生抱莺莺之抱，而是宝哥哥抱史湘云之抱——宝哥哥抱没抱过史湘云，我其实不知道，但如果抱过，那应该就是孟丘抱我那般的。

至少那时我这么以为。

但后来我一直迷惑，迷惑孟丘那一抱的性质，他那时到底为什么抱我呢？又为什么没有下文？难道真是被我身后的二郎神吓跑的？

三

女大十八变，变变成观音。西宫娘娘说。

十八岁之后的我，竟然变得比朱朱还好看了。

这是姆妈没料到的，父亲更没料到，他一向把朱朱看成他的衣钵传人，无论是才，还是貌；而我，是姆妈的二世，既粗姿，又陋质。

但我这个人，很怪，总会在某一天在某方面突然发生脱胎换骨般的变化。

高二那年，我的字突然变好了，之前是蚂蚁上树般的字，忽然成凤凰展翅了——蚂蚁上树和凤凰展翅都是父亲家书上的形容词。父亲习书法，对字要求很严，朱朱自三岁，就开始跟他描红，八岁就临《兰亭序》了；而我，因为是粪土之墙，父亲就放任了，由了我自生自灭。却没想到，有心栽花花不发，无意插柳柳成荫。朱朱临了王羲之十几年，也没有临出半点王羲之的风度，而我，一向和王羲之素昧平生，一夜之间，给父亲的家书里，突然有了几分王羲之之风了。姆妈说，父亲那一次着实被吓得不轻，拿了我的信，在灯下左看右看看了半夜。

更让父亲觉得匪夷所思的，是我的数学成绩。我的语文，在初三那年，因为孟丘，已经铁树开花了，尤其在顾艳玲走之后，我已经由探花榜眼上升为状元。但数学，我还是一塌糊涂，什么 cos，什么 sincos，简直如黄药师的桃花阵，每次一进去，都让我昏头昏脑地出不来。数学老师痛心疾首又幸灾乐祸地说，朱小愚，你语文再好，好上天，没有数学，你也考不上大学的。这话语文老师听了，很生气，认为数学老师是在挑拨离间我和语文之间的美好关系，当即拍桌子和数学老师吵了起来。钱锺书知道不知道，人家考清华数学是十五分；沈从文知道不知道，人家考北大数学得零分。这样的比较有些赶鸭子上架了，我虽然因为语文好，有些少年轻狂，可也没轻狂到拿自己和钱锺书沈从文比。为了和钱锺书沈从文区分开来，我开始挑灯学数学了，这一学不打紧，发现黄药师的桃花阵也没什么了不起，两绕三绕，就绕出来了。一出来，我的数学成绩简直就成了庄子《逍遥游》里的那只鲲鹏了，拍拍翅膀，扶摇直上九万里。高三上学期的期末考，我数学考了一百一十六分，满分是一百二，如果不是粗心，我就满分了。

结果，因为数学的扶摇直上，我考上了北师大，当年孟丘读的学堂。

世上真有醍醐吗？或者某种神秘的武功秘籍？不然，怎么解释朱小愚的这种变化？父亲诚惶诚恐。

是二郎神，二郎神看不得朱小愚的蠢，就越俎代庖了。朱朱说。

这话姆妈信，但父亲是不信的，父亲是无神论者，不可能相信我的身后真站着一个什么二郎神。

这也罢了，更不可理喻的变化是我的长相，我本来是走心灵美路线的，鸟美在羽毛，人美在心灵。每次朱朱在我面前炫耀她的羽毛美时，我都会用这种话反击和自勉。羽毛美有什么了不起呢？那是低级的动物层次的东西，越艳丽，越低级，人难道堕落到鸟的那种素质了吗？可大一假期我从京城回来，竟庄生化蝶般地，化成了另一个人，之前是蘧蘧然，之后是栩栩然。全家人，包括左邻右舍，皆为之惊艳。橘生南为橘，生北为枳。这或许属于生态变化了。父亲这一次只能这么解释了。看着蝴蝶得意舞春风的我，朱朱气不过，说，难道蝴蝶比鸟更高级吗？鸟好歹还算飞禽，而蝴蝶呢，不过是没有脊椎的昆虫罢了！

我理解朱朱的愤怒，打我考上北师大之后，家里的局势是三十年河东三十年河西了，朱朱失了宠，而我，成了新贵。父亲对我的态度，十分小心翼翼，仿佛我是他的飞来横财，一个不小心，又得而复失了。

姆妈亦夫唱妇随。

朱朱看不得我小人得志，更看不得父母对我的百般呵护，悲愤交加地去了省城。她是把省城当汨罗江来自沉的，如果她有屈子的才华，肯定还会吟出一部《离骚》来，给楚怀王父亲看。

父亲的衣钵，现在要传给我，他想我回辛夷中学。

但我不想要父亲的衣钵。朱朱一走，我有一种鸠占鹊巢的不安。正如朱朱不习惯父母的冷落，我也不习惯父母的热情。多年的独来独往，使我染上了嫦娥的清冷习性，我是要在广寒宫生活的。而京城，虽然看上去灯红酒绿热闹繁华，其实呢，却是空旷清冷的广寒宫。

我想留在京城这座广寒宫里。

结果是我一厢情愿——差不多有两个多月，我带着简历辗转于各种人才市场，最后没有一家用人单位看上我。

父亲眼里我的富贵和锦衣，在京城人这儿，原来什么都不是。

就在我决定要放弃的时候，一家杂志社通知我去面试。

我战战兢兢。当编辑是我成人之后的梦想职业，成人之前，我的梦想是当杂货店，不，是副食品店的店员，卖各种糖果和点心。

面试我的男人，是人事部科长，年龄或五十或四十或三十——乍一看半秃，是菡萏香销翠叶残；再一看容颜，菡萏原来没销呢，还红艳艳的，是红花枯叶两不相宜的景致。

我能否留下来，据科长说，取决于他。

办公室的门是关着的，门外也没有人，因为是星期天——科长利用他宝贵的休息时间，很辛苦地加班面试我。

说面试或许有些不准确，应该说手试——他的手一直有意无意地拍着我，先是拍我的肩，后来是胳膊，再后来是腿，由上及下，由重及轻，最后竟然是一唱三叹般缠绵摩挲。

我知道这意味着什么。宿舍里的女生夜里早就谈论过了，说隔壁的杨贵妃，因为和某个男人睡了一觉，进了北京出版局了。

和杨贵妃睡觉的那个男人我不知道是什么样子，但我知道，我是绝对不会和这个红花枯叶男睡觉的。这关系道德，似乎也不完全关系——看多了风花雪月的文学书之后，我的心理和生理，都再也没有办法接受这种男人了。

如果他英俊倜傥，如果他玉树临风，我不知道会不会是另一种结果。女人的德，有时要靠男人的丑来成全的。西门庆如果和武大郎掉个儿，潘金莲就不用背上淫妇的千古骂名了，说不定也忠贞节烈了。

四

我没有留在京城，我去省城了。

朱朱和我似乎不共戴天，我到省城不过半年，她就回辛夷中学了。这也是父亲积极张罗的结果，父亲原来张罗我衣锦还乡的，无奈我不肯，父亲就移花接木到朱朱身上了。朱朱和父母的感情本来就好，只不过因为我，一时负气而走，即便走了，也还是带着"总为浮云能蔽日，长安不见使人愁"的不甘和期待，现在既然浮云已散，长安又招手了，朱朱于是半推半就地，回辛夷和父母破镜重圆了。

这也好，父母没有儿子，朱朱是长女。

我心安理得地一个人待在省城。

说是省城，其实是省城的西郊，很偏僻，很荒凉。几千学生的一所中专学校，加上老师，加上老师家属，也还是几千人。

我住的宿舍叫青年教工楼，也有人把它叫潇湘馆——之所以被叫作潇湘馆，据说是因为这儿住过一个林妹妹般的女老师，女老师不仅长得弱不禁风，还会写诗，还有肺病，最应景的，是女老师的宿舍外，还种了几竿竹子。也不知是女老师自己种的，还是别人种的，反正有了这些之后，青年教工楼就只能叫作潇湘馆了，不然，显得中专学校的师生没文化不是？

但等我搬进来的时候，潇湘馆就有些名不副实了，因为林妹妹早老得不好做妹妹了，而竹子，也死光了。

宿舍外倒是有两株桂花，如果加上邻居姜老师儿子养的一只白兔，青年教工楼似乎改名叫广寒宫更切题了。

我这么对沈辰生说。沈辰生是我的男友，之前是我大学舍友的乡党，北大哲学系的才子，经常有事没事到我们宿舍来厮混，厮混四年，他和其他人早厮混成了亲密无间的哥哥妹妹，和我却还是山远水远的沈辰生朱小愚，都以为他和我是两不相干的，我也这么以为。没料到，大学一毕业，大家作鸟兽散之后，他竟然开始对我辗转反侧寤寐思服了。

你这是亡羊补牢。舍友知道后，嘲笑沈辰生。

也是，两人在相隔十万八千里之后，再谈爱情，确实有些舍近求远了。

可沈辰生喜欢舍近求远。爱情原来就是要相隔十万八千里的，没有那十万八千里，梁山伯和祝英台的爱情，早夭折了；没有那十万八千里，鲁迅和许广平写不出《两地书》，李清照也写不出《一剪梅》。所以，爱情的秘密不是其他，只是分居。分居不但让爱情长生不老，而且还可以衍生出伟大的作品来。如果我们分居上十年八载，说不定你就成李清照了。

这是沈辰生在胡诌，但沈辰生的胡诌总是有理有据的。瑞士的美学家布洛不是有个"距离说"吗？距离产生美，一切的关系要想升华成审美关系，都必须隔上必要的距离。知道金岳霖为什么会一辈子恋林徽因吗？因为中间有个梁思成，梁思成是屏风，在中间那么一隔，林徽因就成了金岳霖的"良辰美景奈何天，赏心乐事谁家院"了！

我其实不想当李清照和林徽因——就是想，怕也是痴心妄想，但我还是喜欢沈辰生这种反弹琵琶。不就是分居吗？不怕，我们都是书生，习惯于纸上谈兵。纸上谈兵好哇，比姜子牙撒豆成兵都好，姜子牙的豆子总有数的，豆子用完了，兵也就没有了，可我们在纸上谈恩爱，那就万寿无疆了。沈辰生什么都可以给我，汉武帝的金屋，苏东坡的婵娟，张翰的鲈鱼莼菜羹，我想什么，沈辰生给什么。书生人情纸半张，这半张纸的爱情，我们一谈，就是六年。

六年的时间，能让多少爱情生死？如果以同事老鸦的周期来算，可以生死三次；以同事粟米的周期呢，则可以生死四次。我在边上，眼看她们起高楼，眼看她们宴宾客，又眼看她们楼塌了。

但我和沈辰生的爱情不死，依旧豆蔻华年。粟米看不得我沾沾自喜，说，你那算什么爱情？不过画饼充饥。

粟米就住我隔壁，和她第五任男朋友马群，每日在我眼皮底下双宿双栖柴米油盐。

马群能做一手好菜，荷叶糯米鸡，糖醋鲫鱼，豆腐芽白腌笃鲜，手艺比姜师母还好。会做菜的男人，长相一般都有跑堂的特点，偏矮，偏胖，脖子偏粗。有什么办法，生态环境决定的嘛！可马群却一点没有跑堂的特点，白皙，修长，即便系了围裙，看上去也是学院派的风雅。

偶尔粟米会邀请我过去一起吃。在青年教工楼，我们俩都属女人们的公害。我公害是因为我独居，男友远在天边，远水救不了近火，她们害怕我万一哪天城门失火，会让她们遭池鱼之殃；而粟米公害，是因为她妩媚风流，还有不光彩的前科——她五任男友，有四任是从别人手上撬过来的，女老师，尤其是师母们，防她，因此犹如防贼。

我不防粟米，因为沈辰生在外地；粟米也不防我，因为用不着。在粟米看来，我虽然长得还算差强人意，但若论女人的魅力，我和她完全没有可比性，男人爱女人什么？不是爱樱桃口，不是爱柳叶眉，而是爱那一颦一笑所生出的风情，这种风情，只可意会不可言传，有的女人天生有，而有的女人天生没有。粟米以为，她自己属于前一种女人，而我朱小愚，显然属于后一种。喝了几口酒之后，粟米会这么教育我。这是粟米的傲慢，也是半醉的粟米那会把我当朋友了，但我们其实不是朋友，我们只是同事，都在学校的基础科部，我教《大学语文》，她教《大学英语》。

粟米之所以请我吃饭，按她的说法，是发扬她伟大的人道主义精神：天天看一个半老姑娘拿了饭盒形单影只去食堂的背影，简直和看基耶斯洛夫斯基电影里那个佝偻着腰捡空酒瓶子的老妇人一样凄凉。这话让我有点不高兴，我才二十八，风华正茂，背影虽没有粟米的袅袅娉娉，至少也是挺拔的，怎么就佝偻成了基耶斯洛夫斯基电影里的那个老妇人？表扬自己可以，但如此糟蹋别人，不厚道了。不就是想在我面前炫耀马群么？项羽说，富贵不归故乡，如锦衣夜行。这话如果换了虞姬说，或许就是，有好男而不炫于女人前，如锦衣夜行。

如果我恶毒些，就应该让粟米锦衣夜行，教工楼里的那些女人们就这样，对粟米和粟米的马群，总是视而不见的样子。但我这个人，天生没有恶毒的本事，而且，我也实在抵御不了那荷叶糯米鸡的诱惑。小时候落下的毛病，基本就属于不治之症。我明知道粟米现在，和小时候的西宫娘娘一样不怀好意。西宫娘娘让我跑腿，让我吃鸡屎唱"我家的爹爹数不清"；粟米呢，让我给她代课，然后看她和马群如胶似漆。

三个女人一台戏，三个人当中如果两个女人一个男人就更是一台好戏，可以演西厢，可以演红楼，还可以演牡丹亭，不管演哪折，反正我都是丫鬟，在一边看小生小旦眉来眼去凤凰于飞。

有时粟米也会过意不去，让小生侍候侍候我，帮我斟杯酒，或搛块鸡，做慈善事业般的。我知道，她这又是在发扬她该死的人道主义精神了，我暗暗不乐。其实做丫鬟不妨的，何况是酒肉丫鬟，我乐意做，但我受不了的，是粟米那假惺惺的人道主义。

日子比以前更觉清淡寂寞了，因为有粟米和马群的生活在边上对照着。我开始对沈辰生的爱情理论动摇了，爱情真要隔十万八千里才不会死吗？人的一生，也就几十年，几十年之后，身体都灰飞烟灭了，爱情不随之灰飞烟灭？就算不烟灭，和梁山伯祝英台一样，在别人的戏台上流芳千古，那又有什么意义？我这么问沈辰生。沈辰生无言以对，或许在我对他的理论动摇之前，他自己早就动摇了，但他没有办法，只能学阿Q，精神自慰。不学阿Q又如何？他一介青衿，在冠盖京华，真是手无缚鸡之力，别说调我入京，就是给一只狗上个户籍，怕也不能。我们要想朝朝暮暮，除非他下放到我这儿来，我们校长答应了，他过来可以到基础科部，教马列。但沈辰生不想下放，爱情诚可贵，哲学价更高。也就是说，和我朱小愚比，他情愿和哲学执子之手与子偕老。

没有什么办法，我们只能继续靠苏东坡的婵娟张翰的鲈鱼虚无缥缈地过。

夏秋冬三季还好，我基本蛰居，身体蛰居，精神也蛰居，即使出行，也会着铠甲保护，如带壳的蜗牛，别人如果眼神不太好，乍一看，还以为我披坚执锐。但春天就不行，尤其是春天的黄昏时分，我就有些不安于室了。暮春三月，江南草长，杂花生树，群莺乱飞。丘迟这几句诗，我觉得不是写江南，而是写衣衫里的我。一年里总有那么些日子，我的里子，是杂花生树群莺乱飞的。

马群就是在这样的时间来邀请我的。

我不应该过去，粟米不在，我知道的，粟米几天前带学生去上海参加英语口语比赛了。马群说，他做了一大钵紫苏炒田螺，吃不了。紫苏炒田螺我和粟米都爱吃，只是，粟米也不在，他为什么要做一大钵紫苏炒田螺呢？我想这么问，但没问出口。这时候我十分软弱，软弱得没有力气问这样的话。

我不知道那个夜晚我有没有在马群面前卖弄风情，我也不知道那个夜晚马群有没有勾引我，反正一大钵紫苏田螺和六瓶啤酒吃完之后，已是深夜，我起身告辞。之前我已告辞过两次，都被马群挽留，这一次，我仍没告辞成，一个趔趄，竟趔趄到了马群的怀里。

我记得我是挣扎了的，或者我想过要挣扎的，只是我的身体状态不太允许。那一刻，我是一只爬出了壳的蜗牛，软弱得吹弹得破。

如果不是窗户上的一张脸，那一夜，我就被马群吹弹破了。

那张脸紧贴在窗玻璃上，是我发现的，就在马群很斯文地为我宽衣解带时，我习惯性地望一眼窗户，这一望，让我魂飞魄散，有人偷窥！

我失声尖叫，窗外的人仓皇而逃，马群赶紧拉灭了灯，黑暗中我抱头鼠窜回我的房间。

第二天粟米就回来了，我和马群的关系，又变得相敬如宾。

只是，那个偷窥者是谁呢？惊魂一瞥之下，实在没看清楚窗户角落里的那张脸。应该就是楼里的哪位单身汉吧？那晚抱头鼠窜回房间之后不久，听到楼道里有脚步声，鬼鬼祟祟地，往二楼去了。是二〇七的老吴？那个在图书馆工作的猥琐男，以前就有躲在图书馆厕所偷窥女学生的历史。或者是二一三的孟家国？他一直爱慕粟米，有事没事总喜欢斜了眼在粟米周边搔首踟蹰，如果是他，他应该是想偷窥粟米和马群吧？却没想到看到了我，种瓜得豆，虽然不免失望，但至少没有颗粒无收，也算他意外的收获吧！

也有可能是锅炉房的小陈，这个脸上长满了暗红疙瘩的家伙，后来看我的眼神总有些不对，既狎昵私密，又意味深长。有一次在食堂门口，他的胳膊肘竟然撞了一下我的胸，我觉得他是有意的，食堂门口的人又不多，他完全可以避开的。我很恼火，却没敢发作。他的表情有点吓到了我，是心照不宣又有恃无恐的表情。他一个锅炉工，所恃能是什么？

每个人都很可疑，每一个男人似乎都有置我于死地的暗器。

只要那事被说出去，一夜之间，我就身败名裂了。原来朱小愚老师的冰清玉洁是假装的，其实呢，比水性杨花的粟米还不如，人家粟米至少诚实，很诚实的水性杨花，而朱小愚，是个又当婊子又立牌坊的女人。

我战战兢兢，每一日都担心东窗事发。但很奇怪，直到一年后我考回母校读研究生，什么事也没有发生。

偷亦有道。对那个偷窥者，我后来几乎生出了几分感激之情，说他无名英雄可能太过誉了，但正是他的偷窥以及守口如瓶的美德，保全了我的名节。

五

按朱朱和父亲的说法，我这个人的反应有些慢——虽然父亲后来修正了他的看法，但朱朱对此一直坚信不疑。

也确实，十五岁妹头应该怀春了，我没有怀春；十八岁读大学应该恋爱了，我没有恋爱；二十好几应该结婚生子了，我没有结婚生子。虽然这些事后来我倒是都补上了，一件没落下，只是，和别人比，我统统慢了一拍，和当初读《红楼梦》一样，比朱朱整整慢了五年。

最要命的，是四十岁那年我竟然生出了外遇的心思。我生出外遇的心思，和两个女人有关系，一个是徐昭佩，另一个就是吴宝。

吴宝是我的女友，确切地说，我是吴宝的女友。我这个人，向来是有些被动的，和谁好，和谁不好，基本都由别人说了算。和朱朱的关系这样，和顾艳玲的关系这样，甚至和沈辰生的关系，也差不多是这个样子。人家要我的时候，我召之即来，人家不要我了，我挥之即去。我的这个随和性格，不知是天生的，还是后天由朱朱和西宫娘娘共同培养的。沈辰生嘲笑我是一个犬儒者，我有点不高兴，不高兴沈辰生也不管，在一起生活了十几年后，他早就变得和朱朱一样对我不客气了。

吴宝第一次来我家是因为面包机，我家的面包机坏了，拿到校门口的维修部去修，维修部的师傅却修不了，扛回来的路上碰到同事余教授，还有余教授的邻居。邻居很热心，毛遂自荐要上门帮我修面包机，我有些狐疑。余教授说，吴宝老师可是搞机电的，帮你修个面包机，那是杀鸡用牛刀了。

果然是杀鸡用牛刀，不消十分钟，面包机就被起死回生了。

不单面包机，我家所有坏了的电器后来都被吴宝妙手回春，大至空调，小至榨汁机。我一时对吴宝简直崇拜得五体投地，沈辰生也一样，我们两个人都是机电盲，家里哪怕只是保险丝断了，都会惊慌失措，不知如何是好。因为这个，我甚至后悔嫁了个搞哲学的男人。难怪林徽因当初不嫁金岳霖而嫁梁思成，梁思成会盖房子，金岳霖会干什么？对了，会逻辑学。可逻辑学对婚姻生活，能管什么用？管个屁用。有时家事把我逼急了，我会用粗口指桑骂槐。这种时候沈辰生也绝不示弱，在他看来，对哲学不敬已经非常可恶，何况还是对金岳霖不敬，其罪之大，大至可诛。再说，就算按庸俗的实用主义逻辑来看，哲学没有用，文学就有用吗？《春江花月夜》是能当鱼吃，还是能当裤子穿？一样的，管个屁用！

哲学和文学，在我家竟成了屁。

好在我们有了吴宝，吴宝老师不仅修好了我家的电器，同时也让哲学和文学从屁里面解放了出来，可谓功莫大焉！

之后吴宝就开始频繁地出入我家。大学老师的课不多，一周也就那么几节，几节之余，她基本就到我家消磨了。

一开始我很不习惯，我是爱独处的，一个人备课，一个人做饭，一个人躺在书房里的沙发上拿本闲书似看非看，或一个人站在阳台上对着某棵树发呆。但现在都不行了，吴宝对我亦步亦趋，我到厨房她跟到厨房，我到书房她跟到书房，甚至我上洗手间，她也会倚了门在边上看着。

这实在有点过分了！我们都是四十岁的人了，又不是幼儿园的小朋友，怎么没有一点隐私意识呢？对沈辰生抱怨，沈辰生幸灾乐祸，说，朱小愚，你可不能卸磨杀驴，那是不道德的事，再说，家里那么多电器，不定哪天什么又坏了，到时找谁去？所以，你要未雨绸缪。

沈辰生总是有道理，没辙，我只好绸缪——由了吴宝对我亦步亦趋。

不知道吴宝是被憋坏了，还是因为搞理工的女人都头脑简单，简单得和孩子一样，孩童之口，百无禁忌。所有能说的或不能说的，吴宝都说了，从她家保姆狐假虎威，到她和她老公的房事。

有些女主人是搞不定保姆的。当年伍尔夫就被她的用人耐莉弄得心烦意乱，吴宝也一样，她家的保姆叫李茉莉，人也长得和茉莉一样细小，却人小志气大，从不把人高马大的吴宝放在眼里，她眼里只有鄢处长。鄢处长就是吴宝的老公，是我们学校科研处的处长，以前也是机电系的老师，后来学而优则仕了。茉莉对鄢处长像土狗一样忠心耿耿，鄢处长爱吃红烧肉，她家饭桌上就总是红烧肉，哪怕鄢处长不在家，饭桌上还是半碗上顿吃剩的红烧肉——肉皮和瘦肉部分被鄢处长消灭后，剩下的肥肉部分，被李茉莉加点笋衣或霉干菜炒了，算是吴宝和李茉莉的下饭菜了。吴宝那个腻歪呀，几乎想把红烧肉扣到垃圾桶里，却不敢，因为投鼠忌器。吴宝想喝鲫鱼汤，说了好几次，饭桌上也没有看见鲫鱼汤，恼怒的吴宝问李茉莉到底怎么回事，李茉莉哼哼唧唧老半天，最后嘴一撇，不管不顾地说，菜市场上今天没有鲫鱼卖。这是放屁了，鲫鱼又不是河豚，怎么可能没有卖？更可笑的，是李茉莉的那些个小动作，鄢处长的内裤是手洗的，而吴宝的内衣，李茉莉就扔到洗衣机里，和袜子什么的一起洗了；鄢处长的被子隔三岔五就会晒一次，而吴宝的被子通常要一两个月，每次还是挑太阳不那么好的时候。

这样的女用当然是要炒鱿鱼的，可吴宝做不了这个主，每次向鄢处长建议，鄢处长都不作声，不作声也就是不同意，鄢处长在家向来惜言如金。

有意思，听吴宝家的故事还真是有意思，比看树和闲书有意思多了，尤其女用李茉莉,简直让我浮想联翩。只是,吴宝的被子和鄢处长的被子怎么是分开的?难道他们夫妻分居了?

我欲言又止,吴宝倒无所谓,说,早分了,至少有两年时间没有房事了。

开始时是旬旬,后来是月月,再后来是季季,季季了一段时间,鄢处长就彻底不敷衍了,借口工作太累,搬到另一个房间睡了。

吴宝之后还厚颜到另一个房间去自荐过两次,都没自荐成,被鄢处长婉拒了。

三十如狼四十如虎,鄢处长不过四十四,还是虎狼之年,难不成就被仕途经济弄成了东方不败?

吴宝不信。按一般的逻辑,还是鄢处长的虎狼之力,用到了其他女人身上。用到谁身上呢?吴宝不得不放下教授的身段,学习市井女人那一套,对鄢处长开始了十分细腻的盯梢,细腻了几个月,却一无所获。也是,人家鄢处长是搞行政的,行事谨慎滴水不漏是基本的职业修养,和他玩细腻,是关公面前舞大刀了。

怎么办?吴宝不知道。在身体和精神的双重折磨之下,她试过以毒攻毒,却发现自己完全丧失了以毒攻毒的能力。有一天她主动约同教研室的一个男同事喝茶,这是开天辟地降贵纡尊了,他们教研室一直男多女少,女老师只要姿色尚可,都能集三千宠爱的。何况,这个男同事之前对吴宝一直有那方面的暗示,男同事长得不差,性情亦温柔,吴宝对他也是颇有几分动心的,囿于使君有妇罗敷有夫,只能一直装聋作哑。但现在既然鄢处长尸位素餐,就休怪她另谋出路了——吴宝横下心要做出一些事,也相当于死谏了。

她以为男同事会欣喜若狂的,多年来他对她不是心向往之求之不得吗?没想到,他也婉拒了,他说,老婆出差了,他不方便出门,要在家给女儿做饭呢。

她简直不能相信自己的耳朵。恼羞成怒之下,她一不做二不休,接二连三地给其他男人打电话,都是以前或多或少或明或暗对她有过想法和表示的男人,至少她认为是这样,结果让她哭笑不得:猫不吃鱼,男人都变正经了,不管她如何暧昧,他们一个个正大光明道貌岸然。

那一刻,她死的心都有了。电话边上就是衣橱,柚木的,很硬实,撞死她应该没问题。可她在那个时间,连撞死自己的力气都没有了。世上没有后悔药，如果有，她就不打那些自取其辱的电话了，不，她应该早几年打那些电话，在他们对她还虎视眈眈的时候。多年来她一直洁身自爱，为了鄢处长。可鄢处长呢，却弃她若敝屣了。

不单鄢处长，所有的男人现在都弃她若敝屣了！

她万般委屈，原来以为只有不守妇道的女人才是破鞋，可她一直三从四德，最后也成破鞋了。殊途同归，女人的命运，其实就是破鞋的命运。

她的月经已经开始紊乱了，这是要绝经的前兆。女性绝经的平均年龄是四十九点五岁，她不过四十五，却要绝经了。医生说，和谐的性生活会延缓绝经的到来。可她呢，不要说和谐的性生活，压根没有性生活。

所以说，即使只为了月经，女人其实也是应该外遇的，尤其是四十岁之后的女人，老公如果把你束之高阁，那外遇之事，简直就刻不容缓时不我待。

这理论有些邪恶了，但吴宝说得十分殷切，不由我不生出兔死狐悲的伤感。

我内疚。女人之间的友谊是要礼尚往来的，女人之间的私语也要礼尚往来的，这是起码的仁义道德。但我和吴宝之间，只有吴宝来，没有我往，来而不往非礼也，我知道，可我实在没有办法和吴宝说我和沈辰生的帐帷之事。

至少应该说说徐昭佩。

徐昭佩是我的同事，最初不认识沈辰生，也就是说，她和沈辰生成为朋友，是我在中间牵的线。

我和沈辰生周三上午都有课，徐昭佩也有，她和我们住同一个小区，有一次在小区门口碰见，寒暄了几句，她就搭我们车去新校区了。

之后每周三她就不坐校车了，改坐沈辰生的车。

她上课的地方是教学主楼，沈辰生也是，而我在人文楼。主楼比人文楼要远一些，每次下课后，沈辰生要先接了徐昭佩，再到人文楼接我。

大约是第三次，也可能是第四次，我记不清了。那天天不好，下雨，我没撑伞，沈辰生的车一过来，我用讲义包挡了头，冲过去拉车前门。车门打开后，徐昭佩却端坐在副驾上，我一时有些反应不过来，愣了好几秒，徐昭佩莞尔一笑，说，不好意思，朱老师，我鸠占鹊巢了。

我能说什么？灰溜溜又湿淋淋地坐到后面去了。

打那以后，徐昭佩每次就当仁不让地坐前座了。

从新校区到我们小区有四十分钟的车程，有时碰上堵车，就五十分钟或一个小时了，这段时间里，徐昭佩和沈辰生总是谈笑风生——上了三节课，他们也不嫌口干舌燥。

偶尔徐昭佩会回头和我搭讪，我笑一笑，不说话。以前和沈辰生两个人的时候，我也是不太说话的，现在三个人，更没心情说了。

车里这时应该放田震歌曲的，我喜欢田震沙哑且沧桑的声音，沈辰生知道，但现在放的是周杰伦，徐昭佩说她喜欢周杰伦，尤其迷恋他的《菊花台》。车里于是就循环放《菊花台》了。"雨轻轻弹，朱红色的窗，我一生在纸上，被风吹乱"，徐昭佩有时会和周杰伦一起哼，两人的声音里，有一种抵死缠绵的绮靡。沈辰生微微地晃着身子，食指轻扣方向盘，很陶醉的样子。

倘若发生一场车祸，按一般的规律，副驾座位的死亡率是最高的吧？其次应该是驾驶座，两人一起过奈何桥的时候，会不会还在哼"花已向晚，飘落了灿烂，凋谢的世道上命运不堪"？

这有些恶毒了，即使在意念里，好在沈辰生不知道。世上的夫妇之所以能白头偕老，或许就是因为不能看见彼此的意念吧？

在沈辰生看来，那个学期的我或许和以前一样，没有什么不正常。但我知道，那个学期的我其实和以前是不一样的，和以后也不一样，那个学期的后两个月里，我被吴宝附体了般悲伤和决绝，那时如果有哪个男人勾引我，我肯定会奋不顾身地上钩的，为什么不呢？沈辰生变成鄢处长要花多长时间，一年，还是两年？到那时，我是不是就成了另一个吴宝？

这么一想，我就燥热不安。和当年的西宫娘娘一样，我也长了一身的红疹子，每天早晚喝两大碗莲子汤也压不下去。

好在学校停课了，我的疹子才不治而愈——也没完全愈，有时在路上遇见徐昭佩，皮肤下面感觉还是热辣辣地刺痛。

这事我没告诉吴宝，什么也没发生，说什么呢？

发表于《上海文学》2012 年第 6 期
转载于《小说月报》2012 年第 8 期
《小说选刊》2012 年第 7 期
连载于《楚天都市报》

汤梨的革命

一

汤梨认识孙波涛,发生在三十六岁那年。

三十六岁对女人而言,按说是从良的年龄,是想被招安的年龄。莫说本来就是良家妇女,即便是青楼里的那些花花草草,到这年龄,也要收心了,将从前的荒唐岁月一股脑地藏到奁子里去,金盆洗手之后,开始过正经的日子。这是女人的世故,也是女人的无奈。所以陈青说,女人到这个时候,黄花菜都凉了。陈青三十九,是哲学系最年轻的女教授,也是哲学系资格最老的离婚单身女人。这使她的性格呈现出绝对的矛盾性,也使她的道德呈现出绝对的矛盾性。一方面,女友汤梨的年华渐老,让她生出几分兔死狐悲的伤感;另一方面,又让她有一种同归于尽的隐秘快乐。毕竟汤梨是个美人,用她的光芒以及珠圆玉润的生活,把陈青的人生反衬得黯淡无比。陈青的心情阶段性地呈现出灰色的状态,固然是身边男人们的来来往往造成的,但应该说,和汤梨也不无关系。所以,当汤梨犹抱琵琶地和她说起孙波涛,她本能地拔出剑,要往汤梨的痛里戳。

然而汤梨不痛。不痛是因为黄花菜没凉,无论是在孙波涛那儿,还是在汤梨自己这儿,温度都刚刚好。

如果早几年,孙波涛这样的男人,绝对不能让汤梨的内心起什么波澜。不说别的,就说孙波涛的年龄,首先就不合格。对汤梨来说,孙波涛太年轻。

汤梨三十六岁了，而孙波涛只有三十二岁。这意味着什么呢？意味着汤梨幼儿园快毕业了，而孙波涛才出生；汤梨是中学生了，而孙波涛是小学生；汤梨是大学生了，而孙波涛是中学生。这么一想，汤梨会觉得有乱伦的感觉，也有老牛吃嫩草的嫌疑。从前汤梨最喜欢讥笑别人老牛吃嫩草的。读研的时候，美学老师马骊，离婚后找了个比自己小两岁的男人（严格地说，还不到两岁，是一岁半），她们这群女研究生，背后就总笑马骊是老牛吃嫩草。她们叫马骊不叫马老师或者马骊，而是叫老牛，叫马骊的老公也不叫余老师或者老余，而叫他嫩草。她们总在宿舍里嘻嘻哈哈地拿马骊打趣，嘿，老牛今天穿了一条大花裙子吔。老牛今天上课时穿的那胸罩，绝对是 D 罩杯哟。喊，至少垫了一厘米海绵。不然，那么个老女人，还能如此波涛汹涌——女人糟践起女人来，总是不留一丝情面的，尤其是年轻的女人糟践年老些的女人，更是恶毒。对女人而言，幸福一半来自男人，还有一半来自比自己更年老的女人。当然，在这个问题上，她们对男女也还是一视同仁的，比如对系主任陈季子。老婆死了，续弦，结果续的是个比自己小十岁的年轻女人，她们更刻薄了，干脆叫陈季子为暮牛——这是汤梨的才华，汤梨说，陈季子是学曹操的《龟虽寿》，烈士暮年，壮心不已。壮心不已呀！

所以，年轻时的汤梨绝不能对一个年龄比自己小的男人有什么想法。莫说小四岁，就是小四个月，小四天，也不行，这是一个原则问题。小不小的，不完全在容颜上，而是心理意义上的。她喜欢找年纪大点的男人——当然，也不能大成一树梨花压海棠，而是差不多，四岁，或者四岁左右，左也是一年，右也是一年，超过了这个限度，汤梨就觉得这男女的年龄比例有些问题了。

然而现在，汤梨的观念发生了颠覆性的变化。

三十六岁的汤梨正在经历一场革命，一场既激烈又隐秘的革命。隐秘是指它的革命形式，它基本上还是地下状态。也就是说，它是秘密进行着的一场革命，就如鱼游水里，就如花开叶下，里面再水波荡漾再如火如荼，面上依然是声色不动。所以，这样的革命汤梨的老公周瑜飞一点也没察觉。莫说老公没察觉，甚至汤梨自己，一开始也被蒙在鼓里。这样说有些玄了，但革命真是如寄生于汤梨身子里的种子，它自己生根，它自己发芽，它自己暗暗地往上生长，也不知道过了多久，等到汤梨有些感觉，它已经长得枝繁叶茂，眼看着就要开花结果了。

　　这有些激烈的意思了，但汤梨不在意，革命只是意识形态的革命，是纯粹主观和抽象的革命，还完全没有落实到行动上。所以即使再激烈，又如何呢？莫说汤梨不在意，就是周瑜飞，每次听到汤梨的谬论，也是一笑了之。人生观变化了，道德观也变化了，这正常！二十岁时的人生观道德观和四十岁时的人生观道德观当然会有不同。有什么东西能一成不变呢？即使一只猫一只狗，过个十年八年的，想法也会变，即使一块石头一个木桩，放在风雨中十年八年，颜色也会变，何况本来就爱七十二变的女人呢？所以变是正常的，不变才不正常呢。

　　何况这变化也不是由白变成了黑，由鸡变成了鸭，不是那样显山露水有棱有角的变化。在周瑜飞的眼里，汤梨还是汤梨，还是爱看闲书，还是爱听流言，还是爱眯着眼看人及一切能进入视野的花草虫鱼，甚至那颗鬼牙，也和从前一样，一笑，就探头探脑地向外龇。

　　这迷惑了周瑜飞。周瑜飞不知道，汤梨其实又不是汤梨了。

二

　　首先，汤梨对男人的看法有些变了。从前汤梨不喜欢比自己年轻的男人，坚决不喜欢。但汤梨的坚决现在有些动摇了，这或许是受了陈青的影响。陈青男友们的年龄，向来是天上地下走两个极端的，要么是五六十岁的半老头子，要么是二十多的小伙子，几乎没有中间年龄的。中间年龄的男人都死绝了，陈青经常咬牙切齿地咒骂。这死绝的男人里面，当然也包括周瑜飞。然而，汤梨不计较。处于美满婚姻状态中的汤梨，有义务有心情让自己老公牺牲在单身女友的唇枪舌剑里，以此来缓解女友的愤怒和绝望。陈青现在对婚姻，基本不做指望了。五十多岁的男人和二十多岁的男人，显然都不太适合做陈青的再婚对象——虽然一开始，和那些五十多岁的男人交往，陈青是努力朝婚姻之门迈进的。然而和他们交往着交往着，就不由得心灰意懒起来。毕竟陈青是搞哲学的，对人生，比一般人看得更透彻一些，也更虚无一些，总不甘为了柴米油盐的日子，和一个半老头子苟且余生。而且陈青的身边，也没断过年轻的男人。和那些风华正茂的男人对比着看，本来半老的男人，便成全老了。这使得陈青，愈加下不了再婚的决心。

结不了婚的陈青只好继续和那些年轻男人暧昧着。对这些年轻的男人，一开始，陈青在汤梨面前总会藏着掖着，不是因为道德的顾忌——对陈青而言，道德之绳总是软弱的，而是有些怕汤梨，怕汤梨的美，会让他们的关系节外生枝。这并非陈青杞人忧天，而是有过沉痛的历史教训。当年周瑜飞，其实原来是陈青的朋友。虽然那时他们还不是那个意义上的男女朋友，但陈青对他，是暗暗有些意思和打算的。但汤梨一出现，所有的打算都成了落花流水。一向在陈青面前颇有男子自尊的周瑜飞，一夜之间，变成了一只大蝴蝶，成天地绕着汤梨表现他艳丽的翅膀。陈青觉得十分好笑，也难堪，但好在她和周瑜飞的关系还没有挑破，那么汤梨，就还不算横刀夺爱，朋友因此还能做下去。但陈青在心里对汤梨到底有些怨恨和戒备了。

戒备了的陈青就会有意无意地把男友藏着，但也藏不久，因为又想要炫耀。陈青尽管是个哲学教授，但那只限于在课堂上，或很严肃地思考人生的时候，一般情况下，也不过是个肤浅的妇人，离衣锦夜行的境界还有些远，所以憋不了多少天，又会把这桩艳遇告诉汤梨。这表面看是陈青的情不由己，其实呢，却是她的处心积虑，是刺向汤梨的温柔之剑。你汤梨不是有个美满婚姻么？不是常常因了那美满婚姻在我面前表现出那该死的优越感么？我就是要让你知道，美满婚姻是女人的华丽外衣，亦是女人的黑暗之蛹。我要让你这个坐在蛹中的夜郎自大的女人，见识见识外面的花花世界。

汤梨的反应最初有些一惊一乍，但惊乍了几次之后，也渐渐习惯了陈青对男人的口味。女人和女人原是不一样的。有汤梨这样的，也有马骊那样的。陈青显然属于马骊那一类，爱啃青。汤梨笑笑，不再批判了，也有点不敢批判。因为每一次批判的结果，都是被陈青反批判一顿。无论汤梨持怎样的理论，陈青都能把它们驳得体无完肤。没办法，汤梨对陈青只好进行腹诽了。

即使腹诽，汤梨后来也不能继续了。因为陈青亦用了几乎腹诽的形式，对汤梨进行了更为彻底的反批判。有一次，陈青突然打电话给汤梨，要在江湖酒店做东，宴请周氏夫妇。汤梨没推辞——推辞什么？常常都是陈青到她家来打秋风，现在好不容易有一次反打陈青的机会，跑着去都来不及，还推辞？于是汤梨挽着周瑜飞的胳膊，欢天喜地地就去了。江湖就在学校西门口不远的地方，匀速走，十几分钟的事。一路上，两夫妻还商量着要狠宰陈青一顿，因为吃这家伙的机会实在是少，他们这一次绝不能由了陈青自己点菜，什么家常豆腐什么铁板茄子，胡乱地就打发了他们俩。要知道每次她到他们家，享受的都是点菜的待遇。想吃啤酒鸭了，就告诉老周；想吃清蒸鲈鱼了，就告诉汤梨。两个堂堂大学副教授，生生地被陈青当成了伙夫使唤。所以他们这次也要还以颜色，绝不能去看陈青的眉高眼低，只管点那些江湖名菜，汤梨要吃木瓜雪蛤汤，周瑜飞要吃剁椒鱼头。两人说得齿颊生香。十几分钟的路，他们提着气八九分钟就走到了。可一进江湖二楼的包厢，汤梨就知道，她被陈青暗算了，因为陈青的身边还端坐了一个英俊的陌生男人。男人很年轻，也很有教养，站起来，和周瑜飞打了招呼，又和汤梨打了招呼。汤梨的情绪急转直下。男人看汤梨的眼光太平淡了，平淡得没有一点点其他的内容。那样子，好像看隔壁或菜市场的大婶大嫂一样，这让汤梨觉得羞辱。汤梨向来习惯了男人眼神里的丰富和微妙的，尽管她对那些男人从来都没有任何想法，但她依然喜欢那些男人对她有各种想法。这和风月无关，和道德也无关，她只是把那些男人的眼睛当镜子，照照自己是不是还年轻，是不是还有迷惑男人的能力。虽然她并不想迷惑住哪个男人，可不想是不想，不能是不能，这是两回事。但陈青带来的这面镜子，却把汤梨照老了，照丑了。汤梨忍不住伤心欲绝。她知道她那天的样子邋遢，下午上了三节课，指上还有粉笔灰，身上的黑色西装也是老气横秋的。以为是老朋友一个人，就这样灰头灰脸地来了。谁承想，陈青竟然瞒了她带了一面镜子来。汤梨一下子如坐针毡。木瓜雪蛤汤喝在嘴里，和家里的冬瓜汤丝瓜汤，也没有什么区别。

同时被那面镜子照老的还有周瑜飞。按说，四十出头的男人，还不能算老的，但一个生理上正在走下坡路和一个生理上正在走上坡路的男人坐在一起，却如一本哲学书，是能让人有一种生命的觉悟的。生命原来没有永远，青春原来也没有永远。年轻时那么俊朗英气的周瑜飞，如今坐在那儿，却有一种暮春的气息，他丰腴的颊和苍白的手指，像即将零落的花瓣一样，让汤梨忧伤起来。汤梨突然有些理解陈青了，她之所以如此迷恋和年轻男人交往，或者不是迷恋年轻男人，而是迷恋年轻，是迷恋生命，她只是借年轻的生命来肯定自己生命的年轻。这是哲学意义上的事情，有些类似于曹操的"对酒当歌，人生几何"。

饭桌上的汤梨，突然成了一只惊弓之鸟。

三

这以后，就认识了孙波涛。

认识孙波涛是因为市里的一次阅卷任务。汤梨每年都会参加各种各样形式的阅卷，高考的、公务员的、自考的，这些阅卷任务多则一个星期，少则三五天就能完成。老师们把这个当作农民的双抢，6月份的试卷任务一下来，老师们说，收小麦了；10月份的任务一下来，老师们又说，收稻子了。这样比喻不是因为老师幽默，或者无聊，而是两者之间确实有相当的可比性。无论是劳动的强度，还是收成，还是劳动方式，都是农民式的。每次埋头苦干一星期，累得腰酸背痛，也不过挣个千把块钱，还赶不上考办的那些闲杂人员。那些斗大的字不识几个的闲杂人员，一杯茶一包瓜子在那儿坐上一星期，加班的费用，就是这些教授副教授的双倍或双倍以上。被当作民工使的教授们自然也是气愤的，但气愤归气愤，下次阅卷报名，依然十分踊跃。没办法，知识分子的品性，就是贱。

汤梨也属于这很贱的知识分子之一。不过，她参加阅卷，倒不全是为了那些碎银子，而是喜欢这种劳动的性质。也不用耗费什么脑子，流水作业，几千份卷子，改的都是同一道题，最后变成了条件反射。眼睛一瞥，胳膊一抬，几秒钟的事，一道题的分数就出来了。劳动在这儿变了性质，由脑力劳动变成了体力劳动。大家不是比思维的快慢，而是比翻阅试卷的速度。左右开弓，左手翻页，右手下笔，那姿势，像古老的纺织工一样。汤梨现在就迷恋这样的体力劳动。从前是我思考故我存在，现在是我敏捷故我存在。老师们把自己变成了风，哗哗哗地，往前赶着翻试卷。有些老师一边翻，一边还能开着玩笑，这简直就有点赤壁之战中的周郎风采了。雄姿英发，羽扇纶巾，谈笑间，曹操的樯橹就灰飞烟灭。这状态这气氛，汤梨喜欢。汤梨自己虽然在阅卷时是不太言语的，但她喜欢听别人言语，那些无意义的言语，如灰色树枝间挂着的鲜红果子，或者在黑色枝丫中绽放的花朵，使得单调机械的体力劳动，呈现出一种生动和芬芳的意味来。

孙波涛就是在阅卷时绽放的芬芳花朵。孙波涛是另一个学校的老师。这也是阅卷的魅力之一。不是所有的大学老师都能像北师大的于丹，或者北大的阿乙一样，生活得有声有色，缤纷灿烂。实际上更多老师的生活常态是深居简出。他们的生活半径其实很小，从教室到家，从家到教室，再丰富些，也不过把自己丰富到超市，或者菜市场，这当然是寂寞的灰色生活，有些老师，只好学庄子，做精神上的逍遥游，然而那毕竟过于务虚了。我们的时代是一个讲究脚踏实地的时代，不流行用想象的翅膀，把自己弄到虚无缥缈的天上去。所以，老师们打发寂寞的方式，就是尽可能抓住各种机会，参与一些范围广泛的社会生活。而普通老师所谓的广泛社会生活，就是指阅卷之类。老师们都来自五湖四海，毛主席说过，五湖四海皆兄弟也。推而广之，也是皆姊妹也，皆亲人也。所以，你的问题就是我的问题，孙波涛的问题也就是他同事俞老师的问题。

　　俞老师就坐在汤梨的左边。之前她一直都在谈论李安的电影《色·戒》，谈王佳芝对易先生的复杂感情，谈那颗粉红色的大钻戒，谈得眉飞色舞，谈得回肠荡气。汤梨一直带着三分笑意似听非听着。没提防，俞老师陡然话题一转，要汤梨帮孙波涛在师大介绍对象。俞老师说，你看看我们小孙，长得像不像梁朝伟？可惜待在我们那个鬼学校，巴掌大，找不出一个汤唯那样的美人来配他。人家是生不逢时，我们小孙老师却是生不遇地。要是生在香港，怕不也有机会成了李安电影里的人物？哪能到现在还是单身？汤老师，你们学校大，你帮帮我们小孙，找一个红袖添香夜读书的美人吧？

　　汤梨吓了一跳，抬头看孙波涛，孙波涛坐对面，也抬头，两人一笑。一起阅卷好几天了，每天也是低头不见抬头见，但两人从来没有说过话，这是汤梨的习惯，汤梨一向在陌生人面前喜欢端着，在英俊的男人面前也喜欢端着。而孙波涛，这两样都占着。所以，汤梨看孙波涛，从来就没有过正眼。路上遇见了，汤梨就当他是棵树，屋子里遇见了，汤梨就当他是桌椅，眼光一溜，就过去了。孙波涛呢，也是礼尚往来，她当他是棵树，他便也当她是棵树；她当他是桌椅，他便也当她是桌椅。别的老师之间几天下来，玩笑早开得风生水起，可他们两个，却还是树与树的关系，桌椅与桌椅的关系。这当然有些僵，有些不自然，但正因为这不自然，倒使得他们之间的关系有了另一种走向的可能。

　　何况孙波涛真有几分像梁朝伟。汤梨对戏子，一向是有些腻歪和偏见的，但对梁朝伟，从《花样年华》之后，却偏爱了。汤梨喜欢梁朝伟那安静和忧伤的样子，人群里落寞的男人，如黄昏时天空中倦飞的鸟，如夜里阑珊的灯火,总能动人心弦。孙波涛现在就借了梁朝伟的魅力,让汤梨生了好感。

所以汤梨真的接了俞老师的话。汤梨说,我们学校,倒是美女如云,只是不知道孙老师,想要哪一类的美女?

这话自然是问孙波涛。然而汤梨的眼睛,却是看了俞老师。俞老师本是个爱热闹的人,没话还找话呢,何况现在汤梨把话撂到了她唇边上,哪能放过?所以不等孙波涛接词,她先越俎代庖了。俞老师说,哪一类的美女?自然不能真是汤唯那样的。那样的女人有点可怕,又要革命,又要钻石,鸽子蛋大小的钻石呀,靠我们小孙改卷子挣,怕改到下辈子,也挣不到。

俞老师的声音十分铿锵,这是职业病,做老师的人,说起话来个个都像戏台上的武生,再私密的话经老师之口,尤其是经中年女老师之口一说,都带上了大咧咧的气象。一屋子的人都哄堂大笑,气氛陡然被俞老师带进了高潮中。俞老师的话如葡萄酒,把大家弄得带三分醉意了,人一醉,言语便也开始趔趄,一个姓吴的男老师问,俞老师,不找汤唯那样的,那要找哪样的美人呢?俞老师你这样的么?

这话有些促狭了,因为俞老师不是美人。虽然俞老师外号叫美人鱼,但她这尾美人鱼,和安徒生童话里的美人鱼一点关系都没有,人家之所以这么叫她,是因为她姓俞,还有她那双如金鱼一样往外凸的大眼睛,还有她走路的样子。她走路时,两条腿是紧紧夹着的,远一点看,你完全看不到她两腿之间的缝隙。她往前移动的样子,确实像一些两栖的鱼类,还不是那种很婀娜的鱼,而是有些肥大,有些壮实,和美一点也不沾边。所以严格地说,俞老师的绰号应该叫人鱼,而不是美人鱼。

可是俞老师没有和吴老师计较。他话里的促狭意味,俞老师并非没有听出来。若是年轻的时候,争强好胜的俞老师,一定要反唇相讥的,然而中年之后,她的胸襟,几乎也和她的胸一样,有些海纳百川了。耳朵也变得如丝绸一样光滑,再沙的话也能哧溜过去。再说她现在情绪好,大家的情绪都好,她不想扫兴。所以她依然笑吟吟地说,我哪是美人呀?我们汤老师才是个大美人呢,现成的榜样。小孙,你也别绕远了,就让汤老师依样描葫芦,按她的样子,给你找一个。

大家又起哄,戏谑般地去打量汤梨,仿佛汤梨是个陌生的女人。汤梨一时被大家看得不好意思起来。本来,汤梨的性格是不扭捏的,私底下,言语有时也机智得很放肆得很。但那天，汤梨莫名地有些拘谨。

　　这或许是因为孙波涛。孙波涛看汤梨的眼神，真有几分像《花样年华》里周先生看陈太太的眼神。

四

　　大约过了一个多月，汤梨突然接到孙波涛的电话。那个时候汤梨刚看完《英国病人》的碟，脑子还完全沉浸在嘉芙莲和艾马殊荡气回肠的爱情里，所以好半天，她想不起电话那头的人是谁。孙波涛说，汤老师，最近好吗？汤梨说，挺好的，挺好的。孙波涛又问，忙什么呢？汤梨说，没忙什么，闲着呢。这样敷衍了几个回合，汤梨依然还不知道对方是孙波涛，但她却没有开口问对方是谁。这是汤梨的教养，也是汤梨的经验，人家既然不自报家门，总是以为你记得人家的声音，以为他是你的朋友。你那么直愣愣问一句，你谁呀？这不好，会伤了人家。反正不着急，多聊几句之后，总会有一些蛛丝马迹的细节冒出来，帮助汤梨记忆。当然，偶尔也有直到放下了电话也不知道对方到底是谁的时候，那也没关系，汤梨是个闲散人，说的也基本都是些闲散话，和谁说不一样呢？但这一次孙波涛却让汤梨有些下不了台了，因为聊了几分钟之后，孙波涛突然问，汤老师，你知道我是谁吗？

　　汤梨有些恼了。这人怎么这样呢？完全不按常理出牌。要问一开始你就该问嘛，不能等别人和你好朋友似的聊了半天，你再来这一手，太阴险了。

　　所以汤梨不作声。气温骤然冷了下来，之前是二十度，现在变成了零度，或者零度以下。

　　孙波涛显然感觉到了这变化，一时亦有些讪讪的。

　　还是孙波涛先开腔，我是孙波涛哇，汤老师，你不是还要给我介绍女朋友的吗？

　　汤梨这才反应过来。之前只记得他的眼神，至于他的声音，她真是一点印象都没有。

五

　　两人周末就见了面，与汤梨一起赴约的还有同事齐鲁。

　　齐鲁是中文系的老姑娘之一，中文系历来是出产老姑娘的地方，系里男男女女老老少少，加起来总共才六十几个老师，而老姑娘就有六个，从三十岁到五十岁不等，加上一个预备的（已二十九了，到 7 月份就三十），占十分之一强。这在师大，是十分奇怪的现象，因为大学里的老师，不论男女，现在的行情还是可以的，按说断没有滞销的道理。但世上的事，总是吊诡的，经济规律也不能放之四海而皆准，因此就有了资料室姚老师的说法。姚老太太说，中文系的姑娘之所以嫁不出去，是因为中文系的风水不好，楼前那株老铁树种坏了。铁树不开花，也不结果，是孤老树。所以姚老师一直建议系主任把铁树砍了，种上几株桃树李树，或者干脆种一株槐树，槐树主婚姻，《天仙配》里的七仙女和董永不就是在槐树下喜结良缘的么？这样的说法在大学里当然是迷信，所以系主任们总是一笑了之。但姚老太太仍然不屈不挠地坚持她的理论——当然要坚持，姚老太太虽然不是教授，只是一个资料员，但毕竟在大学工作多年，教授的习性多少也是染上了几分的，知道什么话都不能胡说，立论之后要有论据。所以姚老太太的论据也很充分，比如从前的叶绢老师，在中文系待了十几年，一直单身，别人给她介绍了不下十个男的，一个也没能成为丈夫。可一调到研究院去，当年就结婚了。还有胡佩佩，人家在成教中心本来有老公的，两人据说还是恩爱夫妻，到中文系不久，却莫名其妙地，突然离婚了。

然而让姚老太太郁闷的是，她的理论在中文系一直没能成为显学，不仅主任们不信，即使齐鲁她们，也不信。

不信的表现是仍然执着地相亲。中文系的老姑娘们没有一个是真的单身主义者，即使标榜单身主义的郝梅老师，也是个伪单身主义，因为 3 月份的时候，还去见了一个新鳏夫。这本来是件极隐秘的事，然而很不幸，新鳏夫的对门，住的是姚老太太的表姨。所以不出一星期，这信息就被姚老太太掌握了。姚老太太掌握了，就等于中文系的老师都掌握了，中文系的老师掌握了，就等于半个师大的老师都掌握了。下次郝梅再在系里系外高谈单身主张的时候，老师们的眼神和笑容就意味深长了。

六

郝梅和汤梨是一个教研室的，都研究魏晋文学，按说汤梨这次应该带郝梅去见孙波涛，所谓肥水不流外人田，就是这意思。然而汤梨偏偏带了齐鲁去。连周瑜飞都觉得蹊跷，周瑜飞问，你平日不是讨厌齐鲁的吗？你怎么不先问问郝梅呢？汤梨说，为什么要先问她？她郝梅不是人前人后说要单身的么？不是要一门心思做学问吗？我去替她张罗这事，不是掌她的嘴？万一她做乔，拿腔拿调地拒绝，我岂不没意思？

这说法有些不厚道了。明明知道所谓要过单身生活只是人家的绣花帘子，帘外是采菊东篱下，帘内是姹紫嫣红开遍；帘外是《短歌行》，帘内是《牡丹亭》。然而汤梨偏装作看不懂郝梅的帘里帘外的戏文。这是汤梨的邪恶处，亦是女人的邪恶处。谁让郝梅在姿色上和汤梨不分轩轾呢？谁让孙波涛用那样的眼神看过她汤梨呢？只要这样看过她的男人，在意念里，她就把他当作裙下之臣了。虽然在现实世界里他和她没有任何瓜葛，她也没打算和他有什么瓜葛，然而她还是习惯性地开始争风吃醋了。醋这东西，养颜，有事没事，抿他几口，女人就会艳若桃李。所以郝梅，虽然还不认识孙波涛，却已经被当作对手，被汤梨在虚拟的风月故事中打入了冷宫。

所以说，从一开始，汤梨给孙波涛介绍女友就有几分不安好心的。

七

要说，齐鲁其实也不丑，眉是眉，眼是眼，身段是身段，即使细细地看，你也说不出她的破绽处来——可也说不出她的好，她整个人，就如一篇四平八稳的文章。文章的语句是通顺的，没有错字，也没有语法错误，甚至标点，也都是对的。然而这全没用，依然是篇平庸的文章，人看过了和没看过，结果是差不多的，尤其在汤梨这样华美文章的参照之下。汤梨那天是盛装而去——所谓盛装，是指态度而言，和珠光宝气无关，和姹紫嫣红无关。汤梨意义上的盛装，完全是陶渊明王维的路数，表面看来，极其朴素，极其天真，其实呢，却是质而实绮，癯而实腴。她的脸其实是精心收拾过了的，但看上去，是没收拾的样子，衣裳也是暗色的，似乎是有意要衬托齐鲁的。可不是要衬托齐鲁么？去相亲的是人家齐鲁，她只是介绍人，是配角。配角就应该是配角的样子，你看戏台上，正旦有正旦的装束，花旦有花旦的装束。明明是红娘，却偏要打扮成莺莺的样子，这显然喧宾夺主了，也露了痕迹，不仅让莺莺不高兴，也会让张生多想。所以，那天她是一身青衣，而齐鲁则鲜艳得多。研究明清文学的齐鲁，尤其偏爱《红楼梦》，对《红楼梦》里的饮食及服装文化极其迷恋，经常在家试验各种红楼美食，什么宝玉挨打之后要吃的小荷叶小莲蓬汤，什么晴雯爱吃的豆腐皮包子和蒿子秆，甚至薛姨娘送给宝玉的酸笋鸡皮汤和碧梗粥，她都能做出来——自然是自己的版本，所以口味倒不能多计较的，但因为它们的文化底蕴，终归和一般的家常菜身份不一样。齐鲁是博士出身，习惯以做学问的态度来对待自己的生活。最讲究用典，讲究考据，饮食如此，穿衣亦如此。她那天穿的是《红楼梦》第四十九回薛宝琴那一身，红色的风衣，样子有几分像斗篷的，白色的狐狸毛围领。狐狸毛当然不是凫毛。可这有什么关系呢？狐狸毛也罢，凫毛也罢，反正她要的是神似而不是形似。只可惜那天没下雪，薛宝琴穿着凫靥裘出场的背景，本是一片冰天雪地的，然而那天却是明艳艳的阳光。这略微有些美中不足，她更欣赏的，是那种强烈的对比美。然而以明艳对明艳，这在美学上，也讲得通，何况还有汤梨的青衣在边上，也算差强人意了。

　　说到汤梨，齐鲁这次对她的表现还算满意。这其实有些难得。因为齐鲁是个极严谨的人，严谨到一丝不苟。任何一件事，任何一个人，别人看着是无可挑剔，然而一旦落了她的眼，仍然是破绽百出。比如汤梨，系里的男男女女，总是把她当个美人看的，说她肌肤胜雪，说她窈窕妩媚。也不错，皮肤是白，可也太白，白得都隐隐地带些蓝青色了，这是病态，不是美；至于妩媚，更是莫名其妙的评价。至少在齐鲁看来，那简直不是赞美而是批判了。妩媚就是风情的意思，风情就是轻佻的意思，这完全是绕着弯骂人，而汤梨竟然没听出来。

　　她当然听不出来。汤梨是那种头脑有些简单的人——也不止汤梨，在博士齐鲁的眼里，系里的许多女老师都是头脑简单的。说起来她们都是大学老师，戴着金边眼睛，有多大学问似的。可那学者的样子纯粹只是噱头，唬唬外人的。就那一门两门课，多年来翻来覆去地教，和农民种他的一亩二分地，和家庭主妇打理她的方寸厨房，有什么本质的区别呢？她们在学术上不思进取，不读理论书，也不写学术论文。这样的女人，有什么思辨能力呢？有什么分析能力呢？看问题只能看表层，听言语也只能听表面的意思。而人生与语言是洋葱，一层之下，还有一层，要层层深入，才能抵达本质和真相。可汤梨之流，如何懂呢？

　　齐鲁对此嗤之以鼻，然而这一次，齐鲁还是领情了的，好歹她汤梨想到了她,好歹她没有想抢她的风头。尽管她未必抢得了,然而那心甘情愿做背景的姿态,仍然让齐鲁如沐春风。汤梨的那身青衣,真把她穿老了几分的,想必是为了成全她,为了反衬她齐鲁的年轻。这当然有些多余,她本来就比汤梨年轻,完全犯不上她这样画蛇添足。可即便是画蛇添足,人家也是出于好意。她齐鲁这么冰雪聪明的人,还能把别人的好心当驴肝肺?

所以齐鲁那天对汤梨的态度就十分婉约,这在齐鲁亦是一反常态的。她本来是个犀利的人,眼睛犀利,言语犀利,态度亦犀利。无论对学生,还是对同事——当然,对系主任陈季子和教研室主任老庄例外,她十分仰慕他们,前者申报到了一个国家大型课题,课题经费有十几万,她正努力地运作,想加入他那个课题组;后者写了好几本学术专著,是研究先秦文学的学术权威。所以,她每次看见他们,都会表现出十分婉约的女性气质,且尊敬地称他们为"陈老"和"庄老",至于其他人,她基本上就直呼其名了。不是她没教养,而是她有她的伦理观。在这个系里,论学术水平,她基本上是二人之下,六十人之上,所以她用不着把那些人当作前辈,汤梨更不必,虽然汤梨比她大几岁,但那是生理年龄,若论学问,是她的小字辈。所以,每次她有事找汤梨,都是不客气地汤梨汤梨地叫。

但她那天叫汤梨为汤老师,尤其在看见了孙波涛之后,她的声音就愈加温柔了。她没料到,汤梨给她介绍的,是如此风流倜傥的年轻男人。她陡然间生出遇到知音的感动。这些年,她的长相,在系里,一如杜甫的文章在盛唐,总是怀才不遇的。她知道自己是阳春白雪,她知道自己是曲高和寡,那些平庸凡俗之辈,哪里能品出她的美?她好长时间都没有相亲了。最后一次是两年前,是姚老太太介绍的——姚老太太已经给她介绍过三个男人了。这个保险公司的经理是第四个,人长得一如既往的猥琐——齐鲁觉得十分纳闷,这个姚老太太的手上,怎么会有那么多猥琐男呢?每次见面之后,她都发誓不再见姚老太太介绍的男人了。然而每次她又心存侥幸,万一呢?万一姚老太太看花了眼,一不留神给她介绍了一个长相出色的。她虽然对姚老太太说过,她齐鲁不在意男人的皮相,更重视男人的内涵。可皮相和内涵又不是水火不容的关系,又不是非此即彼的关系。她说更重视内涵又不是想找一个丑男人做老公。姚老太太的脑子真是有毛病。她对姚老太太也算是彻底心灰意懒了,之后见了姚老太太,齐鲁的脸就冷若冰霜了。这当然得罪了姚老太太,系里因此也就有了闲言，说她齐鲁不知好歹，说她齐鲁忘恩负义。她懒得理系里那帮老娘们。死了张屠夫，不吃混毛猪。然而她真要吃混毛猪了，自那个保险公司经理之后，再没有一个人给她介绍对象了，她们似乎要同心协力地封杀她。这招有些阴毒，找对象不比做学问，可以闭门造车，可以独善其身。或许有些人是可以的，比如她从前的师妹陈燕子，就从来不要什么媒妁之言，出去开个三五天的会，就能开出一朵桃花般香艳的绯闻来；绕着湖边散一圈步，亦能开始一个《罗马假日》般的恋情。这让她叹为观止，然而她没有这样的本事。她倒经常出去开会的，也经常在夜里去那个湖边走，可从来就没有什么陌生男人上来搭讪，更别谈什么艳遇。她本来就不是个交游广的人，平日的生活也基本上是青灯黄卷。然而她到底不是看破了红尘的尼姑，男男女女的那些事，她也想，或者说，她更想。她是熟读了《红楼梦》的，知道宝哥哥和花袭人的风月之事，她也偷偷地读过《金瓶梅》，对潘金莲的淫荡性格和下流生活，抱着十分鄙视的态度。然而鄙视归鄙视，那些不堪入目的画面还是常常会让她浮想联翩。尤其在夜晚，春天的夜晚，那些画面就如电影一样，以每秒二十四格，甚至每秒十二格的速度在她脑海里反复播放，把她撩拨得春心荡漾水波激滟。然而再荡漾再激滟，她对此也无能为力。她又不是猫，可以在深夜里跑到屋顶上去叫春；也不是狗，可以在树下没头没脑地绕着圈狂吠。人类进化带来的也不尽是好处，至少在这个方面，她齐鲁竟然不如楼下的那些阿猫阿狗了。

而孙波涛的出现，如一盏绮艳明丽的灯笼，照亮了齐鲁的暗夜生活。

八

灯笼第一次挂在江南茶楼，这是齐鲁的意思。本来汤梨想假公济私地把这灯笼挂在老树咖啡馆的，因为她自己极爱喝那儿的榛果咖啡。然而齐鲁不屑。齐鲁说，好好的茶不喝去喝什么咖啡呢？咖啡是人家西方人的玩意，一个东方人喝咖啡，且不说那味道对不对脾胃，就是那气质，也有些不着调嘛。汤梨一时差点笑出声来，这个女人做学问真是做出毛病来了！不过一杯喝的，竟然也要论出身了，论气质了，难道西方人就不能喝茶？东方人就不能喝咖啡？然而汤梨懒得和她理论，茶就茶呗，无所谓，反正是人家去相亲，至少在齐鲁那儿，她是那样认为的。这样一想，汤梨就有些心虚了，有些内疚了，对齐鲁的态度，竟有几分殷勤起来。

孙波涛也殷勤，这有点出乎汤梨的意料。在汤梨的印象中，孙波涛应该是个稍微有些冷漠的男人。男人一旦长相好，都容易冷漠的，否则就轻佻了，轻佻成一只楚留香那样的蝴蝶，满世界乱飞。然而学院的气候是不养蝴蝶的，那样鲜艳春色的东西，与学院原本就犯冲的。学院里的男人，常态下的颜色多是一种伦敦式的灰色。所以她以为孙波涛一定会怠慢齐鲁，他那样的一个男人，汤梨竟然给他介绍齐鲁，这是南辕北辙了，这是有眼无珠了。他便是做做姿态，对汤梨对齐鲁，都应该是冷淡的。然而孙波涛偏是另外一种情绪，另外一种态度。虽然不能说他是欢天喜地的，但至少真是礼数周全的，给齐鲁让座，倒茶，还有毕恭毕敬地倾听齐鲁滔滔不绝的关于茶的学问。齐鲁那天光是《红楼梦》中栊翠庵里的妙玉如何喝茶就讲了有两节课的时间，什么绿玉斗，什么梅花雪，听得汤梨差点要打哈欠。这女人也是，一个旧式的绣花书袋，也好意思到处摆弄？都是中文系的老师，谁还能不知道妙玉如何喝茶的么？可孙波涛就做出不知道的样子，听得那个饶有意味。汤梨有些不高兴，想起身告辞，然而齐鲁的话川流不息，汤梨几乎插不上嘴。好不容易等到刘姥姥她们在妙玉那儿把茶喝完，汤梨赶紧站起身，拍拍齐鲁的胳膊，说，齐老师，你和孙老师先聊，我还有点事。齐鲁不言语——她心里自然是巴不得汤梨早点走，可面上到底不好流露出来，便去看孙波涛。孙波涛呢，或许正相反，心下是万般要汤梨留下来的，面上呢，亦不能流露出来，一时脸上的表情便有些怪，仿佛着了《武林外传》中老白的葵花点穴手，完全僵那儿了，好几秒钟之后，才哦了一声。

孙波涛最后的表情，让汤梨愉快了很长一段时间。有时在厨房正煲着汤，或者在书房正备着课，突然想起孙波涛那遭了一闷棍似的神情，那欲说还休的尴尬，汤梨便会心旌摇荡，仿佛一朵睡莲，在碧波荡漾的水中，一瓣一瓣地，次第开放。这时汤梨便会放下手中的一切事情，跑到楼下陈青家的镜子前面，去验证自己的魅力。陈青家的镜子用了近十年了，所以十分抽象，十分写意，十分具有概括力，能抽丝剥茧，能去芜存菁，被陈青称为魔镜。陈青每次开始恋爱之前，或者失恋之后，都会到镜子前搔首弄姿一番的。之前是厉兵秣马，之后是卧薪尝胆，有时是回眸一笑百媚生六宫粉黛无颜色，有时是风萧萧兮易水寒壮士一去兮不复还。有好几次陈青也想过换镜子——镜面太模糊,她有时施粉都施不匀。然而这遭到了汤梨的坚决反对,汤梨说,物尽其用,你干什么让一面镜子华年夭折呢?可不是?陈青也忍不住笑,人家镜子工作得好好的,凭什么让人家下岗?

两人女人继续和镜子保持着暧昧的关系。暧昧周瑜飞不喜欢,却是汤梨喜欢的状态。世上的事要那么明白干什么?镜花水月的意境最美,就像现在她和孙波涛的关系。其实,她和孙波涛,严格说,暧昧都还算不上,只能算是前暧昧时期,完全还是山远水远的关系。不过是一起改过卷子的同行,不过是介绍人和被介绍人。然而她知道她在孙波涛那儿,不只是同行,也不只是介绍人。虽然孙波涛什么也没有说,什么也没有做,可汤梨就是知道。这方面汤梨天赋异禀。

九

若是以前,汤梨到这儿也就打住了。

汤梨不比陈青。陈青对爱情,总是李白斗酒诗百篇的,一旦开始了,就要黄河之水天上来,奔流到海不复回——人家是自由人,自然有奔流到海的权利,也有不复回的需求。食与色,是一样的,只有饿极了,才有那种不管不顾地去饕餮的激情。而汤梨,因为周瑜飞的关系,这两方面的条件都不具备,所以,只能浅尝辄止。

即使没有周瑜飞的时候,汤梨对色,也常常习惯望梅止渴。梅子在树上,看看挺好,真摘下来吃,怕酸牙。尤其这梅子还是别人园子里的梅子,汤梨就更不敢造次。然而汤梨还是喜欢和那些梅子有些纠缠的,这是汤梨的毛病。相对于路边无主的梅树,她更倾向于别人园子里的梅子。也不是真想吃,她就是喜欢那些梅向她招摇的姿态,她喜欢和那些梅建立起一种心照不宣的若有若无的关系。也正因为若有若无,她才能如此安然无恙地享受她的三千宠爱于一身。情爱是需要想象力的,意念中的情爱才有不朽的可能。一旦哪个男人要越过意念的界限,要一唱雄鸡天下白,她便来个华丽转身。所以在汤梨的爱情史上,除了周瑜飞,她真没有留下任何把柄在其他男人手中。所有的情意,都是事如春梦了无痕——真无痕。就在前不久,汤梨还在一个饭局上见过一个男人。那个男人从前也和汤梨暧昧过的,见了汤梨,却如陌生人一样,或者连陌生人也不如,只是一碗隔夜的冷饭,生硬得直让汤梨胃疼。

汤梨那个气呀，他怎么能这样对她呢？毕竟他曾爱过她的，至少对她有过爱的念头，虽然这爱只有汤梨知道，当然还有他。他们是天知、地知、你知、我知，外人一概不知，甚至他的女朋友，汤梨的研究生同学，也一直被蒙在鼓里——把她蒙在鼓里，不难，因为他们其实也没做过什么出格的事，除了一些眉里眼里的情意，一些男女授受之间的亲昵，能够成为论据的，还真没有。最严重的一次，是在学校食堂的舞会上，他略有些紧地搂了她。那时她也不讨厌他的，他是经典的学院男人，安静，十指白而修长。她总是对男人的这两个特征抱有好感，所以就一边侧脸对他女友灿烂地笑，一边又有点心虚地由那个男人搂着。他的女友正站在食堂的角落里，和另一个同学聊天，间或会扭头朝他们看看。舞曲快结束的时候，他突然附到她耳边，低语道，明天，我们一起去婺源看油菜花吧。那时大约是3月末4月初吧，婺源的油菜花正开得十分绚烂，学校的很多恋人都去那儿度周末。汤梨当然明白他的意思，然而她假装不明白。一回到他女友身边，她就十分促狭地把那个"我们"扩大化了，结果，两个人的私期密约，变成了一群人的暮春踏青。之后他再没有对她表示过什么，这是读过书的男人的好，聪明，懂得当行则行，当止则止。

这样的分寸从前汤梨是喜欢的，然而现在却有些动摇了，有些恍惚了。那个男人真爱过她吗？她用什么来证明呢？那些飞鸿踏雪般的情意，不仅被时光抛弃了，也被男人抛弃了。她没留任何把柄在他手上，而他呢，亦没有留把柄在她手上。当初难道都是她一厢情愿？都是她捕风捉影？汤梨突然明白为什么有些女人要把爱情弄得满城风雨了，弄得惊天动地了，原来是要个铁证如山——女人的青春与美丽，不都是要由男人来旁证吗？

三十六岁的汤梨，真是有些仓皇了。

和孙波涛的约会就这样开始了。

当然都有齐鲁在场。他们一直玩的，都是三人行必有我师的把戏，齐鲁是师，汤梨和孙波涛是两个心怀鬼胎的弟子。每次齐鲁都有一个论题，或者讲大观园里的某男某女，或者讲明代的风气和市民生活。明代的人坐什么样的椅子，明代的人用什么样的碗筷吃饭，明代的女人梳什么样的头式用什么样的簪子，齐鲁全知道。能不知道吗？她反正没有老公孩子要侍候，汤梨做红烧鱼的时候，她看两页书；汤梨炖莲藕排骨汤的时候，她看两页书。十几年下来，齐鲁要比汤梨多看多少本书呢？这些书化腐朽为神奇，生生地把一个寻常资质的女人化成了博士，化成了学者。而汤梨饭桌上的那些锦绣文章，却颠倒过来了，化神奇为腐朽，统统化到了汤梨家的TOTO马桶里。

这让汤梨有些沮丧，沮丧中的汤梨便变得比平日更刻薄了，心想这个女人真是有上课癖的，也不看对象，也不分场合，逮着个机会，就叽叽呱呱地，没完没了。如果由她这样讲下去，大观园里的女子那么多，讲完了正册里的十二钗，还有副册，讲完了副册，还有副副册，讲完了明代的生活还有清代，她要讲到猴年马月？她也不怕汤梨的耳朵听出茧子来？不怕那些茧子里飞出蛾子来？

然而可气的是，孙波涛却没有烦的意思，明明是明修栈道暗度陈仓，可他修栈道的态度也未免过于认真过于迂回曲折，曲折得汤梨都有些迷糊，更别说齐鲁。齐鲁的话里话外，现在有些嫌汤梨碍事了。可不是碍事么？你一个红娘，一个牵线搭桥的，把张生领到了莺莺这儿，不就要回避了么？总横插在跟前，什么意思？难道还要看着张生和莺莺洞房花烛不成？齐鲁的这个意思，汤梨自然懂。只是谁是莺莺谁是红娘呢？汤梨不禁莞尔。女人总这样，一旦有了男人在场，再大的空间，都会莫名其妙地觉得挤，觉得别的女人多余。现在在齐鲁那儿，多了汤梨；在汤梨这儿呢，又多了齐鲁。当然，多出齐鲁完全是汤梨自找的。那次相亲之后，汤梨问孙波涛，他对齐鲁的印象如何。孙波涛只是笑，不说话，一副什么都很明了的样子。这让汤梨有些恼羞成怒，汤梨便赌气般撂了电话——这一撂，一下子就拉近了汤梨和孙波涛的关系。本来他们之间还是客客气气的孙老师和汤老师的关系，这一撂，就撂成了一个男人和一个女人之间的关系，而且还是有些亲密的能发点小脾气撒撒娇的一男一女关系。这是极具艺术化的手法，类似于京剧里小旦的水袖和书生的折扇，是欲迎还拒，是欲就还推。孙波涛也是学文学的男人，岂能读不懂这个？之后他便打电话约汤梨吃饭，他说，不管成没成，媒总是要谢的。

幌子上的花朵绣得真是精美，甚至让汤梨都觉得即便单刀赴会也心安理得，汤梨差点横了心去了。可想到要和一个年轻英俊的男人坐在灯光迷离的饭馆小包厢里，想到孙波涛那梁朝伟似的意味深长的眼神，汤梨到底有些心虚，有些没把握。临出门的前一刻钟，她还是约上了齐鲁。

十一

齐鲁这一次，怕是爱上了孙波涛。

以往齐鲁也见过不少男人，然而见过了也就见过了，皮影戏一样，灯一暗，影就没了。可这次却不同，灯暗了，影却还在。她看书，影在书上，她上网，影在网上，她索性什么也不干，闭了眼，备起课来——这是齐鲁的看家功夫，是打小练就的童子功，别的同学常常在课堂上摊开书本睁着眼学庄周梦蝶，而她却颠倒过来，闭着眼依然一页一页翻书。书是她的桃花源，书是她的金刚经，即使再心烦意乱，只要她一合眼，顷刻间就与世隔绝了。然而奇怪的是，这一招在孙波涛这儿却有些不灵验了，孙波涛的法力，似乎比书的法力更大。

这超出了齐鲁的经验。男人在齐鲁这儿，从来都是有些抽象的，有些理论意义上的。有时因为生理上的躁动，她陷入了一种莫名的相思之中，但那种相思是无的放矢的相思，是朝三暮四水性杨花的相思，今天她思念这个，明天她又思念那个，今天她和这个男人卿卿我我，明天她又和那个男人颠鸾倒凤。反正在意念中，男人召之即来，挥之即去。

而孙波涛却让齐鲁的意念变得贞节了。

而且理直气壮。相思其实也是要有资格的，不是每个男人你都可以光明正大地去相思。比如她在读研究生的时候，有段时间她就对她的一个师兄暗暗地相思过，但那相思是完全没有一丁点指望的相思，因为师兄是有女朋友的，且是一个如花似玉的女朋友，在另一个学校读书，每到周末，就扭着婀娜的细腰，从齐鲁的宿舍门口经过，两人早就公开同居了的。齐鲁的相思，就变得十分不道德了，十分可笑了。人家明明对你没一点那方面的意思，你却要在夜里和人家春风一度，这简直有点霸王硬上弓了，简直有点不知羞耻了。还有她的玉树临风满腹诗书的博士导师，本来和风韵犹存的师母也是琴瑟和谐的，却在意念中，莫名其妙地被齐鲁棒打鸳鸯了，鸠占鹊巢了。导师后来果真和师母离婚了，只不过霸占师母那只老鹊巢的不是她这只鸠，而是一只更艳丽更年轻的鸠。然而齐鲁每次在校园里看见形容憔悴的师母时，还是会自责。齐鲁是个有强烈的道德意识且敢于反省的人，总觉得导师的变节，与她黑暗中的意念有密切的关系。你没杀伯仁，伯仁却因你而死，你能脱得了干系？

可孙波涛呢，情况不一样。他是一个和她有媒妁之言的男人，是一个正在交往并朝着结婚的目标前进的男人。思念他难道不是名正言顺的么？不是理所当然的么？

何况她知道孙波涛对她也有那个意思的，不然相亲之后怎么还会有那一次又一次的约会？虽然每次都是汤梨打电话约的她。不过，他为什么要让汤梨来约她呢？三十好几的大男人了，难道还害羞？也不是豆蔻华年，还有闲工夫去唱那犹抱琵琶半遮面的戏？那汤梨也不识相，每次还真觍着脸来当那多余的琵琶。照这样咿咿哦哦地唱下去，要唱到什么时候才能花开并蒂？十六岁的杜丽娘在后花园都开始担心她如花美眷抵不过似水流年，可她齐鲁都两个十六了，还有多少春光能这样蹉跎？

十二

周二照例是中文系开会的日子。所谓开会，无非是系主任陈季子念几份学校的文件，什么某某领导又不辞辛苦地去哪里考察了，什么科研处又加大了对课题和论文的奖励力度了——一篇 SSCI 论文奖励一万，一篇 CSSCI 论文奖励两千，汤梨听得头痛，这个学校的领导真是疯了，他们学校不是教学科研型学校吗？教学在前，科研在后，现在怎么本末倒置了？那么不惜血本地奖励科研，可对教学，却一毛不拔——真一毛不拔，上次汤梨得了个教学奖，以为能拿个千儿八百奖金的，所以笑嘻嘻地站到台上去，结果，只从副校长手上接了本红艳艳的荣誉证书。汤梨那个气呀，当场把证书撕了摔到了校长的脸上——这个动作当然只是在汤梨的意识流中完成的，读了多年诗书的汤梨，再也不可能有那种快意恩仇的江湖性格。然而妄想以教学来与陈青与齐鲁她们争长短的心意却从此淡了灰了，从前在课堂上总是眉飞色舞的汤梨，现在却变得萎靡不振了。

偏偏陈季子喜欢哪壶不开提哪壶，每次开会都要提科研，这让汤梨十分郁闷。可再郁闷，汤梨也不能溜——早溜，按中文系的规矩，要扣钱的。中文系每次开会，是有五十块辛苦费的，也叫车马费，因为有些老师住在校外，打车过来开会，一个来回，五十块就差不多了。虽然没有哪个老师真会打的来开这种例会，但有了车马费这一说之后，老师们来开这个会就更积极了。本来大家也不真讨厌这一星期才一次的例会，为什么讨厌呢？都是被蛰居苦了的人，好不容易有一次过组织生活的机会，高兴还来不及呢，还讨厌？

尤其是汤梨，如果没有陈季子的聒噪，汤梨其实是喜欢开会的，准确地说，是喜欢扎堆的，这是妇人的天性，即使是饱读了诗书的汤梨，也仍然保留了市井妇人的性情。虽然汤梨在人群里总是一副安静的姿态，但她的安静，不是王维《辛夷坞》里辛夷花自开自落的安静，而是以嘈杂为背景戏台上的安静，带有表演性质的。大学里的女人坐在一起，那情景真是"稻花香里说丰年，听取蛙声一片"，再能侃的女人，在这样的场合下，也唱不了绝对的主角，都是你方唱罢我登场，但汤梨却从不争这风头——也不是真不争，而是汤梨争风的方式与别的女人不一样，别人以言语为剑，舞得天花乱坠风生水起，她反着来，以不言语为剑，端的是月白风清万籁俱寂。

这样的表演当然要有观众，有观众的表演，才是真正意义上的表演。比如现在，汤梨的一招一式，都是演给坐在对面的老庄看的。

老庄叫庄沛，是中文系最才华横溢最风度翩翩的教授，也是中文系最声名狼藉的教授——因为和女弟子之间风花雪月的事情，庄师母曾经几次大闹中文系。然而有意思的是，庄师母越闹，选修老庄课的女生就越多，去老庄办公室敲门的女生也越多，真是野火烧不尽，春风吹又生。且每次再生出的花草，似乎比以前更葳蕤，更鲜艳。

鲜艳颜色的东西常常有毒，汤梨知道，所以汤梨从前总是远远地绕着走的。然而现在汤梨却不绕了，不仅不绕，而且还有走上前去看个究竟的意思。这意思一下子就被老庄看出来了——人家是风月老手，看懂这个，还不是小菜一碟？对汤梨的态度立刻就有些狎昵了。有时在系里的资料室里，趁姚老太太不在的当儿，他会以探讨学术的口气，说一些亦正亦邪亦庄亦媚的话来挑逗汤梨，或者，有意无意地碰碰汤梨的手。这样的试探，汤梨当然懂，老庄也知道她懂，不然，汤梨何以会笑得花枝乱颤。可也仅止于花枝乱颤，再往前，汤梨的脸又会做凛然状，刚刚还春风4月，转眼就是冰天雪地的寒冬。

这让经验丰富的老庄有些迷惑，他不知道这个女人的葫芦里到底要卖什么药。

汤梨亦迷惑。怎么突然之间，身边的男人都变得不正派起来了？不仅老庄,还有新闻系的陈哲,物理系的马德群,每次看见汤梨,都是一副暮春三月草长莺飞的姿态。

汤梨私底下问陈青,陈青冷笑。依陈青的米糠理论,这当然是汤梨的事。陈青说,尽管男人都是非洲鲫鱼,贪嘴,然而如果女人不撒米糠的话,它也绝不会方向明确地向你游来。可汤梨是什么时候撒下米糠的呢?或者不经意间,就把米糠当暗器一般地撒出去了?不然人家老庄怎么会轻薄她呢?虽说他名声不太好,可他对她,一直却是正经的。他和她认识又不是一天两天,汤梨在系里读研究生时,他就是她们的老师,那时的汤梨不是更年轻更有姿色?要轻薄不早轻薄了?

难不成真是汤梨,让老庄变成了一条非洲鲫?

可好端端的,她去招惹老庄干什么呢?她又不是齐鲁,又不是陈青——她们反正是下雨天打孩子,闲着也是闲着,也权当嗑瓜子解闷了。她又不闲,虽然和周瑜飞早已不再是夜夜笙歌,可寡酒清欢亦不缺,小曲,小宴,隔三岔五地也有,何至于没事作弄出这样的光景?

即便汤梨自己,也不知道自己要干什么。

十三

孙波涛现在开始用短信和汤梨聊天了。吃了吗?吃了。吃什么了?豆腐鱼头汤,你呢?方便面。正干什么呢?看书呢。这么用功?用什么功呀,看闲书呢。这些话说起来,真如小葱拌豆腐一般清白,即使周瑜飞看了,也挑不出什么毛病——虽然周瑜飞现在从不看她的手机了,但因为从前周瑜飞有那个习惯,汤梨下意识地,还是会把周瑜飞当作一个隐形的可能的读者。万一呢?万一周瑜飞旧病复发,突然检查老婆的手机,看见一些可疑的短信,岂不要大动干戈?人事处的蒋珊珊就是血的教训,她吃饱了没事用短信和一个神秘男人调笑。干吗呢?想你呗!想我什么?你明知故问呀。这样的短信她竟然没删掉——她本来是个行事缜密滴水不漏的女人,不然,年纪轻轻如何能当上人事处的副处长呢?偏偏这一次疏忽大意了。也是,平日对她从来不闻不问蔫不拉唧的老公,谁知道突然间变成了一只上蹿下跳的疯狗呢?蒋珊珊的老公就凭这几条短信,一个月之内就完成了家庭政变,堂堂的蒋副处长被自己的老公亲手搞成了一只破鞋。师大的每一个人,上至校长,下至传达室看门的老头,都对这几条短信倒背如流。干吗呢?想你呗!想我什么?你明知故问呀。这几条短信那段时间成了师大的经典台词,大家有事没事就拿它打趣。一向在师大在家里都是威风凛凛趾高气扬的蒋副处长,从此夹紧了尾巴,开始过她灰溜溜的人生。

所以汤梨未雨绸缪,何况,蒋珊珊那种格调不高的直白方式,汤梨也不屑。汤梨走的是更加蜿蜒更加迤逦的路线。对汤梨而言,形式永远比内容更加重要,说什么其实无关紧要,但如何说以及和谁说,却是更意味深长的。那些极其琐碎的鸡毛蒜皮的话,若是在汤梨和陈青之间,那就真是小葱拌豆腐。但在汤梨和孙波涛之间呢,那就不止小葱拌豆腐了,它比风花雪月更风花雪月。这一点汤梨明白,孙波涛也明白,正因为明白,才更加让人耽溺。他们之间甚至没有称谓了,从前他叫她汤老师,她叫他孙老师,不知从什么时候开始,都变成了"你",有时连"你"也没有——刚下课,正去食堂。或者,外面在下小雨,一个人散步,遇上了一只小花狗。这些没头没脑的话,简直是地下工作者摆在窗台上的一盆花,或是晾在阳台晒衣竿上的一件蓝布衫,别人看它不过是寻常生活寻常风景,其实呢,它却暗含各种玄机。

这玄机,现在让汤梨容光焕发。

容光焕发时汤梨在家里就有些待不住。家里只有周瑜飞,而周瑜飞,约等于没有了。对周瑜飞来说,除非汤梨会易容术,把自己变成陈水扁和吕秀莲,或奥尼尔和姚明,否则,他的眼睛,再也不可能在汤梨这儿有多余的逗留。他看电脑,看电视,看书,偶尔也看一眼汤梨——却是功能性地漫不经心地看,和看浴室里的毛巾和玄关那儿的拖鞋是一回事,完全没有审美意义上的流连和盘旋。可女人,尤其是汤梨这样的女人,到底不是毛巾和拖鞋,不是王维笔下的辛夷花——人家可怜,身子动不了,所以不能在最绚丽的时候跑到繁华的长安街上去摇曳,让王孙公子青睐,只能在空山中,忧伤地自开自败。可女人长了腿,哪里会甘心辛夷花的命运呢?

虽然多数时候汤梨不过是跑到了楼下陈青家。陈青家当然不是汤梨的长安街,可比起自己家里,也聊胜于无了。况且言谈中的陈青很有阳羡书生无中生有的本事,一吞一吐之间,故事中的男男女女就挤满了陈青家七十几平方米的房子。两个女人的约会,终是有些冷清的,有了男人的在场——即使是虚拟的在场,那气氛就有些不一样了,陈青最喜欢说的,是她经历过或正在经历着的男人们。陈青所有的私情，都是不瞒汤梨的，包括细节，几乎是工笔画一样地描绘。每次陈青说得人面桃花，汤梨亦听得人面桃花。

然而对陈青的叙述，汤梨现在其实是半信半疑的。之所以怀疑，一方面是因为陈青常常出错的时态——有时明明是现在时，她的叙述突然又变成了过去时；明明是现在完成时，说着说着，又突然变成了过去完成时。这种时态的紊乱，当然是破绽。但汤梨不信陈青更主要的原因还是陈青突然衰败下来的身子。也就是一二年工夫，陈青的身子简直像冷冻库里拿出来的新鲜荔枝一样，转眼之间，就败了。以前陈青换衣服，从来不避汤梨的。她是略有些丰腴的女人，尤其胸，柚子一样的浑圆结实。这样硕大的柚子，汤梨是没有的，所以陈青经常会故意穿着内衣在汤梨面前晃来晃去。这是炫耀，汤梨知道。而且汤梨完全能想象出陈青穿着华丽内衣在男人面前的样子，她穿着华丽的内衣，一边抽着烟，一边谈论着哲学——陈青最爱和男人谈哲学的，她和女人谈风月和流言，和男人却谈尼采和叔本华。华丽内衣和哲学的奇妙结合，简直就如干将莫邪雌雄剑，龙飞凤舞之间，男人没有不魂飞魄散投怀送抱的。然而现在，那柚子却变了形，像剥掉了瓤的空心柚子，有些干瘪了。这种惊人的变化是汤梨几乎偷觑来的，因为陈青已经有一段时间开始在汤梨面前遮遮掩掩了。然而青山遮不住，毕竟东流去。松懈与腐朽是四面楚歌，陈青现在是亡命垓下的项羽了——还不如项羽，人家好歹还有乌江这条退路，只要他愿意，而陈青只能折戟沉沙了。

所以汤梨有些不信陈青关于她当下的情爱描述。没有饱满的柚子做前提，哲学也是孤掌难鸣的，男人在色面前，从来都是势利的。他们对女人的情爱生活，喜欢锦上添花，不喜欢雪中送炭。

陈青的悲伤和惊恐隐藏在她绘声绘色的故事里，故事里的虚构和追缅意味，汤梨听得分明。然而汤梨不破她，不破固然是因为汤梨做人一贯体恤，更因为汤梨亦有唇亡齿寒的酸楚。陈青向来是她的旗帜、她的灯笼、她的长城，只要她还在前面英姿飒爽地迎风招展，只要她还在那儿光芒四射地熠熠生辉，她汤梨就不用怕。天塌下来，有高个顶着；年华将老，有更老的陈青挡着。然而陈青却没挡住——那样固若金汤的城池，说破就破了；那样绚丽灿烂的灯笼，说暗就暗了。之前一点端倪都没有，一点风声都没有。汤梨一下子失去了依靠，陷在了无边无际的黑暗中。

就在这黑暗中,汤梨收到了孙波涛的手机短信,孙波涛说,喜欢赖声川的话剧吗?

十四

齐鲁是在星期一上午11点多钟的时候突然出现在孙波涛宿舍的。

孙波涛还在睡懒觉。头天晚上他在网上和人下围棋,弄到早晨7点多钟,感觉才睡下,该死的敲门声就响了。一开始他以为是隔壁的刘庸,那家伙没事喜欢到孙波涛这儿来串门。他结婚才一年,就无可救药地,开始怀念起从前的单身生活,而且还喜欢跑到孙波涛这儿来做情景交融的怀念,一面赞美孙波涛的自由生活,一面絮絮叨叨地说他那个满脸雀斑的老婆以及同样是满脸雀斑的丈母娘的坏话。孙波涛对刘庸家那两个满脸雀斑的女人实在不感兴趣,对刘庸妇人式的泄愤方式也不感兴趣,平日听几句,附和几句,无非是出于同事间的礼貌以及男人间的人道关怀。但在星期一的上午,他实在没有这礼貌和人道关怀的心情,所以他兀自睡觉,不理他。然而敲门声却没有停的意思,两下,又两下,鸡啄米似的,声音不高,却很执着,打定了主意要纠缠不休,似乎很笃定地知道孙波涛就在里面。

这就不是刘庸了,有点像杜小棵的敲门风格。杜小棵以前是孙波涛的女友,现在是市第二医院外科主任的妻子。两人虽然分手好几年了,但一直还有着藕断丝连的关系。有时趁外科主任值班或者出差的时候,杜小棵会老马识途地回到孙波涛这儿,两人关上门,昏天黑地地做一个上午或者半个晚上。这当然有些不道德。但也正因为不道德,两人本来已经濒临波澜不惊的性生活,重又变得有些风生水起了。

因为那风生水起,孙波涛的睡意,刹那间成了一只受惊的小鸟。

然而门外站的是齐鲁。

齐鲁手里拎着个上课的讲义包。包里放了两本书,一本周先慎的《明清小说》,一本胡适的《红楼梦考证》,齐鲁把它们一一拿出来,放到孙波涛的桌上。齐鲁说,她上午在这边有个讲座,因为结束得比较早,所以顺道过来看看孙波涛。过来的时候,正好路过一个菜市场,于是还买了一些菜——估计孙波涛的午饭还没有着落。果然,不仅午饭没有着落,就是早饭,也还没有吃。

孙波涛只穿了一件大裤衩，光着膀子，因为以为是杜小棵，一时红了脸，慌忙去找T恤。齐鲁倒没事人一样，也不看孙波涛，只一样一样地从包里往外拿她的菜，一条鲈鱼，几支茭白，还有一把叶子模样有些奇怪的菜。齐鲁说，那是莼菜，也叫水葵，就是西晋张翰在洛阳做官都十分想念的菜。鲈鱼、茭白、莼菜羹，当年张翰为了它们，辞官不做。齐鲁今天就要做这三样菜，让孙波涛尝尝，看看它们到底有多好，竟然能好过洛阳大司马。

孙波涛有些莫名其妙。但齐鲁不看孙波涛的表情，径自把那些菜拿到走廊上去了。走廊上的书桌上有一个红色的单口煤气灶，是杜小棵的财产，当年两人同居时，也有过一段兴致勃勃的油盐酱醋的生活。杜小棵虽然做菜的手艺不怎么样，但对做菜的形式意义和象征意义，是有相当的认识的。她认为，两个男女做了爱，这说明不了什么，如今的男女，王八绿豆一对眼，二十四小时不到，就有可能在枕上兵戎相见。但两个男女，一起做了饭菜，那意义就有些不同了，他们不再是云里雾里的露水情人，而有天长地久的饮食夫妻的意思了，虽然到头来，他们也没做成夫妻。

煤气灶如今在走廊上蓬头垢面，齐鲁三下两下，就让它锃明瓦亮颜色如故了。桌上原来的瓶瓶罐罐，也一股脑地，被齐鲁扔进了垃圾袋。所有做菜的配料，包括葱姜蒜那些零零碎碎，齐鲁的讲义包里都有。齐鲁说，他那些东西，都过期了。孙波涛在边上，不好说什么，但下次杜小棵来，恐怕他有些难交代了。女人总是不可理喻的，她自己已是有夫之妇，但每次一旦发现孙波涛和别的女人有交往的痕迹，她都会不顾自己的已婚身份，胡搅蛮缠地拈酸吃醋。

孙波涛其实不吃杜小棵那一套，但不吃归不吃，面上也还是极温柔待她的，这是孙波涛对女人的一贯风格。莫说对了杜小棵这个和他有过多年肌肤之亲的女人，即使是不请自来的齐鲁，他在最初的惊愕之后，态度亦是行云流水一样的婉转。

这行云流水的婉转，让齐鲁以为，孙波涛是单对了她的，所以愈加顺竿爬了。齐鲁这个女人，思维方式和别的女人本来就有些不一样的。别的女人在这样的场合，总是会有些不自在的，会有些不好意思的。但齐鲁不，齐鲁来这儿之前就解决了观念问题的。名不正则言不顺，言不顺则事不成，而她和孙波涛，是名正言顺的男女关系，她怎么就不能先来看看他呢？怎么就不能到他这儿做顿饭菜呢?

所以齐鲁在孙波涛这儿进进出出,也如行云流水。两个行云流水的男女,面对面坐了,难免会衍生出一种多义性。这多义性,现在让齐鲁十分幸福。孙波涛的光膀子,刚刚开门时齐鲁是看见了的,尽管是惊鸿一瞥,也足够成为齐鲁想象的材料。齐鲁打小就是个很有想象力的女性,而多年的单身生活,又把她这种能力锻炼得更加出神入化登峰造极。一粒沙,她能造出一个世界;一片树叶,她能繁衍出一个森林公园。她能从现在想到未来,能从未来想到未来的未来。所以不到半顿饭的工夫,她不仅和孙波涛的光膀子有了亲密接触,而且还把这种接触由上及下,又由下及上,来来回回地进行得十分彻底和到位。

孙波涛却蒙在鼓里。齐鲁刹那间变得艳若桃李的气色,孙波涛以为,是喝了半杯酒的缘故。酒是绍兴米酒,齐鲁自己带来的,小小的一坛,用黄纸封了口。齐鲁说,她从来只喝米酒,因为米酒才有中国古典文学的气质。当年李清照和赵明诚在青州,陆游和唐琬在沈园,喝的都是米酒。每次她一喝米酒,都有些神思恍惚,仿佛在和那些古代文人谈文论道,把酒言欢。

孙波涛也喜欢米酒,这一点,他和齐鲁倒是不谋而合。但孙波涛喜欢米酒没有齐鲁那么多的文化讲究,也没有齐鲁那么忠诚绝对。他喝米酒,也在其他的场合喝白酒和啤酒。从前和杜小棵在一起时,杜小棵爱喝干红,他也跟着喝干红,就着西红柿炒蛋,或者凉拌黄瓜,也能喝得兴致盎然。兴致盎然其实不是因为酒,也不是因为杜小棵做的菜。杜小棵的价值,在于其他方面。

但齐鲁不同。和齐鲁喝酒,倒是返璞归真了,倒是一心一意了。两个女人,走向正好相反。在杜小棵那儿,酒是过程,杜小棵是结果;在齐鲁这儿,齐鲁是过程,而酒菜是结果。过程男人其实是不太在乎的,男人真正要的,是结果。他现在就十分沉迷于齐鲁制造出来的结果。齐鲁做菜的手艺,和杜小棵比起来,显然是高出一个层次的。清蒸的鲈鱼,上面撒了葱段、姜丝和几根切得细细的红辣椒丝,茭白是素炒,莼菜羹里还放了少许豆腐丁和菌菇丁,看上去完全是花红柳绿的秀丽江南景致。孙波涛逐一尝过来,口味还真不错。虽然比看上去的样子要差一些,但对于一个女博士来说,这样的水平,也算上乘了。

孙波涛的兴致，也被齐鲁调动起来了。

十五

汤梨和孙波涛去看话剧，也是斗争了很久的。

她知道这件事的轻重，尽管孙波涛问她的时候，用的是轻描淡写的态度。周末一起去看话剧吗？我有两张票。是在聊天快结束的时候，他偶然想起来似的，这么问了句。极随意的语气，仿佛它压根不是件什么事，和"吃了吗""吃什么了"之类的寻常问话，没什么两样。这种大题小做的方式，汤梨懂。好文章不都这样么？无关主题处，可以洋洋洒洒，可以入木三分，但一到要紧的时候，反要用闲笔，这是四两拨千斤。三十二岁的男人，终归有些经验了，不再像年轻的时候，动不动就摆出一副箭在弦上不得不发的姿态。

汤梨也是轻描淡写，有时间的话，就去呗。这话听起来，多半是要去的意思了，但汤梨说这话的时候，其实还没打算好。从前和孙波涛出去喝茶，因为有齐鲁在场，她在周瑜飞面前，总是堂而皇之的，在孙波涛面前呢，也是不置可否的。可一旦撇开了齐鲁呢，她还怎么装下去？——男人总喜欢拨云见日的，即使孙波涛这样的男人，最后也一样。而她之前还以为，他能和她就这样云里雾里地多转几圈呢。她要看看，他能不能把她转晕了，晕到不管不顾，晕到分不清东西南北，像嘉芙莲和艾马殊一样，什么婚姻，什么战争，都成了人家爱情的背景。倘若能天旋地转成那样，女人的人生，也值了吧？但现在，她没晕，东是东，西是西，南是南，北是北。

可她到底也不肯把话说死。虽然她自己做不成嘉芙莲，可她还是希望，他能做艾马殊。做不成一个，做半个也好，不然，过几年，她就成了现在的陈青。那时别说半个艾马殊，恐怕四分之一个，八分之一个，也没有了。

这念头让汤梨毛骨悚然。没有情爱的可能，女人将以何为生呢？真如《古诗十九首》里那个女人那样唱，弃捐勿复道，努力加餐饭？可加了餐饭之后呢？难道为了下一顿加餐饭？这样周而复始的努力，于女人，不太凄凉了些么？

虽然还有周瑜飞。但周瑜飞现在都靠不上，还能指望将来？他倒是给过汤梨一个美妙绝伦的过去——虽然也不是嘉芙莲和艾马殊那样的美妙绝伦，但也足够让汤梨想念和伤感。记忆如罂粟般迷幻，汤梨总想从头再来一次，可陈青叫她别痴心妄想。陈青说,你以为你家周瑜飞对你的爱情是猫吗,有九条命?一个男人对一个女人的爱情,从来都只是玻璃缸里的鱼,一旦翻了白眼,再没有起死回生的可能。

汤梨也懂,可汤梨还是不甘。

那你只能找另一条鱼了,找条年轻的非洲鲫,生猛。陈青坏笑着说。

十六

中文系最先知道齐鲁老师在恋爱的,是女学生贾小美。

贾小美考试作弊,被齐鲁生擒。这在以前,绝对要被移交到"刑部"——"刑部"是师大学生对教务处的戏称。作弊学生一旦到了那儿,几乎都是九死一生的,轻则要留校察看,重则直接开除学籍。所以老师们对自己的作弊学生都会有些姑息,大事化小,小事化了,只要能在自己手上解决的,就不闹到教务处去——好歹事关人家学生的前程,眼睁睁地看它毁在自己手上,于心总有些不忍。但齐鲁从没有这种妇人之仁,尤其对了贾小美这种自恃有几分姿色就胆大妄为的女生,更是铁面无私。所以女生在齐鲁监考的时候,都格外老实,格外温顺。人在屋檐下,不能不低头。如今的女学生,都玲珑得很,虽然在背后一个个对齐鲁都恨得咬牙切齿。

贾小美那天几乎是被同学吴为陷害的。他趁齐鲁转身的时候,扔给她一个字条。字条落在她的脚下,她假装系鞋带弯腰去捡,没想到,齐鲁的手比她的还快——这个贱女人的屁股上都长了眼睛的。一时贾小美杀吴为的心都有了,这个蠢货吃饱了撑的,在这个变态女人的眼皮底下给她扔字条,这不是找死吗?想讨好她也犯不着用这么铤而走险的方式呀。如果是其他老师,她梨花带雨地哭一哭,还有挽回的余地,可犯在齐某人手里,她的眼泪都省了。

但齐鲁那天把贾小美带到她的办公室之后,竟然十分温和地说,这次就算了,下次再不要这样哦。

死里逃生的贾小美一时有些蒙了,这个老女人怎么了?难道她的雌性荷尔蒙有了去处?贾小美几乎狂奔回宿舍,把这个惊人的发现告诉女生们。女生们欢呼雀跃,立刻打电话叫来了班上的男生。他们用啤酒可乐和各种小炒在食堂庆祝了这个有解放意义的日子。他们甚至为那个还不知名的男人干了杯,正是他无私地接纳了齐鲁老师的荷尔蒙,把齐鲁老师的百炼钢化成了绕指柔,才让贾小美逃过了这一劫,也让他们从此告别了战战兢兢如履薄冰的小心日子。

中文系的老师们很快也知道了齐鲁的恋爱。这种事,即使当事人想瞒,也瞒不住,何况齐鲁还十分高调。为什么不呢?她本来就是个高调的人,喜欢东风夜放花千树般的灿烂爱情——烟花般绽放在天空让人仰望的爱情是多么美丽呀!可她的爱情呢,这些年来,却是一个私生子,像土拨鼠一样生活在黑暗中。她受够了那种不能见天日的委屈。

她恨不得能立刻挽了孙波涛的胳膊,到师大的校园里遛一圈。

但孙波涛从来不到师大来,每个周末都是齐鲁上他那儿去——齐鲁的周末,现在都是在孙波涛那儿幸福度过的。她在为孙波涛做饭打扫卫生的过程中,体验到了一种前所未有的幸福。这幸福如此巨大,巨大得如惊涛骇浪,将女博士齐鲁淹没得无影无踪。多年培养起来的做学问的兴趣,竟然软弱得不堪一击,孙波涛的一个眼神,就让它不翼而飞。爱情原来也是个唯物主义者,从前暗夜里所有的意念,现在都长出了脚,到地上来行走了,而且就走在孙波涛的宿舍里。十几平方米的宿舍有些小,对于齐鲁积蓄了三十多年的激情来说。但这是临时的,结婚时他们反正要买套大房子的——齐鲁已经开始计划结婚的事了,虽然孙波涛还没有向她求婚,但那是迟早的事。他已经抱过她了,就在第三个周末的中午。她多喝了两杯酒,他起身送她,她身子一斜,就倒在了孙波涛的怀抱里。她其实不想那么做的,但她的身体或许想了,竟然自作主张地私奔了眼前的这个英俊男人。男人的雄性气息扑面而来,她无力挣扎,也无暇羞愧,只能闭了眼,佯醉。他们搂抱在一起的时间最短应该有几分钟——几分钟的判断其实是极其主观的,因为当时她根本就神魂颠倒了。似乎有一万年那么久,又似乎只是刹那间的事。有一刻他的手在她的背上动了动,她差点晕过去,以为他想把手伸进她的衣服里面去。那天她穿的是件有暗扣的紧身绣花上衣,青灰的底子,上面撒了白色的细碎的花,是《春江花月夜》里"江流宛转绕芳甸,月照花林皆似霰"的意境。买它的时候她还在苏州读博士,二十八岁。有一次,她和师妹陈燕子到另外一个学校去听一个学术讲座,在街角的一家小店里看见了这件衣服,她多看了几眼,陈燕子立刻就怂恿她买。陈燕子是有买衣癖的,而且也希望别人染上这个癖,当下就把它吹得天花乱坠，说它既显身段，又显气质，既有好女人的含蓄自重，又有坏女人的风情招摇，是最能吸引男人的那种衣服。齐鲁嫌她说得难听，当时只矜持地笑笑，没作声，过了两天，自己又偷偷地折回去把它买了。她知道陈燕子在吸引男人方面，是专家。而那时，她正暗恋导师。有一天趁陈燕子不在的时候，她找了个由头，穿上那件衣服去过导师家里一次。师母当时在家，所以她无功而返。但她还是注意到，导师在送她出门的时候，眼睛有意无意地，在她的胸前停了几秒钟。

但那天孙波涛并没有进一步的动作，他只是把她扶到他的床上，然后自己就坐到书桌边的椅子上看书去了。这让齐鲁十分诧异，陈燕子不是说男人都是急色鬼么？怎么孙波涛就不急呢？或者他没看见她衣服上的扣子，所以不知如何下手？毕竟他们是头一次有身体上的接触，有些拘谨也是难免的。或者他看她半醉了，不好浑水摸鱼？她差点自己去解了那暗扣，因为身体的激荡，也因为她想早点把生米煮成熟饭。然而她到底也没好意思——《诗经》里说，有女怀春，吉士诱之。自古以来，不都这样么？崔莺莺委身张生，是因为张生爬过了花园围墙；卓文君和司马相如私奔，也是因为司马相如先弹了《凤求凰》；即使潘金莲，也是西门庆先蹲下身子，去摸了她的绣花鞋。而她齐鲁，一个饱读诗书的女博士，难不成连潘金莲还不如？

所以，吉士不诱，她再想，也不能舒而脱脱兮。

十七

汤梨没想到，有一天会有一个叫杜小棵的女人来找陈季子。

那个时候，陈季子还不知道这个女人叫杜小棵，女人不说。女人戴着宽边墨镜，有些躲躲闪闪地进了陈季子的办公室。

美丽的陌生女人突然造访，对陈季子来说，是个惊喜。更惊喜的是，她还带来了一个飓风般的消息。

汤梨抢了她的男朋友，她的男朋友叫孙波涛。

中文系有不少老师是认识孙波涛的，因为曾一起改过卷子，而且还有人知道，他是齐鲁的男朋友，是汤梨介绍的。关系一下子十分复杂了。可中文系的老师一向是喜欢复杂的，尤其是复杂的男女关系，越复杂，就越有意思，简直像小说一样，像电影一样。庸常的生活是多么乏味呀，有些传奇出现，它能给人带来多少激动和喜悦呀！

而且是汤梨这样的女人。许多老师都知道汤梨迟早是要出事的，男人知道，女人也知道，虽然并没有什么根据，完全是一种直觉，但中文系的老师都坚信这种直觉。他们是经过许多文学作品熏陶的，虽然大多数人没有实战经验，可没吃过猪肉还没看过猪跑吗？有些东西是藏不住的，狐狸即使藏住了尾巴，可气味还在那儿呢。中文系的老师不仅眼睛雪亮，嗅觉也是异常灵敏的。

还有齐鲁。他们也不相信齐鲁能和孙波涛这样的男人结婚，尤其郝梅她们不相信——完全风马牛不相及嘛。一个是夏天的蝉，一个是冬天的雪，蝉和雪能相遇吗？一个是魏晋的《世说新语》，一个是鲁迅的《阿Q正传》，阿Q能和魏晋相遇吗？不可能的呀。

有了杜小棵的这一说，一切才合逻辑嘛。

中文系的老师一时都如服了鸦片一样，异常兴奋。平日没课总蛰居在家的老师们，现在却蛰居不住了，屁股上都长了疹子，一坐下去就痒。大家都往系里的资料室跑，姚老太太忙了起来。老师们都是来借书还书的，这些借借还还的活，原来都是手工的，是姚老太太得心应手的活。现在都现代化了——要通过计算机图书系统来完成。姚老太太打字的速度本来就慢，人一多，更慢。但慢一点没关系，老师们非常通情达理。你慢慢来，慢慢来，姚老师。陈季子都这么说了，更别说其他老师。别的老师能有系主任陈季子那么忙吗？人家又要搞学问，又要搞行政——而且家里还有个年轻的师母。

大家就拿本杂志坐在阅览桌边等，一边等一边聊。开始当然是聊学术上的那些事，然而大家都聊得有些潦草有些敷衍，是应景式的聊，就如正戏开唱前，生旦试唱，乐师试乐器一样，声音是有一下没一下，咿咿呀呀的，一点也没有铿铿锵锵的激烈。即使平日最爱争鸣的孟教授，现在也不和人争鸣了，心不在焉地在那儿翻着一本《文艺理论》。没有谁会主动挑起这个话头的，除了姚老太太。姚老太太果然不负众望，手里的活稍有点眉目，就开始忙里偷闲地说起了汤梨。汤梨的背后有杜小棵，杜小棵的背后有孙波涛，孙波涛的背后是齐鲁。文本是十分丰富的，研究价值完全可以和《红楼梦》媲美，都是讲一个男人和几个女人的故事。陈季子这么说。但孟教授不同意，孟教授说，虽然都是讲一个男人和几个女人的故事，但我认为《红楼梦》还是形而上的爱情，而这个文本，风格更接近《金瓶梅》，有些形而下了。可姚老太太又不同意了，姚老太太说，我看一半是《红楼梦》，一半是《金瓶梅》。你这是骑墙了，姚老师，做学问可不能骑墙的——当然做女人也不能。孟教授板着脸，态度有些严肃。大家都笑岔了气，陈季子笑过之后，说，老孟，百花齐放，百家争鸣嘛，干吗那么严肃呢？

于是大家又接着争鸣了。争鸣的中心还是姚老太太的那句话。到底哪半部是《红楼梦》，哪半部是《金瓶梅》呢？姚老太太现在也狡猾了，故意卖关子，不说。悬念总是更让人欲罢不能的，气氛一下子更热烈了。资料室现在成了姚老太太种的一片罂粟地，不仅书架上的每本书，即使空气里，也氤氲着一种让人十分快活且沉迷的气息。

十八

那个时候汤梨和孙波涛刚从电影院出来，正坐在一家日式的餐馆里吃章鱼寿司。餐馆的名字叫挪威的森林——自然是由于村上春树那部小说的缘故，老板以前是在日本留过学的，特别迷恋村上春树的小说。但汤梨去那儿，却不是因为那个日本男人或者他的小说，而是对日本寿司别有深情。汤梨是在北方读的大学，对学校门口一家日本餐馆的寿司有着极为美好的回忆——女人美好的记忆总是和爱情相关的，那种五颜六色的异国食品，之所以让汤梨念念不忘，其实也是因为有一个男人曾经的爱情在里面。任何物质于女人，一旦有了爱情的附身，就成了千年不老的蝴蝶化石，在女人今后的人生里呈现出一种斑斓且幽闭的光芒。

斑斓的东西总是让女人迷醉的，况且汤梨还能在这斑斓的光芒中，温故而知新。

当然，选择挪威的森林还有另外一个理由，那就是它清冷的生意。汤梨虽然和孙波涛出来了，但毕竟，也还是有些做贼心虚的。

可有些事情一旦开了禁，就会一而再，再而三的。

从前汤梨不敢和孙波涛单独喝茶吃饭的，现在敢了；从前汤梨不敢和孙波涛看电影的，自那次话剧之后，也敢了。

虽然汤梨还是扛着齐鲁这面旗帜。

但这面旗帜已经渐渐演变成了帷幕，帷幕里面是汤梨和孙波涛，帷幕外面是周瑜飞和其他人。孙波涛现在时不时地也撩拨她的,不是急风暴雨长驱直入式的,而是亦步亦趋循循善诱式的。汤梨吃寿司时打了几个喷嚏,孙波涛说,有人想你了。汤梨说,一个喷嚏是有人思念,两个就是有人骂,而三个就是感冒了,而我刚刚已经打了三个以上。孙波涛说,你感冒了吗?汤梨摇摇头。孙波涛说,可见你那个说法是错误的。我们那儿有另一个说法,一个喷嚏是想念,两个喷嚏是非常想念,三个喷嚏是想死你了。汤梨嗔笑道,谁会想我呢?孙波涛说,我呀。这话有些过了,但仍然可以当作玩笑的,所以汤梨还继续和他绕下去,说什么想我呢,明明是想齐鲁了吧?再说,你不是就坐在我对面么?想念是远方的事情。你坐在这儿,可以想念那儿的齐鲁,齐鲁在那儿,可以想念坐在这儿的你,由此及彼,由彼及此,但此是不会想念此的。这有些饶舌了,不像汤梨平日的风格。然而女人在爱面前,就如在凹凸镜前一样,总是有些变形的。孙波涛其实也一样,孙波涛现在也一改平日的不苟言笑,有些喋喋不休了。孙波涛问,知道阿巴斯吗?阿巴斯?那个拍了《樱桃的滋味》的伊朗导演,不仅是导演,他还是诗人。他说,即使面对爱人,我仍然思念;即使身处现实,我仍然想象。

　　光芒又一次穿越汤梨的身体,刹那间,汤梨也变成了斑斓通透的化石。

　　汤梨失语。转脸看隔墙上的装饰画,画上是一个着绯色和服的妇人,微微地斜站在一株绚烂的樱花树下,树下是缤纷一地的花瓣。

　　日本人总这样,绚烂和凋零纠缠,快乐和悲伤纠缠,川端康成也好,村上春树也好,甚至更通俗的渡边淳一,小说里弥漫的都是这种亦菊亦剑的精神。

　　所以才能放纵吧,因为想到了不久的凋零。那么一个小小的岛国,生命本来就是无常的,何况如花的女人的生命,有什么理由不恣肆地绽放呢?

　　做个樱花般的日本女人如何呢?或者,做一回陈青。从前她是极同情陈青的,因为陈青老公的背叛,然而现在却隐隐有些嫉妒了。男人的背叛原来也是亦菊亦剑的,让女人死,也让女人生。被背叛之后的女人,才能成为两生花。电影《蓝》里的朱丽叶·比诺什,丈夫出车祸死后,很长时间,她是困在过去爱情之蛹里的一只蛾,虽生犹死,直到有一天,偶然发现丈夫生前的另一个女人,她才破蛹成蝶。

　　可汤梨做不了蝴蝶。

因为周瑜飞的守身如玉，汤梨这么对陈青说。陈青笑得花枝乱颤，说，男人的守身如玉，原来也是女人的丈二白绫。

这话有些反动了，如果是以前，汤梨又会对陈青腹诽一番了，但现在汤梨不。腹诽什么？即便汤梨自己，也隐隐有这个意思。然而还有一层意思，汤梨没说出口，那就是蝴蝶的短命。美丽的蝴蝶能活多久呢？两周左右而已，一些热带蝴蝶，在交配后，两三天就死了。

凋零在前面，死亡也在前面，女人和樱花与蝴蝶毕竟不同，女人要在这人世间走上几十年，几天的光芒真能安慰和温暖女人漫长而清冷的一生吗？每次看到形单影只的陈青，看到系里那群恓惶待嫁的女博士们，汤梨不禁又黯然神伤铩羽而回。

也只是回到半明半暗的街口。孙波涛年轻结实的身体，在暗夜里，散发出一种迷香一般的气息，一种春天的树木生长的气息，一种雄昆虫热烈向雌昆虫求爱的气息。

汤梨几乎沉溺。然而贞洁是惯性，也是女人的铠甲。安娜脱了铠甲，安娜死了；包法利夫人脱了铠甲，包法利夫人死了；还有嘉芙莲，嘉芙莲把铠甲变成了蝴蝶的翅膀。可美丽的蝴蝶能活多久呢？两周左右而已，一些热带蝴蝶，在交配后，两三天就死了。

汤梨不想死于非命。

十九

那段时间，齐鲁一直奔波在这个城市的各个楼盘之间。她没想到这个城市的房价飙升到了这个程度，水天一色那个楼盘竟然要一万块钱一平方米，因为它是临江楼，而住在江边是齐鲁的人生理想。春水碧于天，画船听雨眠。滟滟随波千万里，何处春江无月明。多少美丽的古典诗歌，是在江边生发的。海德格尔说，人，要诗意地栖居，齐鲁就想诗意地栖居在江边。可没想到的是，诗意地栖居原来是要有条件的。

以她现在的经济，在水天一色只可以买到三十几平方米的公寓。三十几平方米的房子当然不够住，但想到可以和孙波涛在雨天或有月亮的晚上相拥着临江远眺，她又觉得十分美好了。售楼小姐说，现在酒店式公寓是很流行的，城市里的单身白领住这儿，又时尚又方便。谁是单身白领？齐鲁狠狠地剜了售楼小姐一眼,立刻放弃了买公寓的打算。

西雅图齐鲁也去看了好几次。西雅图的名字虽然很洋,其实是家郊区楼盘。楼盘的围墙外面,还有农民种的青菜和豆角。那浓郁的田园风情,让齐鲁觉得十分喜悦。既然不能在江边诗情画意地生活,那就学陶渊明走田园路线好了。田园生活也是诗意的生活,至少比灯红酒绿的繁华都市更朴素和诗意,而且房价也是更朴素和诗意的,只有四千五一平米。这样一来,齐鲁就能买套大一点的房子。大房子当然是必要的,她和孙波涛结婚后肯定要有孩子的,而有了孩子之后,当然要请保姆。所以至少要有三房一厅,不,四房一厅,一间主卧,一间儿童房,一间保姆房,还要有书房——她一个博士,总不好书房都没有的。

但齐鲁也还没有下定决心买西雅图,没有下定决心是因为一个未来可能的邻居。那天齐鲁和售楼小姐在看一套房子的时候,对面那套房子里也来了一对看房的夫妇。夫妇俩都很热情,看完了自己想要的那套,就到了齐鲁这边。两人身上都散发出强烈的鱼腥味。女人一边笑嘻嘻和齐鲁打招呼,一边大声大气地和售楼小姐讨价还价,你多让我一个点嘛,就一个点,下次你到对面的菜市场买菜,我给你挑最好的鱼,给你最好的价钱哦。男人也附和说,是呀,是呀,你让个点,我们马上下定金。原来是对鱼贩子夫妇。

齐鲁对西雅图的兴趣一下子又消失了。说起来,齐鲁打小就读过杜甫的《茅屋为秋风所破歌》,也有强烈的人民情怀和底层情怀,知道不能瞧不起劳动人民。可一想到以后她和孙波涛要和一对鱼贩子夫妇门对门住着,他们的爱情和婚姻生活也不可避免地会掺杂进各种各样鱼的腥味,她还是觉得有些不合适。

或者应该和孙波涛商量商量,齐鲁想。如果孙波涛也有一些积蓄的话——他应该有的,工作那么多年了,怎么会没有一点积蓄呢?那样的话,他们说不定就能在水天一色买个小四房一厅了,反正只要首付,剩下的就按揭好了。

二十

周瑜飞向汤梨提出离婚的时候,已是冬天了。

杜小棵事件早已在师大传得沸沸扬扬。但周瑜飞之前毫不知情,是陈青告诉了他,当然是以辟谣的形式,陈青把流言中的整个事件从头到尾有枝有叶地向周瑜飞复述了一遍。流言这个时候已升级到第四版了,在第四版中,汤梨和孙波涛被杜小棵捉奸在床。

周瑜飞铁青了脸,在书房闭关整整一个月。一个月后,蓬头垢面的周瑜飞一言不发地把一张离婚申请书摆到了汤梨面前。

汤梨在陈青家,哭得梨花带雨。

发表于《中国作家》2009 年第 1 期

转载于《中篇小说选刊》2009 年第 3 期

连载于《作家文摘》

镜花

认识鄢丽,是因为费尔明娜。

费尔明娜是我的学生,严格地说,她也不算我的学生,只是旁听了我的一门课。她是孟教授介绍过来的。有一天,我们系的孟教授打来电话说,他的外甥女,在政府某机关工作,特别爱好文学,想旁听中文系的课。他查了半天课表,觉得只有我的选修课《文学作品选读》对她比较合适,不知能否让他外甥女旁听这门课?

我当然想说否的,我的脑子又没有出毛病,怎么可能愿意让一个外人来旁听我的课呢?而且这外人还不是一般的外人,是孟教授的外甥女,孟教授可是我们学校的教务督导,专门监督老师们上课情况的。让他的外甥女来旁听课,那不等于在我的课堂上安插个卧底?我上课风格向来散漫的,喜欢跑野马,还喜欢文学八卦——我美其名曰知人论世。有时天气好,阳光明媚,我一性情起来,还会学苏格拉底,把学生带出教室,在外面草地上团团坐了,一边享受大好阳光,一边上课。因为这个,我被学校通报批评过的,系主任也找我谈过话,几乎痛心疾首地劝我别再搞什么苏格拉底式教学了。搞那些鬼名堂干吗?你就给我老老实实地待在教室里行不行?我每次都说行行行的,但说过了也就说过了,过些日子,我还是会旧病复发的。没办法,学生总怂恿我,而我这个人,又不怎么经得起他们怂恿,三下两下地,就把讲义一丢,呼啦啦把学生带出去了。我实在喜欢看学生们坐在阳光下的样子,不知为什么,他们在外面和在教室里的样子有点不一样,怎么个不一样法呢?用曹雪芹的比喻来说，是珍珠和死鱼眼睛的差别。他们在里面，是死鱼眼睛，可一到外面，就成珍珠了，一颗颗都很有光泽，耀眼得很。我在家这么形容的时候，老公听了好笑，什么珍珠？那是太阳的反光好不好？我老公是搞物理学的，根本不懂我这个文学老师在说什么，我也懒得和他多费口舌。反正我偶尔就要这样上一回课的，忍不住，而且我也心存侥幸，毕竟被督导捉到的概率是非常小的，我们学校大，大到三千多亩地呢，教室多，多到几百间，而督导们年纪又大了，腿脚也不利落，不可能总是轮到我倒霉。可如果我的班上有个督导的外甥女旁听，那概率就百分百了。

我不明白，一个在政府机关工作的女人，为什么要听文学课呢？她可以去经济系听MBA（工商管理硕士）课嘛，也可以去政治系听马列课嘛，为什么要来听我的文学课呢？吃饱了撑的么？

但我是不能拒绝孟教授的，孟教授面子大，他不单是督导，还是我们人文学院教授委员会的主任呢，在我们学院可是个一言九鼎的人物，我这两年就要评副教授了，得罪了他，想当周素槐吗？周素槐是我们中文系的名人，学问好，课也讲得好，但述而不著，从不申报课题，也从不写论文，所以五十多了，一头白发，还是讲师。但据知情人士说，周素槐职称上不去的真正原因，是他和孟教授交恶。孟教授在私下里扬言，他要让周素槐当一辈子的老讲师。

我不想当周素槐二世，于是就只得让孟教授的外甥女来旁听我的课了。

孟教授的外甥女苏邯燕，也就是后来的费尔明娜，第一次来听课的阵势把我吓了一跳，她竟然是带了司机来的。她在里面听课，司机就坐在教室外的车里等她。一个十分高大英俊的年轻人，从侧面看，有着很性感的鼻梁和喉结。他把车就停在窗外，只要往外看，就能看见他一动不动的侧脸，雕像一样。这让我十分恼火，中文系的女生多，一个班三十二人，只有五个男生，其余的全是女生。这些女生正是怀春的年龄，而现在，春近在咫尺，女生哪禁得住？于是有一半都在偷瞄苏邯燕的司机，另一半，虽然看着我，但眼神却缥缈得很，完全是心不在焉的状态。这样下去的话，我的课真是没法上了。你能不能让你的司机把车开远一点？开到我学生看不到的地方？我委婉地建议苏邯燕，至少我以为我是委婉的，但苏邯燕的表情一时间还是有些愕然，她后来告诉我,当时我的声气还是老师的声气,是近乎严厉的。这么多年,她已经很不习惯别人用这种声气和她说话了,事实上,已经没有人会这么对她说话了,所以听到一个比自己年轻的女人严厉的声音,让她一下子有些不适应。但很奇怪的是,她竟然觉得好,像是回到了过去,她做学生的时候,老师就是这样对她说话的,她差点就想哭了,她突然意识到她现在是学生,真是一个坐在课堂里的学生了!

苏邶燕后来再也没带过司机来,她自己开车来,一辆朱红色的Volvo。我其实是喜欢甲壳虫的,但我老公说Volvo更安全,是世界上安全系数最高的车,在正常的交通事故中,还从未发生过一例死亡记录。他非要给我买Volvo,没办法,只好开这个了。苏邶燕抱怨说。

你知道吗?朱朱老师,我老公根本就不放心让我开车,他说我车技太烂,方向感又差,东西南北都不辨,会把自己开丢的。你说好笑不好笑?我也是这么大的人了,会弄丢自己吗?有一次就因为我稍稍和别人剐碰了一下,他竟然禁止我开车了,我要到哪儿,他就让他的司机送我,讨厌得很。我抗议了许久,他就是不肯。这一回我告诉他,说老师不让司机送,再送就不要去听课了,他这才给我解了禁。他是很支持我来听课的。他这个人,很喜欢读书的,什么书都读过,什么《红楼梦》,什么《三国演义》,全读过的,渊博得很。他也鼓励我多读书,我本来也喜欢读书。我们夫妇俩,这方面还是志同道合的,和机关里的其他人可不一样。朱朱老师,你是不知道,机关生活真是很庸俗很庸俗的,那些人,在家不是搓麻将,就是上网。我们不这样。我和我老公,每天吃了晚饭之后就去李白湖散步,散步回来就看书,一人一盏灯,他看他的,我看我的。

苏邶燕喜欢说话,从学校到我家近一个小时的车程里,她几乎说个不停。苏邶燕现在接送我。我原来是坐公交车上下课的,先坐209,四站路,到苏圃路口转车,再坐245,七站路。公交车上的人总是很多,我经常没有座位,一路站着。早上去学校时站站还行,那时我还精神饱满,等到上了三节课回家时,就不行了,我已经萎靡得很,再提了沉重的讲义包在公交车上摇摇晃晃的时候,真是要命。我个子不高,抓公交车上的吊环本来就吃力,有时突然一个急刹车,能把我抛出去,像抛萝卜一样。有一次,我站在公车的中间部位,被抛下了两个台阶,摔到门把上,脸上被撞了个大包,瘀青了好些日子。

所以，当苏邶燕提出要接送我的时候，出于自尊心，我婉辞了几句。婉辞的时候，苏邶燕说，朱朱老师，女人是不能久站的，站多了，小腿会静脉曲张。你见过女人静脉曲张吗？我朋友鄢丽就是，小腿上像趴了一堆紫色蚯蚓，别提多难看了。夏天都不能穿裙子，要穿也只能穿长裙，还要穿上黑丝袜保护着，铠甲一样，不然，风一吹，就败露了。听说她晚上睡觉都穿着黑丝袜的。你能想象吗？一个女人一天到晚都穿着黑丝袜，又不是妓女。

不久后我就认识了鄢丽，不止她，还认识了苏邶燕其他几个女友。苏邶燕搞了个读书会。她看了电影《简·奥斯汀读书会》后，受了启发，决定在大院里也组织一个这种高雅的活动。事实上，她之所以去旁听我的课，就是因为这个读书会的关系。这个活动是她发起的，她是会长，所以每回读什么书，在读书会上要讨论什么主题，都要她定的。可读什么呢？苏邶燕需要我给些建议。她们读过《包法利夫人》，读过《安娜·卡列尼娜》，还读过《德伯家的苔丝》，这几本书都是苏邶燕老公推荐的，特别好，她们读了之后，很受教育。但她老公忙，非常非常忙，没有时间。所以，苏邶燕希望我能指导她们，甚至参加她们的读书会。

我听了不舒服。你老公忙，非常非常忙，我就不忙么？我也很忙的。如果是以前，年轻的时候，我一定会沉了脸，这么对苏邶燕说。但现在我不会了，我已经不年轻了，虽然系主任还是经常把我当年轻老师用，可那年轻，是相对于系里那些头发花白的老教授而言，也就是说，不是真的年轻，而是相对年轻。相对于那些学生，我已经老了，人一老，就世故，就庸俗，这是没办法的事。所以我没有这么任性地和苏邶燕说话，事实上，我什么也没说。本来每回下课后，我就唇干舌燥不想说话的，何况还是和苏邶燕这种机关里的女人，说什么？而苏邶燕正相反，简直滔滔不绝。我从来没见过这么爱说话的女人。

苏邶燕的老公是个官僚，这一点，苏邶燕反复暗示了的，但具体官在什么衙门，苏邶燕倒又闪烁其词不肯说了。我不知道她这是什么意思，怕我求她老公办事？她真是多虑了！我一个教书匠，和《击壤歌》里的那个老头一样，日出而作，日入而息，凿井而饮，耕田而食，帝力于我何有哉？倒是系里的孟教授，直接关系到我的命运——说命运或许有些夸张，但对一个普通大学老师来说，职称真是很重要的，我不能不勉力为之。勉力为之的结果，就是无论如何，我都是要敷衍苏邶燕的读书会的。

苏邶燕说，她的读书会现在在省委大院里名气很大的，连主管文化的副省长在某次私宴上都表扬过了，说它是大院里的一种新气象，代表了一种高雅的文化生活。这相当于御批了。有了这句御批后，很多人更想加入进来，过一过这种省长都提倡的高雅的文化生活。但苏邶燕严格筛选，制定了许多入会条件，这是自然的，读书会也不是广场舞，哪能随便什么阿猫阿狗都能加入？要有相当的学历，要有相当的文学修养，还要有相当的文艺气质——这最后一条有人质疑，但苏邶燕十分坚持，腹有诗书气自华，苏东坡说过的。一个人气不华的话，那就说明他的腹没有诗书了。这一点，甚至苏邶燕的老公也赞成的——本来苏东坡的那句话，就是苏邶燕从他那儿抄袭来的，他经常引用苏东坡的这句诗来教育属下和苏邶燕。苏邶燕倒也孺子可教，一下子就学会了。这样一来，读书会的名气更大了。

读书会就放在苏邶燕家的客厅。这是自然，读书会也就是文学沙龙，而沙龙，不就是客厅的意思吗？苏邶燕专门查过字典的，沙龙，也就是 Salon，法语里是指较大的客厅。而苏邶燕家的客厅就大得很，有七八十平方米，连上花木扶疏的阳台，足足上百个平方米了，有一间教室那么大，一间十分阔气的教室。客厅里铺了漂亮的土耳其手工地毯，墙上挂了日本浮士绘图画，穿着华丽和服的艺伎的脸，白得像吸血鬼。日本女人的脸真是大，那么大的一张脸上，却长着那么小的眼睛和那么小的嘴。嘴显然是有意画小的，和眉一样，画半截，看着真丑。但日本男人肯定是喜欢的，不然，女人也不会这样装扮。说到底，女人的样子还是男人决定的，男人喜欢小脚，女人就小脚了，男人喜欢半眉，女人就半眉了。那个人偶似的半眉艺伎下面，有个之字形木架，上面摆了一溜东西，琳琅满目的，有非洲木刻面具，还有好几个漂亮的玻璃制品。苏邶燕纠正我说，那不是玻璃，是琉璃，她老公到意大利威尼斯出差时买回来的艺术品。威尼斯的琉璃艺术很有名的。她老公这个人，特别热爱艺术，每到一个地方，都要买当地的艺术品。他到过的地方又多，他总说，读万卷书，行万里路。他说李白杜甫这些人，之所以能成为伟大的诗人，没有别的，就是因为到的地方多。她老公很喜欢李白杜甫的，但要论行万里路，他老公比李白杜甫那是强多了——李白杜甫那时候，没有飞机，只有船，坐船行万里路，多慢！所以行了一辈子，也没行出中国。而她老公，远不止行万里路，万万里都有了，也就是说，他读了万万卷书呢，因为他哪儿哪儿都去过了，包括《霍乱时期的爱情》的作者马尔克斯的家乡哥伦比亚。你看，这个葫芦雕刻就是他去年到哥伦比亚出差时买的。

　　《霍乱时期的爱情》是我推荐给读书会成员们读的第一本书，本来，让她们一上来就读马尔克斯有些不合适，太猛了，就如一个初学武功者不练马步而直接练《九阴真经》一样，搞不好会走火入魔的。但我不管，我这几周正给我的学生讲魔幻现实主义和《百年孤独》呢，顺带着，我就让她们也读这个了。这样省事，不用再另外花时间备课了。这当然也是我对孟教授的一种消极反抗。我虽然投鼠忌器地参加了苏邺燕的读书会，但心里多少还是有些不情不愿的。所以我就以我的方式敷衍了，一种标准知识分子的软弱方式，但话我还是说得相当冠冕堂皇。我对她们说，我让她们读这本书的理由主要有两个：第一，这本书的作者马尔克斯，是一个非常著名的作家，读小说如果没有读过马尔克斯，就相当于用香水没用过香奈儿，穿内衣没穿过维多利亚的秘密，几乎是一个大笑话；第二，女人都要读这本书，因为它是一本爱情百科全书，是爱情圣经——女人不都是把爱情当宗教吗？作为信徒，经书总是不能不读的。

　　其实我说谎了。《霍乱时期的爱情》不是圣经，而是童话，至少我是把它当童话推荐给她们读的。一个男人，爱了一个女人五十一年，长达半个世纪，从锦瑟华年，到鸡皮鹤发。他七十七岁了，她七十三，小说里写到她的样子：她的肩膀布满皱纹，乳房耷拉着，肋骨被包裹在一层青蛙皮似的苍白而冰凉的皮肤里。就算已经这个样子了，他还是爱着她。这不是童话是什么？而且，这还不是《白雪公主》那样的幼齿童话，而是杜拉斯和叶芝的那种骨灰级童话，《当你老了》写道，我爱你衰老了的脸上痛苦的皱纹，杜拉斯呢，在《情人》的结尾，让那个中国情人对白发苍苍的女主人公说，他爱她，他将至死爱着她。爱情在这种童话里，像服了丹药一样长生了。四十多岁的女人——听苏邺燕说，读书会里的几个女人，年龄都在四十岁以上，是需要童话来安慰的，所以，我让她们读这本书，除了有敷衍之意外，还有一种人道关怀和励志的意思。

　　她们果然被安慰了，尤其苏邺燕，唏嘘不已。她大段大段地读着书里描写爱情的段落,读弗洛伦蒂诺和费尔明娜的初识,读弗洛伦蒂诺那犹如得了霍乱一样的相思病,读他们最后的花好月圆。苏邶燕读得很好,她普通话十分标准,字正腔圆,又声情并茂——后来鄢丽告诉我,苏邶燕以前在地方电视台做过主持人的,她就是在一次采访中认识她老公的。太伟大了!太伟大了!五十一年九个月零四天,五十一年九个月零四天哪!世上还有这样忠贞不渝的爱情。苏邶燕如痴如醉。

不渝吗?鄢丽质疑,六百二十二个女人还不算渝的话,那怎么才算渝呢?

我注意到,读书会的几个女人,基本都是唯苏邶燕马首是瞻的,苏邶燕不论说什么,她们差不多都附和,不知出于什么原因。有可能她们没有好好读这本书,毕竟一本四百多页的书在两周之内读完不是件容易的事情,所以只好人云亦云,滥竽充数。我的学生就经常耍这种小花招,她们总是说,我和前面同学的观点相同,然后鹦鹉学舌般地把前面同学的观点重复一遍。其实她们压根没读呢,我是知道的。戳破她们是很容易的事情,只要问书中的一个细节问题,比如,弗尔明娜的丈夫乌尔比诺医生是怎么死的?或者,书中的鹦鹉会讲哪几种语言?她们立刻就傻眼了。但我一般不戳破她们,女生面皮薄,伤不起的。你伤一回她,她能记恨你一辈子。但读书会的女人们也有可能是另外一种情况,那就是她们想附和苏邶燕,用附和来谄媚。看苏邶燕颐指气使一枝独秀的做派,似乎她老公的官衔不小。

我呢,在这儿虽然算是老师的身份,但其实也不是她们真正的老师,所以也不多说话的。何苦来呢,和她们。

这样一来,读书会基本就是苏邶燕的独角戏了。

只有鄢丽会冷不丁地和苏邶燕唱一句反调,非常有意思。

几个女人都饶有意味地看着我,是看戏的表情。当然,她们或许也迷惑,为什么小说的男主人公,在已经和六百二十二个形形色色的女人上过床之后,竟然还能理直气壮地对女主人公费尔明娜说,我是处子之身。

这是小说最诡辩的地方,每回在课堂上和学生讨论这本书的时候,同学们也会把争论的焦点高度集中到这个问题上,为什么弗洛伦蒂诺在放荡一生后,还能以童贞加冕自己?这个男人是不是太恬不知耻了?

我本来应该从头讲起的,讲中国传统的道德观和爱情观,讲中西文化对身体认知的差异性,讲性在不同文化背景下的不同意义。如果在我的课堂上,我是要长篇大论的,但现在我懒得讲那么多,没必要。我化繁为简地说,他的意思是,他在精神上一直忠贞于她,也就是说,他在精神上还是处子。

我的话让苏邶燕听了十分激动,她显然喜欢精神忠贞的说法。是的,身体的背叛不说明什么,身体的忠贞也不说明什么,只有精神才是重要的,精神的忠贞才是升华了的忠贞,是高级忠贞。读书会的气氛在这种理论指导下变得热烈起来,可以说如火如荼。几个女人都很积极地发表自己的看法,不是就这本书,或者就马尔克斯,而是就精神忠贞这个话题。关于这个话题,她们还是可以充分展开讨论的。她们叽叽喳喳,七嘴八舌,近乎亢奋。苏邶燕的脸,已经云蒸霞蔚,呈酡色,有一种少见的鲜艳。她平日虽然看上去也是鲜艳的,但那鲜艳,是胭脂的作用,这点我还是看得出来的。她或许以为我看不出来,总是夸耀自己的气色,总是谈养生。朱朱老师,女人和花草一样,是讲究养的,不好好养就会干枯。你看你的脸色,太苍白了,没有血色,需要好好调理呢。朱朱老师,你不能只会读书,还要会煲汤,男人都爱会煲汤的女人。山药枸杞汤,红枣燕窝汤,雪蛤木瓜汤,这些汤滋阴养颜,要每天换着喝的,特别是木瓜雪蛤,朱朱老师,你要多吃。为什么我要多吃呢?我好奇,但我不问,我一如既往地笑笑,等苏邶燕自己说,她反正习惯自说自话的。果然,几秒钟之后,她说了,木瓜是丰胸的。她一边说,一边睃我的胸。什么意思?说我的胸小?我不笑了。这个女人实在有点过分了。我和她之间的关系,应该还没有熟络到可以谈论彼此的身体吧?

但对爱说话的苏邶燕来说,语言几乎是没有禁忌的。她只要打开了话匣子,那就如坏了的留声机,会一直咿咿哦哦不停的。

也就是那次之后,苏邶燕让大家叫她费尔明娜,至少在读书会上叫她费尔明娜。这是我的学名,朱朱老师,你让我们读的这本书太好了,太有意义了,我要以此向马尔克斯致敬!向他创造出的那种伟大的爱情致敬!

鄢丽和苏邶燕不同。苏邶燕大大咧咧的,张扬得很,那架势,像王熙凤在大观园;而鄢丽身上,有一种阴柔幽暗的气质,像墙脚的植物一样。不知为什么,我一向对后者总是更有好感的,所以当鄢丽在读书会后说要和我找个地方坐一坐的时候,我稍微犹豫了一下,就答应了。

鄢丽的样子看上去很文艺,至少上半身看上去很文艺,长长的直发中分,着一件靛青色棉麻连衣裙,白皙的脖子上挂了块黛绿色玉玦,那玉玦用朱红色丝绳穿了,真是好看,又古朴又风雅。如果不是那双黑丝袜煞风景的话,她整个人,就像是从诗经乐府里走出来的。但现在,她有些不伦不类了,上半身仿佛是诗经乐府,下半身呢,因为那双黑丝袜,又是明清风月小曲了——女人的衣裳,本来是有身份标志性的。苏邶燕之前说,又不是婊子,穿什么黑丝袜?这话听上去虽有些恶毒,但还是有点道理的。

我当然知道鄢丽穿黑丝袜是因为寡人有疾。但她对这疾也未免太防卫过当了,棉麻裙又不是丝绸,风能吹得动?南方三四月的风,都温柔,最多不过风摆杨柳而已,不可能出现《敕勒川》里风吹草低见牛羊的场面,更不可能像岑参笔下的狂野北风,轮台九月风夜吼,一川碎石大如斗,随风满地石乱走。再说,就算风吹裙开,又有什么要紧,也不过是腿上露出几条紫色的蚯蚓,一种病理现象罢了,不至于要把黑丝袜当铠甲般穿着。苏邶燕甚至说,你哪天看看鄢丽的手提包,那里面从来都有一双黑丝袜的,以防丝袜挂破了,可以随时换。

也是一个奇怪的女人!

我觉得,鄢丽有点紧张,这也是我会答应和她一起再坐一坐的另一个原因。多年的教师职业生涯,使我对这一类紧张是非常熟悉的。学生,特别是家境不好的男生和长相不好的女生,在我面前的表现经常会这样的,他们总有一些不自然,要么语言表达不流畅,要么耳垂和眼睑变得通红,要么会有一些下意识的小动作,不断去抻自己的衣裳或理自己前额的刘海,而且,都不怎么敢看我。鄢丽就这样,她一直用拇指和食指捻弄自己脖子上的那块玉玦,一直看着自己的茶杯,那就是一个简单的广口玻璃方茶杯,实在没什么好看的,她之所以把眼光落在那儿,不过是像无枝可栖的鸟儿一样,仓皇间找个地方存身而已。这让我心软,我内心几乎真的生出一种老师的情感。虽然苏邶燕一口一个朱朱老师叫我,她似乎很乐意和我保持师生关系,很乐意自己的学生身份。但我没有办法把苏邶燕当作我的学生,她太自以为是了,太放肆了,她的谦虚是做出来的谦虚,某种程度上来说,那种谦虚甚至有降贵纡尊和玩弄我的意味,我知道的。但鄢丽不同,鄢丽表现出的紧张,是一种真正的谦虚品质。这是一个对自己和对世界都感到不安的女人,是属于蚌一样的女人,虽然外面看着坚硬得很,但其实是软体。我等着她张开,用一种几乎循循善诱的微笑。多年的老师当下来，我是知道如何和学生相处的。果然，也没用我那样微笑多久，鄢丽就开口了。

你知道苏邺燕为什么要取名费尔明娜吗？

这个话题一开始，我感觉鄢丽突然松弛下来了，之前的紧张不翼而飞，她的情绪里甚至有某种风雷暗蓄般的兴奋。那兴奋，怎么说呢，有一种格调不高的东西，类似于张爱玲笔下大户人家的丫鬟，在后厢房里议论主子隐私时的快乐，无聊且粗鄙，我是不喜欢这样的。按说，这时我应该约束一下鄢丽，换个话题，或者收一收我脸上怂恿的微笑，但我没有。不知为什么，鄢丽对苏邺燕的恶意，在某种程度上，其实迎合了我的内心，谁叫苏邺燕是孟教授的外甥女呢？谁叫孟教授是我们学校的权要呢？这真是曲折幽微且无聊的抗争。那又怎样？终归聊胜于无。我这样安慰自己。况且，鄢丽现在也已经按捺不住了，女人说话，也如男人的情欲，到了一定关口，都有箭在弦上不得不发的势头。

是因为苏邺燕的老公，她老公就是弗洛伦蒂诺。鄢丽说。

什么意思？

苏邺燕的老公风流，一直在外面有女人的，没断过，那些女人的数目，虽然和弗洛伦蒂诺的六百二十二个比起来，是小巫见大巫，但明里暗里的，加起来，也应该不少了，大院里的人都知道的。当年苏邺燕为此轰轰烈烈地闹过几次离婚，后来就不闹了，不但不闹了，两个人还唱起了恩恩爱爱的黄梅戏，动不动就一起绕了大院那条林荫路散个步，有时还一起挽了胳膊逛超市呢，《天仙配》一样。其实，谁都知道，不过是因为她老公做副部长了——可能还要做部长呢，苏邺燕权衡利害之后，成战略同盟了。

鄢丽慢声细语地，说着苏邺燕的事。

天气好的时候，读书会就放在苏邺燕家的阳台上进行了。苏邺燕家的阳台和别家的不一样，别家的阳台都是封闭的，防盗，也防别人窥探的眼光，而苏邺燕家的阳台是全开放的，连玻璃都没有。我老公喜欢自然，他说，万物生长靠太阳，人和植物一样的，经过阳光雨露的花木总是更茂盛茁壮。你看我家的植物，是不是长得比隔壁家的更好？苏邺燕问我。

这倒是，苏邺燕家的花草确实看着比别家长得更好，花更红，叶更绿。

鄢丽说，大院里的人，经常能看见苏邶燕和她老公，站在这花红叶绿中，早晨一起浇水，晚上一起赏月。那风景，委实好看。

甚至读书会，也是好看的风景，好看得像莫奈的画。几个锦衣华服的女人，坐在敞开的阳台上，一人面前一本书、一杯茶。

苏邶燕家的茶也很好看，棘红色，盛在玲珑剔透的白色茶杯里，像琥珀。我是没见过琥珀的，但我觉得琥珀就应该是这个样子。兰陵美酒郁金香，玉碗盛来琥珀光。李白在诗里描写过的。苏邶燕说，这是顶好的紫芽普洱，叫紫娟。我几乎要笑出来，叫什么紫娟呢？一个丫鬟的名字，不怕把这种顶好的茶叶叫贱了？苏邶燕家的茶，论身份，至少也要叫黛玉或宝钗的，或者干脆叫元春，才配得上。果然，苏邶燕说，这种紫芽茶，从前是贡品呢，采自西双版纳的勐宋，海拔两千多米的地方，茶树的年代也古老得很，在千年以上，里面的花青素，不仅可以减肥，还可以防衰老呢。我又想笑了，还可以防衰老？那是茶么？怎么听着像是《西游记》里王母娘娘园子里的蟠桃，三千年开花，三千年结果，人吃一个，就长生不老了？

鄢丽也在笑，一边笑，一边低头用手玩弄桌上的茶叶罐。那茶叶罐，样子拙得很，像小学生的手工，但花纹奇特，一如鬼面，有一种非洲原始部落的神秘气息。想必又是苏邶燕老公读万卷书行万里路时在非洲买来的，和Z字架子上的那些非洲木刻面具一起。但鄢丽说不是。那就是南美的东西，南美也是这种神秘魔幻的风格。鄢丽还说不是。鄢丽说，这是花梨木呢，应该是降香黄花梨，海南的，费尔明娜，是不是？鄢丽转脸问苏邶燕。

鄢丽自第一次读书会后，一直就叫苏邶燕为费尔明娜的。

我知道鄢丽这样称呼是在讽刺苏邶燕呢，但苏邶燕似乎没听出来，还很高兴地答应着。

朱朱，你问问费尔明娜这个茶叶罐多少钱。阳台上只剩下我们两人时，鄢丽小声说。

为什么？

你就问一句。

费尔明娜，你这个茶叶罐多少钱？

我果然问了，在鄢丽用眼色朝我示意之后。我不知鄢丽在搞什么名堂，但我也好奇，忍不住就问了，反正问问茶叶罐多少钱也不伤大雅吧？可苏邺燕好像没听见，怎么可能没听见呢？我的声音大得很。做老师十几年，早养成了大声说话的毛病，每次一开腔，都好像在阶梯教室里上课一样，习惯了。像张爱玲笔下大户人家的丫鬟，最喜欢鬼鬼祟祟地咬耳朵，即使可以大声说话时，她们还是要窃窃私语，没办法，也是习惯了。可我这种阶梯教室上课的声音，苏邺燕愣是没听见。她王顾左右地说，朱朱老师，你尝尝这个，我家保姆自己烤的，我家保姆烤曲奇的手艺可是顶好的。我只好尝一块，苏邺燕家的饼干，果然是顶好的，至少比超市或学校门口那些面包店里的好。那些饼干，都有一种可疑的工业味道，苏邺燕说。那是，外面买的曲奇哪能吃？都加了防腐剂的，吃多了，说不定就成埃及木乃伊了。大家于是又开始七嘴八舌讨论曲奇了，以及由曲奇繁衍开来的其他食物。读书会后来总是这样的，像一碗上海小饭堂里卖的肉丝浇头面，每回小说只是上面那细若游丝的浇头，接下来的内容，和小说无关了。我无所谓的，反正我来了，坐到这儿了，在孟教授那里，就算交差了。她们呢，我发现也并不真的想讨论小说，也并不真的想听我讲课，她们不过要读书会这个形式罢了，挂羊头，卖狗肉呢。说起来是高雅的读书会，其实呢，不过是一群无聊的中年妇女的无聊聚会，和弄堂里那些家庭妇女扎堆没两样的。虽然这些女人看上去华丽得很，而且会把饼干叫作曲奇。

这也好，与其和她们对牛弹琴讨论文学，不如谈谈曲奇或其他食物呢。

鄢丽又朝我使眼色了，这一回我假装没看见。我不喜欢鄢丽在大家面前，尤其在苏邺燕面前，有意表现得和我的关系更亲密，我不想得罪苏邺燕的，我之所以牺牲我的时间到这儿来陪她们附庸风雅，不就是要迂回曲折地巴结孟教授么？鄢丽和苏邺燕的关系明显不好，我如果和鄢丽太近了，苏邺燕能高兴？我可是她请来的，也就是说，我应该是她的人。虽然这么说，于我是有些屈辱的，我知道，苏邺燕也知道的，所以苏邺燕对我一直十分有礼貌，而我，一直用清高的态度来撇清我的难堪处境，但事实就是如此，我不承认也不行。我说过，我不年轻了，社会上那些人情世故我也是懂的。我的清高就如苏邺燕的胭脂。苏邺燕的鲜艳是假的，我的清高也是假的。所以，当了苏邺燕的面，我是不会回应鄢丽的。女人都善妒，你可以不和她好，但你不能和别人好。一和别人好，就完了，恩断情绝。我辛辛苦苦坐到苏邺燕家的阳台上，辛辛苦苦地陪几个饱食终日的女人玩风雅，不能因为鄢丽的一个眼色，就前功尽弃了。

但背了苏邶燕，我又和鄢丽一起喝茶了。

我道貌岸然地坐在那儿，听鄢丽说苏邶燕的事，这让我心情愉快。

你知道苏邶燕家那个茶叶罐多少钱吗？

多少钱？

至少上万。

我不信。一个小小的茶叶罐？

所以苏邶燕才不敢回答呢。不信，你下次再问她家沙发上的老绣枕多少钱？她家的青花釉里红多少钱？她家玄关那儿的木几多少钱？她一样也不会告诉你的。她不敢。

有什么不敢？

鄢丽笑而不言了。

我突然反应过来了。我这个人，有时反应真是很慢的。

这么说来，苏邶燕也有苏邶燕的痛苦，锦衣夜行的痛苦。苏邶燕应该是不喜欢锦衣夜行的女人。她遍身绮罗呢，凤冠霞帔，件件要抖擞给别人看的。所以要挽了老公的手在大院里散步，所以要让阳台敞开——阳台敞开，才能晒满满一箱子的锦衣呀，但有的锦衣竟是不能晒的，比如亵衣，再华丽，也要捂在箱底。我几乎要笑出声来，想到苏邶燕那欲说不能说的样子。

费尔明娜，你家的老绣枕多少钱？

费尔明娜，你家的青花釉里红多少钱？

费尔明娜，你家玄关那儿的木几多少钱？

这近乎调戏了！挠苏邶燕胳肢窝的痒痒呢，苏邶燕会不会因为一个憋不住，突然把她的亵衣露出来？

一开始，苏邶燕其实说过要付我讲课费的事，我没答应。我有我的考虑，或者说算计——一旦拿了讲课费，那么我和苏邶燕也就两清了，和苏邶燕两清也就意味着和孟教授两清，可我不想和孟教授两清，我想孟教授欠我这个人情，这才是我参加读书会的初衷。

苏邶燕倒也没有坚持，但她后来隔段日子会送我一些东西，比如燕窝，她说是她老公在马来西亚出差时买的。我没见过燕窝,更没吃过燕窝,但《红楼梦》里几次三番写过的。黛玉咳嗽了,观音菩萨一样大度的宝钗,就打发老妈子给她送了燕窝,让熬冰糖燕窝粥喝。苏邯燕还送过我冬虫夏草,看上去,也就是秋冬的枯枝败叶,但装在金黄色的缎盒里,就像煞有介事了,很有沐猴而冠的意思。苏邯燕说,这东西滋阴壮阳呢——说到壮阳两个字时,她的语气有些狎昵。我不悦,很想说一句,你还是留着吧,你部长老公不是更需要么?这话我当然没有说出口,太刻薄,特别是后半句,只能做腹语了。其实,苏邯燕送的这些东西,我真是不想收的,都是些华而不实的玩意,对我一点用处没有——我又没得肺痨,要喝冰糖燕窝粥干什么?但苏邯燕的礼物我拒绝不了,她有让你不能拒绝的本事。送礼本来是多么别扭的一件事情,可人家做起来,一点不别扭,自然而然得很,犹如苏轼喝酒之后做文章,行云流水,回风宛雪,仿佛我若不收下,倒扭捏了,倒小气了。

而且,最让我恼火的是,在我收了这些之后,苏邯燕又会不断暗示这些礼物的昂贵。朱朱老师,那些燕窝吃么了?我老公说了,那可是官燕,燕窝里的极品。福膳房的花旗参燕窝羹,一小盅就要五百多呢,还是毛燕,燕窝里的下等品,也可能连毛燕都不是呢,就是用鸡蛋清和淀粉掺和掺和弄的。

朱朱老师,那个冬虫夏草怎么样?用它泡酒男人喝了顶有效的,我的一个女友——你也认识的,就是我们读书会的,我不说出是谁了,说了不好,因为涉及人家的闺房隐私呢,她老公原来已经半阳痿了,但喝了几个月这种药酒后,就厉害了,按她的原话——是绕指柔化百炼钢了,朱朱老师,你家的那位,百炼钢了么?

我无语!对苏邯燕。不单是因为她言语的失礼,还有被她算计了的恼羞成怒,按她这么说,现在她不但不欠我的,而成我欠她的了。

五百块一小盅的燕窝羹呢,她送给我一盒子,算算能做多少盅燕窝羹?

我差点想把这些东西还回去,或者转送给孟教授,而且把苏邯燕的话也一并转送。那样的事情,想想,真是舒畅的,但也就是想想而已,这种事情还是不能做的,太失礼了!

没办法,我只能倒欠苏邯燕的了。

鄢丽也试图送我东西的。我不知那是什么,包装在一个十分精美的袋子里。因为苏邺燕的前车之鉴,我疾言厉色地拒绝了。鄢丽可能没想到我反应如此激烈,一时间面红耳赤,像考试作弊被抓的学生一样,讪讪地说,只是两盒花粉,只是两盒花粉。

我不管那是什么,反正我再也不想听"五百块一盅"之类的话了。

我还是习惯校园里的路数,逢年过节的,学生到家里坐坐,送些老家带过来的特产,笋衣、冬酒、熏肉——那些熏肉黑乎乎的,但加了大蒜和干红辣椒炒,香得要命。我喜欢这样朴素的礼物,又实用又没有道德的压力。孔子不也收学生的腊肉吗?那是束脩,没什么的。我吃了喝了,嘴一抹,依然把自己当两袖清风的先生。

那之后,有段日子,鄢丽就有意远着我了。她虽然还来参加读书会,但每回都不发言,更不会偷偷对我使眼色了。偶尔我看她,她就低了头假装看手里的书,或转了脸,看别处。

这个穿黑丝袜的女人,真是过犹不及。和人近时,近到让人不安;和人远时,又远到让人不安。

明明也是四十多岁的女人了,怎么还不会和人得体地相处?

后来还是我主动向鄢丽示好。城门失火,殃及池鱼,我把在苏邺燕那儿受的气,撒到了鄢丽的身上。人家都当一回池鱼了,我多少总要表示表示安抚之意的,这是我欠她的。想想也好笑,因为收了苏邺燕的礼物,我欠苏邺燕的;又因为拒绝鄢丽的礼物,我又欠鄢丽的了。

这些大院里的女人,真是难缠。

我以一种近乎温柔的语气连续两次向鄢丽提问。那天我们讨论的是朱天心的《初夏荷花时期的爱情》。这本书的书名虽然美得很,但却是个悲伤的小说,把中年夫妇的爱情写得触目惊心。台湾作家张大春说,这不是爱情小说,而是他这辈子看过的最恐怖的小说。我本来不该推荐她们读这种书的,太应景了,中年女人读中年女人写的爱情,有不能承受之凄凉悲伤。但苏邺燕太爱炫耀她的爱情了,几乎在每句话里都要带上她老公,我老公三个字,像镶嵌在她嘴巴里的大金牙,动不动就要露一下,金光闪烁的,让人生厌。我实在想借刀杀人,用朱天心的残酷描写来打击苏邺燕和其他几个中年女人。这些养尊处优的女人需要被打击。但不知她们是没认真看这本书,还是压根没看懂这本书，几个人的情绪，一如既往的高昂，一点也没有沮丧的意思。我觉得不可理喻。我读这本书之后，可是伤感了很长时间的，当时甚至有不能卒读之悲，至今想起来，也还心有余悸。我才三十几岁呢，离小说里五十八岁的中年妇人应该还有段距离，但我都会兔死狐悲。而咫尺之遥的苏甡燕，竟然赞美起荷花爱情来了。我老公说，荷花爱情好哇，出淤泥而不染，濯清涟而不妖，中通外直，不蔓不枝。其他几个人也纷纷附和，是呀，是呀，我也喜欢荷花呢，桃花虽然好看，但喜欢的人太多了，俗，我不喜欢俗的花；是呀，是呀，我也不喜欢桃花，我家的保姆就叫桃花呢，她还有个姐姐叫桃红；是呀，是呀，还是荷花美——说到荷花爱情，你们不知道，我是农历七月生的，七月十五，正是荷花盛开的季节，所以每年七月的时候，我老公都会送我荷花呢。

是吗？那么你们的爱情是荷花爱情了？

天哪！天哪！太浪漫了！

她们啪啪啪地鼓起掌来。

这是哪儿跟哪儿呀，我哭笑不得。

我本来以为她们看了这小说会如丧考妣的，或者悲愤交加，没想到，气氛竟是如此喜庆，洞房花烛一样。

鄢丽，你谈谈对初夏荷花爱情的理解。

鄢丽坐在边上，一副落落寡合的样子。可能她没想到我会提问她，脸上的表情一时有些茫然。

你觉得朱天心想在这小说里讲什么？

你说讲什么？

她反问我。

那次之后，我和鄢丽的关系又回到了以前——或者比以前更亲近了，至少对鄢丽而言是那样的。我觉得，鄢丽对我几乎生出一种缠绵之意来了，她总是尽可能地拖延我们分手的时间。本来只是约了一起看个花而已，她说李白湖边的几株梨花开了，特别繁密，特别美，我们去看梨花怎么样？我们于是一起去看了梨花。看过梨花之后，她又建议一起吃饭。我们一起去"渔味"吃饭怎么样？那儿的卤水白鱼做得很不错的。她小心翼翼地问，生怕我拒绝似的。

　　我于是又和她一起去吃卤水白鱼了。卤水白鱼果然做得好，配一碟韭菜炒螺蛳，一大钵热气蒸腾的野生菊苣菌菇汤，十分绵密地愉悦了我的感官。在这种愉悦下，我之前的不快——那种被鄢丽的软弱所要挟带来的小小不快，一时间化为乌有。我甚至在心里对鄢丽生出几分感激来了，如果不是她，我可能就在家里吃西红柿炒蛋和拌黄瓜，或者西红柿鸡蛋面条对付一餐了。我老公只会做这种极简主义的饭菜给我吃，我呢，礼尚往来，也只会做这种极简主义的饭菜给他吃。虽然我们两个人其实也有口腹之欲，应该说这种口腹之欲因为长期被压抑，可能比别人更为强烈，可两个人都不愿为此付出更复杂的劳动，这一点，我们倒是惺惺相惜，从不抱怨对方。己所不欲，勿施于人嘛，我们夫妇都具有儒家的这种美德。没办法，只好因陋就简了。可有时也委屈也怀疑，人一辈子，总共能吃多少餐呢？一餐一餐老这么简陋的话，对自己的口腹，是不是有点太不负责任了？

　　所以，和鄢丽出来吃卤水白鱼，也算是对自己的口腹负责任了一回。

　　可鄢丽几乎不吃，她目光灼灼，沉浸在另一种愉悦里。

　　那个愉悦是和我探讨爱情。最初是泛泛地谈，从小说里的爱情说起的，弗洛伦蒂诺的精神忠贞是不是一种伪忠贞？在朱天心的荷花爱情里，男荷花已经尸位素餐，女荷花应该怎么办？怎么办？后来呢，就具体了，具体到某个男人。

　　我没料到鄢丽会和我说她的隐私。我和她的关系，应该没有亲密到这个程度的。我还是习惯她和我谈小说，谈抽象意义的爱情，谈苏邶燕——后来鄢丽已经不怎么谈苏邶燕了，她似乎对苏邶燕失去了兴趣，即使偶然谈到，也是三言两语的，基本不展开。有一次，她说到苏邶燕家的保姆，说苏邶燕用那么年轻漂亮的保姆，也是毒招。我好奇得不得了，指望她接着说。但鄢丽停了下来，小口小口地抿起茶来，她总是这样的，鄢丽的说和苏邶燕的说风格不同。苏邶燕的说，那是大江东去，滔滔不绝；而鄢丽的说，会断断续续欲言又止。怎么是毒招呢？我恨不得这么问一句，当然没问，在她们面前，怎么说我的身份也是老师，我还是要端一端老师的架子的，不能对这种格调低下的话题表现出明显的兴趣。我只能等着，脸上愈加做出一副云淡风轻的表情。

要是以前，我一定等得到。鄢丽虽然慢声细语，虽然半句半句地说，但最后，她还是会言无不尽的，甚至言得枝繁叶茂。她其实是擅用工笔的人，一笔一画的，很细致，很耐心。不像苏邺燕，苏邺燕虽然说那么多，那么快，却是泼墨似的写意，像齐白石笔下的白菜，虽然看上去也是白菜，可和菜市场那些真正的白菜，是两码事。

但鄢丽又不说苏邺燕了，她现在的言说热情，转向了自己。女人一揽镜自照，就没个完了，何况这镜里，还有个男人。

这男人不是鄢丽的老公，鄢丽和他，是一对偷情的男女。

我真是吓了一跳，当鄢丽告诉我这个时。

男人姓沈，鄢丽一直称他为沈。沈什么，鄢丽不说，都在一个城市呢，说得太清楚了，不好。

沈是个有妇之夫，第一次见面，是他到他们单位来做讲座。她还记得讲座的题目，《文章写作方法》，沈在出版社工作，以前写过东西的。

沈的风度很好，瘦长，清俊，眼睛看人时，又倦怠又温存。

整个讲座，他也就看了她一眼，她当时坐得离他有点远，她觉得他其实没有看清她的。

讲座后是招待饭局，在一家私人会所，那家会所的素菜做得好，据说沈是个喜欢吃素的男人。领导也叫了她——是客气一句，因为这种饭局她一向不去的，但那天她却去了，领导有点吃惊。领导真正要叫的，是办公室另一个叫鲍荔荔的女人，鲍荔荔年轻妩媚，声音糯，一开腔，男人就受不了的。

饭间沈和她也没说几句话。在领导的要求下，她敬了沈一杯酒，沈也回敬了一杯，回敬时，他还是那样看了她一眼，又倦怠又温存。

他们交换了名片，这也没有什么，大家都交换了的。

她对他自然是有好感的，他的黑衬衣，他略微有些沙哑的嗓子，他对鲍荔荔的无动于衷。一桌男人都对鲍荔荔嘻嘻哈哈，大献殷勤，只有他，一直彬彬有礼地保持距离。

之后她也有几次想起过沈，很清淡地想起。

她没想到沈会给她打电话的。那时已经是一个月后了，她差不多都忘了他。

第一次他们在电话里只是寒暄，他问她好不好，在做什么。她当时正在喂猫食，她养了一只猫，特挑食，只爱吃煎鲈鱼。这也是她惯出来的毛病，它原来什么都吃，鲫鱼、草鱼，甚至蛤蜊拌饭，都能吃得很香，但它吃过一次煎鲈鱼之后，就再也不肯吃其他了。想想也好笑，一只猫，原来也是由俭入奢易，由奢入俭难。

除了寒暄，沈其实没说什么。但她一个人，站在暮色四合的阳台上，心跳了许久。

沈后来隔上两天就打来一个电话，他们聊猫，聊书，聊电影，甚至和英国人一样，聊天气。有时什么也不聊，就让电话空着，她在电话这头，他在电话那头，她几乎能听见他的喘息。

再后来，沈就每天打电话了，他说他想她。

她也想他，想得不行。

他们约了见面——到这时候，他们只能见面了。

为了避人耳目，他们去了附近的一个小城，是沈提议的。沈说，小城有温泉旅馆，在房间里就可以泡温泉的——他倒是直接，好像他们一起住旅馆是当然的事情。

旅馆的浴袍真是好看，蓝灰色竖条纹，大开襟，是和服的样式，她喜欢。还有沈抱她的方式，他从背后抱她。他看不见她的脸，她也看不见他的脸，她喜欢这样。他们虽然在电话里已经很亲密了，有时甚至很炽热，但其实，也还是陌生人。

鄢丽一直说，一直说。灯光下，鄢丽的脸流光溢彩，几乎有激滟之态了。我突然发现，这种时候鄢丽真是显得年轻，不像四十多岁的女人，而像二十几岁了。

我细细地吃着白鱼，白鱼刺多，尤其尾巴和鱼鳍那儿，小刺密集，要一根一根地剔。但我爱吃鱼尾巴，因为那部分的肉特别嫩，鱼的身体也就尾巴活动最频繁了，日夜游行，还要交配。我把一整条卤水白鱼都吃净了，包括用来衬盘的香菜叶子和胡萝卜丝，也被我有一筷子没一筷子地挑进了嘴里，可鄢丽还迷醉在她的叙述中。

有一回读书会是放在鄢丽家开的，是苏邶燕提出来的。苏邶燕说她家客厅的墙纸要换，工人会过来施工，到时乱糟糟的，没法弄读书会了。我本来想要停一次的，又不是学校的计划课，也没有督导监督，何必搞得那么严格。但还没等我开口呢，苏邶燕就说，鄢丽，要不下周放你家？

鄢丽似乎有点不愿意，其他几个女人纷纷表示，可以放到她们家去弄。有一个叫杜拉斯的女人——她本名当然不叫杜拉斯，只是因为在读书会上听我讲了杜拉斯以及她的《情人》之后，十分喜欢，于是也学苏邶燕，给自己取了个杜拉斯的学名。杜拉斯十分热切地说，放我家吧，放我家吧，去看看我家妹妹。妹妹是她家的母狗，据她说长得比女人还妩媚好看，她老公对它宠得不得了。妹妹最近正发情呢，只要她老公一回家，它就会跳到他身上去磨蹭，有意思得很。但苏邶燕就是不肯，坚持要放到鄢丽家。

我当时觉得莫名其妙，也反感——苏邶燕这个女人，是不是有点越俎代庖了？

但后来我明白了苏邶燕坚持这么做的意图。她反客为主地带我参观了鄢丽家，书房、客房甚至主卧。和富丽堂皇花团锦簇的苏邶燕家相比，鄢丽家确实朴素了，朴素到近乎简陋。鄢丽也是大院里的家属，按说经济不是问题。那么，这是鄢丽的家庭生活态度？我开始以为苏邶燕是想用鄢丽家的朴素，来反衬她家的华丽，像左拉《陪衬人》里那些巴黎上流社会女人用的手法一样，找个丑女人，来反衬自己的美，或不丑。

但苏邶燕不是，至少这一回她意不在此。

朱朱老师，你注意到鄢丽家的客房没有？那天苏邶燕又来旁听，下课后，她问我。

鄢丽家的客房？我没事去注意鄢丽家的客房干什么？我没作声，等苏邶燕自问自答。

她老公的睡衣挂在客房门后的衣架上呢！

我一时没明白苏邶燕在说什么。

鄢丽和她老公，分房睡呢。

我恍然大悟，苏邶燕坚持要把读书会放鄢丽家，并且反客为主地带我参观鄢丽家的卧室，用心原来在这儿。

我有点不明白鄢丽为什么要参加这个读书会，很明显，她和苏邶燕关系不好。两人虽然没有图穷匕见，但相处的方式，差不多是绵里藏针了，这一针一针地刺来刺去，不伤么？

苏邶燕的逻辑，我倒是懂的。鄢丽是正宗北师大中文系毕业生呢，而其他几个女人，包括苏邶燕自己，虽然也自称读了大学的，可读的是什么大学呢？一问，都闪烁其词语焉不详的。估计和《围城》里方鸿渐的克莱登差不多，都属于子虚乌有。所以苏邶燕要把鄢丽拉拢进来，给她的读书会撑场子呢。

可鄢丽为什么呢？

我试探着问鄢丽。鄢丽又捻弄她的玉玦了，捻半天，然后说，朱朱，你一个人——待过么？

这也是鄢丽说话的风格之一，也不管别人，兀自说自己的——这一点，倒是和苏邶燕异曲同工。虽然苏邶燕是嘈嘈切切急促地说，而鄢丽是幽咽凝绝半句半句地说。

一个人，站在高处或水边，你有没有，有没有，想跳下去的时候？

我有时，一个人，站在阳台上，往下看，阳光照在树叶上，一闪一闪地发亮，看着看着，我总有——往下跳的冲动。

夜里，天气好的时候，我也会，到李白湖那儿，走一走，那些高楼的万家灯火，照在湖面上，波光粼粼的，像另一个繁华世界，我看着看着，也总想——往下跳。

后来我都不怎么敢，去阳台和李白湖了。

一个人待，真是危险，说不定会做出什么事的。

怎么会呢？我听得毛骨悚然。这就是鄢丽参加读书会的原因？怕自个待？

只是，她为什么总是一个人？一个人去李白湖，一个人站在阳台上。

她不是也有老公么？和苏邶燕一样。苏邶燕和她老公比翼双飞，两个人坐在灯下看书，两个人去李白湖散步，两个人站在阳台上侍弄花草。鄢丽的老公呢？

难不成和《初夏荷花时期的爱情》里的老公那样，在尸位素餐么？

所以她会很执拗地问我，男荷花已经尸位素餐，女荷花怎么办？怎么办？

和沈偷情，就是女荷花鄢丽想出来的办法？

我现在几乎要躲着鄢丽了。鄢丽愈来愈频繁地约我，周一约了周三约，周三约了周五再约。最初我是有约必应的,因为鄢丽那过分小心的语气,那语气仿佛一件青花瓷器,似乎我稍一不慎,就能让它粉身碎骨,我实在不忍心。这个穿着黑丝袜的女人总让我的内心生出某种怜惜之意,不知为什么,女人和女人之间的感情有时也是莫名其妙的。鄢丽现在其实容光焕发,她和沈的爱情正春风得意,热烈得很,热烈到一日不见,如隔三秋。当然,他们不可能日日见面的,她是有夫之妇,他是有妇之夫,他们一星期也就只能见上一两次。每周二是他们固定见面的日子,那天他老婆的单位有例会——关键是他那边,她这边倒是无所谓的,反正她在不在家,她老公都注意不到的。他是一个部门的副处长,一个不怎么重要的部门,是政治失意之后被贬谪到那儿的,像屈原被贬沅湘,苏东坡被贬黄州——反正他自己是这么比喻的,他也确实像屈原一样喜欢用香草美人明志。他把书房当他的沅湘呢,在里面种满了兰和菊,各种各样的兰花和菊花。只要在家,他基本就待在书房,陪那些兰呀菊呀的。虽然他们当年也有过爱情的,应该说也有过很好的爱情,为了看她一眼,他可以大冬天在她的窗外站上几个小时。但现在,她就在他面前杵着,他却懒得看了。她不是不理解,结婚二十几年的夫妻了,可能都是这个样子的。可她时不时地还是会愤怒,甚至羞辱。他倒是没有别的女人,和苏邺燕的老公那样,一直花红柳绿春意盎然。他的身边,清冷得很,有一种数九寒天的肃杀。有时逼急了,她甚至想过,她情愿要一个苏邺燕那样的老公,至少那个男人因为外面有女人,对苏邺燕有愧疚,所以对苏邺燕也会百般安抚。不像她的老公,什么事也没有,可以心安理得地冷落她。

好在有沈。

她真是喜欢沈爱抚她的方式。他会一遍一遍地用手摩挲她的头发、她的耳垂、她的背脊骨——她背脊那儿一年四季都是冰凉的,中医说她体虚,身子寒,要注意保暖,所以即使盛夏,她也穿长袜子呢,寒从脚起嘛。他的手掌特别大,特别温暖,总是把她冰凉的背摩挲得发热。

他是温文尔雅的男人,说话或笑,春花秋月般和煦,但做那事的时候,却疯狂得很,野蛮得很,变了一个人似的,银瓶乍破水浆迸,铁骑突出刀枪鸣,她简直招架不了他。

有一次,他们站在旅馆的阳台上看落日,阳台上方有葡萄架,是7月,应该是长葡萄的季节。但奇怪的是,葡萄藤上面竟然一个葡萄也没结,只长了很茂盛的葡萄叶，他们就站在这茂盛的葡萄叶下看落日。她其实不怎么喜欢看落日的，看了难过，那么灿烂过耀眼过的巨大光明，最后却成了一枚鸡蛋黄一样稀松平常的东西，这是不是世间所有事物的归宿？或命定？连那么伟大的太阳都不能幸免呢，何况草芥一样的细小生物？但她还是站在那儿陪他看。他没说话，脸上有一种苍茫遥远的神情。她以为他正物我皆忘呢，没想到他突然要要她，就在阳台上。她不肯，死命地挣扎。就算有茂盛的葡萄藤和葡萄叶遮挡，下面的人可能看不清他们在做什么，可隔壁的房间也住了人呢，一男一女，她有时能听见他们有意压低的说话声，万一他们突然走出来，怎么办？两个阳台之间只隔了一个木栏杆，形同虚设的。他却不管不顾，掀起她蓝灰色的浴袍，把她抵在栏杆上。

我咳嗽，拼命地干咳，实在太过分了。之前她说起沈还有一种古典的含蓄，是《关雎》里"寤寐思服"的情境，现在呢，简直走《金瓶梅》的路线了，还葡萄架下，她以为他们是西门庆和潘金莲么？

虽然我们不是非礼勿听、非礼勿言的君子，但两个女人——还是名义上有师生关系的两个女人，面对面地谈性事，到底尴尬。我只能咳嗽，喝水，再起身上洗手间。

等我从洗手间回来，鄢丽又面若桃花地接着说了。她真是忍不住，她可能太想沈了，一周只能见一两次面，对耽溺其中的她来说，远远不够，几乎是杯水车薪。所以她要和我说沈，借说，来实现和沈某种意味上的幽期密约，古老的招魂术一样。这有些诡异，或者说变态，但沦陷在情欲中的女人，不可能是正常的，不论以何种形式，总要想方设法和男人在一起，和福克纳《献给艾米丽的一朵玫瑰花》里的艾米丽一样。当然，和艾米丽那种把男人毒死也要留在身边的变态程度比起来，鄢丽的办法，还算是正常的。

而且，她也只能和我说吧？在单位，在大院，在苏邶燕她们那儿，她就是再想说，恐怕也只能憋着的。

但我不想听鄢丽说了。我也不是一个闲人，学校的事那么多，家里的事那么多，我怎么可能花那么多时间去听一个没完没了的无聊通俗的外遇故事呢？她和沈见面了；她和沈又见面了；她和沈怎样了；她和沈又怎样了。就算弗洛伊德说，窥淫是人类的本能，可过犹不及，窥多了，也实在让人烦不胜烦。

鄢丽却欲罢不能，她显然已经有瘾了。朱朱，今天上午，有空吗？鄢丽问。不好意思，上午要去系里，有点事，我说。那下午呢？她又问，然后屏息般地等我的回答，我能清楚地感觉到她的紧张，仿佛我是一只栖在树叶上的蝴蝶，她的声气稍微大一点，就能把我惊飞了。

下午也有事，我坚决地说。我的心肠现在也硬了，不硬是不行的，我后来意识到，鄢丽就像某种水草，那种长在深水下面淤泥里的紫黑色水草，又细长又凌乱，一旦把人缠住，就很难脱身了。

鄢丽于是不打电话了，但第二天我到楼下物业去取快递的时候，竟然看见鄢丽了。鄢丽坐在我们小区花圃边的木椅上，她说，她的一个远房姑妈就住在我们小区，她刚从姑妈家出来，看到花圃里的剑麻开花了，白色小铃铛似的，实在喜欢，就坐下来看了一会，没想到，正好遇到朱朱了。

鄢丽的姑妈也住这个小区，怎么之前没听她说过？我有些狐疑。本来想问问她的姑妈是谁，我们小区不大，住的都是师大的老师，其中有不少是我认识的。但话到唇边，我还是没问。

我陪鄢丽在楼下坐了，怎么说人家也到了家门口，基本的礼数还是要的，而且，鄢丽的眼神太殷切了。虽然在电话里，我可以做得更决绝一些，但当了穿黑丝袜的鄢丽的面，有些事情我还是做不出来。我一边看剑麻花，一边又听她讲和沈的约会，讲沈这一回是如何爱她的——她总有法子绕到那儿去的，百川归海，反正不管从哪儿开始，抵达的都是沈，我已经习惯了。

我本来打算礼节性地坐一小会就回家了，但我一直起不了身。鄢丽的话，总藕断丝连，我简直找不到一丝空隙。结果，这一坐，又是小半天。

后来隔三岔五地，我就会在楼下遇到一回鄢丽，既然她姑妈住这个小区，她到这儿来就有充分的理由了。有人送了一篓螃蟹，我不爱吃那东西，嫌凉，给姑妈送几只过来，她解释说。或者，姑妈的女儿从上海回来了，她要我过来，一起吃个饭呢。

没想到，又遇到朱朱了。每回鄢丽都这么说。

我被她搞得不怎么敢下楼了。有快递或其他事情，我就差使老公。老公四体不勤，被差使多了，就很不高兴。他推己及人地以为，我不愿意下楼，也是因为四体不勤呢。我懒得和他说鄢丽，说不清楚的，对一个搞物理的男人来说，理解鄢丽这种女人，可能比理解爱因斯坦要困难。

我也迷惑，鄢丽为什么不去沈的小区守沈呢，像《邶风》里的那个女人一样，静女其姝，俟我于城隅，爱而不见，搔首踟蹰。躲在某个隅里，偷偷看一眼沈，不比到我们小区来守株待兔般等我强？毕竟她爱上的是沈，不是我。

一个周二下午，我和老公去天幕看电影，老公本来不喜欢出门的，但那天他心情好，天气也好，就被我游说去了。他这个人，虽然有时会表现出"下愚不移"的品质———"下愚"是我的说法，他自己是说自己"上智不移"的，但其实，如果我方法得当的话，有时也能移一移他的。我那天打算看许鞍华的《黄金时代》的，我喜欢许鞍华，也喜欢萧红，但到了天幕，老公非要看宁浩的《心花路放》。我想他是被海报上那双女人的腿诱惑了，于是以毒攻毒地说，你知道演萧红的那个女演员是谁吗？老公不知道，他连萧红都不知道呢，更不知道演萧红的女演员。汤唯！那个《色·戒》里演王佳芝的。这下老公知道了，他是看过李安的《色·戒》的。但知道了的老公更不肯看《黄金时代》了，仿佛为了明志般。没办法，他又下愚不移了。我们只好各看各的，他在二号放映室看《心花路放》，我在三号放映室看《黄金时代》。

三号放映室稀稀拉拉地坐了没几个人，大多形单影只的，和我一样。我是在偶然一瞥里看见我斜前方的那个背影的，那个背影有点眼熟，非常特别。本来，影院里的身姿都软，不论男女，都是蒲柳，柔若无骨地靠着恋人，或靠着椅子。但那个背影，又直又硬，孤零零的，广寒宫里的月桂一样，看着让人无端觉得寂寞。我认出那是鄢丽，鄢丽的背影就是这个样子的。但周二下午不是她和沈约会的日子么？怎么一个人来看电影了呢？

出放映室时我有意放慢脚步。果然是鄢丽，穿着她的靛青色裙和黑丝袜，有点仓皇的样子，想必她还在电影的情绪里吧。我没有上前招呼，我躲她还来不及呢，还上前招呼？

但那个周五我们就见面了。周五我没课，我上菜市场买菜，回来就在小区门口遇到鄢丽了。她说她姑妈想吃大院里的枣泥黑蛋糕了，她送点过来。

和以往一样，我们又坐在小区的剑麻花前了。其实，就算不是鄢丽，每次从菜市场回来的时候，我也喜欢坐在小区的木椅上歇一歇脚的。小区院子里上午总是没什么人，很安静，一个人坐在木椅上，有花看看花，没花看看树叶，或什么也不看，仰了头，闭了眼，任阳光从树叶间斑驳地洒在脸上。有一两声鸟鸣从头顶传来，很妩媚。那样的时光总让我恍惚，以为天地是不老的，我也是不老的。

但鄢丽坐在身边呢，我听不成那种妩媚的鸟叫了，只能听鄢丽说话。

这一回鄢丽是从苏邶燕说起的。鄢丽说，苏邶燕打了她家小保姆一巴掌。

为什么？

不知道。她家小保姆，长得太好看了。

是好看，笑起来，芙蓉花开一样。

所以，苏邶燕的老公一下班就回家呢。

那苏邶燕，为什么不辞了这个小保姆呢？

谁知道。或许苏邶燕觉得，把芙蓉花养在家里，总比养在外面好。至少，把老公笼络在家里看花了。

我听得汗毛顿竖。这故事，远比朱天心的《初夏荷花时期的爱情》惊悚呢！

鄢丽却不说苏邶燕了。

她说沈。

这是自然，百川归海，不管从哪儿开始，反正鄢丽最后要说的，还是沈。我已经习惯了。

这个周二下午，我和沈去天幕看电影了。

许鞍华的《黄金时代》。

沈这个人，有时真是很烦人的，电影三个小时呢，他一直都扣着我的手，汗黏黏的，他也不嫌热。

他还在我耳边说，这就叫执子之手与子偕老呢。

看完电影后，我们去吃了粥，在浮生记——你知道浮生记么？在城北，一家新开的粥馆，那儿的小菜很精致的，冬瓜丝青翠得像绿玉一样，葱香酒酿芸豆也不错，又粉糯，又香甜。要不，朱朱，我们今天就去浮生记吃粥？

我一时悲从中来。

鄢丽还在那儿说着，眼波流转，面若桃花，戏台上的小旦一样。

发表于《上海文学》2015 年第 12 期

转载于《小说月报》2016 年第 2 期

《小说选刊》2016 年第 1 期

《北京文学·中篇小说月报》2016 年第 1 期

连载于《楚天都市报》

前世流传的因果

藏 策

初读阿袁,便有一种惊艳的感觉。以前并不知道江西有个大才女阿袁,去南昌评"中国小说排行榜"时,才读了她的《郑袖的梨园》,于是惊艳,于是吐血推荐,于是一回来就迫不及待地写了篇《藏策评阿袁》。

写《藏策评阿袁》的时候,其实还只读过她两三篇小说,但阿袁的格局已然是看出来了。待陆续又读了她的其他小说后,更认定自己先前的印象是对的——阿袁的小说是有"来历"的。评阿袁的小说,仅评出个好坏优劣来,是远远不够的,那只是皮毛,还需大处着眼,勘破其前世今生,方能明了那华美的文本之下流传的因果。可惜现在的文学批评,大多是皮货商的本家,只会看皮毛,至于那皮毛下面的基因构成是怎样的,就一窍不通了。喜欢张爱玲的多了,可真懂张爱玲的又有几个?

话说中国人真正作起fiction(小说)来,是有了《新青年》以后的事。现在有学者说,其实早在胡适、陈独秀鼓吹白话文之前,各地的"白话报"就已经在大量刊登白话小说了。这话没错,但那只是白话小说,而非白话fiction。fiction这种西方的叙事文体,在中国原本是没有的,所以也就找不到可以对应的汉语的词,只有"小说"与之相近,于是便把fiction翻译作"小说"了,但fiction与"小说"毕竟只是近义词,而不是同义词。新文化运动以后,像鲁迅那样的前卫作家们作的小说,其实都是fiction,是西体中用。fiction这个西体是一直沿用到了今天的,早已成了文学界的主流文体,以至于"小说"这个词的所指也早就发生了偏移,干脆就是fiction了。原本意义上的中国传统小说呢,海外汉学家们又不得不给它起了个新名,叫"奇书体"。

然而fiction的中用却没这么简单,整个20世纪中国小说的话语流变,还不大多是在中用上做的文章?一路呢,走的是乡土的路子,如废名,如沈从文,如汪曾祺……另一路呢,走的是现代派的路子,有些近乎西体西用了,如林徽因,如凌叔华,如施蛰存,以及现代作家群……而张爱玲呢,则是在中体西用这一平衡木上舞得最好的,难度最大的。她同样是个现代派,但却不是个依样画葫芦的现代派,而是个能将中西打成一片的现代派。其实她最最现代的,还是思想观念,她既不屑于迂腐的启蒙主义,更没有幼稚的理想主义,什么家国天下,什么世道人心,什么爱恨情仇……竟让这小女子一眼就都给看穿了。

不过这乡土也好,现代也好,后来却纷纷夭折了。小说的中用成了政用——为政治所用。照说文学与政治本来就是脱不开干系的,让文学脱离政治其实是不可能的,因为"脱离政治"本身就很"政治"。其实关键不是文学脱不脱离政治的问题,而是文学与政治的关系问题,是平等的对话的关系呢,还是服从的乃至奴役的关系?很不幸,20世纪里的中国文学,先是做了政治的丫鬟,继而更降格成女奴,最后连奴仆也做不成了,竟至成了囚犯……这说的是小说的前生。再看今世呢,改革开放之后,最容易复苏的是乡土,贾平凹、路遥……多到数不胜数。最发展且壮大了的是现代,从刘索拉、徐星到余华、格非……然而能在西体中用这根平衡木上找到最佳平衡点的却几乎没有。写乡土的固然可以很中用,手法上甚至也不难很现代乃至后现代,但毕竟缺少现代都市的经验,不是弄成了田园牧歌式的乡土幻象,就是弄成了底层叙事式的"生死场";而写现代的,又往往貌似"生活在别处"——不单单是故事的问题,而是话语,文学之所以成为文学的话语。其实这是个自白话文运动开始时就一直存在的问题,即现代汉语的书写,如何继承古典文化中的神韵,如何才不致与汉语悠久的话语资源断层的问题。张爱玲天才式的写作实践,给解决这个问题寻得了一个路数,但当张爱玲成了"绝唱"后,这一路数也就日渐式微了。海外虽有白先勇承继衣钵,可在大陆却因工农兵文艺路线的挤压而彻底没落了，以至于相当长的一段历史时期里，在大陆的文学史中，根本就没有张爱玲这一号。提到现代文学大师，无非就是鲁郭茅巴老曹，就连文学"小师"也都让殷夫、柔石们占了，而张爱玲以及她的"路数"，都被从人间蒸发了。于是小说的中用，或曰民族化，便从此走上了方言化的路子，谁的语言写得越土，他的小说也就越民族化，小说的西体中用，成了土洋结合。

方言写作本非文学的正途，但在相当长的一个时期内，竟成了文学的最高标准之一。中用即是土用，在一个以土为美、以侉为雅的语境里，张爱玲一派的路数自然也就断了香火，以至于改革开放了许多年以后，"张爱玲热"席卷了大江南北以后，仍然后继乏人。虽说也有一些大陆作家纷纷成了"张迷"，也试着做起了西体中用的功夫，但毕竟是裹过脚又放了的，走起路来总不免有些扭扭捏捏，又好比漂白了的杰克逊，变了的只是表皮，骨子里的基因没变。所以在乡土与现代都相继繁荣了之后，张派在当今文坛中，仍是"缺一门"。明白了这些前世今生的因果，也就明白阿袁小说的妙处了，这叫大处着眼。大雅久不作，吾衰竟谁陈！一个作家能空前绝后，固然是一种幸运，但谁又能说就不是一种悲哀？尤其是当这个作家的话语资源里，蕴藏着话语流变的某种可能性甚至就是一种"文脉"的时候。

我对阿袁本不太了解，只知道她是大学里的副教授，属于典型的学院派作家，从21世纪之初才开始写作并发表小说，而且写的作品也不太多，只有十几篇。但读过这十几篇小说之后，引发的感想却极丰富。前面说的都是大处着眼，现在该小处落笔了。阿袁的小说看上去就如张爱玲那袭"华美的袍"——袍是什么？袍就是小说的叙述话语，华美的袍说的是叙述话语的锦心绣口。按西方老派的叙述学理论，话语就是用来讲故事的，华美的袍就相当于小说的扮相……这话其实也对也不对。从话语的表层看，这话在理：袍华美，讲的故事就好听；反之呢，就蹩脚。不过若从话语的深层看，就不是这个理了——故事难道就不是话语？难道会有脱离话语而存在的纯故事？所以按我的观念，话语非但不是服从于故事的，反倒是故事要服从于话语。因为决定了故事构成的，恰恰就是话语深层的语义选择。比如语义上陷入了简单的善恶二元对立，那由此生成的故事也就好不到哪儿去了，无非也就是些好人与坏人、正义与邪恶、"广大人民群众"与"少数腐败分子"之间的斗法和道德说教而已。而一旦语义丰富了，故事也就丰富了，所以我提出了一个全新的理论观点：文学的最高境界，不是驾驭语言，而是解放语言。

语言解放了，故事也就解放了，而最最重要的其实是，思想也就真正解放了。

20世纪的现代汉语写作，始终有一个瓶颈，就是与汉语的悠久传统相"隔"的问题。"五四"一代的小说家没能打破这个瓶颈，于是"伊"啊"呀"的，仿佛咬着舌头在说话。旧学的箱底子打乱了，欲说还羞，吞吞吐吐……西式的呢，也才刚刚操练，还远没运用自如。前一阵有80后作家质疑冰心等作家的语言水准，其实也并非全无道理。

话语方式有局限，思想深度自然也就有局限，莫名其妙的感伤呀，乌托邦式的理想主义呀，有时幼稚得就像青春期里"斯人独憔悴"的大孩子……

张爱玲是突破了这瓶颈的，她靠的是古典白话小说，也就是奇书体小说的滋养。她把奇书体的话语方式，与fiction式的小说文体打成了一片，西体中用，贯通了中西古今。张爱玲织就的这袭华美的袍，可不是单用来摆样子的，而是用来——呵呵——爬虱子的……把华美的袍与虱子撒在一起，张爱玲在语义选择上的复杂程度也就可见一斑了。如此复杂的语义当然也就决定了她的故事，于是什么家国天下，什么主义思潮，到了她的笔下，也不过就是些饮食男女的传奇而已。张爱玲是个直觉的解构者。

从古典白话小说里找到了叙述灵感的，在当代还有个贾平凹。他那部被讥为"贾不贾，文化作衣性作马"的《废都》，虽说毛病不少，但就叙事话语论，却也是打破了瓶颈的。《废都》堪称是半部杰作，但就只这半部，价值也在他获了奖的《秦腔》之上。这是题外话。

阿袁的小说像极了张爱玲，但细看之下却又分明有几分钱锺书的做派。阿袁也织了华美的袍，但织袍的丝却不像张爱玲那样是从旧小说里抽来的，而是如钱锺书般任才使气，用各种喻连缀在一起的。钱锺书善用明喻，是有口皆碑的，钱氏用喻，讲究的是共时，是不同文化与语言间的翻筋斗云。阿袁用喻，讲究的是历时，是在古汉语和现代汉语间玩时空穿梭。阿袁的叙述语言就像莲藕，又像拔丝苹果，总能带起千丝万缕的历史文化记忆，总能把当下的人和事，与诗经，与唐诗宋词，与京剧昆曲打成一片，从而极具张力。钱锺书式的明喻，在她那里也被用得得心应手，比如小说《郑袖的梨园》（《小说月报·原创版》2008 年第 5 期）里，把性爱场面就比喻成"如《诗经》的句式一样，一唱三叹，回旋往复"。诸如此类的妙语，在阿袁的小说里可谓连珠，《汤梨的革命》（《中国作家》2009 年第 1 期）写汤梨看大龄单身女郝梅的笑话，"明明知道所谓要过单身生活只是人家的绣花帘子，帘外是'采菊东篱下'，帘内是'姹紫嫣红开遍'；帘外是《短歌行》，帘内是《牡丹亭》。然而汤梨偏装作看不懂郝梅的帘里帘外的戏文。这是汤梨的邪恶处，亦是女人的邪恶处"。

这些技法的奥秘无他，其实就是这个喻，这个喻到了阿袁手里后被做出了大文章，成了她打破现代汉语写作瓶颈的看家法宝。阿袁的小说，让我们看到了一种属于汉语的雅正的叙述语言，看到了已被欧化了的现代汉语与自己的远祖打成一片的可能性。当然，就如洞见与盲目总是结伴而行一样，阿袁的"得"也意味着"失"。阿袁在织就了这袭华美的袍的同时，也把小说所携带的时代信息多少给模糊了一些。好在她写的多是大学，多是大学老师，是围墙里的生活，毕竟与外面的花花世界不大一样。不过阿袁若是写围墙外面的故事，恐怕就要面临挑战了。比如她写的《锦绣》（《青年文学》2007 年第 8 期）和《绫罗》（《天涯》2013 年第 2 期），主人公就都是乡下女人，把乡下女人和唐诗宋词扯在一起未免有点不搭调，于是阿袁便来了个大俗大雅大红大绿的年画笔法，总算在袍和花袄间找到了平衡。不过我看时，还是替她捏了一把汗。

阿袁小说里写的，大多是人的欲望，也就是饮食男女，这一点也像极了张爱玲。但张爱玲的饮食男女是对家国天下血缘亲情等宏大叙事的消解，所以有《金锁记》，有《色·戒》；而阿袁的饮食男女只是对世态人心的描摹，至多也就反讽了一下爱情，所以阿袁像的只是写《倾城之恋》的张爱玲，而不是写《金锁记》和《色·戒》的张爱玲。这是阿袁最不及张爱玲的地方。

就算是写《倾城之恋》的张爱玲，阿袁也只学像了一半。张爱玲的小说里既有白流苏,也有范柳原,而阿袁的小说里却只见白流苏,不见了范柳原。《汤梨的革命》里孙波涛算是最像了几分范柳原的了,也仅仅就是个有资格陪汤梨演对手戏的小配角而已,最后还不是演砸啦!张爱玲固然把女人写成了精,男人又何尝是傻子?哪个不是情场上的斫轮老手,不是惯会和女人斗智斗法的?可阿袁小说里的男人,却一个个像极了行为心理学家实验室里的小白鼠,完全屈从于"刺激—反应"这样一种简单的模式。在《郑袖的梨园》里,郑袖一双妖艳的小手就能把男人们迷得缴械投降甘入彀中,这在我看来实在是有点不可思议。但凡成功点的男人,哪个不是有点修为的?哪个不是既精明又世故的?又怎么可能轻易被郑袖的那点小手段呼来唤去?男人毕竟不是公牛,看见了红布就会不顾生死地向前冲。再说男人的欲望也是多种多样的,有喜欢手的,更有恋脚的,有喜欢幼齿的,可也有迷恋熟妇的……没有比欲望这东西更复杂,更说不清道不明的了,哪里像阿袁写的那么简单。尤其是在当今这个时代里,人们的欲望早已异化了,早已不是饮食男女那么朴素那么原始那么简单了。阿袁看透了女人,所以写得精彩,写得入骨;可阿袁毕竟还看不透男人,她对男人的想象貌似还停留在唐伯虎那个时代。

《郑袖的梨园》是写复仇的,是女人对女人的复仇,是以彼之道还施彼身式的复仇,复仇的动力是郑袖早年挥之不去的后母情结,而复仇的终极武器就是欲望。从这点上说,《郑袖的梨园》对以往的《长门赋》(《上海文学》2002年第6期)、《虞美人》(《上海文学》2004年第5期)等是有所突破的,但同时问题也暴露得更多了些。"美人计"在今天无疑会赢得"一夜情",赢得"性交易",但在婚姻的江山易主上,是否还能百战不殆,就是个问题了。所以这件"武器"看起来实在有点可疑,反不如看着《长门赋》《虞美人》踏实。从深层意义上说,《郑袖的梨园》似乎也如《倾城之恋》般勘透了性爱的奥秘,但却没能像《金锁记》那样勘透家庭血缘的孽根。郑袖的悲剧其实是被镌刻在了血缘基因里的,后母陈乔玲充其量不过是个道具而已。在这点上,阿袁实在没有张爱玲悟得透。若让我写《郑袖的梨园》,我会反着写,写郑袖的失败,写西施、貂蝉们的古老神话在当代社会里的被颠覆……当然,我不是阿袁,阿袁也不是我。子非鱼,安知鱼之乐?

阿袁写不好风流倜傥的范柳原,但写起中年猥琐男来,却在行得很。《老孟的暮春》(《上海文学》2008年第7期)写的是现代版的"众女争夫"故事,被众女争来争去的现代"郎君"老孟,可不是老戏文里的少年才俊,而是个既无才又无貌,窝窝囊囊乏味干瘪猥琐不堪的中年男。本来这样的男人对女人是不可能有任何吸引力的,但在婚姻市场一边倒、中年男奇货可居的行情下,老孟在"暮春"里居然迎来了"烟花三月"。离婚中年女,大龄女博士……一个个如花似玉冰雪聪明风情万种,为了得到一个注定不美满却稳定的婚姻,纷纷放下身段,乃至死皮赖脸地投怀送抱,而最终竟都败在了本无心插柳的小保姆脚下……这是个倒置了的求爱故事,写男人不堪,反讽的其实是女人的"贱",而反讽中透出的则是无奈和悲凉,女人的无奈和悲凉。

　　婚姻是女人的江山,打江山固然不易,守江山其实更难。《俞丽的江山》(《小说月报·原创版》2007年第6期)、《虞美人》等,就都是讲婚姻中的女人是如何墨守的。俞丽是得了江山的,而且是自信江山永固的,可一个疏忽大意,却立刻就面临江山不保的险境了,于是从严防死守到斗智斗法,直至自己也红杏出墙……而《汤梨的革命》没有写墨守,写的是汤梨的意淫,写的是熟女怀春……阿袁的小说是绝佳的心理小说,最善于写女性极为隐秘的内心,表面上不过是家常琐事嘻嘻哈哈,内心里却早已千军万马刀光剑影硝烟弥漫了。写心理过程,西方作家固然高手如云,可中国作家也是自有一套路数的,如《红楼梦》。阿袁深谙其中妙谛,既不像煞有介事地弄出好几个叙述者来,也不只是一头扎进人物内心,只顾滔滔不绝地独白而忘了出来,而是在"聚焦"中时而入乎其内,时而又出乎其外,且惯会在场景中,在人物对话中,在一颦一笑的细微处,呼风唤雨,撒豆成兵。这是张爱玲的绝技,亦是阿袁的拿手好戏。阿袁写心理,好就好在触到了女性的隐秘意识,触到了意识与潜意识、天使与魔鬼共卧一榻的内心的深闺。阿袁的小说,完全够格做男人了解女性心理的教科书,在这方面她倒真的不怎么输给张爱玲。

　　虽说阿袁现在写的小说还比不上张爱玲,也比不上白先勇,至多是像了半个,但骨子里的基因却是靠谱的。这也就是我初读阿袁就惊艳的缘故,不是惊其皮毛,而是惊其内里。用老话说这叫前世今生,用我的话说,叫话语流变。

发表于《创作评谭》2009年第6期

阿袁创作年表

1. 《长门赋》（短篇小说）　　　　　　《上海文学》2002 年第 6 期
2. 《虞美人》（中篇小说）　　　　　　《上海文学》2004 年第 5 期
3. 《看红杏如何出墙》（短篇小说）　　《佛山文艺》2005 年第 1 期
4. 《小说，我出世与入世之门》（创作谈）　《创作评谭》2006 年第 5 期
5. 《蝴蝶行》（中篇小说）　　　　　　《百花洲》2007 年第 5 期
6. 《俞丽的江山》（中篇小说）　　　　《小说月报·原创版》2007 年第 6 期
7. 《锦绣》（中篇小说）　　　　　　　《青年文学》2007 年第 8 期
8. 《纸上江山》（创作谈）　　　　　　《北京文学·中篇小说月报》2008 年第 1 期
9. 《郑袖的梨园》（中篇小说）　　　　《小说月报·原创版》2008 年第 5 期
10. 《老孟的暮春》（中篇小说）　　　　《上海文学》2008 年第 7 期
11. 《暮春的花朵》（创作谈）　　　　　《北京文学·中篇小说月报》2008 年第 8—9 期
12. 《暮春之事》（创作谈）　　　　　　《中篇小说选刊》2008 年第 5 期
13. 《汤梨的革命》（中篇小说）　　　　《中国作家》2009 年第 1 期
14. 《悲伤的花朵》（创作谈）　　　　　《北京文学·中篇小说月报》2009 年第 2 期
15. 《梨园记》（中篇小说）　　　　　　《上海文学》2009 年第 5 期

16. 《马群众的快乐经济学》（中篇小说） 《小说月报·原创版》2009 年第 5 期

17. 《妖娆》（中篇小说） 《作品》2009 年第 9 期

18. 《灯下绣花记》（创作谈） 《小说选刊》2009 年第 11 期

19. 《鱼肠剑》（中篇小说） 《中国作家》2009 年第 12 期

20. 《人人都有一把鱼肠剑》（创作谈） 《中篇小说选刊》2010 年第 1 期

21. 《顾博士的婚姻经济学》（中篇小说） 《十月》2010 第 4 期

22. 《小颜的婚事》（短篇小说） 《百花洲》2010 年第 4 期

23. 《姹紫嫣红》（中篇小说） 《小说月报·原创版》2010 年第 5 期

24. 《鄱阳湖·天鹅之恋》（散文） 《文学界》2010 年第 7 期

25. 《婚姻这盏灯》（创作谈） 《北京文学·中篇小说月报》2010 年第 8 期

26. 《生活原是一出惊世大戏》（创作谈） 《北京文学·中篇小说月报》2010 年第 10 期

27. 《子在川上》（中篇小说） 《十月》2011 年第 1 期

28. 《鱼肠剑》（长篇小说） 《十月》2011 年第 5 期

29. 《鱼肠剑》（长篇小说） 人民文学出版社 2011 年

30. 《郑袖的梨园》（中短篇小说集） 二十一世纪出版社 2011 年

31. 《米红》（中篇小说） 《十月》2012 年第 2 期

32. 《守身如玉》（中篇小说） 《上海文学》2012 年第 6 期

33. 《米青》（中篇小说） 《十月》2013 年第 1 期

34. 《绫罗》（中篇小说） 《天涯》2013 年第 2 期

35. 《打金枝》（创作谈） 《北京文学·中篇小说月报》2013 年第 2 期

36. 《锦绣与绫罗》（创作谈） 《中篇小说选刊》2013 年第

37.	《米红》（中短篇小说集）	二十一世纪出版社 2013 年
38.	《缅怀一种生活》（创作谈）	《小说选刊》2011 年第 3 期
39.	《米白》（中篇小说）	《十月》2014 年第 1 期
40.	《打金枝》（长篇小说）	《小说月报·原创版》2014 年第 5 期
41.	《天花乱坠》（短篇小说）	《长江文艺》2014 年第 11 期
42.	《有鸾有凤且舞且歌》（随笔）	《衢州日报》2014 年 12 月 15 日
43.	《梨园记》（中短篇小说集）	中国言实出版社 2014 年
44.	《师母庄瑾瑜》（中篇小说）	《十月》2015 年第 2 期
45.	《上耶》（中篇小说）	《江南》2015 年第 2 期
46.	《你生活着谁的生活》（创作谈）	《北京文学·中篇小说月报》2015 年第 4 期
47.	《师母》（长篇小说）	《小说月报·原创版》2015 年第 7 期
48.	《世界上所有的爱情》（创作谈）	《北京文学·中篇小说月报》2015 年第 10 期
49.	《镜花》（中篇小说）	《上海文学》2015 年第 11 期
50.	《贱妾何聊生》（创作谈）	《北京文学·中篇小说月报》2016 年第 1 期
51.	《独白的爱情》（创作谈）	《小说选刊》2016 年第 1 期
52.	《师母鄢红》（中篇小说）	《星火》2016 年第 2 期
53.	《另一个女人》（创作谈）	《北京文学·中篇小说月报》2016 年第 5 期
54.	《苏黎红小姐》（中篇小说）	《北京文学》2016 年第 9 期
55.	《左右流之》（中篇小说）	《长江文艺》2017 年第 1 期
56.	《姬元与汤弥生》（中篇小说）	《十月》2017 年第 2 期

57. 《我为什么这么写：有一种痛》（创作谈）

中国作家网 2017 年 3 月 30 日

58. 《上邪》（长篇小说） 作家出版社 2017 年

59. 《绫罗》（中短篇小说集） 中国言实出版社 2017 年